AF289791

plaisir
d'amour

FSC
www.fsc.org
MIX
Papier aus ver-
antwortungsvollen
Quellen
Paper from
responsible sources
FSC® C105338

C.M. MARIN

BEN

THE CHAOS CHASERS MC

Ins Deutsche übertragen
von Svenja Ohlsen

C.M. Marin
The Chaos Chasers MC Teil 3: Ben

Aus dem Amerikanischen ins Deutsche übertragen von Svenja Ohlsen

© 2019 by C.M. Marin unter dem Originaltitel „Ben (The Chaos Chasers MC Book 3)"
© 2023 der deutschsprachigen Ausgabe und Übersetzung by Plaisir d'Amour Verlag, D-64678 Lindenfels
www.plaisirdamour.de
info@plaisirdamourbooks.com
© Covergestaltung: Sabrina Dahlenburg
(www.art-for-your-book.de)
ISBN Print: 978-3-86495-584-6
ISBN eBook: 978-3-86495-585-3

Prolog

Ben

Gegenwart

„Ich glaube, ich werde alt“, sage ich zu meinen Brüdern, während ich meinen schmerzenden Körper auf einen der wenigen Stühle am Tisch fallen lasse. „Mein Rücken bettelt jedes Mal um eine Massage, wenn ich zu lange in einer Position bleibe.“

„Du bist siebenundzwanzig“, erwidert Nate barsch.

„Nicht wie ein Schluck Wasser auf dem harten Stuhl hängen, das würde wahrscheinlich helfen“, schlägt Alex scherzend vor. „Und Yoga kann bei Rückenschmerzen wahre Wunder bewirken.“

„Tut mir leid, Liebes, aber Yoga klingt verdammt langweilig“, sage ich ihr ehrlich, bevor ich Nate daran erinnere, dass ich in wenigen Monaten achtundzwanzig werde. „Und so schlägt das Alter zu“, füge ich hinzu. „Zuerst fängt dein Körper an zu schmerzen, dann musst du dir die ersten grauen Haare ausreißen, und dann … Mein Gott, ich hoffe, mein Schwanz macht nicht schon schlapp. Das würde ich nicht überleben.“

„Ausdrucksweise.“ Fionas Zurechtweisung kommt vom Ende des Tisches, und ich sehe, wie Max auf uns zuläuft, gefolgt von Lilly und Cody.

Die drei tragen das Essen aus der Küche.

Max' Aufmerksamkeit ist so sehr auf die Schüssel gerichtet, die er trägt, dass er mich nicht gehört hat. Aber es ist höchst zweifelhaft, ob es überhaupt etwas bringt, in seiner Nähe auf unsere Sprache zu achten. Melvins kleiner Bruder wird dieses Jahr acht, und ich würde mein linkes Ei darauf verwetten, dass er in der Schule genauso viele Schimpfwörter hört, wie im Club. Aber es hat noch nie viel gebracht, mit einer Frau zu streiten, also stimme ich stillschweigend zu, auf meine Ausdrucksweise zu achten.

„Hey, Kumpel", sage ich zu Max, als er eine große Schüssel mit Kartoffelpüree auf den Tisch stellt und sich zwischen mich und Cody setzt. „Bist du heute der Koch?"

„Lilly hat mich ihr helfen lassen, weil mir langweilig war", antwortet er. „Sie hat mich sogar den Salat ganz allein fertig machen lassen", fügt er stolz hinzu.

„Gut gemacht. Also, immer noch keine Schule diese Woche?"

„Nicht vor Donnerstag. Der Arzt hat gesagt, ich muss zu Hause bleiben, bis ich nicht mehr ansteckend bin", wiederholt er brummend die Verordnung und ist sichtlich nicht begeistert davon.

Der Junge hat Windpocken. Zum Glück hatte ich sie als Kind schon. Der Scheiß sieht nicht gerade nach viel Spaß aus.

„Was ist falsch daran, nicht zur Schule zu gehen?", frage ich ihn. „Finden das nicht alle Kinder toll?"

Er zuckt mit den Schultern, während wir alle anfangen, uns zu bedienen. „Es hat ein paar Tage lang Spaß gemacht, weil ich so viel spielen konnte, wie ich wollte", gibt er zu. „Aber nach einer Weile ist es irgendwie langweilig. Es macht mehr Spaß, mit meinen Freunden zu spielen. Und ich weiß, dass Rodney versuchen wird, Elisa dazu zu bringen, ihn mehr zu mögen als mich, und das gefällt mir nicht."

Da haben wir's. Anscheinend sind Jungs nie zu jung für Frauenprobleme.

„Ist sie deine Freundin?" Ich grinse.

„Nein." Er schüttelt vehement den Kopf. „Sie sagt, sie sei zu jung für einen Freund. Ihr Vater sagt, dass sie keinen haben darf, bevor sie fünfundzwanzig ist", erklärt er. Ein weiser Mann. Dezentes Kichern ertönt rund um den Tisch, als Max sehr ernst fortfährt. „Außerdem hatte mein Freund Gary letztes Jahr eine Freundin, und sie war immer sauer auf ihn, weil er zum Beispiel nicht gemerkt hat, dass sie zum Friseur gegangen ist. Und weißt du, sie hat nicht einmal viel abgeschnitten, vielleicht zwei Zentimeter, und sie trug ihr Haar immer zu einem Pferdeschwanz! Es war unmöglich zu bemerken, dass sie sie abgeschnitten hatte. Er ist ja schließlich kein Hellseher oder so etwas", erklärt er und klingt dabei fast ein wenig empört.

„Ich verstehe dich, Kumpel. Und das war nur ihr Haar. Dann musst du natürlich auch merken, dass sie ein neues Oberteil trägt, oder eine neue Hose, oder was auch immer."

„Aber das ist doch blöd", erwidert er sofort, und sein Gesicht verzieht sich in Entrüstung. „Das sind doch nur neue Klamotten!"

„Ich weiß, nicht wahr?"

Er brummt nachdenklich. „Ich glaube, ich warte auch mit dem Dating, bis ich fünfundzwanzig bin. Das klingt nach zu viel Arbeit."

Wir kichern alle. Dieser Junge ist großartig.

„Gute Idee, Bruder."

Er soll bloß abwarten, bis ihm seine Hormone in die Quere kommen und ihn jedes Mal in den Wahnsinn treiben, wenn sich ein Mädchen auf wenige Meter an ihn heranwagt. Andererseits muss man ja nicht miteinander ausgehen, um zu ficken. Aber diesen Trumpf behalte ich erst mal für mich. Lilly und Fiona würden mich in Zorro-Manier mit ihren Messern bewerfen, wenn ich es wagen würde, das zu sagen.

Max ist damit beschäftigt, sein Hähnchen zu essen. Als die Haustür aufgestoßen wird, blicken wir alle gleichzeitig auf und Liam schlendert herein.

Er schüttelt seine Kutte ab und geht mit langen Schritten direkt auf den Tisch zu. „Ich bin am Verhungern", sagt er zur Begrüßung, bevor er sich neben Alex setzt.

Er drückt seiner Schwester einen Kuss auf die Stirn, während sie ihm bereits einen Teller serviert.

„Wie war dein Wochenende?", fragt Fiona ihn.

„Großartig", sagt er. „Obwohl es zu viele Idioten auf der Straße gibt. Als ich in die Stadt kam, hat mich so ein Penner fast umgefahren. Das Arschloch war am Telefonieren."

„Wann sagst du uns endlich, wer das geheimnisvolle Mädchen ist?", stichle ich.

„Halt die Klappe", murmelt er, und ich lache.

Seit März war Liam ein paar Mal ein ganzes Wochenende unterwegs und er will uns immer noch weismachen, dass er nur seine neue Leidenschaft für Sightseeing entdeckt hat. Das ist doch Blödsinn. Glaubt mir, da ist ein Mädchen im Spiel. Ein Mädchen, von dem er nicht will, dass wir es kennen. Aber ich sollte mir lieber an die eigene Nase fassen, denn obwohl sie alle ahnen, dass zwischen mir und Colleen etwas läuft, habe ich es bisher nicht offiziell gemacht.

Mein Handy summt in meiner Tasche, und ich nehme es heraus, während ich mir einen großen Bissen Kartoffelbrei in den Mund stopfe. Wenn man vom Teufel spricht. Ich habe Colleen vor zwanzig Minuten eine SMS geschrieben und sie gefragt, wie ihr Tag war, also muss sie es sein.

Wir schreiben und telefonieren jetzt schon seit Monaten – seit kurz vor Thanksgiving, um genau zu sein, also seit etwa sieben Monaten –, aber unsere Beziehung ist nie über Telefonate und gelegentliche Treffen hinausgegangen. Wenn sie Cam besucht zum Beispiel, aber mehr hat sich bisher nicht entwickelt. Nicht, dass ich nicht gewollt hätte. Es liegt eher daran, dass ich es noch nicht geschafft habe, ihr klarzumachen, dass sie zu mir gehört.

Ich war zu feige, ehrlich mit ihr zu sein, weil ich Angst hatte, dass sie die Verbindung zu mir abbricht, wenn ich es tue. Das kleine Geburtstagsgeschenk, das ich ihr gemacht habe, als sie vor ein paar Wochen zur Hochzeit von Jayce und Alex hier war, hat mich schon fast unsere täglichen Telefonate gekostet.

Ich habe ihr ein Kätzchen geschenkt. Klingt lächerlich, ich weiß. Aber sie wollte schon immer eins haben, und sie liebt das Fellknäuel. Und mir hilft es zu wissen, dass sie etwas hat, auf das sie sich freuen kann, wenn sie jeden Abend nach Hause kommt.

Als sie Luna sah – sie hat die Kleine selbst so genannt – und all die Sachen, die ich für sie gekauft hatte, dachte ich einen Moment lang, dass mein Schachzug sie dazu bringen würde, sich zu distanzieren, so wie sie es an Weihnachten getan hat, aus einem Grund, den ich immer noch nicht verstehe. Zumal an diesem Tag alle aus dem Club anwesend waren.

Unweigerlich fanden sie heraus, dass sie recht hatten und etwas zwischen mir und ihr lief, was sie vermeiden wollte. Aber verdammt, wir haben uns schon vor Monaten darauf geeinigt, die Dinge für uns zu behalten, und ich habe es langsam satt, mich zu verstecken, um ehrlich zu sein. Das Problem ist, dass sie immer noch nicht zugegeben hat, dass das, was wir miteinander haben, mehr ist als Telefonate und Treffen.

Aber abgesehen davon, dass sie sich anfangs etwas seltsam benommen hat, hat sie, nachdem sie wieder zu Hause war, keinen meiner Anrufe abgewiesen oder ist mir ausgewichen. Und ich habe das als ein verdammt gutes Zeichen gewertet. Wenn es nicht um ihren Job ginge, wäre ich schon längst hingefahren und hätte ihren Arsch endgültig hierher geschleppt.

Ich grinse auf mein Handy hinunter, während ich ihre SMS lese. Nun, das Grinsen kommt erst, nachdem ich das Ende der Nachricht gelesen habe, denn die ersten paar Sätze sind eindeutig sarkastisch.

Engel: Ich habe gerade ein paar Dutzend Namensschilder für eine Buchmesse vorbereitet, zu der ich nicht einmal gehen werde. Mein Tag ist also großartig. Ich kann es kaum erwarten, nach Hause zu gehen und ein bisschen mit Luna zu spielen. Sie liebt die ferngesteuerte Maus!!

Ich habe die Maus vor ein paar Tagen online bestellt und zu ihr nach Hause liefern lassen, zusammen mit einem Kratzbaum. Der ist riesig und hat sogar eine kleine Hängematte, verdammt noch mal. Ich habe genau den gleichen gekauft, für den Fall, dass sie zu Besuch kommt.

Ich: *Wer liebt sie mehr? Luna oder du?*

Engel: *Halt die Klappe! Ich werde dir heute Abend ein Video schicken. Was machst du gerade?*

Ich: *Ich esse mit allen zu Mittag. Und du?*

Engel: *Ich esse auch zu Mittag.*

Der einzige Unterschied ist, dass sie allein zu Mittag isst.

Ich hasse das. Mehr und mehr. Der Gedanke, dass sie einsam ist, lässt meine Brust jedes Mal vor Schmerz zusammenziehen. Immer wenn ich mir vorstelle, wie sie allein in irgendeinem Pausenraum oder an ihrem Arbeitsplatz sitzt, möchte ich sie anschreien, dass sie den verdammten Job, der sie nicht einmal glücklich macht, aufgeben und hierherziehen soll. Aber ich kann das nicht tun. Wenn sie jemals eine solche Entscheidung treffen will, muss sie es von sich aus tun. Anstatt sie also anzuflehen, wenigstens die Möglichkeit in Betracht zu ziehen – und damit auch für uns den nächsten Schritt zu tun –, leiste ich ihr mit ein paar SMS Gesellschaft, bis ihre Pause vorbei ist, und wünsche mir die ganze Zeit, ich könnte ihre Stimme hören, oder noch besser, sie hier auf meinem Schoß sitzen haben oder in meinen Armen kuscheln.

***

„Noch eine fertig. Ich bin für heute durch", grunzt Nate neben einem rot-schwarzen Motorrad, an dem er sichtlich genug gearbeitet hat, und knallt regelrecht seinen Schraubenschlüssel auf den Boden. „Du könntest recht haben mit den Rückenschmerzen." Er blickt mich an und steht mit schmerzverzerrtem Gesicht auf, und ich lache, während ich mich ebenfalls aufrichte.

Seit etwa Mitte März stapeln sich die Aufträge und wir alle sind oft den ganzen Tag im Lager beschäftigt – das ist der Keller des Clubs, wo wir an den Motorrädern arbeiten und sie lagern, bevor sie an unsere Kunden geliefert werden. Es ist jedes Jahr das Gleiche, denn die illegalen Straßenrennen schießen nur so aus dem Boden, wenn es Frühling wird. Das Gute daran ist, dass auch der Gewinn aus unserem unerlaubten Geschäft steigt.

Neben der Reparaturwerkstatt, die unser legales Geschäft ist, handelt der Club mit umgebauten Motorrädern, seit unser früherer Präsident Isaac in den Sechzigerjahren nach dem Tod seines Vaters aufhörte, Waffen zu verkaufen. Er war der Meinung, dass ein Geschäft wie dieses mit viel weniger Risiko verbunden ist, und da sind wir uns alle einig.

„Warte nur, bis du vierzig bist." Brent schnaubt.

„Aber du arbeitest immer noch so viel wie wir, und du bist siebenundvierzig", sagt Liam.

Brent grinst, während er seine fettigen Hände an einem Lappen abwischt. „Massagen." Er nickt langsam. „Was glaubst du, wie ich es ertragen kann, dass Fiona ab und zu ein ganzes Wochenende von meiner Seite weicht, um ins SPA zu gehen? Sie lernt dort eine Menge", beantwortet er seine eigene Frage.

„Das ist ganz schön gewitzt", sage ich, und er zuckt nur mit den Schultern und scheint zufrieden mit sich zu sein. „Gewitzt, und schlau."

„Lass uns Schluss machen, dann kann ich mir ein frisches Bier holen und sehen, ob Alex für diese Massage-Idee offen ist", schlägt Jayce vor.

Wunderbare Idee. Das Bier, meine ich.

Nachdem wir alle die Werkzeuge, die um die Bikes herumliegen, weggeräumt haben, machen wir das

Licht aus, und ich bin der Erste, der die Treppe hinaufgeht. Die Tür zur Treppe, die zum Lagerhaus führt, befindet sich hinter der Theke, also gehe ich direkt zum Kühlschrank, hole mehrere Biere und stelle sie auf den Tresen, damit sich jeder eins nehmen kann.

„Willst du etwas trinken, Liebes?", rufe ich Alex zu.

Sie ist die einzige lebende Seele im Raum – zumindest war sie das, bis wir alle hereingeplatzt sind –, sitzt auf einer Couch und tippt eifrig auf dem Computer auf ihrem Schoß herum.

„Alles gut, danke", antwortet sie und sieht zu uns herüber. „Seid ihr fertig für heute?"

„Sind wir", bestätigt Jayce. „Ich gehöre bis morgen früh ganz dir."

„Wo sind denn alle?", frage ich sie, während ich mein Handy aus der Tasche ziehe.

Ich schicke meinem Mädchen eine kurze SMS, bevor ich gleich eine lange Dusche nehmen werde.

„Cam ist oben und faltet Wäsche, glaube ich, Fiona holt Chloe vom Training mit Max ab, und Lilly ist vor zwanzig Minuten zu ihrem Zumba-Kurs aufgebrochen."

Kaum ist ihr letztes Wort verklungen, ertönt Camryns hektische Stimme und lässt uns alle herumwirbeln.

Sie rennt die Treppe hinunter, ihre Füße fliegen förmlich über die Stufen, und ihre Augen bohren sich in Nates. „Nate, es ist Colleen. Ich glaube, CJ ist in ihrer Wohnung!"

Sofort schießt das Grauen mit einer Kraft durch meine Adern, die mich im Handumdrehen in die Knie zwingen könnte, wenn ich nicht irgendwie wüsste, dass ich um jeden Preis stehen bleiben muss.

Die brutale Angst trifft mich mit voller Wucht und sorgt dafür, dass mein Herzschlag sofort in meinen Ohren pocht und sich eine eiserne Faust um meinen Magen schließt.

„Sie spricht nicht mit mir", sagt sie und hält ihr Telefon in der Hand. „Und ich glaube, es ist seine Stimme, und …"

„Beruhige dich, Babe", mahnt Nate, der versucht, ruhig zu bleiben, obwohl er um die Bar herum zu ihr eilt.

„Nein", schaffe ich es schließlich heiser durch den Kloß in meinem Hals zu krächzen, als Nate Cam das Telefon aus der Hand nimmt und es auf den Tresen legt, nachdem er das Gespräch auf laut gestellt hat.

Aber es gibt keinen Grund zu hoffen, dass ich Cam missverstanden habe. Und mir bleibt auch nicht genug Zeit, um zu hoffen, dass sie sich in der Stimme, die sie gehört hat, geirrt hat. Denn so laut mein Puls auch in meinen Ohren klingen mag, er ist nicht laut genug, um CJs tiefe Stimme zu übertönen, die aus der Leitung schallt.

„*Deine neuen Freunde halten sich immer für so verdammt schlau, aber sie sind einfach nur dumme Idioten, die eine der ihren ganz allein in einer Wohnung lassen, in die jeder leicht einbrechen kann. Oder vielleicht sehen sie dich gar nicht als eine von ihnen an, was weiß ich schon?*"

Der Mistkerl stößt ein Lachen aus, das in jeder einzelnen Zelle meines Körpers eine Welle von tiefem, knochenbrechendem Zorn auslöst. Umso mehr, als ich mir das leise Schluchzen anhören muss, das Cam nicht zu unterdrücken vermag.

„Ich rufe Grant an", sagt Jayce und fummelt bereits an seinem Telefon herum, während ich meins auf den Tresen fallen lasse, bevor sich meine Hände zu

Fäusten ballen. „Er ist dicke mit der New York Chartergruppe“, fügt er hinzu, bevor er weggeht.

Ich atme ein und aus … Mehr kann ich nicht tun. Ich schaffe es nicht, zwei Worte aneinanderzureihen, ohne durchzudrehen, also sage ich nichts zu Jayce. Aber ich mache mir keine Illusionen. Selbst wenn Grant jemanden dazu bringen kann, so schnell wie möglich zu Colleens Wohnung zu fahren, wird es viel zu lange dauern, bis sie dort ankommen. In der Zwischenzeit kann alles Mögliche passieren.

„Ich dachte, dein Freund wäre vorsichtiger. Schätze, er macht sich nicht viel aus seiner Old Lady. Oder vielleicht sieht er dich nicht als seine Old Lady an. Noch mal, was weiß ich schon?“, spottet der Mistkerl.

Das Ein- und Ausatmen hilft nicht mehr. Angst und Wut kämpfen um Vorherrschaft in meinem Magen, in meiner Brust und in meinem Kopf. Beide sind übermächtig. Erstere bringt mich fast zum Weinen, letztere verlangt, dass ich zu dem Scheißkerl fahre und ihn abschlachte. Aber ich kann nicht. Ich komme nicht an ihn heran. Alles, was ich tun kann, ist hier zu stehen, nutzlos. Ich habe mich noch nie so nutzlos gefühlt. Ich bin völlig unnütz.

„Wir müssen ihr helfen.“

Meine Stimme ist zu heiser, um die Worte richtig herauszubringen, aber ich kann sie nicht wiederholen. Mein Gehirn ist völlig durcheinander. Es versucht, eine Lösung zu finden, um sie da herauszuholen, und eine Möglichkeit für mich, CJ zu töten. Zu diesem Zeitpunkt ist es nichts weniger als ein utopischer Traum, denn mein gesunder Menschenverstand weiß, dass sie Tausende von Kilometern von mir entfernt ist, aber ich kann nicht anders, als zu hoffen, dass mir eine Lösung in den Sinn kommt.

Das hier ist ein Albtraum, aus dem ich aufwachen muss. Das ist alles, was ich weiß.

Obwohl meine Brüder mein gestammeltes Flehen mitbekommen haben, haben sie keine Zeit, es zu beantworten.

„Was willst du?"

Beim Klang ihrer Stimme bahnt sich ein Keuchen den Weg durch meine Lungen und lässt mich schnappend atmen.

Mein Mädchen. So stark wie immer. Ihre süße, samtweiche Stimme spiegelt ihre Stärke wider, aber ich höre trotzdem den Hauch von Angst hindurchschimmern.

„Was ich will?", spöttelt er höhnisch. *„Nun, warum fangen wir nicht damit an?"*

Nicht einmal ein paar Sekunden später fällt alles um mich herum in sich zusammen. Das kleinste Fünkchen Klarheit, das ich bisher bewahren konnte, verschwindet, als ein schriller, flehender Schrei durch das Telefon hallt und mir gleichzeitig das Herz aus der Brust reißt.

„Nein!" schreit Colleen, kurz bevor ein Schuss ihre Stimme zum Schweigen bringt.

„Colleen!", schreie ich instinktiv, aber als meine Stimme verstummt …

Stille. Stille ist alles, was auf der anderen Seite der Leitung zu hören ist. Stille.

Unzählige Atemzüge kämpfen darum, meinen Mund zu verlassen oder in ihn hineinzukommen. Ich schaffe es kaum, meine Lungen mit ein paar Luftzügen zu versorgen, bevor sie in keuchenden Stößen wieder aus mir herausströmen.

„Die Verbindung wurde unterbrochen! Nein, nein, nein!" Camryn schluchzt hysterisch. „Nein, nein,

Nate!", fleht sie ihn an, um Colleen irgendwie zu helfen.

Aber niemand kann das. Keiner kann ihr helfen.

Ich kann ihr nicht helfen.

Ich kann nicht …

Ein unerträglicher Schmerz breitet sich in mir aus. Es ist nicht mehr nur mein Bauch, der mich quält. Der Schmerz ist überall, aber der unbarmherzigste Schmerz hat sich in meinem Herzen eingenistet. Die Qualen dort fühlen sich an, als wäre jemand auf dem Weg, mein Herz in Stücke zu reißen, und ich kann die Tränen nicht zurückhalten, die sich in meinen Augen sammeln.

Ich drehe mich auf dem Absatz um, blinzle sie weg, bevor sie überlaufen, und schnappe mir das Erste, was mir in die Hände kommt. Die Scotch-Flasche fliegt durch den Raum und zerschellt an der gegenüberliegenden Wand, während ein trauriges Brüllen aus mir herausbricht.

„Besprechungsraum, sofort", befiehlt Jayce.

„Ich bringe sie nach oben", antwortet Nate.

Ich höre die beiden sprechen, und ich erkenne auch die Stimmen meiner anderen Brüder, aber es klingt alles gedämpft.

Das Atmen fällt mir schwer. Meine Hände umklammern meine Knie, als ich mich nach vorne beuge, während mich eine weitere Armada von Schluchzern überkommt. Ich weiß nicht, wie lange ich wie erstarrt an dieser Stelle verharre, aber es kann nicht lange gewesen sein, denn keiner meiner Brüder hat sich zum Versammlungsraum bewegt, als ich mich schließlich aus meiner Starre löse.

Der Schalter, der plötzlich in mir umgelegt wird, erlaubt es mir, wie mechanisch, meine Muskeln wieder zu bewegen. Aber es ist nicht der Versammlungsraum, in den mich meine Füße tragen.

Die Stimmen meiner Brüder, die meinen Namen brüllen, folgen mir, während ich zurück zum Lagerhaus renne. Aber mein Verstand hat nur Raum für den stechenden Schmerz. Das Stechen und mein einziges Ziel. Als ich in den erstbesten Geländewagen springe, den ich erblicke, gibt es nur eine Tatsache, die mich weitermachen lässt, anstatt zusammenzubrechen.

Es wird Blut fließen.

Kapitel 1

Colleen

Neun Monate zuvor

Dieser Tag ist nicht so verlaufen, wie ich es erwartet hatte. Das steht fest.

Ich habe meine beste Freundin seit mehreren Monaten nicht mehr gesehen, bis ich vor etwas mehr als dreißig Minuten vor ihrem Elternhaus auftauchte – ihrem abgebrannten Elternhaus. Nachdem ich fast einen Herzinfarkt bekommen und sie angerufen habe, traf ich sie in einem Bikerclub an. Sie hatte zwei Rocker geschickt, um mich abzuholen und hierher zu bringen.

Jetzt höre ich ihr zu, wie sie ihre kleine Geschichte zu Ende erzählt, davon, dass sie verfolgt wird, seit sie für den Sommer in ihre Heimatstadt zurückgekehrt ist. Wie sich herausgestellt hat, dass ihr toter Verlobter noch am Leben ist und dass der Präsident eines rivalisierenden Motorradclubs, dem Colin – der nicht tote Verlobte – angehört, behauptet, sie sei seine Tochter.

Nun gut.

Das ist eine ganz normale, alltägliche Situation, mit der wir es hier zu tun haben.

Als sie schließlich erzählt, dass sie entführt und fast vergewaltigt wurde, bevor sie die beiden Männer erschossen hat, die außerdem ihr Haus zerstört haben, bin ich mir fast sicher, dass sie mich verarschen will. Aber wenn ich eines über meine beste Freundin weiß, dann, dass sie schon immer eine beschissene Lügnerin war. Sie sieht mich mit einer solchen

Ernsthaftigkeit an, dass ich davon überzeugt bin, dass sie die Wahrheit sagt.

„Du willst damit sagen, dass ein Motorradclub dein Haus niedergebrannt hat, um dich zu entführen, und dass ein anderer Motorradclub dich vor deinem leiblichen Vater und deinem wieder auferstandenen Verlobten beschützt, die der Präsident und der Vizepräsident des anderen Motorradclubs sind?“

Die Royal Spiders, so hat sie diesen Bikerclub genannt.

Sie nickt entschlossen, die gleiche Ernsthaftigkeit beherrscht ihre Miene.

„Im Grunde genommen, ja.“

Sie bestätigt meine Zusammenfassung in einem so nüchternen Tonfall, als würden solche Dinge regelmäßig vorkommen, sodass ich zusammenzucke und prusten muss. Eigentlich gibt es natürlich nichts zu lachen und ich wollte es mir verkneifen, aber alles, was sie gesagt hat, ist … Mir fehlen die Worte.

„Das muss ein nervöses Lachen sein“, sagt der blonde Typ, der mir und Cam gegenüber auf der Couch sitzt.

Sein Blick ist durchdringend. Ich spüre ihn sogar trotz meines kleinen Ausbruchs eben. Ich vermeide es jedoch, mich umzudrehen. Ein einziger Blick hat bereits genügt. Widerspenstiges blondes Haar, funkelnde blaue Augen und ein lässiger Gang, mit dem er vor fünf Minuten zur Couch geschlendert ist. Der Kerl strahlt Überheblichkeit aus, ohne dass er überhaupt den Mund aufmachen muss. Glaub mir, ich kenne diese Art von Kerl nur zu gut. Er ist der exakte Klon eines jeden meiner Ex-Freunde. Die Art von Kerl, die ich wie die Pest meide, seit ich von meinem letzten Freund wie ein Stück Abfall einfach weggeworfen wurde. Deshalb habe ich bereits beschlossen, dass dieser Typ auf meiner schwarzen Liste steht.

Ich tue so, als hätte ich ihn nicht gehört – und verdränge mein schlechtes Gewissen aufgrund meiner Unhöflichkeit – stattdessen konzentriere ich mich auf meine beste Freundin und sehe in ihr verblüfftes Gesicht, bevor ich tief einatme, um mein Lachen zu zügeln.

„Ich … Nein, es ist … Es tut mir leid“, stammle ich. „Ich weiß, ich habe dir schon ein paar Mal gesagt, dass du anfangen sollst, dein Leben wieder in Schwung zu bringen, aber ich hätte mich deutlicher ausdrücken sollen, denn das ist einfach zu viel, Cam“, sage ich und schaffe es, einen weiteren Lachanfall zu unterdrücken.

„Ha, ha, ha.“ Sie täuscht ihr eigenes Lachen vor, kann aber nicht verhindern, dass sich ein echtes Lächeln auf ihre Lippen legt. „Schön zu sehen, dass du das Ganze immer noch lustig findest.“

„Nein, tut mir leid. Es ist eigentlich nicht lustig“, gebe ich zu, füge aber sofort hinzu: „Aber mal ganz unter uns … Du schienst nicht gerade unter einem schlimmen Fall von PTBS zu leiden, als ich dich vor zehn Minuten gesehen habe, wie du mit einem sexy Bikerboy rumgeknutscht hast.“

Sie hat noch nichts über diesen Typen erzählt, also weiß ich nicht, was zwischen den beiden läuft, aber ich habe gesehen, wie sie ineinander verschlungen waren, als ich die Einfahrt zum Club hochgefahren bin.

„Woher kommst du?“

Mein Blick fällt auf einen großen, tätowierten, grüblerisch aussehenden Mann mit kurzgeschnittenem dunklem Haar, der auf derselben Couch sitzt wie der heiße Typ, den ich auf den ersten Blick abgeschrieben habe. Ich antworte ihm, doch nach ein paar weiteren persönlichen Fragen, beginnt er mich langsam zu nerven. Nate, der Clubpräsident und vermutlich Cams neuer Freund, der sich zu uns gesellt hat, erklärt mir schließlich, dass das Leben, das sie führen, nun mal Vorsicht erfordert.

„Es tut mir leid, aber das ist eher eine ernsthafte Paranoia, und das ist nicht gesund. Vielleicht hilft ja ein bisschen Yoga", schlage ich ihnen vor, nachdem sie mir erklärt haben, dass die Party, die um uns herum in Gang kommt, ihr Alibi für etwas ist, das heute Abend laufen soll. Ich werfe einen kurzen Blick auf den großen Kerl Jayce – von dem ich stark vermute, dass er mich zu einem Lügendetektortest gezwungen hätte, wenn Cam nicht eingegriffen hätte –, bevor ich fortfahre: „Ihr seid anscheinend alle ein bisschen zu angespannt", necke ich sie, was aber nicht heißt, dass es nicht wahr ist. „Und ein Glück, dass eure sexy Seiten das ausgleichen."

„Wie ich sehe, teilst du mit deiner besten Freundin eine Schwäche für Biker. Ich bin jederzeit verfügbar, Liebes."

Ja, der heiße Typ ist sich völlig bewusst, wie unwiderstehlich er ist. Wundert mich nicht.

Mein Blick tastet absichtlich seinen Körper von oben bis unten ab, streift über jeden Zentimeter seiner dunklen Jeans und seines schwarzen Hemdes, dessen kurze Ärmel einen Blick auf eine Tätowierung auf seinem rechten Bizeps freigeben. Erst als ich mit meiner Betrachtung fertig bin, begegne ich seinem Blick. „Ich fürchte, ich bin nur an sexy Typen interessiert, Süßer."

Ich ernte ein paar Kicherer um mich herum, und der heiße Typ murmelt etwas, aber ich richte meine Aufmerksamkeit wieder auf meine beste Freundin. Sie beschließt, mich zu entführen und mit mir nach oben in das Zimmer zu gehen, das sie mit ihrem Biker teilt, damit wir uns in Ruhe unterhalten können.

***

„Und du, was ist mit dir?", fragt mich Cam. „Wir reden schon seit Stunden nur über mich. Buchstäblich."

Sie hat mir in allen Einzelheiten erzählt, was ihr in diesem Sommer widerfahren ist. Ich kann immer noch nicht glauben, was sie durchgemacht hat. Es ist … Sagen wir einfach, selbst wenn ihre Geschichte das Drehbuch eines Films gewesen wäre, hätte ich es zu surreal gefunden.

Ich drehe mich auf die Seite, nachdem ich die letzte Stunde auf dem Rücken gelegen habe, und stütze mich auf meinen Ellenbogen ab, um sie anzusehen. „Immer noch dieselbe Scheiße." Ich merke erst, wie tief ich geseufzt habe, als Cam mich mitfühlend ansieht. „Mir geht's aber gut. Nur gelangweilt", erkläre ich. „Zu Tode gelangweilt, um genau zu sein. Aber ich würde meine kleinen Probleme nicht gegen deine eintauschen wollen, um ehrlich zu sein", scherze ich, obwohl ich das in der Tat nicht gerne tun würde.

„Ich nehme an, dass sich die Dinge auf der Arbeit seit Donnerstag nicht geändert haben", vermutet sie und meint damit das letzte Mal, als wir telefoniert haben.

„Nein. Manchmal versuche ich mir einzureden, dass ich zu verwöhnt bin und froh sein sollte, überhaupt einen Job zu haben. Und ich habe immer gewusst, dass man ganz unten anfängt, aber das geht jetzt schon anderthalb Jahre so. Und wie soll ich mich bitte beweisen, wenn ich den ganzen Tag Kaffee koche und Kopien mache? Meine Chefin hat mich im letzten Jahr eine Handvoll Manuskripte lesen lassen, aber jedes Mal, wenn ich versucht habe, sie mit ihr zu besprechen, hat sie mich aus irgendeinem Grund abgewimmelt. Wozu soll ich sie dann überhaupt lesen? Wie auch immer, es ist immer noch dasselbe. Aber hey, wenigstens werde ich bezahlt."

Ein Silberstreif am Horizont.

„Was ist mit New York? Denkst du, du wirst dich jemals daran gewöhnen, dort zu leben? Vielleicht wird alles anders, wenn du einmal richtig angekommen bist", sagt sie.

Ich zucke mit den Schultern. „Ich glaube nicht, dass ich das werde. So erbärmlich es auch klingt, aber ich verbringe alle meine Wochenenden in meiner Wohnung, wie eine richtige Einsiedlerin. Oh Mann, ich bin wirklich armselig. Ich trainiere sogar in meinem Wohnzimmer mit dem virtuellen Trainer, von dem ich dir erzählt habe!"

Sie lacht leise, bevor sie mich wieder beruhigt. „Du bist nicht armselig. Du hast Heimweh. Und vielleicht willst du dich deshalb nicht so wirklich an New York gewöhnen. Ich weiß es nicht."

Ich denke einen Moment lang darüber nach.

„Vielleicht", stimme ich zu. „Ich vermisse L.A. wirklich sehr. Und dich."

Sie lächelt traurig. „Manchmal vermisse ich unsere Collegezeit. Bevor meine Eltern gestorben sind, und vor Colin. Colin wird hier übrigens CJ genannt.

Jedenfalls war damals alles so einfach. Alles, was wir zu tun hatten, war zu lernen und glücklich zu sein."

„Es war einfach", bestätige ich ihre Erinnerung an diese Zeit. „Aber diese Zeiten sind vorbei, nicht wahr?"

Es ist eigentlich keine Frage, aber sie antwortet trotzdem. „Ich fürchte, das sind sie. Und die Sache ist die, ich lebe immer noch in L.A., aber ich fühle mich dort nicht mehr zu Hause. Erstens ist es nicht dasselbe ohne dich. Und obwohl ich meinen Job liebe, ändert das auch nichts daran. Ehrlich gesagt, wenn ich nur daran denke, dass ich Twican bald verlassen muss, könnte ich heulen."

Trotz der bedrückenden Wendung, die unser Gespräch genommen hat, breitet sich ein breites Grinsen auf meinen Lippen aus.

Sie will nicht von hier weg, wegen ihres Bikers.

Sie rollt mit den Augen. „Hör auf damit."

„Ich habe doch gar nichts gesagt", verteidige ich mich.

„Ich kann deine Gedanken lesen."

Sie kann sie natürlich nicht lesen, aber es besteht kein Zweifel, dass sie richtig geraten hat, was mir gerade durch den Kopf ging.

„Aber du scheinst ihm wirklich wichtig zu sein", sage ich ihr ernst. „Und alle hier scheinen dich wirklich beschützen zu wollen."

„Sie beschützen mich, weil Nate sich um mich sorgt. So ist das hier nun mal. Und Jayce ist Nates bester Freund. Diese Männer vertrauen nicht so leicht einfach jedem, aber sie sind gute Menschen. Sogar Ben." Sie grinst.

Ben. So heißt der heiße Typ.

„Die müssen mich für eine blöde Schnepfe halten oder so.“ Ich erschaudere. „Aber im Ernst … Liegt etwa ein Fluch auf mir?“

Sie lacht. Sie weiß alles über meine romantische Vergangenheit. „Das denken sie nicht. Wenn überhaupt, sind sie beeindruckt von dir, weil du sie in die Schranken gewiesen hast. Ben flirtet, sobald er den Mund aufmacht, aber er ist harmlos, ich schwöre.“

Für meine körperliche Unversehrtheit, vielleicht. Aber für meine Hormone? Das bezweifle ich. Die sind zu schwach, um gegen Typen wie ihn zu rebellieren.

„Jedenfalls bin ich froh, dass ich hier bin“, wechsle ich das Thema, und mein Satz endet mit einem Gähnen, das ich nicht unterdrücken kann. „Und ich bin erschöpft.“ Ich lache.

„Das liegt daran, dass es schon nach 1 Uhr ist“, sagt sie. „Soll ich dir dein Zimmer zeigen? Es ist eines der Gästezimmer. Fiona, die Frau eines Clubmitglieds, hat es für dich hergerichtet, als ich ihr sagte, dass du hier übernachten würdest. Du hast frische Laken, und es gibt auch ein Bad. Dort findest du Shampoo und alles, was du brauchst, aber ich bin sicher, du hast dein eigenes mitgebracht.“

Sie kennt mich. „Das habe ich, aber danke. Das Zimmer klingt toll“, gebe ich zu.

Als wir ihr Zimmer verlassen, hören wir unten noch ein wenig Lärm. Die Party scheint sich dem Ende zu neigen.

Sie führt mich in die entgegengesetzte Richtung, weiter den Flur hinunter. Am Ende des Flurs gehen wir ein paar Treppen hinab, die zu zwei Zimmern führen, die einander gegenüber liegen. Cam schließt das Zimmer auf der rechten Seite auf, und wir gehen hinein.

„Sind alle Zimmer verschlossen?", frage ich.

„Nur, wenn eine Party stattfindet."

Ich nicke. Klingt logisch.

„Es ist schön", sage ich.

Die Möbel sind einfach, aber elegant. Alles ist weiß, passend zu den hellgrauen Wänden und den grauen Laken.

„Wegen all dem, was mit CJ und seinem Club los ist, fürchte ich, dass es sicherer ist, wenn wir morgen hier bleiben", sagt sie und zwinkert mir entschuldigend zu.

„Wie wäre es, wenn wir ein bisschen fernsehen, um uns an unsere gute alte Collegezeit zu erinnern", schlage ich vor. „Das klingt nach einem wundervollen Tag und ist das Beste, was wir aus der Situation machen können", füge ich ehrlich hinzu.

Alles, was ich will, ist Zeit mit meiner besten Freundin zu verbringen, so wie früher, bevor ich ans andere Ende des Landes gezogen bin.

Ein Lächeln breitet sich auf ihrem Gesicht aus.

Es erstaunt mich, dass sie es schafft, sich zusammenzureißen, obwohl ihr Sommer bisher so beschissen war.

„Großartig! Und ich habe alles, was wir für eine Gesichtsmaske und eine Pediküre brauchen", bietet sie an.

„Klingt perfekt."

Ich habe diese Tage mit ihr wirklich vermisst. Es macht viel weniger Spaß, allein fernzusehen und sich eine Pediküre zu gönnen.

Sie kommt näher und umarmt mich fest. „Ich habe dich vermisst."

„Ich habe dich auch vermisst.“

Was ich für mich behalte, ist, dass ich sie nicht nur vermisst habe, weil wir jetzt weit voneinander entfernt leben. Ich habe sie auch vermisst, weil sie nach Colins Tod – oder besser gesagt, nachdem CJ seinen Tod vorgetäuscht hatte – nur noch eine Hülle der Person war, die ich kannte. Als sie ihn kennenlernte, trauerte sie noch um ihre Eltern, die kurz zuvor bei einem Autounfall ums Leben gekommen waren, und so war es keine Überraschung, dass sie sich völlig verlor, als der Mistkerl ein Jahr später angeblich bei einem Flugzeugabsturz ums Leben kam. Sie ging weiter zur Arbeit und blieb mit mir in Kontakt wie immer, aber sie war nicht mehr dieselbe. Aber heute Abend habe ich diese Person wieder in ihr gesehen. Wie sie wirklich ist. Und es fühlt sich gut an.

Wieder scheint sie zu wissen, was in mir vorgeht, denn sie lächelt traurig.

„Gute Nacht“, sagt sie zu mir. „Wir sehen uns morgen.“

„Gute Nacht.“

Nachdem sie die Tür hinter sich geschlossen hat, greife ich nach meiner Tasche. Ich schnappe mir meinen Schlafanzug und meinen kleinen Schminkkoffer und schließe mich im Badezimmer ein. Ich ziehe mich aus und steige unter die Dusche, wobei ich mir die Zeit nehme, meine Haare zu waschen.

Es vergeht eine halbe Stunde, bis ich angezogen bin, meine Haare geföhnt und meine Körperlotion aufgetragen habe. Dann klettere ich in das Bett, das für die Nacht meins sein wird.

Wie so oft in letzter Zeit, fällt es mir nicht leicht, in den Schlaf abzudriften. Das hat wahrscheinlich damit zu tun, dass es mir schon immer schwer gefallen ist, in einem fremden Bett einzuschlafen, aber ich weiß, dass das nicht der einzige Grund ist. Allein der Gedanke daran, dass ich in nicht einmal vierundzwanzig Stunden wieder in ein Flugzeug steigen werde, lässt mich hellwach daliegen. Je eher der Morgen anbricht, desto eher muss ich zurück. Und ich habe einfach keine Lust, wieder *nach Hause* zu fahren.

Eigentlich sollte ich New York mein Zuhause nennen, weil ich dort wohne, aber diese Stadt hat sich für mich nie wie ein Zuhause angefühlt. Ich war nicht gerade begeistert, dorthin zu ziehen, aber ich habe diese Entscheidung aus Liebe getroffen. Ein dummer Fehler. Craig hat mich davon überzeugt, dass es die richtige Entscheidung für uns beide sei. Schlussendlich ist er nicht einmal in das Flugzeug gestiegen. Stattdessen ist er mit seinem besten Freund woanders hingeflogen. Offenbar war es sein Traum, Europa zu bereisen. Es muss ein neuer Traum gewesen sein, denn ich hatte vor diesem Tag noch nie davon gehört.

Wie auch immer, mein erster Job wartete in New York auf mich, also musste ich trotzdem hin. Aber New York und ich hatten definitiv einen schlechten Start. Ich habe immer in ziemlich großen Städten gelebt, sowohl als ich aufwuchs als auch als ich auf das College ging, also ist es nicht so, dass mich die überfüllte Stadt eingeschüchtert hätte. Das war auch nicht das Problem, als ich dort ankam. Das Problem war, dass ich mich trotz der vielen Menschen, die den ganzen Tag durch die Straßen von New York liefen, völlig allein fühlte. Das tue ich immer noch. Und ich hasse dieses Gefühl. Einsamkeit ist etwas, womit ich nie gut umgehen konnte.

Ich weiß nicht, wie lange ich schon unter der bequemen Bettdecke liege, als ich aus dem Flur das leise Geräusch von Stimmen und Schritten höre. Mehrere Türen öffnen und schließen sich, und bald ist nichts mehr zu hören. Die Party muss vorbei sein. Aus dem Schlafzimmer neben mir höre ich nichts, also ist dort entweder niemand, oder es ist gut schallisoliert.

Und jetzt liege ich mitten in der Nacht immer noch wach und denke über isolierte Zimmer nach.

Na toll.

Nach ein paar weiteren Minuten des Hin- und Herdrehens greife ich instinktiv nach dem Nachttisch, wo … ich keine Flasche Wasser finde, weil dies nicht mein Schlafzimmer ist. Mit einem tiefen Seufzer, weil ich keine ganze Nacht ohne Wasser überleben würde, beschließe ich, mir welches zu besorgen. Denn ich will wenigstens versuchen, heute Nacht ein paar Stunden Schlaf zu bekommen. Ich bin mir ziemlich sicher, dass inzwischen alle zu Bett gegangen sind, also schlüpfe ich in das flauschige Paar Socken, das ich mitgebracht habe, und verlasse das Zimmer.

Ich brauche einige Zeit, um in der Dunkelheit einen Schalter zu finden, aber als das Licht an ist, finde ich den Weg zur Küche problemlos. Hier herrscht das reinste Chaos, genau wie im Hauptraum, den ich durchqueren musste, um hierher zu gelangen. Ich musste lächeln, als ich eine weggeworfene Jeans auf einem Billardtisch sah. Diese Jungs wissen wirklich, wie man feiert, aber ich bin froh, dass ich nicht dabei war, als es losging.

Im Kühlschrank gibt es kein Wasser, also öffne ich auf meiner Suche mehrere Schränke. Nach der fünften Schranktür beschließe ich, einfach ein Glas zu nehmen und die Suche nach einer Flasche aufzugeben. Ich fülle das Glas unter dem Wasserhahn. Das wird reichen müssen.

„Du solltest das nicht trinken. Man weiß nie, was für ein Scheiß da drin ist.“

Die tiefe, unerwartete Stimme lässt mich aus der Haut fahren, und ich wirble zur Tür herum.

„Verdammt“, fluche ich, und meine Augen verengen sich angesichts meiner plötzlichen Gesellschaft.

Natürlich, ausgerechnet *er* musste es sein.

Verspielte blaue Augen, schmutzigblondes Haar, lang genug, dass ein Mädchen seine Finger darin vergraben könnte, und ein Körper … Verdammt, was für ein Körper. Abgesehen von seinen starken Armen habe ich vor ein paar Stunden noch nicht so viel von ihm gesehen, und ich wünschte, er hätte sein Hemd anbehalten. Jeder Muskel seines Rumpfes und seines Bauches ist klar definiert. Kein Zweifel, dass sie steinhart sein müssen. Nicht, dass ich diese Vermutung überprüfen würde.

Gott, dieser Typ hat einfach alles. Und das ist nicht gut für meine verkorksten Hormone.

„Hast du schon mal davon gehört, dich anständig anzuziehen?“, frage ich ihn.

Seine Hand umfasst immer noch den Türknauf und er wirft mir dieses nervige Grinsen zu, bevor er auf seine dunkelblauen Boxershorts hinunterschaut. „Ich habe mehr Stoff an mir als manche Tussi im Bikini heutzutage, Süße.“

Ich behalte jeden Kommentar für mich, während ich ihm dabei zusehe, wie er weiter in die Küche geht. Ohne den Blick von mir abzuwenden, öffnet er einen Schrank, aus dem er zwei kleine Wasserflaschen holt.

Wahrscheinlich der einzige Schrank, in dem ich nicht nachgesehen habe.

„Hier." Er schiebt eine der Flaschen über den Küchentisch, bis sie in meiner Reichweite ist. „Das ist gesünder", fügt er hinzu, während er sich gegen den Kühlschrank lehnt.

Er öffnet seine Flasche und nimmt einen Schluck.

„Das hängt davon ab, wie man es sieht", erwidere ich. „Wie kann ich sicher sein, dass die Firma, die diese Flaschen vertreibt, sie nicht mit einem Haufen von Dingen vollstopft, die sie nicht verwenden sollten?"

Ich fühle mich angriffslustig.

„Weil es Gesetze gibt, die diesen Mist regeln?", erwidert er schlau.

Ich ziehe die Augenbrauen so hoch, dass sie beinahe meinen Haaransatz berühren und dort bleiben. Versteht mich nicht falsch, ich habe nicht viel Ahnung von Bikerclubs. Aber nach dem, was ich vorhin gehört habe, ist die Einhaltung der Vorschriften um jeden Preis nicht unbedingt ihre oberste Priorität.

„Natürlich, Bikerboy. Denn niemand auf dieser Welt hat jemals auf Regeln geschissen."

Seine weich aussehenden Lippen verziehen sich zu einem weiteren verärgerten Grinsen. „Darf ich dir eine Frage stellen?"

Ich zögere, ob ich einwilligen soll. Sehr lange sogar. Denn aus seinem Mund kann nichts Gutes kommen.

„Musst du deine Frage ausgerechnet halbnackt stellen?" Nach einem kurzen Moment des Nachdenkens antworte ich ihm schließlich mit einer Gegenfrage.

Sein Grinsen verzieht sich kaum, als er stolz antwortet. „Du hast auch nicht gerade einen Schneeanzug an, Süße. Nur damit du es weißt." Mein Blick wandert hinunter zu meinem Outfit, das nicht mehr als ein normaler Pyjama ist. Rote Shorts und ein passendes Oberteil. Nichts übermäßig Freizügiges. Das Oberteil zeigt kaum Dekolleté. „Aber das tut nichts zur Sache", fährt er schnell fort, bevor er seine Frage ausspricht, obwohl ich nicht eingewilligt habe. „Gibt es einen Grund, warum du mir den Kopf abbeißen willst, seit du mich gesehen hast? Ich muss nämlich sagen, dass die Mädels normalerweise auf mich abfahren, selbst wenn ich sie gerade nicht anmache."

Ich bemühe mich, meine wachsende Gereiztheit zu unterdrücken, gehe auf ihn zu und bleibe nur ein paar Meter von seinem durchtrainierten Körper entfernt stehen.

Als ich spreche, taucht sein Blick tief in den meinen ein. „Weil du eingebildet bist und dich selbst überschätzt. Was gerade aus deinem Mund kam, ist der Beweis dafür. Du bist genau wie jeder Typ, mit dem ich den Fehler gemacht habe, mich einzulassen. Mein letzter Ex ist ein Paradebeispiel dafür", sage ich ihm wahrheitsgemäß. „Und ich zweifle keine Sekunde daran, dass mehr Tussis, als du jemals in deinem Bett haben könntest, bereit sind, sich dir hinzugeben, sobald du dein jungenhaftes Grinsen aufsetzt. Aber es gibt etwas, das du anscheinend nicht verstanden hast. Ich bin keine solche *Tussi*, Bikerboy."

Seine Verspieltheit ist ein wenig aus seinen blauen Augen gewichen und wird durch etwas anderes ersetzt, das in ihnen aufflackert. Lust. Er will mich. Andererseits wollen Typen wie er sowieso jedes Mädchen mit zwei Beinen und zwei Brüsten.

„Davon einmal abgesehen gefällt dir, was du siehst. Nicht wahr, Süße?"

Dreist. Unglaublich. Verdammt.

Als ich nicht schnell genug bin, um etwas zu erwidern, fährt er fort: „Du regst dich auf, weil du mir widerstehen willst, aber du sehnst dich trotzdem danach."

Ich stoße spöttisch hervor: „Unglaublich. Glückwunsch, du hast jeden einzelnen meiner Verflossenen in den Schatten gestellt. Aber sei vorsichtig mit deinem Ego. Sogar deine Muskeln könnten unter seinem riesigen Gewicht zusammenbrechen."

Diese Muskeln. Es ist besser, wenn ich nicht an sie denke.

„Ich sage nur, wie es ist." Er zuckt lässig mit den Schultern. „Glaube nicht, ich hätte nicht gesehen, wie du mich angestarrt hast, als ich reinkam. Dir hat gefallen, was du gesehen hast. Es stand dir ins Gesicht geschrieben. Ich vermute, dass du mich genauso begehrst, wie du mich gerade erwürgen möchtest. Dein Brustkorb hat sich ein wenig schneller gehoben, als du mir näher gekommen bist, und deine Atmung hat sich leicht verkürzt. Schönes Parfüm übrigens. Kirsche?"

Oh je …

Meint der Typ das ernst?

„Der einzige Grund, warum sich meine Brust hebt und meine Atmung sich verkürzt hat, ist, weil ich dich am liebsten verprügeln würde", schieße ich zurück.

Er grinst und lässt sich von meinem Spruch nicht aus der Ruhe bringen. „Welche Lügen du dir auch immer einreden willst, Süße. Aber du solltest dir gut überlegen, ob du nicht lieber gleich nachgibst. Ich glaube nicht, dass du morgen den ganzen Tag ohne eine Kostprobe aushalten kannst."

Gott. Im Himmel. Verdammt.

Das falscheste Lächeln, das ich je jemandem zugeworfen habe, legt sich auf meine Lippen. „Und was glaubst du, wie ich es geschafft habe, anderthalb Jahre lang keinen Sex zu haben?", fordere ich ihn heraus. Sein Mund öffnet sich leicht, die Worte liegen ihm auf der Zunge, aber sie kommen nicht heraus. „Ein starker Wille. Genau so geht das. Und ein paar praktische Spielzeuge. Also, ich will dir mal etwas sagen. Selbst wenn du der verdammt sexy Adonis wärst, für den du dich hältst, würde ich dir mit Leichtigkeit widerstehen. Genau wie jetzt, siehst du?"

Daraufhin schlucke ich die Wut herunter, die in mir aufgestiegen ist, drehe mich auf den Fersen um und stürme aus der Küche. Seine Überheblichkeit ist zum Verrücktwerden. Ich hasse den Kerl definitiv. Und als ich mit eiligen Schritten in mein Zimmer zurückkehre, bin ich noch wütender, weil mein ganzer Körper kribbelt und ich dagegen anzukämpfen probiere. Und das, obwohl er mich nicht einmal berührt hat. Eingebildetes, sexy Arschloch.

Warum hat Cam ihren Freund und Retter nicht in der Kirche oder so kennengelernt? Wahrscheinlich, weil sie nicht in die Kirche geht.

Verdammt noch mal.

Als ich in der Sicherheit meines Zimmers eingeschlossen bin, wo es keine Versuchungen in Form von zerzaustem Haar, funkelnden blauen Augen und sündhaft schönen Muskeln gibt, atme ich tief durch und verkrieche mich unter die Decke. Vielleicht sollte ich darüber nachdenken, eine Therapie zu beginnen. Oder eine Entziehungskur zu machen.

Nein, das wäre vielleicht etwas übertrieben.

Fürs Erste wird es wohl reichen, wenn ich versuche zu schlafen. Aber erst, nachdem ich mich um das

Verlangen gekümmert habe, das dieses Arschloch zwischen meinen Beinen verursacht hat. Ich habe hier kein Spielzeug, also müssen meine Finger reichen. Und als sie unter den Stoff meiner Shorts und meines Höschens gleiten, wird meine Wut auf den Bikerboy noch größer. Mir wird klar, dass ich mich nur dann verwöhnen kann, wenn ich zulasse, dass das Bild seiner harten Muskeln in meinem Kopf erscheint.

Verdammt.

Kapitel 2

Ben

Acht Monate zuvor

Ist es gerade?", höre ich Camryns Stimme, als ich die Treppe zu ihrem Elternhaus hinaufjogge.

„Wenn man bedenkt, dass du das Ding kaum einen halben Zentimeter bewegt hast, würde ich sagen, dass das Bild so gerade ist, wie es war, bevor du es zum fünften Mal bewegt hast …"

Wenn mir jemals jemand gesagt hätte, dass allein der Klang einer Stimme meinen Schwanz zum Zucken bringen würde, ich hätte denjenigen sofort für verrückt erklärt. Aber das war noch, bevor mein Schwanz mit ihrer Stimme Bekanntschaft machte. Ihre Samtstimme macht mich im Handumdrehen hart. Vor allem, wenn sie den frechen Tonfall anschlägt, den sie gerade benutzt hat. Schon ein paar Worte, die über ihre gewitzten Lippen rollen, lassen mich in ihrer warmen Muschi versinken wollen. Mein Schwanz bettelt darum, in sie eintauchen zu dürfen, als ahne er bereits, wie himmlisch es sich anfühlen wird, von diesen feuchten Wänden umschlossen zu werden.

„Willst du damit andeuten, ich sei pedantisch?", fragt Cam sie, während ich mich gegen den Türrahmen des Gästezimmers lehne.

Keine der beiden hat mich bemerkt, denn sie stehen mit dem Rücken zu mir, also schweige ich und genieße noch ein wenig den Anblick. Die schöne Aussicht auf Colleens runden Hintern.

„Das würde ich nicht wagen“, stichelt Colleen. „Aber wenn ich es täte, würde ich dich fragen, ob ich dir vielleicht eine Wasserwaage suchen soll.“ Nach einer kurzen Pause fährt sie vorsichtig fort, immer noch neckisch: „Willst du? Dass ich nach einer …“

„Hör auf!“ Cam lacht und unterbricht sie. „Nein, ich will nicht, dass du nach einer Wasserwaage suchst.“

„Bist du sicher? Ich will nicht, dass du deswegen schlaflose Nächte hast“, spottet sie.

Schlaumeierin.

„Halt die Klappe.“ Cam gluckst.

Ich wähle diesen Moment, um sie endlich zu begrüßen – denn langsam komme ich mir vor wie ein Spanner. „Hallo, ihr Süßen.“

Beide Mädchen drehen sich um. Ich zwinkere Cam zu, die mir warm entgegen lächelt, während Colleens Lächeln abrupt verblasst und die Wärme in ihren haselnussbraunen Augen durch eisige Kälte ersetzt wird.

Ja, diese Tussi hasst mich abgrundtief. Nein, tut mir leid, keine Tussi. Das hat sie letzten Monat sehr deutlich gemacht. Und sie hat recht. Sie hat zu viel Persönlichkeit, um mit den Mädchen verglichen zu werden, auf die ich normalerweise stehe. Deshalb will ich sie auch so sehr. Schade, dass ausgerechnet sie die Erste zu sein scheint, die mich nicht ausstehen kann. Aber das macht nichts, denn gleichzeitig will sie mich. Und ich werde dir mal etwas verraten … Der Tag, an dem sie der versauten Seite, die sie zweifellos in sich trägt, nachgibt, wird bombastisch sein. Die Funken werden sprühen.

„Warum grinst du so blöd?" Colleen knurrt mir die Frage fast ins Gesicht und reißt mich damit aus meinen interessanten Fantasien.

„Vielleicht sage ich es dir eines Tages, aber nur, wenn du netter wirst. Na ja, also, wenn du meinem Charme erlegen bist." Ich grinse und gehe ein paar Schritte in den Raum.

Sie spottet: „Von Charme könnte ich kotzen, also spar dir die Worte."

„Okay, jetzt, wo das Bild aufgehängt ist, denke ich, sind wir hier fertig." Cam schreitet ein, als mein wachsendes Grinsen mir einen säuerlichen Blick von der Sexbombe auf der anderen Seite des Raumes beschert.

Sie trägt dunkle, enge Jeans, die, wie ich nun sehe, ihre Hüften genauso perfekt umspielen, wie sie ihren Hintern geformt haben, als ich ihre Rückansicht genossen habe. Ich bin versucht, sie zu bitten, sich noch einmal umzudrehen, damit ich einen weiteren Blick darauf werfen kann, aber das würde wahrscheinlich dazu führen, dass sie mich die Treppe hinunterstößt, wenn ich für eine Sekunde nicht aufpassen würde. Stattdessen lasse ich meinen Blick über ihre Vorderseite schweifen, die genauso sexy ist. Das gelbe Hemd, das sie trägt, verdeckt leider die schlanke Taille, die ich im letzten Monat gesehen habe – und die ich gerne festhalten würde, wenn ich von hinten in sie eindringe –, aber der Stoff schmiegt sich an die Wölbung ihrer üppigen Brüste, und das Dekolleté enthüllt einen kleinen Fleck Haut, an dem ich gerne lecken würde, während ich sie berühre.

„Bist du jetzt fertig?", fragt sie mich mit einem empörten Knurren, das ebenfalls unglaublich sexy klingt.

„Tut mir leid“, sage ich, aber mein verweilender Blick entlarvt meine vorgetäuschte Entschuldigung.

„Wie auch immer“, murrt sie und lässt mich stehen, während sie sich an ihre beste Freundin wendet. „Was müssen wir als Nächstes tun?“

„Als Nächstes müssen wir unsere Ärsche nach unten bewegen.“ Ich gebe ihr eine Antwort, bevor Cam etwas sagen kann. „Ich helfe Nate, die restlichen Kisten in den SUV zu laden, dann bringen wir sie zu seinem Haus und fahren zurück zum Club. Die Jungs bestellen heute Abend Pizza.“

Ohne irgendetwas von dem, was ich gerade gesagt habe, zur Kenntnis zu nehmen, wendet sich Colleen an Cam: „Ich kann immer noch nicht glauben, dass du mit Nate zusammenziehst.“

Cam zuckt mit den Schultern. „Ich schätze, es ist eine Menge passiert, seit du vor sechs Wochen hier warst.“

„Was du nicht sagst“, stimmt sie ihr zu. Sie hebt ihre Hand und beginnt, ihre Finger abzuzählen. „Du hast erfahren, dass du einen Bruder hast, du hast Twican verlassen, Nate wurde angeschossen, du hast deinen Job gekündigt und bist zurückgekommen, du wurdest entführt – wieder einmal – du hast einen neuen Job bekommen, und hier sind wir nun. Eine wahre Achterbahnfahrt, wenn du mich fragst.“

Die Direktheit dieses Mädchens ist erstaunlich. Mein Gott, das macht mich an. Und wenn sich ihre brutale Ehrlichkeit an mich richtet, möchte ich sie am liebsten übers Knie legen und ihr den Hintern versohlen. Ich weiß nicht, wie sie es geschafft hat, aber mit nur einer einzigen Begegnung ist sie mir unter die Haut und nicht mehr aus dem Kopf gegangen. Es muss an der Herausforderung liegen, sie in mein Bett zu kriegen. Sicher, die Tatsache, dass sie Tausende von Kilometern entfernt lebt, ist nicht gerade hilfreich, aber trotzdem. Ich hätte sie schon letzten Monat haben wollen. Wenn sie irgendein anderes Mädchen gewesen wäre, hätte ich sie schon vor sechs Wochen gefickt und sie wäre bereits aus meinen Gedanken verschwunden. Normalerweise ist es so verdammt einfach für mich, Sex zu haben, aber sie scheint entschlossen zu sein, das zu ändern.

„Alles klar da oben?", ruft Nate.

„Gehen wir", beschließt Colleen, als hätte ich nicht gerade vor dreißig Sekunden gesagt, dass wir nach unten gehen sollten.

Ich kichere vor mich hin. Ihre Meinung über mich steht fest. Macht nichts. Wenn überhaupt, bin ich dadurch sogar noch entschlossener, sie ihre temperamentvolle Art in meinem Bett ausleben zu lassen. Ich sage es noch einmal: Die Funken werden sprühen, wenn ich sie erst einmal erobert habe. Ich wette, sie wird mich mit wilden Küssen bestrafen und ihre Hüften heftig kreisen lassen, während sie meinen Schwanz reitet.

Das erinnert mich an die Bilder, die mir in den letzten Monaten jedes Mal durch den Kopf gegangen sind, wenn ich mir einen runtergeholt habe. Colleen kniet vor mir, ihr engelsgleiches Gesicht und ihre vollen Lippen sind nur wenige Zentimeter von meiner Erektion entfernt. Ihr dunkles, seidiges Haar liegt in meiner Hand, als sie ihren Mund öffnet, um mich zu schmecken. Meine Vorstellung ist so lebhaft, dass ich fast ihr lustvolles Stöhnen hören kann, wie sie mich kostet und unaufhörlich an mir saugt. Ihre Zunge, die über meinen harten Schaft gleitet, ihre Lippen, die sich in gleichmäßigem Tempo bewegen …

Verdammt, das wäre ein himmlisches Gefühl. So habe ich sie mir am liebsten vorgestellt, während ich die Dinge selbst in die Hand nahm. Vielleicht, weil ich jedes Mal, wenn sie mir ihre Meinung sagt, einfach nur sehen will, wie sie sich mir unterwirft. Ich kann es nicht ändern. Auf den Knien, wie sie mir einen bläst, oder unter mir liegend, wie sie meine harten Stöße erträgt … Scheiße, ich will sie einfach auf jede Weise, die sie zulässt.

So viele schöne Bilder.

„Kommst du mit?"

Ich drehe mich um und sehe Camryn bereits in der Tür stehen. Und den polternden Schritten auf der Treppe nach zu urteilen, ist sie die Einzige, die sich dafür interessiert, ob ich komme oder nicht.

„Richtig", murmle ich und schüttle meine Gedanken ab, bevor es noch schwierig wird, zu gehen.

Ich fühle mich wie ein Teenie-Mädchen, das mit allen Mitteln versucht, die Gedanken ihres Schwarmes zu erraten. Und verdammt, ich bewundere jede Teenagerin auf dieser Welt. Hut ab vor ihnen; es ist kein einfaches Leben, das sie da vor sich haben.

Wir holen Colleen schnell ein, und als wir unten ankommen, sagt Nate zu mir: „Es stehen noch ein paar Kisten im Wohnzimmer."

Obwohl die Information nicht für sie bestimmt war, geht Colleen direkt zu den Kartons. Ich bin mir ziemlich sicher, dass sie das nur tut, weil sie hier so schnell wie möglich fertig werden und mir aus dem Weg gehen will.

„Die sind wirklich schwer, Colleen", mahnt Nate und folgt ihr.

Das sture Mädchen hört nicht auf ihn, wählt eine Kiste aus und hebt sie hoch. Oder versucht, sie zu heben. Ein lautes Schnaufen später gibt sie bereits auf.

„Da sind nur Bücher und Geschirr drin", erklärt Cam ihr, während Nate eine weitere Kiste anhebt.

Ich schließe mich Colleen an, greife mir den Karton und zwinkere ihr zu. „Lass die Männer mal arbeiten, Süße."

Ich ernte einen weiteren giftigen Blick von ihr und quittiere ihn mit einem Grinsen.

Nachdem sie sich auf dem Absatz umgedreht hat und verdammt säuerlich dreinblickt – ich bin mir ziemlich sicher, dass ihre Wangen rot geworden wären, wenn sie nicht diese wunderschöne goldene Haut hätte –, aber kein Wort sagt, spricht Cam: „Die meisten meiner Kinder in der Schule sind reifer als du."

Es ist ein eher misslungener Versuch, mich zurechtzuweisen, denn dieses Mädchen könnte nicht einmal wütend werden, wenn es um ihr Leben ginge.

Ich kichere nur. Ich könnte entgegnen, dass ich doch bloß gelächelt habe, aber ich weiß, dass ich nur einen weiteren von Colleens ärgerlichen Blicken ernten würde und höre diesmal auf mein Gewissen.

„Es wird nicht lange dauern, Babe", verspricht Nate ihr, und ich folge ihm nach draußen, während Cam zu Colleen in die Küche geht, wo sie Gott weiß was machen.

Mich verfluchen wahrscheinlich. Oder irgendeinen Voodoo-Scheiß. Vielleicht sticht sie Nadeln in eine Puppe, die genauso aussieht, wie ich und die sie immer bei sich hat.

Ich setze die Kiste im Geländewagen ab, nachdem Nate seine dort verstaut hat und als wir wieder reingehen, frage ich ihn: „Haben sich die Spiders immer noch nicht gemeldet?"

Er hätte es mir schon längst gesagt, wenn sie es getan hätten, aber es ist alles, woran ich denken kann, nicht zuletzt, um mich von der hinreißenden Teufelin abzulenken.

Vor ein paar Wochen haben wir den Präsidenten, den Vizepräsidenten und den inneren Kreis der Spiders ausgeschaltet. Wir sind diesen Schritt aus zwei Gründen gegangen. Erstens, um unseren ehemaligen Präsidenten Isaac, Vizepräsident Connor, und Billy, ein weiteres Mitglied, zu rächen. Connor und Billy waren Isaacs Söhne, und Rod, der inzwischen tote Präsident der Spiders, hatte die drei vor etwas mehr als einem Jahr erschossen. Aber wir haben es auch getan, um Camryn zu schützen. Es stellte sich heraus, dass Connor, Jayces Vater, auch Camryns biologischer Vater war. Lange Rede, kurzer Sinn, er schwängerte das Mädchen, das er liebte, Mary. Aber dieses Mädchen war auch Rods Old Lady. Mary verließ die Stadt, um ihr Baby zu schützen, als sie erfuhr, dass sie schwanger war. Sie gab Cam zur Adoption frei, als sie wenig später herausfand, dass sie Krebs hatte. Jedenfalls hat Rod nie aufgehört, nach der Frau zu suchen, die er für seine Tochter hielt, und er fand sie, als Cams Adoptiveltern vor etwa drei Jahren starben. Er schickte CJ, seinen Vizepräsidenten, nach L.A., um den perfekten Verlobten zu spielen, und als er Isaac, Connor und Billy tötete, fand er Bilder von Mary und Connor. Damals entdeckte er die Wahrheit über Cam. Sie war nicht seine Tochter, sondern Connors. CJ täuschte seinen Tod vor und als Cam für den Sommer hierher zurückkam, beschloss Rod, sich zu rächen und versuchte, sie zu töten.

Es ist jetzt einen Monat her, dass wir sie ausgeschaltet haben, und wir sind auf der Hut vor Vergeltungsmaßnahmen. Wir wissen, genauso gut wie die Spiders, dass ihr Club im Moment zu schwach für eine Konfrontation mit uns ist, aber sie könnten eine Art von Bündnis mit einem anderen lokalen Club eingehen.

„Nicht ein Wort von ihnen. Sie halten sich bedeckt, was ja auch zu erwarten war. Solange ihr Stripclub und ihre Bar noch dem Club gehören, können wir davon ausgehen, dass sie nirgendwo hingehen werden. Blane wird das genau im Auge behalten."

Wenn man einen Blick auf Blanes 1,80 m große Statur und seinen harten Gesichtsausdruck wirft, würde man nicht glauben, dass er eine Art Computerfreak ist. Er sieht eher aus wie ein MMA-Kämpfer, aber er ist ein Genie. Er sucht, hackt und findet alles, was wir über jemanden wissen müssen, egal ob es sich um potenzielle Kunden oder rivalisierende Clubs handelt.

„Ich glaube, ich war zu naiv, als ich hoffte, dass die Wichser ihr bisschen Hirn benutzen würden, um zu begreifen, dass es für sie an der Zeit war, ihre Dreckslöcher zu verlassen und sich aus Texas zu verpissen."

Ich hebe zwei Kisten auf einmal hoch und folge Nate wieder nach draußen.

„Das waren wir alle." Er schnaubt. „Und ich fürchte, je länger sie schweigen, desto wahrscheinlicher ist es, dass sie damit beschäftigt sind, Rods Menschenhandelsgeschäft wieder aufleben zu lassen."

„Oder es zumindest versuchen. Wir haben den ganzen inneren Kreis ausgeschaltet, also hatten die meisten der übrig gebliebenen Jungs nie ein Mitspracherecht in ihrem Club. Ich bin mir nicht sicher, ob sie das Zeug dazu haben, ein legales Geschäft zu führen, geschweige denn einen Menschenhändlerring."

Das ist etwas, das ich nie begreifen werde. Frauen zu verkaufen, als wären sie ein Stück Fleisch. *Hätten Sie gerne blondes Haar, blaue Augen und D-Körbchen, Sir? Das kann ich Ihnen besorgen.* Das ist krank. Man muss schon verdammt herzlos sein, um sich auf so etwas einzulassen. Aber so ist nun mal die traurige Welt, in der wir leben. Und ich meine nicht die Clubwelt, sondern die Welt im Allgemeinen. Kranke, herzlose Menschen sind überall zu finden. Und eines ist klar: Wir können nicht zulassen, dass diese Art von Geschäften in der Nähe unseres Territoriums stattfindet. Zumal es das ist, wofür Isaac, Connor und Billy umgebracht wurden.

Sie wurden in Isaacs Haus ermordet. Ihm gehörte eine Hütte – die jetzt Jayce gehört – an einem See etwa eine Stunde von Twican entfernt. Rod wusste nichts davon, dass Isaac dort lebte, bis er einen Platz in den Wäldern rund um den See wählte, um dort seine widerlichen Geschäfte abzuwickeln. Als er von der Hütte erfuhr, ging er dorthin, um Isaac und seine Söhne zu töten – obwohl wir glauben, dass er nur vorhatte, Isaac zu töten, aber Connor und Billy waren in dieser Nacht zufällig dort –, weil er wusste, dass wir uns dann von dem Gebiet fernhalten würden, weil es nicht mehr sicher war.

„Vielleicht legen sie sich mit den falschen Leuten an und werden irgendwo in der Wüste begraben", knurrt Nate, als wir wieder drinnen sind. Dann beruhigt sich seine Stimme, als wir an der Küche vorbeikommen und er Cam zuruft: „Wir nehmen die letzten Kisten mit, Babe. Du kannst das Haus hinter dir abschließen."

Nur noch eine Fahrt zu seinem Haus, und wir können zurück in den Club.

Gott sei Dank. Ich bin am Verhungern.

***

„Du siehst aus, als würdest du dich jeden Moment aufhängen, Mann."

Nate lässt sich auf die Couch plumpsen, auf der ich schon Gott weiß wie lange sitze.

Nachdem wir Cams Sachen in Nates Haus gebracht haben, habe ich eine ganze Pizza verschlungen, bevor ich unter die Dusche gesprungen bin. Und hier bin ich nun.

„Fick dich." Ich kichere, aber wenn ich einen Spiegel hätte, würde ich ihm wahrscheinlich zustimmen. „Nur gelangweilt."

Und frustriert.

Ich nehme einen großen Schluck von dem Schnaps in meiner Hand, obwohl ich schon weiß, dass er mir nicht helfen wird, mich zu entspannen. Den ganzen Abend über hat sich diese Spannung in meinen Muskeln aufgestaut. Mein Körper fühlt sich nervös an, als hätte ich wochenlang nicht trainiert. Aber das ist es nicht. Es ist der Sex, auf den ich seit Wochen verzichte. Mein Körper gibt mir stillschweigend zu verstehen, dass er sich genauso wenig auf Alkohol einlassen wird, um mich zu entspannen, wie er sich nur mit meiner Hand zufrieden geben wird.

Ich brauche eine Muschi. Eine enge, feuchte Muschi, in der ich mich bis zum Anschlag vergraben kann. Zu dumm, dass die einzige, die ich will, meinen Schwanz nur anfassen würde, wenn sie die Möglichkeit hätte, ihn abzuschneiden. Eier inklusive.

Colleen hat etwas mit meinem gesunden Menschenverstand angestellt. Ich schwöre, sie hat irgendetwas gemacht. Sie ist in mein Gehirn eingedrungen
und hat meine Neuronen zerquetscht oder so. Sie
geht mir nicht mehr aus dem Kopf, aber ich weiß
auch nicht, wie ich ihre Attitüde bezähmen soll. Und
das Schlimmste daran ist: Ich weiß, dass sie mich will.
Jedes Mal, wenn sie mich sieht, flammt Lust in ihren
Augen auf. Nur ganz kurz, bevor sie es mit einem ihrer gemeinen Blicke überspielt, aber es ist trotzdem
jedes Mal da, wenn sie mich ansieht. Sie will mich
einfach nicht wollen.

„Du hättest mit Melvin und Liam losziehen sollen“,
sagt er.

„Mir war nicht nach feiern“, sage ich zwischen zwei
Schlucken. Die Wahrheit ist, dass ich wusste, dass ich
an einem zufälligen One-Night-Stand nicht interessiert gewesen wäre, also hatte es keinen Sinn, mitzukommen. „Wo ist deine bessere Hälfte? Nicht an der
Hüfte zusammengewachsen heute Abend?“ Ich
grinse.

Ich will wissen, wo Colleen ist, aber ich werde ihn
auf keinen Fall direkt fragen. Er hat mir schon war-
nende Blicke zugeworfen, wenn ich es mit dem Ne-
cken ein bisschen zu weit getrieben und sie in Rage
gebracht habe.

„In unserem Zimmer. Am Telefon mit Colleens
Mutter.“

Ihrer Mutter. Ich erinnere mich, dass Colleen von
ihr gesprochen hat, als sie das erste Mal hier war, aber
ich weiß nicht, wo sie wohnt und ob sie sich oft sehen. Mir wird plötzlich klar, dass ich nicht viel über
Colleen weiß. Aus den kleinen Schnipseln, die ich
von ihrem Leben erfahren habe, habe ich mir

zusammengereimt, dass sie einen Job bei einem New Yorker Verlag hat. Aber sie hasst sowohl ihren Job als auch die Stadt. Ich weiß, dass sie als Kind oft umgezogen ist, dass sie Cam auf dem College kennengelernt hat und dass ihre Mutter so oft verheiratet war wie einige verrückte Prominente. Das war's dann auch schon.

Aber wenn ich so darüber nachdenke, weiß ich mehr über sie, als ich je über ein anderes Mädchen wusste. Und ich habe noch nicht einmal mit ihr geschlafen.

„Cody will nächstes Wochenende einen Trip machen", sagt er beiläufig. „Die Jungs haben Lust, es ist ja schon eine Weile her."

Wir werden unterbrochen, bevor ich antworten kann.

„Dürfen die Frauen mitfahren?"

Ich sehe zu Cam hinüber und beobachte, wie sie geradewegs auf Nate zugeht und sich so dicht neben ihn setzt, dass sie sich genauso gut auf seinem Schoß hätte niederlassen können. Seit sie vor drei Monaten in sein Leben getreten ist, lassen die beiden einander kaum noch Luft zum Atmen.

„Du darfst immer hinten auf meinem Motorrad mitfahren", sagt er zu ihr.

Ich kippe den Rest des Alkohols in einem Zug herunter und die Flüssigkeit brennt in meiner Kehle, als mir Colleens Gesichtszüge wieder in den Sinn kommen und ich sie mir auf meinem Motorrad vorstelle. Ich habe noch nie daran gedacht, eine Tussi auf dem Rücksitz meines Mädels zu haben, um Himmels willen. Und jetzt bin ich hier und frage mich, wie es sich wohl anfühlen würde, Colleen dort sitzen zu haben. Ihr Meisterwerk von einem Arsch würde sicher gut auf meinem Motorrad aussehen, ihre Schenkel rittlings zu beiden Seiten. Und verdammt, ich spüre schon beinahe, wie sich ihre Muschi an mich presst.

Verdammt. Diese Nacht wird unglaublich lang werden, wenn ich weiß, dass sie so nah ist und ich nichts tun kann.

„Wo ist Colleen?", fragt Nate Cam, und instinktiv wende ich mich ihr zu.

„Sie redet gerade mit ihrer Mutter und sagt, dass sie dann zu Bett geht."

„Heißt das, ich kann dich in mein Bett entführen, wenn sie fertig ist?"

„Ja, das heißt es." Sie lächelt wissend.

Ich hasse sie beide. Ich weiß nicht, warum Gott mir das Leben zur Hölle machen will, aber bei allem Respekt, ich flehe ihn an, damit aufzuhören.

„Ich mache auch Schluss für heute. Wir sehen uns morgen", murmle ich.

Nach einem Abstecher in die Küche, um mein leeres Glas in der Spülmaschine zu verstauen, bewege ich meinen bedauernswerten Hintern die Treppe hinauf. Eine weitere kalte Dusche ist nötig. Oder ich nehme einfach eine heiße und wichse ab wie ein geiler Teenager.

Während ich meinem Schwanz Flüche zumurmle, schreite ich auf mein Zimmer zu, als sich die Tür meiner gegenüber öffnet. Und da es Nates Zimmer ist, ist das Mädchen, das in den Flur stürmt, dasselbe, das für meinen beklagenswerten Zustand verantwortlich ist.

Bevor ich auch nur daran denken kann, mein Tempo zu drosseln, macht Colleen einen weiteren Schritt zu weit in den Flur und prallt gegen meine linke Schulter.

„Scheiße“, flucht sie, und meine Hände schießen reflexartig nach oben, um ihr zu helfen, das Gleichgewicht zu halten, während sie auf den Füßen schwankt.

„Hey, du. Alles in Ordnung?“, frage ich sie, während ich diskret den berauschenden Kirschduft einatme, den sie immer verströmt.

„Jesus“, knurrt sie, als sie aufblickt und sieht, mit wem sie buchstäblich zusammengestoßen ist. „Ich hätte mir ein paar Knochen an deinem Körper brechen können.“

Ihr hübsches Gesicht verzieht sich zu einem Runzeln, aber auf ihrer makellosen Haut sind keine Spuren zu sehen, also ist sie wohl nicht verletzt. Außerdem weise ich sie nicht darauf hin, dass sie diejenige war, die auf ihr Handy gestarrt und die Welt um sich herum gar nicht wahrgenommen hat.

„Willst du mich weiter anglotzen, oder gehst du zur Seite, damit ich nach unten gehen kann?“, fragt sie mich und ist offenbar auf dem Weg die Treppe hinunter.

Ich nehme meine Hände von ihren nackten Armen und trete einen Schritt zurück, während sie ihr Handy in die Tasche steckt, aber anstatt ihr Platz zu machen, damit sie an mir vorbeigehen kann, sage ich: „Kann ich dich etwas fragen?“

„Nein.“

Es ist schwer, ein Kichern zu unterdrücken. Ich wusste, dass sie das sagen würde, bevor ich überhaupt gefragt habe.

Mein Gott, dieses Mädchen ist ganz schön anstrengend.

„Gibt es außer meiner sogenannten Überheblich-keit noch einen anderen Grund, warum du mich hasst?", frage ich sie trotzdem.

„Ich sagte nein, aber egal", scherzt sie. „Fangen wir mit zwei Gründen an. Erstens hast du anscheinend schon vergessen, dass das Erste, was du je zu mir ge-sagt hast, war, dass ich dich vögeln könnte, wenn ich wollte", sagt sie, auch wenn ich mir ziemlich sicher bin, dass ich diese Worte nie benutzt habe. Ich erin-nere mich, dass ich sagte: *„Wie ich sehe, teilst du mit dei-ner besten Freundin eine Schwäche für Biker. Ich bin jederzeit verfügbar, Süße."* Was überhaupt nicht dasselbe ist und ein Scherz war. Irgendwie zumindest. „Und dann, lass uns über deine Haare reden", fährt sie fort. „Kämmst du sie überhaupt? Oder tust du es nicht, weil du es für *charmant* hältst?", zitiert sie das Wort, das ich bei einem unserer früheren Streits benutzt habe.

„Meine beste Waffe der Verführung? Natürlich, ich lasse es sein, weil es charmant ist", sage ich. „Die Mä-dels stehen auf meine Haare." Ich grinse, weil ich weiß, dass sie das noch mehr aufregt.

Ich werde sie sowieso nie ins Bett kriegen. So kann ich wenigstens etwas Spaß haben.

Sie würgt theatralisch. „Kannst du jetzt endlich aus dem Weg gehen?"

Ich tue es immer noch nicht.

„Weißt du was?", beginne ich stattdessen, und ich bin auf dem besten Weg, die schlechteste Entschei-dung überhaupt zu treffen. „Ich werde etwas ma-chen, auch wenn du mir mit deinem Knie die Eier wahrscheinlich bis zum Hals rammst. Das ist ein Ri-siko, das ich bereit bin einzugehen, damit ich heute

Nacht schlafen kann, ohne mich mit der Frage zu quälen, wie diese frechen Lippen wohl schmecken.“

Ich spreche das alles so schnell aus, dass sie meine Worte erst versteht, als mein Mund schon auf ihrem liegt.

Ich spanne mich an und warte auf den schmerzhaften Schlag, der mich wünschen lassen wird, ich wäre nicht mit einem Schwanz geboren worden, aber er kommt nicht. Sie tritt mir nicht in die Eier, und sie schlägt mir auch nicht ins Gesicht, sondern erlaubt es meiner Zunge, eine Linie auf ihrer rötlichen Unterlippe zu ziehen.

Ein vor Erleichterung strotzendes Stöhnen dröhnt in meiner Brust, als ich ihren Geschmack erkunde.

Erdbeeren.

Das ist es, wonach sie schmeckt. Das muss eine Art Lippenbalsam-Zeug sein, und sie schmeckt wie der Himmel. Verdammt köstliche Erdbeeren.

Als sie meinen Kuss erwidert, bin ich so überrascht, dass ich fast erstarre. Aber mein Verstand warnt mich sofort, dass sie wieder zur Besinnung kommen könnte, wenn ich das tue, also bewege ich meinen Mund weiter. Und meine Sorge, dass sie sich von mir losreißen könnte, schwindet noch mehr, als sie sogar ihre Zunge in meinen leicht geöffneten Mund schiebt.

Sie gibt nach. Und verdammt ... Sie hält sich nicht zurück. Wildheit bestimmt ihren Kuss von Anfang an. So wie sie, ist er heftig und direkt. Ihre Zunge begegnet meiner, und sie holt sich entschlossen, was sie braucht. Sie verlangt danach, als würde sie sich nichts sehnlicher wünschen als das.

Ich sehne mich nach mehr und drücke sie mit nur einem Schritt gegen meine Schlafzimmertür. Ich denke nicht mehr darüber nach, ob eine meiner Handlungen sie verschrecken könnte. Mein Körper drängt sich an ihren, befeuert von ihrer Bereitschaft, sich endlich ihrer Lust hinzugeben. Ich habe wochenlang darauf gewartet, und ich kann nur sagen, dass keine meiner täglichen Fantasien der Realität das Wasser reichen konnte. Das … so etwas habe ich noch nie erlebt. Niemals. Die Art von brodelndem Feuer, das sie in mir auslöst, ist neu. Noch nie habe ich mich so verzweifelt nach jemandem gesehnt. Noch nie.

Ihre Hände greifen nach meinem Hemd, ihre Fäuste ballen sich fest um den Stoff, entweder als ob sie sich an etwas festhalten müsste oder als ob sie verhindern will, dass sie es mir vom Leib reißt. Ich weiß nicht, was davon zutrifft, aber mir ist beides recht.

Als offensichtlich wird, dass keiner von uns beiden noch lange durchhalten kann, ohne Luft zu holen, breche ich den Kuss ab, obwohl ich wieder befürchte, dass sie sich dann von mir zurückziehen wird. Womöglich, während sie mich laut und deutlich für das, was gerade passiert ist, verflucht. Aber ich bin wieder einmal fassungslos, als sie es nicht tut. Nicht nur, dass sie stehen bleibt und keinerlei Anstalten macht, mir zu entkommen, sich nicht einmal ein bisschen windet, sie behält auch ihre lüsternen Augen direkt auf meine gerichtet.

„Siehst du? Du willst nicht Nein sagen, aber du bist zu stur, um Ja zu sagen", raune ich ihr zu.

Während sich ihr Brustkorb immer noch in rauen, unregelmäßigen Wellen auf und ab bewegt, atmet sie scharf aus: „Halt die Klappe. Halt einfach die Klappe", wiederholt sie, aber das Ende ihres Befehls wird gedämpft, weil ihr Mund wieder auf meinen trifft.

Obwohl sie immer noch zwischen mir und der Tür gefangen ist, findet sie genug Platz, um sich an meinem Oberschenkel zu reiben. Sie hat sich bereits von meinen Lippen gelöst, als ein langes Stöhnen aus ihrem Mund kommt, und mein Mund taucht ab, um die Haut ihres Halses zu kosten. Ich beiße sanft hinein, bevor ich stark genug sauge, um ein überraschtes Aufstöhnen zu ernten. Gleich darauf folgt ein weiteres zufriedenes Stöhnen, und ich sauge erneut und wünsche mir, jeden Zentimeter ihrer Haut auf diese Weise zu erkunden.

Plötzlich dämmert mir, dass wir immer noch im Flur sind. Da ich weiß, dass sie nicht will, dass uns jemand über den Weg läuft, greife ich nach dem Türknauf und habe sie ein paar Sekunden später auf die andere Seite der Schwelle manövriert.

Und in dem Moment, in dem sich ihre Hände unter mein Hemd schleichen, ist die Sache gelaufen.

Ich ziehe an den Trägern ihres gelben Tops, das ich ihr schon den ganzen Tag lang ausziehen wollte, und als der Stoff leicht bis zu ihrer Taille hinunterrutscht, kommen feste, perfekt runde Brüste zum Vorschein.

„Kein BH", brumme ich.

Während sich mein Mund auf eine ihrer Brustwarzen stürzt, wiege ich meine Hüften gegen ihre bedeckte Muschi. In ihr zu sein, erscheint in diesem Moment lebenswichtig. Und ihre heiße Haut und die Geräusche, die sie von sich gibt, während ich an ihr sauge, lassen mich wissen, dass sie von demselben Verlangen getrieben wird. Ihre Hände tauchen in mein Haar ein, und sie hält es fest, spielt mit den Strähnen zwischen ihren Fingern.

Sie hasst mein Haar? Ich sage, sie ist eine Lügnerin.

Rasch lasse ich von ihren Nippeln ab und öffne ihre Jeans. Meine Hand verschwindet unter ihrem Slip, bis ich die Muschi erreicht habe, nach der ich schon so lange lechze.

„Oh mein …"

Sie lässt das letzte Wort in der Luft hängen, während meine Finger über ihre feuchten Lippen gleiten.

Ihre Atmung wird heftiger, und sie presst ihre Hüften gegen meine Hand.

Sie ist unglaublich feucht und voller Begierde.

Nur von einer Berührung.

Letzten Monat hat sie erwähnt, dass sie in den letzten anderthalb Jahren keinen Sex mehr hatte. Wenn ich ihre Reaktion sehe, während ich ihren Eingang stimuliere, gibt es keinen Zweifel daran, dass sie sich auf einer Durststrecke befindet.

Aber nicht mehr lange. Ich werde ihr ein Ende setzen.

„Halt dich gut fest. Du wirst bald Sterne sehen", verspreche ich ihr, während ich sie zu meinem Bett bringe.

Sobald sie auf dem Rücken liegt, entledige ich mich meines Hemdes, bevor ich sie ganz ausziehe. Feuer brennt in ihren Augen, als sie mich ansieht. Erst meine Brust, dann meine Bauchmuskeln, und schließlich starrt sie auf meinen Schritt, wobei ihr die Beule in meiner Jeans nicht entgeht.

Ich beuge mich vor, und meine Zunge leckt einmal über ihre feuchte Muschi, aber dann wandert sie nach oben, bis meine Lippen sich um den anderen Nippel schließen können, den ich zuvor vernachlässigt hatte. Meine Zunge wirbelt um ihren straffen Vorhof, und sie wirft sich mit einem lauten Wimmern zurück.

Ich liebe dieses Geräusch. So sehr.

Ihre Finger spielen wieder mit meinen Haaren, und mein Lächeln wird noch breiter, als ich ihre weiche Brust berühre. Ja klar, sie hasst mein Haar wie die Pest.

Mein Mund wandert hinauf zu ihrem Hals, und dieses Mal sauge ich an der anderen Seite und hinterlasse wahrscheinlich einen weiteren Abdruck, auf den ich stolz sein werde. Dann lecke ich weiter nach oben, bis ich ihr Ohr erreicht habe.

Sanft befehle ich: „Auf die Knie und halte dich am Kopfteil fest.“

Hitze verschleiert ihre Augen, während ein spürbarer Schauer ihren Körper durchfährt. Sie zittert, verdammt noch mal.

Wenn ich sie so sehe, wie sie hier liegt, schön wie ein Engel, und darauf wartet, von mir gefickt zu werden, möchte ich ihr fast sagen, dass ich sie direkt so nehmen werde, damit ich die Ekstase in ihren haselnussbraunen Augen sehen kann, wenn ich sie die versprochenen Sternchen sehen lasse. Aber ich will ebenso gerne ihren Arsch sehen, also bringe ich sie dazu, sich auf meinem Bett umzudrehen, bis sie sich so positioniert hat, wie ich es verlangt habe. Und verdammt … ich komme fast jetzt schon.

Wunderschön.

Ich knie mich neben ihre linke Hüfte und streiche mit meiner offenen Handfläche über ihren Arsch, genieße die Rundung, während ich mit der anderen Hand über ihre feuchten Schamlippen streiche. Sie bewegt ihren perfekten Hintern, und ich schiebe zwei Finger in sie hinein, bereit, die Lust zu stillen, die sich zwischen diesen heißen Beinen aufgebaut hat.

„Halt dich gut fest, Engel.“

Mein Tempo ist zunächst langsam, aber es nimmt schnell zu, und schließlich ficke ich sie mit allen meinen Fingern. Ich bewege mich in einem schnellen, regelmäßigen Rhythmus in sie hinein und wieder heraus, und ihr Wimmern wird immer lauter, so dass sie bald mehrmals aufschreien muss. Sie stößt ein paar unverständliche Worte aus, als sie beginnt, nach Luft zu ringen, aber ich lasse nicht nach.

Und sie nimmt es hin.

Sie liebt es.

Ihr Orgasmus überrollt sie abrupt. Wie eine Explosion, die aus dem Inneren ihres Körpers kommt. Sie verkrampft und zittert und verliert jedes bisschen Kraft in ihren Beinen. Sie verliert auch ihren Halt am Kopfteil und vergräbt ihr Gesicht in meinem Kissen, während ich sanft ihren Hintern streichle und darauf warte, dass ihr Orgasmus abklingt.

Als ich sicher bin, dass sie wieder bei mir ist, befehle ich ihr: „Hände zurück auf das Kopfteil. Und halte dich noch fester, Engel. Mein Schwanz wartet schon seit Wochen darauf, in diese Muschi einzudringen. Und wenn er einmal drin ist, wird er sie nicht mehr verlassen, bis du wieder schreist.“

Eine befriedigende Welle von Gänsehaut läuft über ihre Haut. Ich kann nicht länger warten. Schneller als je zuvor entledige ich mich meiner Kleidung, schnappe mir ein Kondom von meinem Nachttisch, streife es über, und dann stehe ich wieder hinter ihr, meinen Schwanz auf ihren Eingang gerichtet. Die Spitze streift zunächst nur ihre glitzernden Lippen, aber das reicht, um sie erwartungsvoll stöhnen zu lassen. Und als sie ein gequältes Wimmern ausstößt, während ich mich ganz langsam in sie hineinbewege, weiß ich es. In diesem Moment weiß ich, dass diese

Muschi mir gehört und ich sie ficken darf. Keiner sonst. Nur ich. Ich werde jeden umbringen, der ihr zu nahe kommt.

Ich ziehe mich langsam zurück, während sich meine Hände um die weiche Haut ihrer Hüften legen. Mit festem Griff halte ich ihren Arsch fest, und wenn ich das nächste Mal in sie eindringe, dann mit aller Kraft. Ich stoße bis zum Anschlag in sie hinein und höre, wie sie aufschreit, als ihr Griff um das Kopfteil noch fester wird. Und als ich anfange, sie heftig zu stoßen, erklingt in jedem Laut, den sie von sich gibt, die reinste Lust. Sie liebt es, und das allein schürt das unbändige Verlangen, das von mir Besitz ergriffen hat.

Ich dachte, wenn ich sie einmal gefickt habe, würde ich sie aus meinem Kopf bekommen und darüber hinweg sein. Ich weiß bereits jetzt, dass ich mich getäuscht habe. Denn das hier ist nicht nur ein Mittel zum Zweck. Sie ist nicht eines dieser Mädchen, die ich vergessen kann, sobald ich mich erleichtert habe. Sie ist ein Mädchen, das ich wieder in meinem Bett haben möchte, obwohl sie es noch nicht einmal verlassen hat. Sie ist ein Mädchen, das ich immer wieder haben will. Immer und immer wieder. Sie ist ein Mädchen, bei dem ich das Kondom weglassen und in ihr kommen möchte.

Ich weiß, dass sie nichts von alledem will, aber als sie sich ihrem zweiten Orgasmus hingibt und auf meinem Schwanz zum Höhepunkt kommt, schreit sie meinen Namen. Während ich die überwältigendste Erlösung meines Lebens erfahre, wünschte ich, ich könnte ihre Muschi so kennzeichnen, wie ich es an ihrem Hals mit meinen Lippen getan habe. Denn hier sind sie … Die Funken, von denen ich wusste, dass sie da sein würden. Ich wusste, dass die verdammten Funken nur so sprühen würden.

Und als ich mich neben sie lege und auf der Stelle einschlafe, ohne dass einer von uns ein Wort sagt, kann ich nicht anders als zu hoffen, dass ich sie bald wieder spüren werde. Vielleicht sogar morgen.

Schade nur, dass sie am nächsten Morgen nicht mehr in meinem Bett liegen wird, wenn ich aufwache. Und noch schlimmer ist, dass ich sie einen weiteren quälenden Monat lang nicht wiedersehen werde.

Kapitel 3

Colleen

Sieben Monate zuvor

Ich sitze seit fünf Minuten auf der Treppe vor dem Club und genieße die Sonne, die meine Haut angenehm umschmeichelt, als das Knattern von Motorrädern aus der Ferne in diesem sehr ruhigen Teil der Stadt lauter wird.

Dieses Wochenende in Twican habe ich in letzter Minute geplant und es wird noch kürzer sein als die beiden vorangegangenen, denn ich bin erst vor ein paar Stunden, gegen 11 Uhr, hier angekommen. Camryn ist ohnehin seit gestern mit den meisten Mitgliedern des Clubs unterwegs, also macht es wohl nichts, dass ich keinen früheren Flug bekommen habe.

Das große schwarze Eisentor, das aussieht wie das einer Festung, öffnet sich nur wenige Sekunden, bevor das erste Motorrad langsam auf das große Grundstück fährt. Dem ersten Motorradfahrer folgen mehrere weitere Bikes, die sich alle entlang des quadratischen, dunkelblauen Gebäudes aufreihen.

Das Haus ist ganz nett. Es ist modern, ohne jeden Schnickschnack, und es hat einen riesigen grünen Hof, der von einem Zaun umgeben ist, verdeckt von einer Reihe massiger Bäume.

Ich stehe erst auf, als ich sehe, wie Camryn ihren Helm abnimmt und von Nates Motorrad absteigt. Mit einem breiten Lächeln im Gesicht geht sie direkt auf mich zu und umarmt mich.

„Ich bin froh, dass du hier bist", sagt sie, bevor sie sich von mir löst. „Hast du Lust, heute Nachmittag einen Einkaufsbummel zu machen? Wir haben das mit Lilly, Fi und Chloe geplant. Sie ist Fi's Tochter. Ich glaube, du kennst sie noch nicht."

„Das stimmt", bestätige ich. „Und ja, shoppen klingt toll. Das habe ich seit Monaten nicht mehr gemacht. Aber erst mal habe ich einen Riesenhunger."

Mein Blick schweift umher, als mich alle auf dem Weg nach drinnen begrüßen, und nachdem Brent mich gegrüßt und dabei mein Haar zerzaust hat, als wäre ich ein Kind, erblicke ich denjenigen, dessen Anblick ich ebenso sehr gefürchtet wie ersehnt habe.

Ben sitzt lässig auf dem letzten Bike, das hereingefahren ist, und nimmt seinen Helm ab. Zum Glück ist er von Kopf bis Fuß in Jeans und Leder gekleidet, denn auch so schon verfluche ich die verräterischen Signale, die mir mein Körper sendet. Der Anblick eines noch so kleinen Stücks nackter Haut wäre schon zu viel des Guten gewesen.

In den letzten Monaten habe ich mein Bestes getan, um unsere Begegnung auf dem Flur im tiefsten Winkel meines Gedächtnisses zu vergraben, aber meine unzähligen Versuche, ihn zu vergessen, sind katastrophal gescheitert. Und jetzt ist er hier und erschafft unwissentlich ein weiteres Bild von ihm, das in der Galerie meiner Gedanken auf Dauerschleife laufen wird, wenn ich wieder in der einsamen Kälte meiner Laken liege. Rittlings sitzt er immer noch auf seinem Motorrad, fährt sich mit der Hand durch sein zerzaustes Haar. Trotz meiner Bemühungen kann ich nicht verhindern, dass ich an den Moment zurückdenke, als er diese Finger in mir hatte.

Aber Gott, wie sehr wünschte ich, ich könnte dieser Erinnerung entkommen.

Warum konnte mich nicht ein stiller, schüchterner Kerl auf diese Weise verführen? Denn das ist genau das, was Ben getan hat. Er hat mich verführt. Von dem Moment an, als seine Lippen meine berührten, verlor ich die Kontrolle über meinen eigenen Körper und meinen Verstand. Mir war zwar klar, dass ich in die entgegengesetzte Richtung hätte davonlaufen sollen, aber es gab keine andere Möglichkeit, als ihm näher zu kommen. Alles an ihm war so unglaublich männlich, als er mich berührte. Seine Lippen und seine Hände strahlten ein erregendes Vertrauen aus. Und seine Stimme … Sinnlich und wild zugleich, als er mir Verheißungen der Lust ins Ohr murmelte. Dieser Typ wurde geboren, um Sex zu haben. Und ich wurde geboren, um von ihm gefickt zu werden.

Und jetzt verliere ich wieder meinen Verstand. Hierherzukommen war vielleicht nicht die beste Idee, die ich je hatte.

„Hey, Colleen. Wie war deine Reise?"

Nates Begrüßung holt mich in den Moment zurück.

Ich verdränge jeden Gedanken an den eingebildeten Adonis ein paar Meter weiter. „Sie wäre prima gewesen, wenn ein alter Mann nicht neben mir geschnarcht hätte, aber das Leben ist eben nicht perfekt, oder?"

Er lacht, während er lässig einen Arm um Cams Schulter legt. Es ist unmöglich, sie nicht zu beneiden, wenn sie sich so unbeschwert an seine Seite lehnt. Versteht mich nicht falsch, ich freue mich für sie. Aber ich bin auch ein bisschen eifersüchtig.

„Wie war eure Fahrt?", frage ich sie.

„Perfekt." Cam lächelt.

„Es tut immer gut, die Freiheit der Straße zu genießen. Aber ich bin am Verhungern", sagt Nate.

„Ich auch", gebe ich zu. „Was Melvin gekocht hat, sieht köstlich aus und riecht auch so."

Melvin ist der Club-Anwärter. Er hat mich vorhin vom Flughafen abgeholt, und ich habe ihm in der Küche geholfen. Er ist seltsam süß für einen Kerl, der wie ein Muskelprotz gebaut ist.

„Dann lass uns reingehen", drängt Cam, und ich folge ihnen die Treppe hinauf.

Nate führt sie bereits hinein, als sich hinter mir eine Stimme erhebt, die mir ein unangenehmes Kribbeln auf der Haut beschert.

„Ich habe auch irgendwie Hunger."

Meine Füße müssen einen eigenen Willen haben, denn sie bleiben stehen und zwingen mich sogar, mich umzudrehen, bevor sie sich ohne meine Erlaubnis am oberen Ende der Treppe platzieren.

Bens Augen wandern ebenso lässig über meinen Körper, wie sein Gang ihn mit jedem Schritt näher zu mir bringt.

Die Anspielung hinter seiner Aussage ist mir nicht entgangen. Das Blau seiner Augen scheint vor Hunger stürmische Wellen zu schlagen, während er mich aufmerksam mustert. Derselbe Hunger, der sich in meinem Magen einnistet, wenn ich ihn ansehe. Aber ich weigere mich, es mir anmerken zu lassen. Lieber lasse ich mich von einem Zug überfahren, als diesen selbstgefälligen Arsch wissen zu lassen, wie sehr ich ihn jetzt vernaschen möchte.

Ich halte seinem Blick stand, während ich meine Arme verschränke und ihm zu verstehen gebe, dass er sich gewaltig getäuscht hat, wenn er glaubt, er könne nur mit der Wimper zucken und ich würde sofort wieder in sein Bett sinken.

Seine Lippen verziehen sich zu seinem typischen nervigen Grinsen, und er hält inne, als er neben mir steht.

Ich schaue geradeaus, damit ich ihn nicht ansehen kann, als er mir leise ins Ohr flüstert: „Kämpfe so viel du willst, Engel. Aber du weißt, dass du dich nach meinem Körper sehnst, so wie ich mich nach deinem verzehre.“

Wieder einmal verraten mich meine Hormone, indem sie einen Schauer auslösen, der allein beim Klang seiner sinnlichen Stimme über meinen Körper jagt. Es ist eine unkontrollierbare Reaktion. Und selbst die Wut, die bei seinem wissenden Kichern aufflammt, kann das Kribbeln, das über meine Haut fährt, nicht verhindern.

Schließlich drehe ich mich zu ihm um und sage: „Das ändert nichts an der Tatsache, dass du ein unreifes Arschloch bist.“

Ich klopfe ihm ein paar Mal auf die Brust und lasse ihn zurück, wobei ich versuche zu vergessen, dass wir die nächsten vierundzwanzig Stunden unter demselben Dach verbringen werden.

„Ich nehme an, du hast recht“, ruft er und kichert wieder dümmlich, bevor ich genug Abstand zwischen uns bringen kann.

Wenigstens leugnet er es nicht.

***

Es ist lange her, dass ich das letzte Mal einkaufen war. Ich mag es genauso wie jedes andere Mädchen, aber allein shoppen ist einfach langweilig. Deshalb mache ich das nicht mehr so oft. Die Kehrseite der Medaille ist, dass ich, weil ich es nicht mehr so oft tue, jetzt in dieser Situation gelandet bin. Ich habe so viele Tüten in der Hand, dass ich nicht mehr richtig durch die Regale stöbern kann.

„Ich schlage vor, wir suchen uns ein Café, um unsere Füße auszuruhen." Fiona seufzt, als wir den x-ten Laden an diesem Nachmittag verlassen. „Meine bringen mich um. Außerdem wird jemand einen Koffer kaufen müssen, um all deine Sachen nach Hause zu bringen, wenn du nicht anfängst, deine Kreditkarte zu schonen", fügt sie hinzu und wirft einen amüsierten Blick auf meine Taschen.

„Da hast du nicht unrecht", stimme ich zu und folge ihrem Blick.

„Sitzen klingt super", stimmt Cam zu.

„Dann ist das ja geklärt", beschließt Lilly. „Schatz", ruft sie, während sie auf Cody zugeht.

Sein Blick löst sich von seinem Handy, als er von seinem Platz an der Wand aufschaut. „Seid ihr fertig?", fragt er, wobei er seine Hoffnung nicht gerade gut zu verbergen weiß.

„Sind wir, aber wir wollen noch einen Kaffee trinken, bevor wir nach Hause fahren."

„Kaffee klingt gut", stimmt Ben zu, bevor Cody etwas sagen kann.

Er stößt sich von der gleichen Wand ab, aber er lässt seine Hände weiter lässig in den Vordertaschen seiner dunklen Jeans stecken. Ich war nicht überrascht, als er sich freiwillig meldete, um ein Auge auf uns zu haben. Ich war sehr verärgert, aber nicht im Geringsten überrascht. Obwohl ich mir nicht sicher bin, warum sie darauf bestanden haben, überhaupt mitzukommen. Ich habe mich nicht geirrt, als ich diese Biker zum ersten Mal traf. Sie sind paranoid bis zu einem Punkt, an dem es an ungesund grenzt. Aber weder Ben noch Cody haben sich in den drei Stunden, die wir durch das Einkaufszentrum geschlendert sind, auch nur ein einziges Mal beschwert, immerhin etwas. Ich hätte sie sogar vergessen, wenn Ben nicht versucht hätte, einen Blick auf die Unterwäsche zu erhaschen, für die ich mich interessiere.

Dieser Mann ist echt kindisch. Schlicht und einfach kindisch.

Wir lassen uns an einem Tisch in einem kleinen Café mit weißen Möbeln und Zeichnungen von Muffins an den Wänden nieder und eine Kellnerin nimmt gleich unsere Bestellung auf.

Als sie weggeht, sagt Ben: „Hier sieht es aus wie in einem Puppenhauscafé."

„Zweifelst du so sehr an deiner Männlichkeit, dass du es nicht erträgst, hier gesehen zu werden?", stichelt Fiona ihn.

„Ich habe keine Zweifel, was meinen männlichen Körper anbelangt, Süße." Er zwinkert ihr zu, bevor er mich anschaut.

Für eine kurze Sekunde habe ich Angst, dass er irgendeinen dummen Kommentar über unsere gemeinsame Nacht abgibt, deshalb bin ich erleichtert, als Cam mich fragt: „Wie war die Arbeit diese Woche? Immer noch keine Beförderung in Sicht?"

„Nein", antworte ich. „Und ich werde auch nicht so bald eine bekommen. Kevin hat am Freitag eine gekriegt. Der Kerl kann nicht einmal den Unterschied zwischen einem Krimi und einem Thriller erkennen, aber wen interessiert das schon?" Ich erzähle ihr von einem meiner Kollegen, der etwa zur gleichen Zeit wie ich dort angefangen hat. „Stell dir das mal vor. Ich bin mir ziemlich sicher, dass er die Hexe vögelt. Vielleicht sollte ich auch mit ihr schlafen", scherze ich.

„Deine Chefin?", fragt Fiona.

„Ja. Sie ist ein Miststück. Sie ist großartig in ihrem Job, deshalb hält sie sich wahrscheinlich für eine Art Göttin. Aber sie ist einfach nur unhöflich und arrogant, immer auf ihren Stöckelschuhen thronend, obwohl sie einen Scheißdreck in ihnen laufen kann."

Ich höre auf zu reden, als die Kellnerin mit unseren Kaffees und Teilchen zurückkommt. Ich habe zwei bestellt. Nervennahrung.

Ich nehme sofort einen Bissen von meinem leckeren Himbeer-Cupcake.

„Was machst du so?", fragt Chloe mich, während sie ihr eigenes Törtchen genießt.

Mit ihren sechzehn Jahren ist Chloe ein wunderschönes junges Mädchen mit langen blonden Haaren und grünen Augen. Sie sieht genauso aus wie ihre Mutter.

„Ich arbeite in einem Verlagshaus. Ich wünschte nur, ich könnte nach anderthalb Jahren endlich anfangen, etwas zu machen, das wirklich etwas mit Verlagswesen zu tun hat. Sei vorsichtig, wenn du dich auf die Suche nach deinem ersten Job machst."

„Ich weiß noch nicht einmal, was ich nach der Highschool machen werde", gibt sie zu.

„Du hast noch Zeit, dich zu entscheiden, Süße", beruhigt Fiona sie.

„Aber ein schönes Bild mit der Chefin", schaltet sich Ben ein.

Ich schaue ihn finster an. Ich habe das Gefühl, das ist alles, was ich tue, wenn er in meiner Nähe ist.

Meine Augen werden noch so einfrieren, wenn ich nicht aufpasse.

„Hörst du jemals auf zu grinsen?“, frage ich ihn, anstatt auf seine Bemerkung einzugehen.

„Lächelst du jemals?“, schießt er zurück.

„So ziemlich immer, wenn ich dich nicht gerade ansehe.“

„Ihr seid also immer noch nicht miteinander warm geworden, was?“, fragt Lilly, obwohl es nicht so aussieht, als würde sie eine Antwort erwarten.

Bens Lächeln wird breiter, und es ist nicht schwer, seine Gedanken zu lesen. Irgendwie haben wir uns aufeinander eingespielt. Der Sex zwischen uns war ziemlich heiß. Und er weiß es.

Ich hasse den Kerl. Ich hasse seine Überheblichkeit. Ich hasse sein seidig-weiches Haar. Ich hasse die Art und Weise, wie er sich auf diesem Stuhl hält, die Beine weit gespreizt. Ich hasse sein Grinsen. Ich hasse das alles.

Vor allem hasse ich, dass ich ihn durch all das so sehr begehre, dass es peinlich ist.

✳✳✳

Nachdem wir einen Film gesehen haben, sind Cam und ich wieder nach unten gegangen, um mit allen zu Abend zu essen, und dann haben wir eine Weile Billard gespielt und einfach nur rumgehangen. Heute Abend ist keine Party angesagt, also ist es im Club ziemlich ruhig und entspannt. Ich sitze jetzt mit Cam auf der Couch, ein Glas Cola in der Hand, während wir abwesend irgendeine blöde Reality-Show im Fernsehen schauen.

Ich hatte den ganzen Abend Spaß, aber nun, da es spät wird, hat mich meine mürrische Stimmung wieder eingeholt. Die Stunden scheinen jedes Mal, wenn ich hier bin, wie im Flug zu vergehen und bringen mich immer näher an den Moment, an dem ich in die Einsamkeit meiner Wohnung zurückkehren muss, bevor ich dazu bereit bin.

Ich bin nicht gern allein. Das war ich noch nie. Aber mein Hauptproblem mit meiner Wohnung in New York ist, dass ich dort nicht allein hätte einziehen sollen. Ich wollte eigentlich mit meinem Ex zusammenziehen, aber dazu ist es nie gekommen. Das einzige Mal, dass Craig einen Fuß in unsere Wohnung gesetzt hat, war, als wir sie besichtigten, bevor wir den Mietvertrag unterschrieben. Und jedes Mal, wenn ich seitdem durch die Tür gehe und die Möbel sehe, die er ausgesucht und die ich zusammengestellt habe, erinnert mich das an den schrecklichen Tag, bevor ich in das Flugzeug stieg, um allein ein Leben in New York zu beginnen.

Wir waren gerade mit dem Abendessen fertig, und Craig erzählte mir, dass er seine Meinung über das Zusammenziehen geändert hätte. Einfach so. Ich sehe noch deutlich, wie er vor mir saß und diese unerwartete Bombe platzen ließ, nachdem er seine Gabel auf den leeren Teller gelegt hatte. Er teilte mir einfach mit, dass er es sich anders überlegt hatte, so als hätte er sich für ein Thunfischsandwich statt für ein Hühnchensandwich entschieden. Keine große Sache. Unterm Strich musste ich ein Flugzeug nach New York nehmen, während er eines nach Italien bestieg.

Rückblickend weiß ich, dass ich nicht überrascht war. Schockiert darüber, dass er den Nerv hatte, mich wie eine olle Socke fallen zu lassen, während er mich um Verständnis dafür bat, dass es ihm nicht leichtgefallen war, diese Entscheidung zu treffen, ja. Ich hatte allen Grund, schockiert zu sein. Aber ich war nicht überrascht.

Craig war so sorglos wie nur irgend möglich. Er nahm nichts ernst und hatte immer ein Lächeln im Gesicht und einen Scherz auf den Lippen. Er war charmant. Fast schon eingebildet. Heute hasse ich all diese Charaktereigenschaften, weil sie mich an ihn erinnern, aber damals war es genau das, weshalb ich mich in ihn verliebte. Seine unbekümmerte Seite war erfrischend, aber sie war auch der Grund, weswegen er häufig impulsive Entscheidungen traf. Sogar solche Entscheidungen wie die, zwei Jahre Beziehung sausen zu lassen, obwohl er mich erst überzeugt hatte, dass es nicht zu früh für einen gemeinsamen Umzug sei. Nachdem er mir eingeredet hatte, dass New York die beste Wahl sei, weil er dort das beste Praktikum bekäme, das er sich hätte erträumen können. Ich schätze, sein Traumpraktikum kam dann doch an zweiter Stelle. Und jetzt sitze ich in einer Stadt fest, die ich nicht einmal zu mögen versuche, und arbeite in einem Job, den ich hasse, während Craig mit dem Geld seines reichen Vaters weiß Gott wohin gereist ist. Und das Schlimmste an der ganzen Sache ist, dass ich mir eine Zeit lang, nachdem er mit mir Schluss gemacht hatte, wünschte, er hätte mich wenigstens gefragt, ob ich mit ihm verreisen wolle. Aber das hat er nicht getan, weil er nicht wollte, dass ich mitkomme. Er war mit mir fertig, so einfach war das. Ohne dass ich etwas gemerkt hätte, war er mit mir durch.

Als sich die Küchentür öffnet, blicke ich instinktiv herüber und ein langgezogenes frustriertes Knurren entweicht mir beinahe, als ein halbnackter Ben mir im Gehen zuzwinkert. Mein Blick wandert sofort wieder zum Fernseher. Ich gönne ihm nicht das Vergnügen, ihn anzusehen, aber ich höre seine Schritte auf der Treppe, also gehe ich davon aus, dass er in sein Zimmer geht.

Mit nacktem Oberkörper. Ich glaube, das habe ich bereits erwähnt. Als er vollständig bekleidet war, war es zumindest einfacher, sich nicht daran zu erinnern, wie sich seine gewellten Muskeln unter meinen forschenden Handflächen anfühlten. Jetzt sind meine Hormone wieder aufgewühlt.

Ich bin am Arsch.

Wie ironisch ist es, dass ich die exakte Kopie von Craigs Persönlichkeit in einem von Cams Freunden gefunden habe? Ich bin verflucht. Das ist es, was ich bin. Ich bin verflucht. Es ist, als ob mein Körper nur die Fähigkeit hat, sich zu sorglosen, lässigen, Mir-ist-alles scheißegal-Typen hingezogen zu fühlen, obwohl mein Kopf versucht, ihn wissen zu lassen, dass diese Typen in die Kategorie *eingebildetes Arschloch* gesteckt und dort für immer weggesperrt werden müssen. Ich bin hoffnungslos. Es gibt keinerlei Hoffnung für mich. Ich bin schwach. Ich bin eine schwache Frau.

„Ich mache jetzt Schluss für heute, Colleen", sagt Cam mit einem Gähnen.

Das ist nicht hilfreich. Sie ist keine Hilfe. Wenigstens hatte ich durch das Zusammensein mit ihr eine Ausrede, nicht das zu tun, wovon mich die flüsternde, teuflische Stimme in meinem Kopf schon den ganzen Tag zu überzeugen versucht hat. Das sexy Arschloch hatte heute Morgen recht. Ich sehne mich nach seinem Körper. Ich kann nicht anders. Und deshalb bin ich im Begriff, meinen zweiten Fehler innerhalb eines Monats zu begehen.

„Ich auch", sage ich ihr.

Das ist eine Lüge. Ich weiß bereits, dass ich nicht in mein Zimmer gehen werde, sobald ich oben bin. Aber das kann ich ihr nicht gestehen. Seit Craig mich verlassen hat, habe ich mir eingeredet, dass ich mir nicht einmal mehr erlauben würde, Typen wie ihn auch nur kurz anzuschauen. Ich kann Cam auf keinen Fall sagen, dass Bens Körper mich in den Wahnsinn treibt.

Nachdem ich allen Gute Nacht gesagt habe, folge ich Cam die Treppe hinauf.

„Gute Nacht. Wir sehen uns morgen." Sie umarmt mich.

„Gute Nacht", sage ich und mache mich auf den Weg in mein Zimmer.

Aber sobald ich höre, wie ihre Tür zufällt, drehe ich mich um. Aus Angst, dass jemand kommen könnte, beeile ich mich, Bens Tür zu erreichen, und klopfe so leise wie möglich, damit Cam nichts hört.

Ich weiß nicht, ob er nicht da ist oder ob ich zu leise geklopft habe, aber drinnen scheint sich nichts zu bewegen. Da Geduld nicht meine Stärke ist und ich immer noch Angst habe, dass mich jemand hier erwischen könnte, beschließe ich, es mit dem Türknauf zu versuchen. Die Tür ist offen, also gehe ich hinein.

Ben ist nirgends zu sehen, aber die Dusche läuft. Ich gehe auf das Bad zu und drücke die angelehnte Tür auf. Der kleine Raum ist beschlagen, aber nicht so sehr, dass mir das Schauspiel entgehen würde, sobald ich die große Duschkabine erreicht habe, die nicht ganz geschlossen ist und mir die Möglichkeit gibt, einen Blick hineinzuwerfen.

Der Anblick, der sich mir bietet, macht mich aus zwei Gründen sprachlos. Erstens dämmert es mir, dass ich Bens Rücken noch nie gesehen habe – ja, ich habe mit ihm geschlafen, aber seinen Rücken habe ich noch nicht zu Gesicht bekommen. Seine Schultern sehen von hinten noch breiter aus, und jeder Muskel von dort bis hinunter zu seinem Hintern wölbt sich bei jeder seiner Bewegungen. Aber was meine Aufmerksamkeit erregt, ist die große Tätowierung, die fast seine gesamte Haut bedeckt. Der wütende Totenkopf, der mit schwarzen Rosen verziert ist, ist ein ziemlich beeindruckendes Kunstwerk. Und das Zweite, was mich sprachlos macht, ist, was er tut, damit sich seine wohlgeformten Muskeln so sexy unter seiner Haut bewegen.

Ich kann seinen Schwanz nicht vollständig sehen, aber ich kann einen Blick auf seine Hand erhaschen, die ihn umschließt, während er sich selbst streichelt. Sein Kopf ist zwischen die Schultern gebeugt und ich balle meine Hände kurz zu Fäusten, weil ich ihn unbedingt anfassen möchte.

„Das ist ein starkes Tattoo", melde ich mich zu Wort, nachdem ich mich kurz an dem Anblick satt gesehen habe. Er wirbelt herum, sichtlich erschrocken, als ich fortfahre. „Es ist irgendwie … verstörend", füge ich ehrlich hinzu. Schön ist es auch, aber wenn man es zu lange ansieht, scheint einen der Schädel anzustarren, was irgendwie unheimlich ist. „Ist es nicht traurig, sich an einem Samstagabend einen runterzuholen?"

Sein sündhaftes Grinsen ist wieder voll da. „Du kannst mir gerne dabei helfen", bietet er an, während ich bemerke, dass das Tempo seiner Hand nachgelassen hat.

Er streichelt sich immer noch, aber jetzt sehr langsam. Langsam genug, damit ich die Adern sehen kann, die sich unter der glatten Haut seines Schafts schlängeln. Ich will das. Ich will ihn. Aber es gibt etwas, das unbedingt geklärt werden muss, bevor ich der Lust nachgebe, die in mir wütet.

„Das ist nur Sex. Nichts anderes“, versichere ich.

Er muss wissen, wo ich stehe, bevor ich etwas tue.

Er scheint von meiner Klarstellung nicht beunruhigt zu sein. „Das ist normalerweise mein Satz“, erwidert er wahrheitsgemäß – als ob ich ihn nicht durchschaut hätte. „Aber bist du sicher, dass du meinem Charme widerstehen kannst?“

Seine Stimme hat einen neckischen Unterton, aber mit einem Schnauben, das laut genug ist, um das Geräusch von auf die Kacheln plätscherndem Wasser zu übertönen, antworte ich trotzdem. „Offensichtlich hast du nicht zwischen den Zeilen gelesen, als ich sagte, es sei nur Sex. Was ich meinte, war, es ist nur Sex, und ich mag dich trotzdem nicht. Also, kein Problem, Casanova. Außerdem bleibt das unter uns.“

„Wie du willst.“ Er grinst noch etwas mehr.

Froh darüber, dass die Situation nun eindeutig geklärt ist, entledige ich mich meiner Socken, schlüpfe aus meiner Jeans und ziehe mein Hemd über den Kopf. Im Handumdrehen verschwindet Bens Lächeln und die Verspieltheit in seinen Augen weicht einem raubtierhaften Blick.

„Ist es das, was du vorhin gekauft hast?“ Seine Stimme ist belegt, während er den blauen Spitzen-BH und den Tanga studiert, mit denen ich nun dastehe.

„Nein, Bikerboy. Du solltest die Sachen, die du kaufst, waschen, bevor du sie trägst“, sage ich ihm, während ich meine Brüste befreie und meinen Tanga herunterschiebe.

Beides gesellt sich zu meinen Klamotten auf dem Boden, und ich steige in die Dusche.

Sobald ich in seiner Reichweite bin, zieht er mich zu sich und erobert meinen Mund in einem leidenschaftlichen Kuss. Hart gegen meinen Unterleib drückend, spüre ich seinen Schwanz zwischen unseren Körpern. Allein dieses Gefühl verstärkt die Nässe zwischen meinen Beinen und als er eine Hand auf mich legt und eine meiner Brüste knetet, beginnt jeder Zentimeter in mir vor feurigem Verlangen zu schmerzen. Als sein rauer Daumen über meine harte, empfindliche Brustwarze fährt, durchzuckt mich ein weiterer Lustschock und ich stöhne in seinen Mund.

Seine Berührung ist wundervoll. Machtvoll. Sie hat die Macht, jeden anderen Gedanken aus meinem Kopf zu vertreiben. Gedanken, wie zum Beispiel, dass ich jetzt nicht in seiner Dusche sein sollte; dass ich mit meinem Leben nicht zufrieden bin; wie einsam ich die meiste Zeit über bin. All diese Gedanken verschwinden, und ich atme wieder leichter, auch wenn ich weiß, dass es nur eine kurze Zeit andauern wird. Dann werden all diese Gedanken wieder zurück in meinen Kopf drängen.

Ein wimmernder Protest liegt mir auf der Zunge, als Ben mir seinen fordernden Mund verweigert, aber ich vergesse meine Frustration, als er sagt: „Zeit, mir zu verraten, ob du willst, dass ich deine Muschi koste, oder ob du lieber deinen frechen Mund auf mich legen willst.“

Er lässt mich nicht einmal antworten, bevor seine Lippen wieder zu Werke gehen. Seine Zunge sucht wieder meine und sein rauer Kuss hilft mir nicht, mich auf eine Entscheidung zu konzentrieren. Eine Entscheidung, die eher ein Dilemma ist, denn der Gedanke, dass sein Mund und seine Zunge mit meiner Klitoris spielen, bis ich komme, klingt herrlich. Aber ich kann es auch nicht erwarten, ihn zu verwöhnen.

Sein Schwanz, der plötzlich zwischen uns zuckt, entscheidet sich an meiner statt.

Ich entziehe ihm meinen Mund und knie mich vor ihm nieder. Sein ganzer Körper spannt sich an, noch bevor meine Hand seine Härte erfasst, als würde er sich bereits auf meine Berührung freuen. Und als meine Handfläche auf seine empfindliche Haut trifft und ich meine Hand um ihn lege, blicke ich auf und sehe den dunklen, animalischen Blick, der das klare Blau seiner Augen trübt. Und als ich ihn in den Mund nehme, verdunkeln sie sich mit noch mehr auflodernder Leidenschaft.

Er atmet tief ein. „Ja, Engel", drängt er, während er eine Hand auf meinen Hinterkopf legt. „Verdammt, diese Lippen. Ich habe mir bei der Vorstellung, dich so auf den Knien zu sehen, schon öfter einen runtergeholt, als ich zählen kann."

Wahrscheinlich sollte es das nicht, aber das Wissen, dass er es sich bei dem Gedanken an mich selbst besorgt hat, macht mich noch mehr an. Mein Verlangen wächst sofort, als ich das erfahre, genauso wie es mit jedem seiner Stöhner verstärkt wird, die in der Dusche widerhallen. Mit jedem gestöhnten Fluch atmet er ein oder aus, während ich ihn tiefer in meinen Mund nehme. Meine Zunge spielt gelegentlich mit der Spitze seines Schwanzes und jedes Mal, wenn ich ihn wieder hineinnehme, drückt seine Hand ein wenig auf meinen Kopf, um mir zu helfen, ihn noch tiefer aufzunehmen. Er ist zu groß für mich, um ihn ganz in mich hineinzuschieben, aber ich versuche mein Bestes.

„Dieser Mund …“, lobt er, doch plötzlich stößt er ein zittriges Keuchen aus. „Engel, hör auf. Ich halte das nicht durch.“

Ich ignoriere seine Warnung, begierig darauf, ihn mit meinem Mund kommen zu lassen, aber im nächsten Moment werde ich hochgezogen und gegen die Wand gedrückt.

„Du hörst nicht besonders gut, oder?“, fragt er mich mit einer Stimme, die von einem Verlangen erfüllt ist, das mich stolz macht. „Dreh dich um, Beine spreizen und Hände an die Wand.“ Ohne zu warten, dass ich einwillige, steigt er aus der Dusche und kramt in einem Schrank oder einer Schublade. Da ich weiß, dass er ein Kondom holt, warte ich einfach auf ihn und tue, wie mir geheißen.

„Das ist ein perfekter Arsch“, sagt er, als er zurück ist.

Seine Hände auf meinen Hüften, stellt er sich direkt hinter mich und ein Schrei entweicht mir, als er tief und fest in mich eindringt. Mit meinen Fingern suche ich Halt, aber es gibt nichts als die glatten Kacheln unter meinen Handflächen.

Gott, er fühlt sich noch besser an, als ich es in all den einsamen Nächten mit meinem Vibrator in Erinnerung hatte. Sein Schwanz fühlt sich größer an, seine Stöße fühlen sich heftiger an, und seine Hände, die meine Hüften umklammern, scheinen mich fester zu halten. Gut ist bei weitem kein ausreichendes

Wort, um das zu beschreiben. Am Rande meiner Lippen liegen Lobeshymnen, die nur darauf warten hervorzubrechen. Ich will sie nicht herauslassen, aber sie sind trotzdem da. So gut ist das hier. So gut, dass ich keine Zeit habe, mich auf den nahenden Höhepunkt vorzubereiten. Mein Orgasmus explodiert erbarmungslos in mir. Die Lust entlädt sich in einer kaum erträglichen Welle, die jede Zelle meines Körpers erschüttert.

Ich schließe die Augen und versuche mich wieder an der Wand festzuhalten und meine Zehen krümmen sich auf den durchnässten Fliesen unter mir. Ben stößt weiter in mich hinein, stöhnt Lobpreisungen und Flüche, bis er mit einem lauten Knurren, das einem Tier gleichkommt, tief in mir erstarrt.

Während er sich entlädt, ist sein Griff um meine Hüften fast schon schmerzhaft, und Gott … Ich liebe es.

Sein eigener Orgasmus klingt irgendwann ab, aber wir bewegen uns einen Moment lang nicht. Ich lehne meine Stirn an die kühle, nasse Wand, während ich versuche, meinen Atem zu beruhigen.

Sein eigener Atem ist schwer und heftig, als er mir sagt, während er mit einer sanften, aber besitzergreifenden Hand über meinen Rücken streicht: „Ich würde dich gerne abwaschen, aber das werde ich später tun. Jetzt werden wir uns erst einmal abtrocknen, denn ich möchte, dass du dich auf mein Bett legst, damit ich deine Muschi lecken kann. Dann werde ich dich wieder ficken. Vielleicht gegen die Wand, mit deinen Beinen um mich geschlungen. Wie hört sich das an?"

Sein nervtötendes Kichern ertönt in der Dusche, als mir bei seinen Worten ein Schauer über den Rücken

läuft. Ich finde genug Kraft, um über meine Schulter
zu schauen, und starre ihn an, anstatt zu antworten,
aber ich lasse ihn trotzdem alles mit mir machen, was
er mir versprochen hat.

Kapitel 4

Ben

Sechs Monate zuvor

Nates Haus ist still, als ich zur Tür hereinkomme. Hätte ich nicht von draußen den Lärm auf dem Dach gehört, hätte ich gedacht, es sei niemand da. Trotz der Jahreszeit ist es dieser Tage nicht allzu kühl und da die Sonne scheint, haben sie wohl beschlossen, Thanksgiving dieses Jahr draußen zu feiern. Der Mistkerl hat ein Wahnsinnsdach da oben. Pool, Jacuzzi, Bar … Er hat sogar Palmen. Verrückter Spinner.

Auf dem Weg zur Rückseite des Hauses, wo sich die Treppe zum Dach befindet, halte ich inne, als ich an der Küchentür vorbeikomme. Ich mache einen Schritt zurück und lehne mich an den Türrahmen.

Ich nutze die Tatsache, dass Colleen meine Anwesenheit überhaupt nicht bemerkt, und genieße einen Moment lang schweigend die Aussicht. Sie trägt eine schwarze Lederhose, die sich wie Gummihandschuhe an ihre Kurven schmiegt, und eine langärmlige, weite königsblaue Bluse. Ihr dunkles Haar ist zu einem glatten Pferdeschwanz gebunden, und ich stelle mir vor, wie ich sie fest im Griff habe, während ich schmutzige Dinge mit ihr mache.

„Willst du mich weiter anstarren wie ein Verrückter?"

Ich fahre ein wenig zusammen als sie spricht, aber schnell legt sich ein Lächeln auf meine Lippen. Sie war wohl doch nicht so unaufmerksam.

„Ich habe die wunderbare Aussicht genossen", gebe ich zu. „Woher wusstest du, dass ich es bin?"

Sie dreht sich um, lehnt sich an die Theke und lässt den Salat, den sie gerade schleuderte, links liegen. „Ich habe gehört, wie die Haustür aufging, und du bist der Einzige, der sich verspätet hat."

Ich lächle noch breiter und schüttle den Kopf. „Tut mir leid, Engel, aber ich bin nicht zu spät. Ich esse an Thanksgiving immer mit meiner Grandma und ihren verrückten Freundinnen zu Mittag, bevor ich alle treffe, egal wo wir feiern."

Das ist Tradition. Grandma ist die letzte Blutsverwandte, die mir geblieben ist, seit meine Mutter starb, als ich noch ein Teenager war. Sie hat sich um mich gekümmert, bis ich alt genug war, um auf mich selbst aufzupassen. Nach dem Tod meines Großvaters verbrachte sie Thanksgiving immer mit mir und meiner Mutter, und jetzt verbringt sie es mit ihren drei besten Freundinnen, die inzwischen auch Witwen sind. Und ich würde Omas Truthahn um nichts in der Welt missen wollen. Aber sobald sie und ihre Freundinnen anfangen, Bridge zu spielen, bin ich raus. Das ist zu viel des Guten. Sie sind nicht wirklich verrückt. Es sind einfach Frauen um die siebzig, die so tun, als wären sie noch zwanzig. Sie sind fantastisch, aber nur in kleinen Dosen.

Colleen neigt ihren Kopf zur Seite und mustert mich aus irgendeinem Grund. „Du isst jedes Jahr mit deiner Großmutter und ihren Freundinnen zu Mittag?"

„An Thanksgiving, Weihnachten und ein paar Sonntagen im Monat", sage ich ihr. „Das Essen bei Oma ist das beste. Und danach esse ich mit den

Brüdern, denn alte Leute essen furchtbar früh." Ich grinse.

Sie brummt und sieht seltsam überrascht aus, als sie das hört. Aber sie sagt nichts, sondern widmet sich wieder ihrem Salat.

Sie schnappt sich die große Schüssel und reckt ihr Kinn in Richtung einer anderen Schale. „Nimm die hier, bitte."

„Wo ist Melvin?", frage ich sie, obwohl ich mich bereits auf den Tresen zubewege.

Sie wirft mir einen ziemlich bösen Blick zu. „Er ist gerade mit dem Truthahn nach oben gegangen. Der arme Kerl braucht eine Pause, also nimm diese Schüssel gefälligst wie ein großer Junge."

Ich weiß nicht, was mich mehr verwirrt. Die Tatsache, dass Melvin, seit er vor etwas mehr als einem Jahr angefangen hat für uns zu arbeiten, immer alle Frauen im Club auf seiner Seite hatte, oder die Tatsache, dass dieses Mädchen so verdammt sexy ist, wenn sie mit mir schimpft.

„Der arme Kerl wird in ein paar Stunden eine sehr lange Pause haben", informiere ich sie, während ich den Salat von der Theke nehme.

Sie verengt ihre Augen. „Ich weiß nicht, was du meinst", gibt sie zu. „Verlässt er den Club?"

„Das Gegenteil ist der Fall. Es bedeutet, dass er heute sein Patch bekommt. Volles Mitglied im Club. Er weiß es nur noch nicht. Nate wird ihn erst mal unseren Mist aufräumen lassen." Ich grinse.

Sie schüttelt missbilligend den Kopf, kann sich aber ein Lächeln auf ihrem schönen Gesicht nicht verkneifen. „Okay, jetzt beweg dich. Ich bin am Verhungern."

„Du bist immer am Verhungern“, erwidere ich, während ich aus der Küche schlendere und ihr den Weg zeige. „Jedes Mal, wenn ich dir eine SMS schreibe, bist du hungrig oder am Essen oder willst gerade essen. Wie du es schaffst, diesen tollen Körper zu halten, ist mir ein Rätsel.“

Wir fingen an, uns SMS zu schreiben, gleich nachdem sie das letzte Mal fort war. Genauer gesagt, habe ich angefangen, ihr nach ihrer Abreise SMS zu schreiben. Natürlich hat sie mir anfangs die Hölle heiß gemacht.

Das ist nicht die Art von Beziehung, die wir haben.

Das hat sie gezischt – nun ja, ich nehme an, sie hätte die Worte gezischt, wenn sie gesprochen und nicht geschrieben hätte. Zum Glück hat sie sich etwas beruhigt, nachdem sie aus der Haut gefahren ist, weil sie annahm, ich hätte Cam nach ihrer Nummer gefragt. Ich habe ihr gesagt, dass ich sie aus ihrem Telefon stibitzt habe.

„Sagt der Typ, der gerade ein Thanksgiving-Essen gegessen hat und dabei ist, ein zweites zu verdrücken.“

„Touché.“ Ich lache und lasse sie zuerst die Wendeltreppe hinaufsteigen.

„Außerdem“, fährt sie fort, „kann ich deine SMS nur beantworten, wenn ich in der Mittagspause oder zu Hause bin und es Zeit zum Abendessen ist“, sagt sie zu recht. „Und jetzt benimm dich bitte wie gewohnt dumm und charmant, sonst schöpft man noch Verdacht.“

Gerade als sie mit ihrer Warnung fertig ist, kommen wir auf dem Dach an.

Alle sind verstreut, haben einen Drink in der Hand und sind in Gespräche vertieft. Ich folge Colleen zu einem langen Tisch, an dem Melvin den Truthahn anschneidet, während Fiona sorgfältig Gläser neben jeden Teller stellt.

Sie sieht auf, als ich versuche, auf dem Tisch einen Platz für die Schüssel zu finden.

„Hey, Ben." Sie lächelt. „Wie geht's deiner Oma?"

„Ihr geht es gut. Sie lässt grüßen."

„Mama, wann essen wir?" Jonas stürmt herein und hält Fiona davon ab, das zu sagen, was sie gerade sagen wollte.

Er schlendert auf seine Mutter zu, aber seine Augen bleiben auf seine Spielkonsole gerichtet.

„Hättest du deine Augen von deinem Spiel losgerissen, während du mit deiner Mutter gesprochen hast, hättest du gesehen, wie sie den Tisch fertig gedeckt hat", antwortet Brent für Fiona, und Jonas sieht sofort zu seinem Vater und dann zu seiner Mutter auf.

„Tut mir leid", sagt er.

„Ist schon gut, Schatz. Aber du legst jetzt dein Spiel weg. Es ist Zeit zu essen. Leute, das Essen ist fertig!", ruft sie dann den anderen zu.

Während Colleen sich eine Strickjacke von der Stuhllehne schnappt, wo sie vermutlich sitzen wird, gehe ich zu ihr mit der Ausrede, dass ich nirgendwo anders Platz für den Salat finden konnte, und flüstere ihr diskret zu, während ich mir Zeit nehme, die Schüssel zwischen eine Flasche Wasser und das Salz zu stellen: „Du bist übrigens verdammt sexy in diesen Lederhosen. Ich hoffe, du lässt mich sie dir später ausziehen."

Natürlich bekomme ich keine andere Antwort als einen warnenden Blick, aber ihr lüsterner Augenaufschlag verrät mir, was ich wissen will.

***

„Willst du mitfahren?"

Colleen hört auf, etwas zu falten, das wie ein Hemd aussieht, als ich ihr Schlafzimmer betrete.

„Schon mal etwas von Anklopfen gehört?", schimpft sie mit einem Anflug von Sarkasmus, als ich mich an die Kommode lehne. „Ich hätte nackt sein können, oder schlimmer."

„Genau aus diesem Grund klopfe ich nicht an, bevor ich dein Zimmer betrete." Sie schüttelt den Kopf über mein absichtliches Grinsen. „Und ich wüsste wirklich gern, was schlimmer sein könnte als nackt zu sein." Ich hoffe, sie meint damit nicht, mit einem anderen Kerl hier drin zu sein. „Oh, denkst du etwa an eine kompromittierende Situation mit einem abgefahrenen Vibrator?"

Sie hat erwähnt, dass sie ein paar Spielzeuge hat, um sich selbst zu befriedigen.

„Ja", sagt sie ohne eine Spur von Verlegenheit. Sie schnappt sich ein paar Leggings von einem unordentlichen Kleiderstapel zu ihrer Rechten. „Ich bin mir allerdings nicht sicher, was an einem Vibrator so abgefahren sein soll. Ein Vibrator ist doch ein Vibrator, oder?"

„Keine Ahnung, ich habe keinen. Hast du einen mitgebracht?", frage ich sie.

„Nein."

„Enttäuschend." Ich zwinge mich zu einem Schmollmund. Bilder von ihr und mir und dem Spielzeug, mit dem sie sich gerne vergnügt, kommen mir in den Sinn, aber ich verdränge sie, bevor sie sich in meiner Jeans abzeichnen. Dafür bin ich nicht hier. Ich habe andere Pläne, bevor ich sie wieder nackt unter mir liegen haben will. „Aber wenn du mich fragst, ist es einfacher, die Tür abzuschließen, wenn du nicht willst, dass jemand ungefragt hereinkommt.“

„Oder man fängt an, die Privatsphäre anderer zu respektieren“, schießt sie zurück und wirft die gefalteten Leggings auf einen Stapel zu ihrer Linken.

Sieht aus, als wolle sie das letzte Wort haben. Hartnäckig wie immer. Und ich frage mich, wo meine Eier geblieben sind, weil ich immer nachgebe.

„Es tut mir leid, dass ich nicht angeklopft habe“, beginne ich, und füge einen Hauch von Belustigung in meinem Tonfall hinzu. „Und es tut mir aufrichtig leid, dass ich deine wichtige Faltsitzung unterbrochen habe, aber sag mir, warum du das überhaupt tust?“

Diesmal blickt sie nicht nur kurz auf, sondern antwortet, als hätte ich das wissen müssen. „Weil sie sich nicht von selbst falten.“

Verdammt. Dieses Mädchen wird nicht leicht zu zähmen sein.

Ich ignoriere ihren Sarkasmus und sage: „Du hast nur ein paar Tage frei. Wen kümmert es, wenn deine Kleidung zerknittert ist? Lass das sein und komm mit mir mit.“

„Schon mal was davon gehört, zu fragen, anstatt Leute herumzukommandieren?“

Ich möchte ihr so sehr den Hintern versohlen, dass meine Hand juckt.

„Ich habe dich vor ein paar Minuten gefragt. Jetzt befehle ich es dir eben. Beweg deinen Arsch vom Bett und komm mit mir. Cam ist bei der Arbeit, und alle anderen sind entweder ebenfalls arbeiten oder helfen Alex beim Umzug in ihre Wohnung.“

Liams Schwester ist vor ein paar Tagen zurück in die Stadt gezogen, nachdem sie vier Jahre lang in Dallas aufs College gegangen ist. Ich habe ihnen heute Morgen geholfen, und ich hätte ihnen auch gerne weiter geholfen, aber Colleen verlässt die Stadt in ein paar Tagen, und ich möchte Zeit mit ihr verbringen. Das habe ich allerdings niemandem gesagt. Ich habe ihnen erzählt, dass meine Oma mich braucht. Ich hasse es zu lügen, vor allem gegenüber meinen Brüdern, aber Colleen hat mir das Versprechen abgerungen, nichts über uns zu verraten. Und ehrlich gesagt, will ich auch nicht, dass mir jemand deswegen in den Rücken fällt. Vom ersten Tag an hat Colleen klargestellt, dass es nur um Sex geht. Und wenn man bedenkt, wie ihr Leben in New York aussieht, kann ich mir nicht vorstellen, dass es jemals mehr als das werden könnte.

Mehr. Dass mir das Wort überhaupt in den Sinn kommt, ist verrückt. Aber es ist, was es ist. Ich habe angefangen, mich zu fragen, ob da noch mehr sein könnte. Jetzt, oder eines Tages. Ich kenne die Antwort nicht. Alles, was ich weiß, ist, dass ich sie gerne um mich habe, und dass ich sie nicht gerne gehen sehe.

Gott sei Dank entfernt sie sich endlich vom Bett, auch wenn sie sich viel Zeit lässt. Ich wette, dass sie diese Spritztour gerne machen möchte, aber sie will nicht, dass ich denke, dass sie sich darüber freut. Ich lächle innerlich. Eines ist sicher: Ich habe noch nie ein so dickköpfiges Mädchen getroffen.

Ich traue mich aber nicht, einen Kommentar dazu abzugeben. Ich beobachte nur, wie sie aufsteht und zum Glück lässt sie ihre Kleider dort, wo sie sind. Sie geht zu ihrem Koffer, schnappt sich eine Jacke und zieht sich ein Paar Stiefel an, bevor sie mir aus dem Zimmer folgt.

„Bist du schon mal Motorrad gefahren?", frage ich sie, als wir die Treppe hinuntergehen.

„Kommt drauf an. Zählt auch der Roller des vierzehnjährigen Jungen, der mir meinen ersten Kuss gab?"

„Nö."

„Dann lautet die Antwort Nein. Ich habe noch nie auf einem Bike gesessen."

Ich werde der erste Mann sein, den sie auf einem Motorrad umschlingt. Am liebsten würde ich mich gleich hier mit ihr vergnügen. Und was sie dann sagt, macht mich noch mehr an.

„Wenn du zu schnell fährst, werde ich deine Eier so stark zerquetschen, dass du so traumatisiert davon bist, dass du dich jedes Mal an den Schmerz erinnerst, wenn sich ein Mädchen deinem Schwanz nähert. Verstanden?"

Klar und deutlich. Ich glaube, ich habe gerade gespürt, wie mein Schwanz vor lauter Angst gezittert hat. Ein wirklich reizvolles Bild, das sie hier zeichnet.

„Laut und deutlich", bestätige ich. „Das war ganz schön gruselig, was du da gesagt hast, nur damit du es weißt."

Als wir es nach draußen geschafft haben, grinst sie ein schiefes Lächeln und geht direkt zu meinem Bike.

Ich kämpfe hart, um sie nicht darauf hinzuweisen, dass es kein anderes Mädchen gegeben hat, seit sie hier zum ersten Mal aufgetaucht ist. Und es wird auch kein anderes Mädchen geben, solange sie mich jedes Mal in ihre Muschi lässt, wenn sie hier ist. Wenn sie nicht da ist, werde ich vielleicht wochenlang an blauen Eiern leiden, aber da kann sowieso keine andere Abhilfe schaffen. Es ist, als ob der kleine Ben nur an einer Muschi interessiert wäre. So einfach ist das.

Sie setzt sich den Helm auf, der hinten auf dem Motorrad liegt, und als sie ihr Bein über mein Baby wirft und sich hinsetzt, halte ich in meinen Bewegungen inne. Ich genieße ihren Anblick einen Moment lang. Sie sieht genau so aus, wie ich sie mir vorgestellt habe. Höllisch sexy.

„Steigst du nun auf oder nicht? Sonst weiß ich nicht, was sinnvoller ist, eine Wand anzustarren oder meine Wäsche zu falten.“

„Du siehst gut aus auf meinem Mädel.“ Ich ignoriere ihre Bemerkung und mustere sie langsam von oben nach unten.

Mit ihren engen Jeans, der Lederjacke und den Stiefeln passt sie genau hierher.

In ihren Augen lodert ein Feuer auf und sie verzehrt mich mit ihrer aufflammenden Lust, bevor sie ihr Visier herunterzieht.

Schließlich steige ich auf mein Motorrad und lasse den Motor an.

„Ich habe es ernst gemeint. Fahr nicht zu schnell“, wiederholt sie über das Aufheulen des Motors hinweg, als wir bereit sind, das Clubgelände zu verlassen.

„Das werde ich nicht“, verspreche ich ihr ernsthaft. „Mach dir keine Sorgen.“

Ich werde sie auf keinen Fall erschrecken. Dafür möchte ich zu sehr, dass sie die Fahrt genießt.

Der Motor schnurrt unter uns, ich bringe uns auf die Straße und ihre Arme legen sich fester um meine Taille. Sie hat mich so fest im Griff, dass ich ihre Brüste an meinem Rücken spüren kann. Es ist ein unglaubliches Gefühl, sie dort zu haben. So unglaublich, dass ich hin- und hergerissen bin zwischen dem Wunsch, einfach so zu bleiben, und der Stimme in meinem Kopf, die mich anfleht, rechts ranzufahren und sie über das Motorrad zu beugen, gleich hier am Straßenrand. Aber zur Hölle, wenn irgendjemand uns sieht.

Ich fahre einfach weiter und nehme den langen Weg zu meinem Haus.

Dahin fahren wir nämlich. Zu mir nach Hause. Etwas, das ich absichtlich nicht erwähnt habe, als ich sie überredet habe, mit mir zu fahren. Sie wäre nicht mitgekommen. Auf keinen Fall. Aber ich will sie dort haben. Ich will wissen, wie es sich anfühlt, sie dort zu haben.

Je länger wir fahren, desto mehr entspannt sie sich hinter mir. Ihre Arme bleiben sorgfältig um mich geschlungen, ihre Handflächen liegen flach auf meinem Bauch, aber nach vollen zehn Minuten zielloser Fahrt fühlt sie sich sichtlich wohl.

Als ich mich dazu durchringen kann, mit dem Herumfahren aufzuhören und schließlich vor meinem Haus parke, nimmt sie sofort ihren Helm ab.

Ohne sich die Mühe zu machen, ihr zerzaustes Haar zu richten – das so wild aussieht, als hätten wir gerade Sex gehabt – sagt sie: „Wenn du mich nicht hergebracht hast, um in irgendein Haus einzubrechen, nehme ich an, dass es deins ist."

„Ist es auch. Wie findest du es?"

Sie wirft einen kurzen Blick auf mein Haus, bevor sie antwortet. „Ich hatte es mir nicht so vorgestellt … Obwohl, doch, eigentlich hatte ich mir dich als einen kanariengelben Typen vorgestellt. Das muss deine charmante, fröhliche Seite sein."

Ich grinse. Tief im Inneren liebt sie meine charmante Seite.

„Ich denke außerdem, dass die Art von Beziehung, die wir haben, keine Besuche im Haus des anderen beinhalten sollte", fügt sie hinzu.

Da haben wir's. Es war richtig, dass ich meinen Plan nicht vorab verraten habe.

„Und ich denke, dass die Art von Beziehung, die wir haben, Sex an so vielen Orten wie möglich beinhaltet."

„Nicht ganz verkehrt", räumt sie ein. „Aber es gibt zahlreiche Orte, an die wir hätten fahren können. Ein Hotel, irgendwo in der Wüste, ein Restaurant …", sie schweift ab.

„Ich bin absolut bereit, dich auf der Toilette eines Restaurants zu ficken. Du musst nur die Zeit und den Tag nennen. Aber wir müssten auch dort essen. Ist das etwas, was wir in unserer Beziehung tun können?"

Sie brummt. „Gutes Argument", lenkt sie ein, und ich grinse. „Wie auch immer. Was machen wir hier?"

„Wir werden zu Mittag essen und dann Sex haben."

Sie brummt wieder. „Also tun wir genau das, wovon wir uns gerade geeinigt haben, dass es keine gute Idee ist?"

„Wann habe ich je irgendetwas derartigem zugestimmt, Engel?"

Sie wirft mir einen finsteren Blick zu, klettert aber gleichzeitig vom Motorrad, was ich als sehr gutes Zeichen werte. Sie wirft sogar ihren Helm darauf, während sie spricht. „Du hast Glück, dass ich langsam hungrig werde. Ich hoffe, deine Kochkünste sind gut."

„Nicht so hervorragend wie meine Fickkünste, aber ein paar anständige Mahlzeiten schaffe ich schon."

„Dann lass uns das mal ausprobieren. Außerdem bin ich auch scharf und du kannst wirklich hervorragend ficken." Ein lautes Keuchen lässt uns beide in Richtung Bürgersteig drehen. „Das habe ich wohl etwas zu laut gesagt", fügt sie unverblümt hinzu, während sie eine meiner älteren Nachbarinnen ansieht, die gerade mit ihrem Hund Gassi geht. „Wegen dir kriegt eine alte Frau noch einen Herzinfarkt", wirft sie mir vor, als sei ich dafür verantwortlich, wie unverblümt sie manchmal sein kann.

„Sie ist einfach nur prüde", murmle ich so unauffällig wie möglich. „Hallo, Miss Parks. Wie geht es Ihnen heute?", frage ich sie und erhebe erneut meine Stimme. Sie antwortet nur mit einem tadelnden Blick, bevor sie ihren Weg auf dem Bürgersteig fortsetzt. „Diese Frau hat neun Kinder. Sie hat wohl vergessen, wie sie sie gemacht hat. Wie auch immer, lass uns reingehen, bevor ich dich auf meinem Motorrad ficke."

Ich eile mit ihr zur Haustür, schließe sie auf und lasse sie zuerst eintreten.

„Nachdem ich die Fassade gesehen habe, hätte ich fast einen dieser bunten Hippie-Läden erwartet."

„Ist das Enttäuschung, die ich da höre?"

„Vielleicht", gibt sie zu. „Ich habe mir immer einen Ort voller Farbe gewünscht. Aber ich nehme an, das graue und braune Zeug passt eben besser zu einem Mann", gibt sie wieder zu und geht in mein Wohnzimmer. „Wow, der Kamin ist fantastisch", sagt sie und schaut sich alles an.

Ich habe ein großes braunes Ecksofa – wahrscheinlich zu groß für mich allein – vor einem

Flachbildfernseher, der neben dem Kamin an der Wand hängt. Außerdem liegt ein großer ziegelroter Teppich unter einem Mahagoni-Couchtisch, und neben dem Sofa stehen ein paar Wandregale mit einigen Büchern und etwas Dekoration. Das war's auch schon.

„Es ist schön. Es wirkt einladend, nicht wie meine Wohnung. Meine Möbel sind rundherum tadellos", sagt sie traurig.

„Warum hast du sie ausgesucht, wenn du sie nicht magst?"

„Ich habe sie nicht ausgesucht. Das war mein Ex. Er hielt es nicht für nötig, mich nach meiner Meinung zu fragen, bevor er alles gekauft hat, obwohl ich ihm mehrmals gesagt habe, dass wir vorsichtig sein müssen, was wir anschaffen. Sein Vater war wohlhabend, daher war Geld für Craig nie ein Problem. Aber mir war es wichtig, dass wir unsere Sachen gemeinsam kaufen, und ich hatte natürlich nicht das gleiche Budget wie er. Nachdem wir uns darüber gestritten hatten, beschloss er einfach, alles ohne mich zu besorgen. Jedenfalls hat er mir alles hinterlassen, als er mit mir Schluss gemacht hat, aber ich bin mir ziemlich sicher, dass er sich einfach nicht um Möbelstücke kümmern wollte. Er hatte wohl interessantere Dinge zu tun, denke ich."

Bitterkeit erfüllt jede einzelne Silbe, die ihren Mund verlässt. Ich weiß nicht, was mich mehr ärgert. Dass der Wichser ihr das Herz gebrochen hat, oder dass sie es offensichtlich noch nicht überwunden hat.

„Ich wusste nicht, dass du mit jemandem zusammengelebt hast", sage ich ihr, während ich beobachte, wie sie aus dem Wohnzimmer geht und den Weg in die Küche findet.

„Habe ich nicht. Er hat mich einen Tag, bevor wir zusammen von L.A. nach New York abreisen wollten, verlassen.“

„Scheiße“, platzt es aus mir heraus, ohne dass ich es verhindern kann. „Tut mir leid, das ist … Das ist hart“, sage ich. „Warum hast du die Möbel nicht weggeschafft?“

Sie zuckt mit den Schultern. „Erstens, weil ich niemanden hatte, der mir helfen konnte, und zweitens, weil ich schon vor meiner Ankunft in New York wusste, dass ich mich dort nicht zu Hause fühlen würde. Ich schätze, ich wollte mich dort nie wirklich niederlassen. Schöne Küche.“ Sie springt auf, und ich muss meine Wut auf dieses Arschloch zügeln.

Um es klar zu sagen: Ich bin froh, dass er nicht mehr in ihrem Leben ist, aber ich hasse es, sie mir so traurig und allein vorzustellen. Das weckt in mir den Wunsch, jemanden zu schlagen. Und ihr Ex wäre meine erste Wahl.

„Was gibt es zu Mittag?“, fragt sie und streicht mit der Hand über den grauen Küchentresen, während sie zu den roten Schränken hinaufschaut.

„Steaks, Kartoffelpüree und Ratatouille.“

Ihr Blick wandert zu mir und sie runzelt die Stirn. „Du weißt, wie man französisch kocht?“

„Ich weiß, wie man Tomaten, Zucchini, Auberginen und Paprika mischt und wie man sie würzt“, antworte ich und gehe zum Kühlschrank. „Da ist nichts Kompliziertes dabei. Ich bin mir ziemlich sicher, dass die einzigen komplizierten Dinge in der französischen Gastronomie die Namen sind. Also, klingt das gut?“

„Ja.“

„Gut. Was möchtest du trinken?", frage ich sie und öffne bereits den Kühlschrank.

„Ich nehme ein Bier, danke."

Ich greife mir zwei Bier, und nachdem ich ihr eines gegeben habe, kümmere ich mich um das Essen, während wir über ihre Pläne für den Rest der Woche sprechen. Wie erwartet, wird sie so viel Zeit wie möglich mit Cam verbringen. Ich hoffe nur, dass sie auch etwas Zeit für mich übrig hat.

„Bist du sicher, dass du nicht willst, dass ich dir helfe? Ich fühle mich nutzlos."

Ich kann hören, wie sie hinter mir auf und ab geht. „Setz dich einfach hin. Es dauert sowieso nicht lange", sage ich ihr, während ich die letzte Paprika schneide, aber sie geht nicht auf meinen Vorschlag ein und setzt sich nicht.

Sie ist nicht gerade der nachgiebige Typ.

Stattdessen stellt sie sich neben mich, um einen Blick durch das Fenster über der Spüle zu werfen. „Das ist aber ein großer Garten."

„Ja. Das ist einer der Gründe, warum ich dieses Haus gekauft habe. Der Plan war, ein paar Bäume zu pflanzen und eine Terrasse oder so etwas zu bauen. Aber es ist schon Jahre her, dass ich es gekauft habe, und es sieht immer noch genauso aus wie damals. Ich habe nicht einmal die Fassade gestrichen." Ich grinse sie an, während ich das ganze Gemüse in eine Pfanne gebe.

Ich lasse es langsam kochen, während ich mich um das Kartoffelpüree kümmere.

Colleen erwidert mein Grinsen mit einem dieser wunderschönen Lächeln, die ich mir manchmal zu verdienen weiß. Dann fragt sie: „Warum hast du nichts unternommen?"

Ich zucke mit den Schultern. „Als ich das Haus gekauft habe, hatte ich wohl die Vorstellung, dass ich mich hier genauso wohl fühlen würde wie in meinem Elternhaus oder bei meiner Oma", erkläre ich. „Ich mag das Haus, aber ich habe schnell gemerkt, dass es irgendwie deprimierend ist, allein zu leben. Schließlich bin ich kaum noch hier. Die meiste Zeit verbringe ich im Club. Die Jungs, die eine Old Lady haben, sind unter der Woche meistens zu Hause, aber der Rest von uns hängt meistens dort ab."

„Wann bist du dem Club beigetreten?"

„Ich war gerade achtzehn. Ich bin schon ein paar Jahre gefahren und an meinem achtzehnten Geburtstag beschloss ich, Isaac anzusprechen und zu fragen, ob er einen Prospect braucht. Das Timing war perfekt, denn Jayce und Nate waren gerade eingetreten, und so nahm ich den freien Platz für einen Prospect an und nicht einmal ein Jahr später nahmen sie mich auf. Etwa drei Jahre später habe ich das Haus gekauft, aber wie gesagt, ich schlafe meistens im Club."

Nachdem ich hierhergezogen war, wurde mir klar, dass das Gefühl, zu Hause zu sein, mehr damit zu tun hat, wer mit einem zusammenlebt und welche Erinnerungen man hat, als mit dem Ort selbst.

„Ich würde wahrscheinlich dasselbe tun", gibt sie zu. „Ich bin nicht gern allein. In dieser Hinsicht bin ich wohl wie meine Mutter. Zum Glück heirate ich nicht jeden Kerl, der mir einen Heiratsantrag macht." Sie gluckst. „Nicht, dass mich jemals jemand gefragt hätte", murmelt sie dann, und ich bin mir nicht sicher, ob das für mich bestimmt war.

„Hättest du gewollt, dass dein Ex dir einen Antrag macht?", frage ich sie trotzdem.

Das könnte die Stimmung im Nu ruinieren, aber aus irgendeinem Grund will ich es wissen.

Es herrscht eine Weile Stille, in der sie darüber nachzudenken scheint.

„Ich nehme an, das hätte ich irgendwann erwartet", gesteht sie schließlich. „Ich meine, nach zwei Jahren Beziehung standen wir kurz davor, zusammenzuziehen. Also habe ich wohl an die Ehe als nächsten Schritt gedacht. Aber das ist nicht mehr wichtig. Und so beschissen ich mich auch gefühlt habe, als er mich verlassen hat, vielleicht ist es gut, dass er es getan hat, bevor wir ein gemeinsames Leben begonnen haben. Ich weiß nicht, wie meine Mutter es geschafft hat, so oft neu anzufangen."

„Wo ist sie jetzt?", frage ich sie, hauptsächlich um sie von ihrem Ex abzulenken.

„Miami", sagt sie, und die Bitterkeit ist aus ihrer Stimme verschwunden. „Sie ist vor ein paar Monaten dorthin gezogen, nach ihrer sechsten Scheidung. Wenn sie sich scheiden lässt oder mit jemandem Schluss macht, zieht sie normalerweise auch woanders hin. Es ist, als ob sie wegzieht, um ein neues Leben anzufangen."

„Deshalb bist du in deiner Kindheit so oft umgezogen?"

Sie nickt. „Ich mochte es nicht, aber so war es nun einmal. Versteh mich nicht falsch, ich liebe meine Mutter, und sie hat immer hart gearbeitet, um mich und sich selbst zu ernähren, aber das ständige Umziehen wurde nach ein paar Malen lästig. Sie ist Datenanalytikerin und hat immer von zu Hause aus gearbeitet, also war es leicht, umzuziehen. Ich war sieben Jahre alt, als sie das erste Mal heiratete. Ich war wirklich aufgeregt." Sie lacht leise. „Ich dachte, es wäre cool, einen Mann zu Hause zu haben und sozusagen eine normale Familie zu sein. Ich war jung und dachte, ich würde einen Vater haben, wie die anderen Kinder, die ich kannte. Leider ist das nicht passiert", sagt sie, und mein Blick wandert zu ihr, weil ich nicht weiß, was sie damit meint. Als sie mein Stirnrunzeln sieht, klärt sie mich auf: „Er war immer sehr nett zu mir, das war nicht das Problem. Es ist nur so, dass er bereits eigene Kinder hatte und ich glaube, er wollte diese Art von Beziehung nicht mit einem weiteren Kind aufbauen. Ihre Ehe hielt sowieso nicht einmal zwei Jahre, also war es wohl egal."

Dem stimme ich nicht zu. Es hat eine Rolle gespielt. Sie war nur ein kleines Mädchen, das einen Vater brauchte, und sie musste eine Enttäuschung erleben, die kein Kind durchmachen sollte.

„Wo war dein Vater?", frage ich sie, während ich die Steaks aus dem Kühlschrank hole.

„Mein Vater war bei der Marine. Er wurde bei seinem ersten Einsatz getötet. Ich war erst sechs Monate alt. Meine Eltern waren schon in der Highschool ein Paar." Sie lächelt. „Sie wurde gleich nach dem Schulabschluss mit mir schwanger. Mein Vater hatte sich bereits gemeldet. Er war zu Hause, als ich geboren wurde, musste aber vier Monate später weg. Er kam nie wieder zurück", erzählt sie mit einer unterschwelligen Nostalgie.

„Das tut mir leid."

Mehr kann ich nicht sagen. Ich weiß, wie es sich anfühlt, wenn man sich fragt, wie das Leben wohl gewesen wäre, wenn man mit einem Vater aufgewachsen wäre.

„Ist schon in Ordnung. Ich hatte nie die Gelegenheit, ihn kennenzulernen, aber meine Mutter hat mir ständig Geschichten über ihn erzählt. Durch sie habe ich ihn besser kennengelernt. Es ist zwar nicht dasselbe, als wenn er hier gewesen wäre, aber immerhin."

„Es muss schwer gewesen sein, Freundschaften zu schließen, wenn man immer wieder umzieht."

„Das Problem war nicht, Freunde zu finden, sondern sie irgendwann zu verlieren. Und dann waren da noch diese Dinge, die sich jedes Kind irgendwann einmal wünscht. Zum Beispiel ein Haustier. Ich habe mir immer ein Kätzchen gewünscht, aber ich habe meine Mutter nie gefragt, weil ich wusste, dass sie mir sogar eins besorgt hätte, aber es wäre nicht fair gewesen, das arme Ding alle paar Jahre aus seinem Zuhause zu reißen."

„Du könntest jetzt eins haben."

Sie scheint darüber nachzudenken und sieht mich an, während ich das Ratatouille umrühre, das immer noch köchelt. „Ich weiß es nicht. Ich fühle mich in New York nicht zu Hause. Ich weiß nicht, ob ich dort auf Dauer bleiben werde. Ich will es jedenfalls nicht. Und sich ein Haustier anzuschaffen, würde sich anfühlen, als würde man sich niederlassen. Ich bin wohl mehr wie meine Mutter, als ich dachte", scherzt sie.

„Wann hast du Geburtstag, Engel?"

Mit einem vorwurfsvollen Gesichtsausdruck antwortet sie: „Am 6. Mai, warum? Willst du mir eine Katze schenken?"

Ich zucke mit den Schultern. „Ich denke, wir werden sehen."

Ich werde ihr auf jeden Fall eine Katze schenken.

Sie schüttelt den Kopf und denkt offensichtlich, dass ich das nie tun würde.

„Sag mir, wo die Teller stehen", sagt sie fest, wahrscheinlich, damit ich sie nicht noch einmal dränge, sich zu setzen. „Ich decke den Tisch, während du die Steaks brätst."

Ich gebe auf und sage ihr, wo alles zu finden ist, und während ich unser Mittagessen fertig zubereite, versuche ich, sie dazu zu bringen, mit mir über alles zu reden, was ihr gerade in den Sinn kommt. Es ist das erste Mal, dass sie ihren Schutzpanzer ablegt und sich mir öffnet. Das werde ich ihr aber nicht verraten. Das würde nur dazu führen, dass sie ihre Mauern wieder hochzieht.

Kapitel 5

Fünf Monate zuvor

Mein Telefon ist zwischen meinem Ohr und meiner Schulter eingeklemmt, während ich die Pfannkuchen in der Pfanne umdrehe. Mein Magen knurrt seit ein paar Minuten ununterbrochen wegen des Geruchs, der sich in der Küche breit macht. Es ist, als wüsste er, dass heute Samstag ist, der Tag, an dem er mit richtigem Essen verwöhnt wird und nicht mit ein paar Keksen oder Müsliriegeln, die ich schnell vertilge, bevor ich mich in Kaffee ertränke.

„Ich habe übrigens ein Weihnachtsgeschenk für dich gefunden", sage ich zu Cam. „Ich werde es heute Nachmittag kaufen."

„Jetzt schon? Also keine Weihnachtseinkäufe in letzter Minute dieses Jahr?"

Ich lächle, auch wenn sie mich nicht sehen kann.

Last-Minute-Weihnachtseinkäufe waren während der gesamten Collegezeit unser Ding. Wir haben uns immer geschworen, im nächsten Jahr vorauszuplanen, aber jedes Jahr schlenderten wir ein paar Tage vor Heiligabend durch überfüllte Läden und kämpften uns zwischen zu vielen gestressten Menschen durch die Gänge. Dann feierten wir mit meiner Mutter und Cams Eltern, als sie noch am Leben waren, entweder in ihrer Heimatstadt oder in San Francisco, wo meine Mutter damals lebte.

„Ohne dich würde es keinen Spaß machen", gebe ich zu. „Ganz zu schweigen davon, dass du wahrscheinlich der einzige Grund dafür bist, dass ich nie irgendeinem dummen Arschloch eine verpasst habe, das sich durch die Menge gedrängelt hat. So jemanden gibt es immer. Oder besser gesagt, mehrere. Die verabreden sich wahrscheinlich immer kurz vor Weihnachten", sage ich, und sie lacht. „Und was ist mit dir? Gehst du in letzter Minute Weihnachtseinkäufe machen? Du kannst mit Nate gehen. Ich bin mir sicher, dass er mitkommen würde."

Nach dem, was ich gesehen habe, kann der Kerl nicht Nein zu ihr sagen.

„Oh, das würde er. Zweifellos. Er würde auch jeden verdreschen, der mich auch nur mit dem Ellbogen streifen würde. Er würde sie tatsächlich vermöbeln", beteuert sie. „Na ja, nur die Männer, aber trotzdem. Last-Minute-Weihnachtseinkäufe mit ihm klingen nicht gerade nach etwas, das gut ausgehen würde."

Aus dieser Perspektive hat sie wahrscheinlich recht.

„Es bleibt dabei, dass ihr am Nachmittag hier landet?", frage ich sie.

Sie und Nate werden Heiligabend bei mir und meiner Mutter verbringen und am ersten Weihnachtstag müssen sie früh zurück nach Texas fliegen. Ich finde es schade, dass sie nur für einen Abend anreisen, aber sie hat darauf bestanden.

„Ja", sagt sie aufgeregt. „Deine Mutter auch?"

„Ja. Und meine Chefin hat beschlossen, alle früher nach Hause gehen zu lassen, also werden wir wohl noch Zeit haben, Schlittschuh zu laufen, bevor wir zu mir fahren."

„Das klingt toll. Und was haben du und deine Mutter am Weihnachtstag geplant?"

„Wir werden ihn mit Plätzchen und heißer Schokolade verbringen und uns Weihnachtsfilme ansehen", sage ich, während ich den Herd ausschalte und die Pfannkuchen auf einen Teller lege. Jetzt, wo ich mein Handy wieder richtig halten kann, hole ich Orangensaft aus dem Kühlschrank und bringe ihn ins Wohnzimmer, bevor ich zurück in die Küche gehe, um meine Pfannkuchen zu holen. „Hier wird es ruhiger sein als im Club", füge ich hinzu.

Sie haben eine große Feier. An dem Tag, an dem sie mir davon erzählt hat, habe ich mich auch ziemlich mies gefühlt, weil ich es schon wusste, aber so tun musste, als wäre dem nicht so. Ben hatte mir schon gesagt, dass die Mitglieder und ihre Familien kommen würden, wie jedes Jahr. Ich hasse es, sie anzulügen, aber ich kann ihr nicht sagen, dass ich den Bruder ihres Freundes jedes Mal gevögelt habe, wenn ich sie besucht habe. Sie wäre nicht böse, aber das, was Ben und ich treiben, wird uns zu nichts weiter führen, also hat es keinen Sinn, es ihr zu sagen. Ich bin mir ziemlich sicher, dass sie sogar hoffen würde, dass sich daraus eine feste Beziehung entwickelt. Was nicht der Fall sein wird.

„Das wird es." Sie lacht, während ich mich mit meinem Teller Pfannkuchen auf den Weg ins Wohnzimmer mache.

Allein am Küchentisch zu essen ist verdammt traurig, deshalb frühstücke ich am Wochenende meistens vor dem Fernseher.

Die Stimmung kippt abrupt, als eine Stimme aus dem Raum dröhnt, in dem Cam sich gerade befindet. Obwohl sie von der anderen Seite der Leitung kommt, sind die Worte laut und deutlich zu hören, und was der Mann sagt, lässt mich in der Mitte des Wohnzimmers innehalten.

„Cam, du musst mit mir kommen. Nimm deine Handtasche oder was auch immer, wir müssen weg." Wenn ich es schon höre, dann erfasst Cam zweifellos die Dringlichkeit, die aus der eiligen Aufforderung des Mannes spricht. Ich glaube, es ist Cody, aber ich kann es nicht mit Sicherheit sagen.

„Oh Gott", platzt sie heraus, und ihre Stimme zittert vor Angst, als sie fortfährt. „Nate?" Dann fügt sie schnell hinzu: „Jayce?"

Oh Gott.

„Cam?", sage ich leise, nicht sicher, warum ich ihren Namen überhaupt sage.

„Sie sind es nicht", sagt er, und obwohl sein Ton beruhigend geworden ist, ist er immer noch eindringlich. „Tut mir leid, ihnen geht's gut. Aber es gab eine Schießerei, und Nate will dich bei sich haben. Wir müssen sofort zum Krankenhaus fahren."

Krankenhaus. Das bedeutet, dass jemand verletzt worden ist.

„Colleen, ich muss gehen. Es gab eine Schießerei und … Es tut mir leid, ich rufe dich so schnell wie möglich zurück", drängt sie.

„Nein, warte!"

Ich warte darauf, dass sie etwas sagt, aber ich höre nur Schweigen.

Sie hat aufgelegt.

Das Grauen überfällt mich. Es ist so stark, dass es schmerzt und kaum zu ertragen ist.

Alles, was mein Verstand verarbeiten kann, ist, dass jemand verletzt wurde, und dass es nicht Nate, nicht Jayce und wahrscheinlich auch nicht Cody ist. Ich merke nicht einmal, wie mir der Teller entgleitet, bis ein klirrendes Geräusch die Stille in der Wohnung durchbricht. Ich starre auf die Porzellanscherben und die vier Pfannkuchen, die auf dem Boden verstreut liegen, und schlucke hart an dem Angstkloß, der plötzlich in meinem Hals steckt. Der Schock ist es, der meine Tränen zurückhält. So muss es sein, denn der Drang zu weinen ist so stark, dass es einen sehr guten Grund geben muss, dass sie nicht hervorquellen.

Mit zitternden Fingern tippe ich hastig und unbeholfen auf dem Display meines Telefons herum und gehe zu meinen Nachrichten. Es ist instinktiv, denn Ben und ich haben uns nie angerufen. Wir kommunizieren jetzt seit über einem Monat, aber wir haben nur SMS geschrieben. Aber ich habe mir noch nicht einmal überlegt, was ich ihm schreiben könnte, als ich beschließe, dass eine SMS sowieso nicht ausreicht. Ich brauche mehr. Ich muss seine Stimme hören. Nur so kann ich sicher sein, dass es ihm gut geht. Ich muss ihn hören.

Ich will so sehr, dass es ihm gut geht, dass sich mein Magen und mein Herz bei dem Gedanken, dass es nicht so sein könnte, vor Schmerzen krümmen.

Als ich den Anruf tätige und das Telefon an mein Ohr halte, scheint die Zeit stehen zu bleiben. Ich höre das Klingeln und weiß, dass der Anruf noch nicht auf der Mailbox gelandet ist, was bedeutet, dass nur wenige Sekunden vergangen sind, aber trotzdem kommt es mir vor wie eine Ewigkeit, bis Bens Stimme das unerträgliche Warten beendet.

„Ja?"

Die Luft wird mir aus der Lunge gepresst. Meine Atmung setzt ganz und gar aus. Nicht länger als eine flüchtige Sekunde, aber ich kann es spüren. Die Erleichterung, die meinen Körper durchströmt, trifft mich heftig, und ich bin kurz atemlos. Es ist, als hätte ich erwartet, dass der Anruf auf der Mailbox landet. Dass er nicht rangeht, weil ich tief in mir wusste, dass er nicht in der Lage war, den Hörer abzunehmen.

„Colleen, bist du da? Hey, bist du okay? Bist du noch dran? Rede mit mir“, fleht er. Ich bin erstaunt über die Panik in seiner Stimme und das gibt mir meine zurück.

„Ja, mir geht's gut. Ich bin … Bist du auch okay? Ich habe mit Cam telefoniert, als Cody – ich glaube, er war es – ihr von einer Schießerei erzählt hat.“

Ich belasse es dabei, meine kraftlose Stimme versagt.

In weniger als einer Minute habe ich mich in ein emotionales Wrack verwandelt und es sieht nicht so aus, als würde ich mich schnell davon erholen. Ich weiß, dass es Ben offensichtlich gut geht, aber die Tränen sind immer noch kurz davor überzulaufen. Genauso wie die Angst immer noch an meinem Magen kratzt. Ich kann es nicht erklären, aber ich zittere immer noch vor Furcht. Buchstäblich.

„Mir geht es gut, Engel.“ Er scheint sich sofort zu entspannen, denn er seufzt. „Aber Alexia ist angeschossen worden.“

Ein Keuchen entweicht mir. Das ist das Letzte, womit ich gerechnet hätte. Ich habe automatisch an einen der Jungs gedacht, der verletzt ist.

Ich erinnere mich an Alexia. Sie ist Liams Schwester. Ich habe an Thanksgiving kurz mit ihr gesprochen und ich weiß, dass sie in dieser Nacht im Club geschlafen hat. Aber sie ist am Morgen abgereist und hat nicht mehr vorbeigeschaut, bevor ich wieder nach Hause gefahren bin.

„Wird sie es schaffen?“

„Keine Ahnung", sagt er ehrlich, und in seinem Tonfall schwingt die Wut mit, die er empfinden muss. „Sie haben sie ins Krankenhaus gebracht, aber sie …" Er verstummt und ich warte, bis er wieder spricht. „Es sah nicht gut aus. Ich musste hier bleiben und mich um die Polizei kümmern, aber ich muss jetzt ins Krankenhaus."

Hier heißt wahrscheinlich der Ort, an dem es passiert ist.

„Ja, okay", ist alles, was ich sage.

Ich habe keine Ahnung, was ich zu diesem Zeitpunkt überhaupt noch antworten soll.

„Bist du sicher, dass es dir gut geht, Colleen?"

Ich bin ein jämmerliches Häufchen Elend. „Sicher, ja. Mir geht's gut", lüge ich. „Du solltest gehen."

Es herrscht einen Moment lang betretenes Schweigen zwischen uns, aber dann stimmt er zu: „Okay. Wir sprechen uns bald, Engel."

„Okay. Tschüss", sage ich schnell und will auflegen. „Tschüss."

Kaum hat er das Wort ausgesprochen, lege ich auf, so schnell ich kann. Kurz bevor meine Tränen endgültig überlaufen und meine Beine langsam unter mir schwächer werden.

Ich habe nicht einmal mehr die Kraft, die Couch zu erreichen oder zurück in die Küche zu gehen und mich auf den nächsten Stuhl zu setzen. Ich hocke hier auf dem Boden, sehe wahrscheinlich erbärmlich aus neben dem zerbrochenen Teller und den vergeudeten Pfannkuchen. Ich sinke zu einem irrationalen Wrack zusammen und verliere den Kampf gegen meine Gefühle, während hässliche Schluchzer meinen Körper übermannen.

Es gibt keinen Grund für mich, so zu weinen, das ist mir klar. Ich weiß, dass es ihm gut geht. Er ist okay. Er ist unversehrt.

Aber als ich dachte, er sei verletzt …

Der einzige Grund, warum mein Verstand mir keine Bilder von seinem blutigen Körper, der irgendwo liegt, vorspielte, war, dass ich nicht mehr in der Lage war zu funktionieren. Ich konnte an nichts anderes mehr denken, als daran, dass ich erst dann wieder richtig funktionstüchtig sein würde, wenn ich wüsste, dass es ihm gut ging.

Das ist alles völlig daneben. Alles ist durcheinander. Ich muss mich selbst in den Griff bekommen. Ich darf nicht so fühlen. Nicht wegen ihm. Ben ist nicht der Richtige für mich. Das habe ich die ganze Zeit gewusst. Er ist sogar noch schlechter für mich, als es alle meine Ex-Freunde waren. Sogar Craig, und das will schon etwas heißen. Ich habe mich von meinen Hormonen korrumpieren lassen, obwohl ich wusste, dass ich schlechte Entscheidungen traf. Ich wusste, dass Sex irgendwann zu mehr führen würde. Und wieder einmal habe ich mich an einen gutaussehenden, charmanten Mann gebunden. Aber dieses Mal ist es noch schlimmer. Ben ist nicht nur charmant und sorglos. Er ist im wahrsten Sinne des Wortes ein Bad Boy. Das bedeutet, selbst wenn er mich nicht komplett vergisst, nachdem er eine andere Ablenkung gefunden hat, werde ich ihn verlieren, sobald ihm etwas Schreckliches zustößt. Das darf ich nicht vergessen. Ich habe einen Fehler gemacht, als ich ihm emotional zu nahe kam, aber das kann man noch ändern. Alles, was ich tun muss, ist Abstand zu halten. Und wenn man bedenkt, dass ich auf der anderen

Seite des Landes lebe, sollte das nicht schwer zu bewerkstelligen sein.

***

Als mein Telefon auf der Couch neben mir klingelt,
lege ich mein Sandwich vorsichtig zurück auf den
Teller auf meinem Schoß.

Obwohl die Pfannkuchen, auf die ich mich heute
Morgen so gefreut habe, schon vor einigen Stunden
im Mülleimer gelandet sind, war ich zu ungeduldig,
um mir etwas zum Mittagessen zu kochen. Dabei
habe ich nicht einmal Hunger. Ich dachte nur, dass
ich trotz meines verkrampften Magens wenigstens
ein paar Bissen zu mir nehmen sollte.

Scham drückt auf meine Brust, als ich kurz darüber
nachdenke, den Anruf zu ignorieren, als ich Bens Namen auf dem Bildschirm sehe. Ich schäme mich, weil
mein Verstand weiß, dass es das Richtige wäre, es zu
tun. Die Verbindung zu ihm abzubrechen, bevor ich
mich noch mehr an ihn binde, ist der einzige Weg,
um den Herzschmerz zu vermeiden, den ich irgendwann erleiden werde. Letztendlich werde ich enttäuscht und einsam enden. Das ist es, was auf mich
wartet, wenn ich weiter mit dem Feuer spiele. Ich
werde wieder allein sein und ich habe es satt, einsam
zu sein.

Aber mir dreht sich der Magen um bei dem Gedanken, ihn abblitzen zu lassen. Seine Freundin liegt im
Krankenhaus und was heute passiert ist, muss schwer
für ihn gewesen sein. Alex hat ihre Operation überlebt, aber sie ist noch nicht über den Berg. Das hat
Cam mir gesagt, als sie mich vor fünfzehn Minuten
angerufen hat.

Bevor der Anruf auf der Mailbox landet, hebe ich ab. „Hey. Cam hat mich vor einer Weile angerufen. Gibt es etwas Neues?“, frage ich ihn.

„Nein.“ Er stößt einen rauen Seufzer aus. „Es ist gut, dass sie die Operation überstanden hat, aber sie hat eine Menge Blut verloren. Wir hoffen nur, dass sie das übersteht. Alles, was wir tun können, ist warten.“

„Das tut mir leid“, sage ich lahm.

Was soll ich sonst sagen? Ich bin es nicht gewohnt, mit so etwas umzugehen. Eine Schießerei, um Himmels willen. Bis Camryn mir erzählt hat, was ihr im letzten Sommer alles passiert ist, waren die Dinge, mit denen sie zu tun hatte, etwas, das es für mich nur im Fernsehen gab. Ich meine … eine Schießerei. Mitten auf der verdammten Straße.

„Wie geht es dir?“, fragt er mich.

„Mir geht's gut“, erwidere ich, als ob die Antwort offensichtlich wäre.

Ich bin nicht diejenige, die in einem Krankenhausbett liegt. Und auch wenn ich wegen Alexia wirklich traurig bin, kenne ich sie kaum. Ihr Bruder muss wohl gerade seinen Verstand verlieren.

„Du hörst dich nicht gut an“, erwidert er.

Ich habe keine Ahnung, was ich darauf antworten soll. Ben weiß nicht warum, aber er hat recht. Mir geht es nicht gut. Die Gefühle, mit denen ich seit dem Moment kämpfe, als ich mir vorstellte, dass er verletzt ist, sind immer noch nicht verschwunden. Doch ich will diese Gefühle nicht fühlen. Ich will nicht zulassen, dass sie sich tiefer in mir festsetzen, weil sie der Beweis dafür sind, dass Ben mir etwas bedeutet, auch wenn ich das nicht will. Er sollte mir nichts bedeuten. Es hätte nicht passieren sollen. Ich hätte mich nicht an den Rand des Verliebtseins manövrieren sollen. Alles, was man mit dem Verlieben erntet, sind Schmerz und Einsamkeit, wenn man mit der Liebe, die man nie hätte zulassen dürfen, am Ende allein dasteht.

Schließlich lüge ich ihn einfach an. „Ein bisschen müde, denke ich. Bist du noch im Krankenhaus?", frage ich ihn, um das Thema wieder auf ihn zu lenken.

„Ja. Ich hasse Krankenhäuser, aber ich muss hier sein. Liam und Jayce sind totale Wracks und … Scheiße", flucht er mit einem tiefen, aber unterdrückten Knurren.

Das Gefühl, das mich ergreift, ist seltsam, aber ich habe plötzlich den Eindruck, mit einem anderen Mann zu telefonieren als dem, den ich vor ein paar Monaten kennengelernt habe. Zumindest erlebe ich zum ersten Mal eine andere Seite dieses Mannes. Die meiste Zeit über ist Ben der Inbegriff der Verspieltheit. Er weiß, wie man ernst ist, wenn das Gespräch es erfordert, aber die Düsternis, die ich jetzt deutlich spüren kann, sogar über das Telefon … Ich habe diese Düsternis noch nie in ihm gesehen. Ich habe sie noch nie gespürt. Der Mann, den ich kennengelernt habe, ist jetzt nicht hier. Der einzelne Fluch, den er gerade ausgestoßen hat, trug all die Qualen in sich, die nach dem Geschehenen an ihm nagen.

„Wer hat das getan?", frage ich ihn, bevor ich mich daran erinnere, dass es sich wahrscheinlich um Informationen handelt, die er nicht mit mir teilen kann.

Cam hat mir vor einer Weile alles über die ganze *Club-Sache* erzählt. Im Grunde genommen bleiben Details über die Clubaktivitäten oder Dinge wie das, was heute Morgen passiert ist, unter den Mitgliedern.

Manchmal teilen sie ihren Freundinnen ein paar Dinge mit, aber sie sprechen nie mit Außenstehenden darüber. Sie lassen sich nicht einmal etwas Unwichtiges entlocken. Deshalb bin ich überrascht, als er mir antwortet.

„Spiders", zischt er. „Die Feiglinge haben sich nicht zu erkennen gegeben, aber wir wissen, dass sie es waren. Wir können aber nicht am Telefon darüber reden. Könnte verwanzt sein."

„Oh, ja. Für einen Moment habe ich deine Paranoia vergessen", necke ich ihn und erinnere ihn an die Bemerkung, die ich gemacht habe, als ich das erste Mal im Club war.

Aber wenn man bedenkt, was Cam letzten Sommer erlebt hat und jetzt das, glaube ich langsam, dass ihre Paranoia berechtigt ist.

„Lustig." Er kichert. Es ist leise, aber ich bin dummerweise stolz auf mich, dass ich ihm diesen kleinen Laut entlockt habe, sodass er sich ein bisschen besser fühlt. „Wenn du das nächste Mal hier bist, werde ich sehen, ob eine kleine Tracht Prügel dein freches Mundwerk zähmen kann."

Ein schwacher Ton, der einem Lachen ähnelt, entweicht mir, aber mein Herz fühlt sich schwer und bedrückt an. Ich weiß nicht, wann das nächste Mal sein wird, aber da ich es mir nicht anders überlegt habe, als etwas Abstand zwischen uns zu bringen, wäre es nicht klug, das bald zu tun.

„Willst du darüber reden?", frage ich ihn dann. „Ich meine, nicht was passiert ist, sondern wie es dir geht."

Es herrscht einen Moment lang Stille, während ich einfach darauf warte, dass er antwortet. Oder nicht antwortet.

Schließlich schnaubt er leise und es liegt eine solche Erschöpfung in diesem Geräusch, dass ich mir trotz meiner verwirrten Gefühle wünsche, ich wäre da, um ihn zu halten. „Wir alle wissen, dass die Zugehörigkeit zu einem Club Gefahren mit sich bringen kann. Wir haben uns immer von Geschäften ferngehalten, die uns eine Fahrkarte ins Grab oder ein Leben im Gefängnis einbringen könnten, aber manchmal lässt sich die Scheiße der anderen einfach nicht vermeiden. Und dazu sind wir bereit. Wir sind bereit, uns allem zu stellen, was auf uns zukommt, aber verdammt …“, knurrt er wieder und bricht nur kurz ab. „Was für ein Stück Dreck rührt eine Frau an? Wenn ich den Mistkerl, der den Abzug betätigt hat, in die Finger kriege, werde ich …“

„Ben“, unterbreche ich ihn. „Du hast gesagt, es ist besser, wenn du am Telefon nichts sagst“, erinnere ich ihn, besorgt über das, was aus seinem Mund kommen würde.

Er kichert, aber wieder ist es von Müdigkeit durchdrungen. „Sieh dir an, was ich getan habe. Ich habe dich ganz paranoid gemacht“, scherzt er. Obwohl er vielleicht recht hat. „Aber mach dir keine Sorgen. Du hast das Glück, dass deine sexy Seite das ausgleicht“, fügt er mit einem Lächeln hinzu, als er meine Worte benutzt, die ebenfalls von dem Tag stammen, an dem wir uns kennengelernt haben.

„Pass auf, wenn du nicht willst, dass ich dir den Hintern versohle“, erwidere ich neckisch.

„Vielleicht lasse ich es dich einmal versuchen, aber nur, weil du es bist.“

Ein weiterer Moment des Schweigens vergeht zwischen uns, bevor er etwas sagt, das ich nicht erwartet habe. „Ich hasse es, diese Wut zu spüren.“ Es kommt wie ein Geständnis heraus, und er spricht sofort weiter. „Jedes Mal, wenn ich sie fühle, erinnert mich das an den Tod meiner Mutter. Ich war die ganze Zeit so verdammt wütend."

Seine Mutter. Ich wusste nicht, dass sie tot ist. Wenn ich so darüber nachdenke, hat er nie über sie gesprochen. Über keinen seiner Elternteile, um genau zu sein.

„Wann ist sie gestorben?"

„Ich war dreizehn." Er atmet laut durch die Nase ein, bevor er hinzufügt: „Sie war ein guter Mensch. Sie war Sozialarbeiterin. Mein Vater ließ sie im Stich, als sie ihm sagte, dass sie schwanger war, aber sie war nie verbittert darüber. Sie war glücklich und uns beiden ging es gut. Sie hatte nie einen Freund, bis ich dreizehn war. Manchmal denke ich immer noch, dass sie heute noch am Leben wäre, wenn sie schon früher ausgegangen wäre. Vielleicht hätte sie einen tollen Mann kennengelernt. Dann hätte sie nicht diesen Mann getroffen, der sie mir weggenommen hat", erzählt er traurig, und ich sage nichts, als er seufzt. Ich weiß, er ist noch nicht fertig. „Sie hat mir eines Tages diesen Calvin vorgestellt. Er war der Bruder eines Polizisten, mit dem meine Mutter gelegentlich zusammenarbeitete. Ich habe nicht viel von ihm gehalten. Er schien ganz nett zu sein. Er machte Smalltalk mit mir, wenn ich ihn traf. Aber ich sah ihn nur eine Handvoll Mal, bevor meine Mutter mir sagte, dass sie mit ihm Schluss gemacht hätte. Sie erzählte mir die Wahrheit und versuchte nicht einmal, den blauen Fleck auf ihrer Wange zu verbergen. Sie sagte mir, dass ich es ihr sofort sagen müsse, wenn er versuchen sollte, mich zu kontaktieren." Ich schließe die Augen, aus Angst, schon zu wissen, wie seine Geschichte weitergeht. „Zwei Wochen später fand ein Nachbar sie eines Morgens neben ihrem Auto in unserer Gasse liegen. Ich hatte die Nacht bei einem Freund verbracht. Der Nachbar dachte zuerst, sie sei bewusstlos, weil kein Blut zu sehen war. Der einzige Beweis dafür, dass sie verletzt war, war der blaue Fleck an ihrem Auge. Aber sie war tot. Der Autopsiebericht besagt, dass eine Hirnschwellung ihre Todesursache war. Man nahm an, dass derjenige, der sie geschlagen hatte, sie wahrscheinlich so hart geschlagen hatte, dass ihr Kopf gegen den Seitenspiegel prallte, der verbogen war. Wahrscheinlich hat er sich durch den Aufprall bewegt.“

Ich erschaudere. Was für ein Monster ist dazu fähig?

„Wurde er verhaftet?“

Ich hoffe, er verrottet noch im Gefängnis.

„Er wurde verhört, nachdem ich den Polizisten berichtet hatte, was meine Mutter mir erzählt hatte. Aber es gab keine Zeugen und Calvins Bruder war ein Polizist, der sagte, dass sie in dieser Nacht zusammen waren, also wurde er schnell wieder freigelassen. Aber die Handtasche meiner Mutter und ihr Geld waren noch da und sie war nicht vergewaltigt worden. Die Polizei wusste, dass es sich nicht um einen Raubüberfall oder irgendeinen kranken Scheiß handelte. Zuerst rief meine Oma immer wieder die Polizisten an, die den Fall bearbeiteten. Aber jedes Mal, wenn sie anrief, sagten sie nur, dass es nichts Neues gäbe. Das ging fast ein Jahr lang so, bis sie aufhörte, sie zu kontaktieren. Wir haben nie wieder etwas von ihnen gehört. Meine Oma hat nie mit mir darüber gesprochen, aber ich war schon dreizehn. Ich war alt genug, um zu verstehen, was passiert war. Die

Polizisten suchten nicht nach dem Mörder und dafür gab es nur einen Grund. Sie wussten bereits, wer es war.“

„Aber das ist doch …“ Ich breche ab. Ich fühle seine Wut. Die Wut des kleinen Jungen, der er war. Und auch die seiner Mutter. Wer die Familie dieses Monsters war, hätte keine Rolle spielen sollen. Er hätte für seine Taten bestraft werden müssen. „Das ist einfach falsch und erbärmlich.“

Aber diese Worte sind nicht annähernd stark genug.

„So kann die Welt manchmal sein“, bedauert er resigniert. „Das habe ich an diesem Tag gelernt. Meine Mutter war tot und die Leute, die ihr Gerechtigkeit verschaffen sollten, schützten stattdessen ihren Mörder. Er lebte sein Leben weiter, als wäre nichts geschehen. Er arbeitete weiter als Sanitäter, ging weiter aus und schlug wahrscheinlich auch weiter Frauen.“

„Mein Gott, ein Sanitäter? Die sollen doch Leben retten“, sage ich leise und schüttle den Kopf.

„Ironischerweise wette ich, dass das der andere Grund ist, warum die Behörden ihn so einfach vom Haken gelassen haben. Sie wollen nicht, dass die perfekten Stereotypen, an die unsere Gesellschaft uns glauben lassen will, in Frage gestellt werden. Sanitäter, Polizisten, Feuerwehrleute … Von klein auf wird uns beigebracht, dass sie Helden sind. Oft werden sie sogar als Götter hingestellt. Sie riskieren ihr Leben für den Rest von uns. Und ich bin sicher, dass die große Mehrheit von ihnen großartig und selbstlos ist. Davon bin ich überzeugt. Aber ich denke auch, dass es falsch ist, die wenigen von ihnen zu schützen, die alles andere als verdammte Helden sind. Es sollte niemals richtig sein, bei der Ermordung einer alleinerziehenden Mutter, die nie jemandem etwas getan hat, ein Auge zuzudrücken. Für mich ist jeder Mensch, der weggesehen hat, nicht mehr wert als dieser Bastard."

„Ist das der Grund, warum du dich entschieden hast, dem Club beizutreten? Ich meine, um ein Gesetzloser zu sein?"

Ich weiß nicht, was sie treiben. Cam hat mir lediglich versichert, dass sie nicht in den Drogenhandel oder so etwas verwickelt sind, und ich vertraue ihr. Aber egal, was sie machen, ich weiß, dass es nicht legal ist.

„Ja, ich denke, das ist es. Aber nicht, um zu sagen, scheiß drauf, weil die Cops dem Mörder meiner Mutter einen Freifahrtschein gegeben haben. Als es passierte, sah ich die Welt mit anderen Augen. Ich habe aufgehört, sie so zu sehen, wie wir sie als Kinder zu sehen gelernt haben. Für mich gab es nicht mehr die Guten auf der einen und die Bösen auf der anderen Seite. Sie lehren uns, den Behörden zu vertrauen, denn hey, sie sind Behörden, natürlich kann man ihnen vertrauen", sagt er mit Sarkasmus. „Sie wollen, dass man denkt, dass es so einfach ist, aber das ist es nicht wirklich. Die Behörden wollen, dass du dich an das Gesetz hältst, aber einige Polizisten und sogar Richter haben kein Problem damit, es zu missachten, wenn es ihnen passt. Dieser Wichser war Sanitäter und ich bin Mitglied im MC. Wenn man es von außen betrachtet, ist er der Gute, der für seinen Dienst ausgezeichnet werden sollte, und ich bin der Böse, der ins Gefängnis gehört. Trotzdem bin ich nicht derjenige, der eine Frau getötet hat. Ich habe noch nie Hand an eine Frau gelegt und werde es auch nie tun. Ich glaube, da habe ich beschlossen, dass ich meine eigenen Regeln befolge, weil ich mit ihren nicht einverstanden bin."

Man sollte meinen, dass er vor Wut schäumen würde, während er das alles erzählt. Aber auch wenn er sagt, dass er wütend ist, dringt es nicht durch seine Stimme. Er nennt nur Fakten. Und er hat nicht ganz Unrecht. Was er gesagt hat, leuchtet mir ein, wenn ich an die Welt denke, zu der er gehört. Diese Männer können rau und manchmal mürrisch sein, aber sie würden nie einem Unschuldigen etwas antun. Sie sind respektvoll, loyal und sehr beschützend gegenüber ihrer Familie – ob blutsverwandt oder nicht. Sie leben einfach ihr Leben nach ihren eigenen Vorstellungen.

„Aber ..." Plötzlich dämmert mir etwas. „Dieser Mann ist also immer noch da draußen? Läuft er noch frei herum?"

Das ist es, was mich am meisten empört. Nicht nur, dass der Kerl nicht für den Mord an einem Menschen bestraft wurde, sie haben ihn auch noch laufen lassen, obwohl sie wussten, dass es wieder passieren könnte. Der Gedanke ist geradezu erschreckend. Vor allem, wenn man bedenkt, wie viele andere Männer wie er durch das Netz geschlüpft sein könnten, weil sie die richtige Person kannten.

„Das ist er nicht", versichert Ben mit einer Spur von unterschwelliger Verachtung. „Er ist vier Jahre später in Las Vegas gestorben. Offenbar hielt der Mistkerl es für eine schlaue Idee, ein bisschen zu laut in den sozialen Medien damit zu prahlen, wo er war und wie viel Geld er am Blackjack-Tisch verdient hat. Einige Schläger erwischten ihn, nachdem er das Casino verlassen hatte. Sie schlugen ihn zu Brei und verschwanden mit dem Geld. Er schaffte es bis ins Krankenhaus, starb aber noch vor Ort."

„Ich würde sagen, Karma schlägt zurück."

„Stimmt. Das einzige Problem dabei ist, dass ich ihn nicht selbst ausschalten konnte."

Als ich seine Worte verarbeitet habe, versuche ich erst einmal herauszufinden, ob er scherzt oder nicht. Als ich keine eindeutige Antwort finde, frage ich ihn: „Hättest du?"

Als er einen Moment lang schweigt, frage ich mich, ob er sich überlegt, mir zuliebe zu lügen. Vielleicht aus Angst, mich zu erschrecken. Denn tief im Innern glaube ich, dass ich die Antwort bereits kenne.

„Ich hätte es getan", sagt er schließlich und bestätigt damit meine Vermutung. „Er hat meine Mutter umgebracht, und obwohl ich es damals noch nicht wusste, hat Blane später herausgefunden, dass mehrere Frauen Anzeige gegen ihn erstattet haben, nachdem er sie belästigt hatte. Einige von ihnen hat er auch ziemlich übel verprügelt. Und das sind nur diejenigen, die den Mut hatten, zur Polizei zu gehen. Aber er wurde nie wegen irgendetwas angeklagt. Sein Bruder muss die Anzeigen ganz unten in den Stapel gelegt haben. Und höchstwahrscheinlich hatte er dabei auch noch Hilfe. Wie auch immer, ich beschloss, dass, wenn die Justiz diesem Stück Scheiße nicht das geben wollte, was er verdient, dann würde ich es tun. Als meine Mutter starb, war ich zu jung, aber es ging mir nicht aus dem Kopf. Ich wusste, ich könnte nicht mit mir selbst leben, wenn ich einfach nur dasaß und nichts tat, um ihr Gerechtigkeit widerfahren zu lassen. Ich begann, Calvin zu folgen, als ich gerade siebzehn war. Ich hatte ein paar Jahre lang trainiert, hatte gelernt, wie man kämpft und wie man mit einer

Waffe umgeht. Um ehrlich zu sein, hatte ich keinen wirklichen Plan. Ich wusste nicht einmal, ob ich den Mut haben würde, es durchzuziehen. Aber ich bin ihm trotzdem gefolgt. Ich dachte, wenn ich seine Routinen kennen würde, fiele mir irgendwann ein Plan ein. Vielleicht würde ich die richtige Gelegenheit finden. Eine, mit der ich die besten Chancen hätte, davonzukommen."

„Und er hat dich nie bemerkt? Wie lange hast du ihn verfolgt?"

„Ungefähr fünf Monate. Dann gab mir meine Oma eines Morgens die Zeitung. Da war er. Ein schönes Bild von ihm in seiner Sanitäteruniform", sagt er, und aus seinen Worten spricht eine gewisse Bitterkeit. „Aber nein, er hat mich nie bemerkt. Das kommt davon, wenn man zu selbstbewusst ist. Man wird unvorsichtig. Und deshalb ist er tot. Er war so daran gewöhnt, sich vom großen Bruder aus der Patsche helfen zu lassen, dass er sich für unantastbar hielt. Aber selbst, wenn er nicht so ein arroganter Mistkerl gewesen wäre, hätte er nicht mitbekommen, wie ich ihn beschattet habe. Der beste Ort, um sich zu verstecken, ist der, an dem man so offensichtlich ist, dass niemand dort nach einem suchen wird."

„Ich nehme dich beim Wort, ich werde es eh nie versuchen", versichere ich und muss glucksen, trotz der Schwere, die das Gespräch mit sich bringt.

Was er mir gerade gestanden hat, hätte mich eigentlich erschrecken müssen, aber das tat es nicht. Seltsamerweise hatte es sogar den gegenteiligen Effekt. Zu wissen, was er für die Menschen, die ihm wichtig sind, zu tun bereit ist, lässt mich ihm vertrauen. Vielleicht ist das ein bisschen verdreht, aber so empfinde ich es nun mal.

„Gute Entscheidung, Engel", gibt er zu, und das kleine Lächeln in seiner Stimme verfliegt, als er seufzt. „Tut mir leid, dass ich so mies drauf bin. Es war ein beschissener Tag. Aber jetzt erzähl mir von deinem."

Meinem Tag? Denken wir mal einen Moment darüber nach. Ich habe gut zehn Minuten lang wie ein Häufchen Elend auf dem Wohnzimmerboden gesessen, umgeben von einem zerbrochenen Teller und ruinierten Pfannkuchen, und ich sitze seit mehreren Stunden auf meiner Couch und grüble über unendlich viele Dinge nach. Aber ich werde ihm das nicht anvertrauen. Ich kann ihn nicht wissen lassen, dass er mir einen ziemlichen Schrecken eingejagt hat. Ich sage ihm auch nicht, dass ich deswegen die für heute Nachmittag geplanten Weihnachtseinkäufe abgesagt habe. Stattdessen erzähle ich ihm, dass ich mir eine Fernsehsendung anschaue, und wir verbringen die folgende Stunde damit, über irgendwelche beliebigen Dinge zu reden. Über seine Mutter und seine Kindheit, über meine, über unser Leben und über so unbedeutende Kleinigkeiten wie unser Lieblingsessen oder den schlechtesten Film, den wir je gesehen haben. Und es ist offensichtlich, dass er das brauchte. Er musste sich von den schrecklichen Ereignissen des heutigen Tages ablenken und aufhören, darüber nachzudenken, dass seine Freundin sterben könnte. Er brauchte eine Flucht aus der Realität und ich bin froh, dass ich ihm dabei helfen konnte.

Aber all diese unbedeutenden Dinge, die wir miteinander geteilt haben, helfen *mir* nicht. Sie machen mir sogar Angst, denn zu hören, wie er sich die kleine Narbe an seinem rechten Ellenbogen zugezogen hat, als er mit neun Jahren versuchte, das Quad seines

Nachbarn zu fahren, ist nicht die Art von Wissen, die mir helfen wird, mich von ihm zu distanzieren. Es wird mein Herz noch mehr dazu bringen, sich zu sorgen, als es das ohnehin schon tut. Und ich habe bereits beschlossen, dass es nicht gut ist, das geschehen zu lassen.

Aber ich mache mir keine Illusionen. Ich werde auf keinen Fall aufhören können, mit ihm zu reden. Jedes Mal, wenn mein Telefon mit einer seiner SMS piept, habe ich ein Lächeln im Gesicht und Wärme im Herzen. Die Einsamkeit macht mir immer wieder zu schaffen, und allein der Gedanke daran, sie loszulassen, treibt mich an den Rand der Tränen. Aber ich kann auch nicht zulassen, dass ich ihm noch näherkomme. Deshalb habe ich beschlossen, den Silvesterabend hier zu verbringen. In Anbetracht der Umstände bezweifle ich, dass sie dieses Jahr überhaupt feiern werden, aber egal, ich kann nicht nach Twican reisen. Ich muss mich an meinen vernünftigen Plan halten und eine Zeit lang Abstand von Ben nehmen. Zumindest körperlich. So werde ich mich vor dem Schmerz schützen, den er mir an dem Tag zufügen wird, an dem er beschließt, dass er mit mir fertig ist.

Kapitel 6

Vier Monate zuvor

„Wie ist es mit Stieffamilie Nummer sieben gelaufen?", frage ich Colleen, während ich mich gegen mein Kopfteil lehne, im Schneidersitz und ein Kissen hinter meinem Rücken.

In dem Moment, in dem Colleens hübsches Gesicht auf dem Display meines Handys aufleuchtet, werfe ich den Schraubenschlüssel beiseite, lasse mein Bike stehen und eile nach drinnen, direkt hoch in mein Zimmer. Den Anruf wollte ich auf keinen Fall verpassen.

In den letzten Monaten haben wir uns immer seltener angerufen. Ich habe diesen Eindruck für mich behalten, aber ich hatte den Verdacht, dass sie sich ein paar Mal absichtlich vor meinen Anrufen drückte und behauptete, sie sei beschäftigt oder müde. Vielleicht war das auch jedes Mal der Fall, aber ich werde das starke Gefühl nicht los, dass das nur Ausreden waren.

Doch ich gebe sie nicht auf. Nicht, bevor sie mir nicht ganz offen sagt, dass sie alle Verbindungen zu mir abbrechen will. Ich glaube nicht, dass sie das will. Ich glaube, sie ist hin- und hergerissen zwischen dem Wunsch, mit mir zu reden, und dem Wunsch, die Gefühle, die sie für mich entwickelt hat, zu verleugnen. Und ich bin nicht selbstgefällig, wenn ich das glaube, nur um das klarzustellen. Ich habe sie einfach beobachtet.

Vom ersten Tag an loderte die Lust zwischen uns, aber die körperliche Anziehung hat sich langsam zu mehr entwickelt, ob sie es nun zugeben will oder nicht. Ihre Reaktion, als sie mich nach der Schießerei anrief, hat mir das gezeigt. Wie aufgewühlt sie klang, war der einzige Beweis, den ich brauchte. Ich bin ihr wichtig, genau wie sie mir wichtig ist. Sie ist nicht bereit, es zuzugeben, aber es geht nicht nur um sexuelle Anziehung.

Wir telefonieren seit ein paar Minuten und sprechen über unseren Tag und über Alex' Genesung. Nachdem sie mehr als einen Monat im Krankenhaus verbracht hat, ist sie vor ein paar Tagen zurück in den Club gekommen. Sie war nicht erfreut, als Liam sich weigerte, sie nach Hause gehen zu lassen, aber das Wichtigste ist, dass es ihr jetzt gut geht.

„Mal überlegen", beginnt sie. „Das Restaurant war ganz nett, wenn auch viel zu schick für meinen Geschmack. Der potenzielle Stiefvater Nummer sieben hat offensichtlich ein dickes Bankkonto. Ich habe ein saftiges Hühnerrisotto gegessen und mein Stiefvater hat mir ständig auf die Brust gestarrt, während mein Stiefbruder versucht hat, mit seinem Fuß zu erkunden, ob ich Strapse trage."

So schnell wie ihre kleine Rekapitulation in mein Gehirn sickert, so schnell kocht die Wut in meinem Blut hoch. „Was zum Teufel!", brülle ich.

Meine Hand verkrampft sich um das Telefon, während ich die andere bei dem Gedanken an diese gesichtslosen Arschlöcher zu einer wütenden Faust schließe. Doch dann dringt Colleens Lachen an mein Ohr, und das heißblütige Temperament, das ich kaum unter Kontrolle hatte, entspannt sich wieder.

Verdammte Scheiße, ich war gedanklich schon bereit einen Mord zu begehen.

„Bist du stolz auf dich, du kleines Miststück?“ Ich schüttle den Kopf, nicht einmal überrascht, dass sie mich verarschen will. „Ich war schon bereit, in ein Flugzeug zu springen, um dem Arschloch den Fuß vom Leib zu reißen, nur damit du es weißt.“

Ihr leises, nachklingendes Kichern lässt meine Lippen genauso nach einem Kuss lechzen, wie sie mein Herz zum Pochen bringt, als würde es mir aus der Brust springen. Diese wilden Herzschläge, auch wenn sie nicht länger als ein paar Sekunden dauern, sind der Grund, warum ich ohne Zweifel weiß, dass sich in den letzten Monaten Gefühle in mein Inneres geschlichen und zur Lust hinzugesellt haben.

„Das Abreißen von Körperteilen klingt ein bisschen übertrieben, finde ich“, sagt sie.

„Finde ich nicht“, entgegne ich. „Also, im Ernst. Wie ist es gelaufen?“

„Es war okay. Ich war froh, meine Mutter zu sehen. Und Terence scheint ein netter Kerl zu sein. Ein bisschen zu abgehoben, aber wenn sie ihn mag …“, sie stockt. „Sein Sohn war allerdings nicht da.“ Das ist auch gut so. Ein adretter Junge in einem teuren Anzug und gut sitzendem Hemd, der versucht sie mir auszuspannen, bevor ich die Chance habe, sie für mich zu gewinnen, ist das Letzte, was ich in ihrer Nähe gebrauchen kann. „Wie auch immer, ich fürchte, es wird irgendwann eine siebte Hochzeit geben“, fährt sie seufzend fort.

„Du wärst nicht damit einverstanden?“

„Es ist nur … Wie ich schon sagte, er ist nett. Aber er hätte jeder ihrer früheren Ehemänner oder Freunde sein können. Vielleicht muss sie sich irgendwann fragen, ob dieser Typ Mann wirklich der richtige für sie ist. Ich weiß es nicht. Außerdem war er viel zu anhänglich. Er hielt die ganze Zeit ihre Hand. Ich meine, lass sie doch in Ruhe ihr Steak schneiden, um Himmels willen." Sie schnaubt.

Mein Lachen dröhnt durch das Telefon und schallt durch mein Zimmer.

Da hat sie recht.

„Aber sieh es doch mal positiv", sage ich ihr. „Wenn du wieder die Brautjungfer spielen musst, kannst du mich als deine Begleitung mitnehmen. Dann können wir irgendwo anders ficken als im Bett oder unter der Dusche. Zum Beispiel auf der Toilette des Veranstaltungsortes, in der Limousine oder in der Kirche …"

„Oh mein Gott, Ben! Zeig etwas Respekt!", zischt sie, aber ihre Ermahnung ist mit einem leisen Lachen vermischt, das sie offensichtlich nicht unterdrücken kann.

„War nur ein Scherz, Engelchen. In einer Kirche ist es zu kalt. Meine Eier würden sich zusammenziehen", scherze ich.

„Du bist ein hoffnungsloser Fall", teilt sie mir mit. „Aber ich hatte noch nie Sex in einer Limousine. Ich war sogar noch nie in einer Limousine. Jetzt bin ich kurz davor zu hoffen, dass sie tatsächlich bald heiraten werden", jammert sie.

„Vermisst du meinen Körper, Engel?"

Sie schnaubt. „Der charmante Bikerboy ist zurück."

„Ich sage bloß, wie es ist", verteidige ich mich.

„Ich vermisse Sex. Das ist ein Unterschied", argumentiert sie hartnäckig.

Ich lächle über ihre unverhohlene Lüge.

„Was immer du dir einreden willst. Es macht mir nichts aus, denn ich weiß noch, dass du mich bereits beim ersten Mal wolltest, als du mich gesehen hast, genauso wie ich dich wollte, als ich dich das erste Mal sah.“

„Das ist eine Lüge“, erwidert sie. „Als du mich das erste Mal gesehen hast, hast du versucht, mich anzumachen, weil das dein Instinkt ist. Es liegt dir im Blut oder so. Wenn du eine Frau siehst, musst du deinen *Charme* spielen lassen. Du kannst dich einfach nicht zurückhalten.“

„Tut mir leid, Engel, aber du hast das ganz falsch verstanden. Wenn ich eine Frau anmache, heißt das nicht, dass mein Schwanz zum Ficken bereit ist. Das kommt später, normalerweise nach einem intensiven Kuss. Mindestens. Und ich sage dir, dass mein Schwanz in dem Augenblick ganz aus dem Häuschen war, als mein Blick auf dich fiel. Dieser Körper, diese Augen, dieses Haar …“

„Jetzt weiß ich, dass du lügst. Ich war total zerzaust, nachdem ich stundenlang im Flugzeug geschlafen habe“, unterbricht sie mich und klingt überzeugt, dass sie mich bei einer Lüge ertappt hat.

Aber was ich gesagt habe, ist kein Schwachsinn.

Kein Mädchen hat seit jenem Tag eine solche Wirkung auf mich gehabt, ohne mich zu berühren. Das ist auch vorher noch nie passiert.

„Genau“, erwidere ich. „Es ist, als ob die meisten Mädchen darauf achten müssen, dass ihre Haare immer ordentlich und gekämmt sind. Das macht mich wahnsinnig. Aber dir war es egal, wie du aussahst, und du hast nicht einmal gemerkt, wie sexy du warst. Ich wollte mit meinen Fingern durch dein Haar fahren. Und deine Stimme … Verdammt, allein deine

Stimme hat mich hart gemacht. Noch mehr, als du mir deine freche Attitüde um die Ohren gehauen hast. Ich wollte nichts anderes, als deinen frechen Arsch in mein Zimmer zu schleppen und ihn zu versohlen, bevor ich dich ficke. Du kannst dir gar nicht vorstellen, wie sehr ich mich beherrschen musste, um meine Hände bei mir zu behalten, als ich dir später in dieser roten, seidenen Shorts und dem Tank-Top über den Weg gelaufen bin. Willst du wissen, was ich da in der Küche mit dir machen wollte?"

Ein gehauchtes Ausatmen dringt durch das Telefon, und es gibt eine kurze Pause, bevor sie mit sinnlicher Stimme etwas zugibt, das ich nicht erwartet habe. „Vielleicht das, was ich mit mir selbst gemacht habe, nachdem ich in mein Zimmer zurückgegangen bin?"

„Scheiße", knurre ich. „Du hast es dir gemacht?"

„Das habe ich."

„Wer ist jetzt die Lügnerin, die behauptet, du wolltest mich nicht? Aber das lasse ich durchgehen. Ich bin ja schließlich ein Gentleman."

„Und das eingebildete Arschloch ist wieder da. Lange nicht mehr gesehen. Ist das Ego noch so groß wie vor fünf Minuten?"

Verdammt noch mal. Schon wieder ein Zucken im Schwanz. Ihre Attitüde muss eine Art Aphrodisiakum sein, ich schwöre. Oder vielleicht törnt mich das an, was sie gerade gestanden hat. Scheiße, ich wünschte, sie wäre direkt neben mir. Dann würde ich dafür sorgen, dass sie ihren Mund nur benutzt, um mich anzuflehen, damit sie kommt, oder um meinen Namen zu schreien. Wahrscheinlich beides. Ich kann so etwas sehr gut.

„Meinem Ego geht es gar nicht so schlecht, jetzt, wo es sicher weiß, dass deine Muschi vom ersten Tag an feucht für mich war“, necke ich sie. „Und jetzt kommt die wichtigste Frage des Abends, Engel.“

Bevor ich sie aussprechen kann, mischt sie sich ein: „Lass mich raten, es ist dein Schwanz, der eine Frage an mich hat.“

„Du kennst mich zu gut“, antworte ich grinsend. „Mein Schwanz will wissen, was du in dieser Nacht gemacht hast. Am liebsten im Detail. Angefangen damit, was du getan hast, gleich nachdem du unter die Decke gekrochen bist.“

Ich bin mir nicht sicher, ob sie mir nicht den Mund verbieten wird. Wir haben noch nie über Sex am Telefon gesprochen. Aber seit mehr als einem Monat rufen wir uns ein paar Mal pro Woche an und schreiben uns schon länger fast jeden Tag eine SMS. Und obwohl sie es nicht zugeben will, sind wir uns unbestreitbar nähergekommen.

Ich muss nicht lange warten, bis sie anfängt, mir die Geheimnisse jener Nacht zu verraten, die sie für sich behalten hat. Und als sie es tut, gibt es keine Scheu oder Verlegenheit, die ihre Erzählung stört.

„Gleich nachdem ich unter die Decke gekrochen war, schob ich meine Hand unter meine Shorts und mein Höschen und strich mit den Fingern an meinem Kitzler entlang, um zu meinem Eingang zu gelangen“, erzählt sie mit einer Stimme, die bereits zu hauchen beginnt.

„Warst du feucht, Engel?“

„War ich. Also habe ich einen Finger befeuchtet, bevor ich ihn wieder nach oben bewegt habe, um mit meinem Kitzler zu spielen.“

Meine freie Hand zuckt nach unten, um die härter werdende Beule in meiner Jeans zu drücken. „Hast du an mich gedacht?", frage ich sie, und die Lust, die mich erfasst, lässt meine Stimme angestrengt klingen.

„Ja", sagt sie mit einem leisen Ausatmen. „Ich habe an deinen Körper gedacht. Deine Arme, deine Bauchmuskeln, und ich habe mich gefragt, wie dein Schwanz aussieht. Ich habe mir auch vorgestellt, dass es deine Finger sind, die kleine Kreise auf meiner Klitoris ziehen, sie anschwellen lassen und zum Pochen bringen."

Noch bevor sie mit dem letzten Satz fertig ist, habe ich meine Jeans und Boxershorts ausgezogen.

Mein Mädchen ist nicht schüchtern.

„Oh verdammt, mach weiter", verlange ich.

Ich brauche mehr. Ich brauche immerzu mehr bei ihr.

„Bald reichte es mir nicht mehr, meine Klitoris zu streicheln, also habe ich mich selbst gefingert."

„Mit wie vielen Fingern hast du deine Muschi gefüllt, Engel?"

„Zwei. Am Anfang habe ich sie langsam rein- und rausgeschoben", erklärt sie.

Am Anfang.

Ich höre, wie sie sich bewegt, und weiß, dass sie es sich bequem macht und bereit ist, sich selbst zu berühren, so wie ich mich selbst auch anfasse. Mein Schwanz liegt in meiner Hand, und ich streiche langsam auf und ab, um nicht zu schnell zu wichsen.

„Hat sich das gut angefühlt?"

„Ja", haucht sie aus, und ein summendes Geräusch mischt sich in ihre lustvolle Stimme.

„Was ist das für ein Geräusch?“ frage ich sie, aber bevor sie mich aufklären kann, kommt die Erkenntnis. „Ist das dein Vibrator?“

„Ein Vibrator-Ei, ja.“

Verdammte Scheiße. Ich hätte nie gedacht, dass mich das so anmachen könnte. Dieser Scheiß ist verdammt aufregend.

„Was machst du da? Sag mir, was du anhast und was du tust, Engel“, flehe ich sie beinahe an und klinge fast schon verzweifelt.

„Ich habe meine Yogahose und mein Höschen ausgezogen, aber ich habe immer noch ein grünes Shirt an. Und ich lasse den Vibrator über meine Klitoris gleiten“, erzählt sie mit leicht röchelndem Atem, der mir verrät, dass sie genauso erregt ist wie ich.

„Soll ich dir beim Kommen helfen, Engel?“

„Kommt drauf an. Bin ich die Einzige, die sich selbst berührt?“

„Mein Schwanz wird wahrscheinlich blaue Flecken bekommen, wenn man bedenkt, wie stark ich gerade daran arbeite“, biete ich als Antwort an. Das Stöhnen, das ich zu hören bekomme, ist das süßeste Geräusch, das mir je zu Ohren gekommen ist. „Ich will dich nackt“, sage ich ihr dann.

Ein Rascheln ertönt kurz auf ihrer Seite der Leitung. „Erledigt.“

„Lehn dich gegen das Kopfteil und spreize deine Beine.“

„Gott, ich wünschte, du wärst hier“, flüstert sie, pure Lust strömt aus ihrem Geständnis.

Das tue ich auch.

„Lass den Vibrator über deine Muschi gleiten“, sage ich ihr. „Lass deine Säfte ihn befeuchten, dann bewege ihn wieder nach oben und spiele weiter mit deiner Klitoris."

Sie stöhnt ein paar Sekunden lang leise, bevor sie nach Luft schnappt, und ich weiß, dass sie den Nervenknoten gefunden hat, an dem ich am liebsten einfach saugen würde, bis sie kommt.

„Ich brauche mehr", stößt sie hervor und fleht beinahe vor Verlangen.

Scheiße, ich werde eher früher als später explodieren.

Sie wird schnell atemlos, und wenn ich mir vorstelle, wie sie sich auf dem Bett räkelt und sich selbst zum Orgasmus bringt, vernebelt sich meine Sicht vor brennendem Verlangen. Ein

Wimmern und Stöhnen entweicht ihr immer wieder, und ich säusle ihr schmutzige Worte zu, bis sie durch die aufkommende Lust zu betteln beginnt.

„Gott, bitte …"

Bitte.

„Scheiße, du machst mich verrückt. Ich werde nicht mehr lange durchhalten, und du wirst mit mir kommen, also hör mir zu …" Ich breche ab und nehme ihr lautes Stöhnen als Bestätigung. „Ich möchte, dass du den Vibrator in dich einführst. Ich möchte, dass du ihn dort spürst, während du deinen Kitzler reibst", befehle ich und warte darauf, dass sie es tut, während das Tempo meiner Hand auf meinem Schwanz fast wild wird.

„Ja … Gott, ja", stöhnt sie.

„Wie fühlt sich das an?"

„Gut. Es fühlt sich … Gott, bitte, es fühlt sich so gut an."

Ihre wimmernden Laute und ihr schweres Atmen sind verdammt sexy.

„Ben …“

„Ja, Engel. Ich will, dass du dich weiter reibst. Stärker. Reibe deinen Kitzler noch fester für mich.“

Das scheint zu reichen, denn Augenblicke später bleibt ihr der Atem in der Kehle stecken, und ich weiß, dass sie abgehoben hat, über den Rand der Lustklippe hinaus geflogen ist. Als sie meinen Namen schreit und damit wahrscheinlich ein paar ihrer Nachbarn aufweckt, stelle ich mir vor, wie ihr Körper auf dem Bett zittert und sich windet. Und das ist mehr als genug, um meinen eigenen Höhepunkt auszulösen.

„Scheiße!“, stöhne ich.

Dann lasse ich zu, dass die Lust mich beherrscht. Alles, was ich tun kann, ist sie zu spüren. Ich verliere mich in ihr. Es fühlt sich unglaublich an. Es ist immer noch nicht das Wahre, aber es ist so viel besser, als sich unter der Dusche einen runterzuholen. Das Einzige, was beide Szenarien gemein haben, ist, dass sie mit dem gleichen Bedauern enden. Ich werde nicht mit ihr in meinen Armen einschlafen können.

Kapitel 7

Colleen

Gegenwart

Ich. bin. Ausgelaugt.

Wenn ich weiter in diesem Tempo die Treppe in den vierten Stock hinaufsteige, bin ich in etwa zwanzig Minuten an meiner Haustür. Mindestens. Es ist, als wollten meine Füße mein Gewicht nicht mehr tragen, und das Lächerliche daran ist, dass ich nicht einmal weiß, warum ich mich so müde fühle. Es ergibt keinen Sinn, sich so erschöpft zu fühlen, wenn man die meiste Zeit des Tages vor einem Computer sitzt und die E-Mails seiner Chefin bearbeitet. Oder vielleicht ergibt es doch Sinn. Vielleicht ist es ja so, weil ich mich in letzter Zeit nicht körperlich ausgelaugt fühle, sondern psychisch. Gefühlsmäßig. Meine Emotionen sind in letzter Zeit ziemlich durcheinander geraten. Vor einer Woche spürte ich, wie mir die Tränen in die Augen stiegen, weil ich fast in Hundekacke getreten wäre, die jemand nicht vom Gehweg aufgesammelt und weggeworfen hatte. Und da ich nicht schwanger bin, sind nicht meine Hormone daran schuld.

Sondern mein Job.

Mein *Leben* eben.

Vor etwa drei Monaten war es zwei Jahre her, dass ich als Verlagsassistentin angefangen habe. Und obwohl sich mein Umzug nach New York als katastrophal erwies, war ich voller Hoffnung, was meinen neuen Job betraf. Schließlich hatte ich meinen Traum verwirklicht. Selbst als mir das Herz gebrochen wurde, sah ich wenigstens das, und ich war bereit, meinen Traum in vollen Zügen zu genießen.

Mein erster Job war der einzige positive Lichtblick in meinem Leben zu dieser Zeit. Ich fand Trost in dem Gedanken, dass dies der Beginn der Karriere sein würde, die ich mir immer gewünscht hatte. Umso größer war die Enttäuschung, als es am Ende nur der Beginn einer endlosen Reihe von Monaten war, die mich, ehe ich mich versah, hierher führten, wo ich die Treppe meines Wohnhauses hinaufgehe, als würde das Gewicht der Welt auf meinen Schultern lasten.

Ich habe daran gedacht aufzuhören. Unzählige Male. Ich meine, ich weiß, dass ich kündigen könnte. Aber was würde ich dann tun? Ich müsste wieder ganz unten anfangen, denn seien wir ehrlich, dort bin ich nach wie vor. Ich habe zwei Jahre lang für einen Verlag gearbeitet und alles, was mein Lebenslauf potenziellen Arbeitgebern verrät, ist, dass ich einen tollen Kaffee koche, einen Kopierer mit geschlossenen Augen bedienen kann und E-Mails schneller tippe als ein Superheld. Nicht der beste Lebenslauf aller Zeiten. Und gleichzeitig bringt mich die Aussicht, dieses Leben noch zwei weitere Jahre zu führen, dazu, mich hier auf der Treppe zusammenrollen und heulen zu wollen. So lange, bis ich nicht mehr genug Kraft habe, um mich daran zu erinnern, was für einen Fehler ich an dem Tag gemacht habe, als ich mich für diesen Job beworben habe.

Davon abgesehen gibt es etwas, das meinen Alltag seit zwei Wochen aufhellt.

Vor zwei Wochen bin ich zur Hochzeit von Alex und Jayce nach Texas gefahren und Ben hat mir ein paar Tage zu früh mein Geburtstagsgeschenk gegeben. Ihr Name ist Luna, und sie ist das süßeste Kätzchen, das ich je gesehen habe – eine völlig unvoreingenommene Meinung. Aber im Ernst, mein Kleines ist einfach zu süß, um Worte zu finden. Ihr weiches Fell ist ein Flickenteppich aus Brauntönen. Es reicht von einem tiefen Robbenbraun über einen Karamellton bis hin zu einem Sandbraun, das ihre goldgelben Augen umspielt. Sie ist ein süßes Kerlchen, aber das ist nicht der Grund, warum sie ein Segen ist. Ich hätte nie geglaubt, dass ein Haustier ausreichen könnte, um die Einsamkeit zu vertreiben, aber irgendwie hat sie es geschafft.

Es gibt allerdings auch einen Nachteil. Wenn ich sie ansehe, muss ich an Ben denken. Es ist in letzter Zeit immer schwieriger geworden, an ihn zu denken. Ich vermisse ihn so sehr. Ich vermisse ihn schon seit Monaten furchtbar. Was mir immer noch ein Rätsel ist, wenn man bedenkt, dass wir, seit wir uns letzten Sommer kennengelernt haben, so viel öfter telefoniert als uns gesehen haben. Ich kann die Zeiten, in denen wir am selben Ort waren, an einer Hand abzählen, um Gottes willen. Doch nun sind wir hier, der nächste Sommer ist nur noch einen Monat entfernt, und ich bekomme ihn nicht aus meinem Kopf. Jeden Morgen, wenn ich allein in meinem Bett aufwache, wünschte ich, ich könnte den Mut aufbringen, mit ihm zu reden. Ich wünschte, ich könnte einen Weg finden, meine Angst zu überwinden, wieder verlassen zu werden, und ich wünschte, ich könnte einfach meine Sachen packen und zu ihm gehen. Jeden Tag wünsche ich mir, ich wäre drüben bei ihm, denn ich fühle mich hier immer mehr fehl am Platz.

Ich weiß, er würde mich willkommen heißen. Nun, das stimmt nicht. Ich weiß es nicht, aber an manchen

Tagen habe ich das Gefühl, er würde mich mit offenen Armen empfangen. Zumindest weiß ich, dass er sich um mich sorgt. Nicht, dass er es mir gesagt hätte. Das habe ich nur daraus geschlossen, was er Camryn vor zwei Wochen erzählt hat.

Kurz bevor ich die Tür zum Gästezimmer erreiche, bleiben meine Schritte abrupt stehen, als ich Camryns Stimme vernehme.

„Du hast ihr ein Kätzchen geschenkt", sagt sie, und in ihrer Stimme liegt so etwas wie Ehrfurcht.

Während ich einfach weiter im Flur stehe und die Wasserschüssel meines noch namenlosen Kätzchens halte, kommt Bens Antwort nach kurzen Sekunden des Schweigens unsicher heraus. „Das habe ich."

„Sie hat dir also gesagt, dass sie schon immer eins haben wollte?"

„Das hat sie."

Ein weiterer Moment des Schweigens vergeht, bevor Cam wieder spricht. „Hör zu, was auch immer zwischen euch beiden vorgefallen ist, Colleen will offensichtlich nicht, dass ich es weiß. Aber…" Sie verstummt, und ich hasse mich sofort dafür, dass ich sie angelogen habe. Ich weiß nicht, ob sie es gerade erst herausgefunden hat oder ob sie es schon eine Weile weiß, aber das ist wohl auch egal. „Sie ist schon einmal verletzt worden, aber das weißt du wahrscheinlich schon. Jedenfalls ist sie ein guter Mensch und wenn du mich fragst, denke ich, dass ihr beide gut zusammenpassen würdet."

Ich schließe kurz die Augen und seufze leise. Deshalb habe ich auch nichts gesagt. Ich hatte Angst, dass das, was jetzt in diesem Raum passiert, geschehen würde. Ich wusste, dass es so kommen würde.

Die Dinge zwischen Ben und mir sind zwanglos und wir haben vereinbart, dass es so bleibt, als wir das erste Mal Sex miteinander hatten. Ich weiß, dass wir uns in mancher Hin-sicht nähergekommen sind, aber daraus kann aus so vielen Gründen nie mehr werden. Angefangen damit, wo ich wohne.

„Ich weiß nicht, was ich dir sagen soll, Cam", sagt er ganz ehrlich. „Ich weiß, dass sie unglaublich ist, und ich weiß, dass ich am liebsten irgendetwas kaputtschlagen würde, weil sie morgen Tausende von Meilen weit weg sein wird", gesteht er ihr.

Falls er noch etwas sagt, höre ich es nicht, weil ich mich auf dem Absatz umdrehe und zurück in die Küche gehe, um das Wasser für mein Kätzchen zu wechseln, obwohl das alte eigentlich noch frisch genug war.

Ich habe an dem Tag, bevor ich die Stadt verließ, noch einmal mit Cam gesprochen, aber ich bin nicht auf Einzelheiten über mich und Ben und meine Gefühle eingegangen. Ich bat sie nur darum, zu verstehen, dass ich nicht wollte, dass alle so tun, als wäre es eine große Sache, weil es so schon kompliziert genug war. Zum Glück ist sie großartig, also ließ sie es dabei bewenden.

Als ich endlich an meiner Wohnungstür ankomme, schließe ich sie auf und lasse meine Gedanken hinter mir. Da ich weiß, dass Lunas süßes Gesicht durch die Tür lugen wird, sobald sie weit genug geöffnet ist, legt sich ein Lächeln auf meine Lippen. Aber als ich die Tür vorsichtig aufdrücke und mit meinen Füßen den Weg versperre, falls sie sich wieder nach draußen drängt, ist sie nicht da. Mein Lächeln wird sofort von einem Stirnrunzeln abgelöst. Es ist das erste Mal in zwei Wochen, dass sie nicht hier ist, um mich zu begrüßen.

„Luna!" rufe ich, als ich in die Wohnung gehe, die Tür hinter mir schließe und sie sofort wieder verriegele.

Als sie nicht von ihrem Schlafplatz auf mich zu stolziert, und ich auch keine Geräusche von ihr höre, mache ich mir Sorgen. Ich weiß, dass es wohl nichts ist. Wahrscheinlich hat sie lediglich jetzt ihren Platz hier beansprucht und keine Lust mehr, jeden Abend meine Rückkehr von der Arbeit zu feiern, aber ich mache mir trotzdem Sorgen.

Ich halte nicht einmal inne, um mich meiner Schuhe zu entledigen oder meine Handtasche von der Schulter gleiten zu lassen, sondern gehe direkt in mein Schlafzimmer. Dort hält sie sich die meiste Zeit des Tages auf, wenn ich bei der Arbeit bin. Zumindest glaube ich das, denn ich habe ihr Körbchen in einer Ecke des Zimmers aufgestellt, und die weiße flauschige Decke darin ist abends immer zerknittert und voller Haare, obwohl ich sie jeden Morgen ausschüttle. Aber mein Schlafzimmer ist auch ihr Zufluchtsort, wenn sie etwas erschreckt. Die Nachbarn aus der Wohnung über mir werkeln seit ein paar Tagen – und die Leute sind dem Bohrer sehr zugetan, um es mal so zu sagen. Meine Kleine? Nicht so sehr.

„Ich bin wieder da, Luna", sage ich etwas leiser, als ich mein Schlafzimmer betrete. „Haben sie wieder zu viel Lärm gemacht?", frage ich sie, ohne mich darum zu kümmern, dass ich mit einer Katze spreche, die mir offensichtlich nicht antworten kann.

Sie ist nicht in ihrem Körbchen und gerade als ich mich umsehe, dröhnt das Geräusch des Bohrers von oben. Zum Glück hört es nur wenige Sekunden später auf und mit einem Seufzer gehe ich auf Hände und Knie und bücke mich, bis ich unter das große Bett blicken kann.

Und da ist sie.

„Hey, Süße." Ich lächle und betrachte den kleinen Ball, zu dem sie sich zusammengerollt hat. Sie sieht mich direkt an, scheint aber nicht bereit zu sein, ihr Versteck zu verlassen. „Komm her", sage ich zu ihr.

Ihre leuchtenden Augen starren mich noch ein paar Momente lang unschlüssig an, doch dann beschließt sie, hervorzukrabbeln, bis sie neben mir steht. Ich lasse sie kurz ihren Kopf an meinem Gesicht reiben, bevor ich sie in meine Arme nehme und aufstehe. Ich kraule sie sanft unter dem Kinn, was sie normalerweise zum Schnurren bringt, aber dieses Mal kommt kein Ton von ihr. Der dumme Nachbar muss sie heute mehr als einmal erschreckt haben.

„Wie wäre es, wenn ich dir etwas Pastete gebe?"

Sie liebt Pastete. Aber da ich Cam gesagt habe, dass ich sie anrufe, sobald ich nach Hause komme, werde ich das zuerst tun. Dann füttere ich mein Mädchen und nehme eine lange, heiße Dusche.

Ich setze Luna auf das Bett und sie rührt sich nicht von der Stelle, als ich meine Handtasche neben sie lege und darin nach meinem Handy krame.

„Der Bohrer hat aufgehört." Ich lächle meine ängstliche Katze an, die immer noch nervös aussieht.

Ich verlasse mein Zimmer und gehe ins Wohnzimmer, wo ich auf meinem Handy scrolle, bis Cams Name erscheint. Mein Daumen drückt darauf, aber bevor ich das Telefon an mein Ohr halten kann, erstarre ich plötzlich. Ich senke meinen Arm in einer sehr langsamen Bewegung, die im Widerspruch zu meinem Pulsschlag steht, der innerhalb eines Wimpernschlags in die Höhe geschossen ist. Mein Herz hüpft wie wild in meiner Brust und die Angst schlägt gegen meine Magenwände, als wolle sie sichergehen, dass ich merke, dass sie da ist und auch nicht verschwinden wird.

Ich will schreien. Ich sollte aus vollem Halse schreien, aber ich tue es nicht.

Schock. Der Schock muss der Grund sein, warum ich nicht so laut um Hilfe schreie, wie es nur möglich ist. Und er muss auch der Grund dafür sein, dass ich nur ein kaum verständliches Gebrabbel stammeln kann, als würde ich beschließen, dass eine der beiden Personen im Raum schließlich etwas sagen muss.

„Was … Wie bist du …“

Ich verspüre den Drang, zurück in mein Schlafzimmer zu rennen. Ich will unbedingt einen Schritt zurück, oder ein paar, aber ich schaffe es nicht, meinen Körper in Bewegung zu bringen. Jeder Muskel in mir scheint vor einer so unkontrollierbaren Angst zu zittern, dass ich weiß, es ist nur eine Frage der Zeit, bis meine Beine unter mir nachgeben. Und ich habe das Gefühl, dass es noch schneller passieren wird, wenn ich versuche, mich zu bewegen.

Als mein Blick zu CJs Hand wandert, zieht sich mein Brustkorb zusammen, ich fühle mich wie erdrückt und ich muss darum kämpfen, weiterzuatmen. Die Waffe, die er so lässig in der Hand hält, ist zwar auf den Boden gerichtet, aber ich fühle mich trotzdem bedroht.

„Hallo, Colleen. Ist schon eine Weile her.“

Ich kann ihm nicht widersprechen. Es ist schon eine Weile her, seit ich diesen Mann das letzte Mal gesehen habe. Ungefähr zweieinhalb Jahre. Letzten Sommer hat Camryn mir erzählt, was für ein Betrüger dieser Mann war, den sie heiraten wollte, aber verdammt, wenn ich ihn jetzt reden höre und mich daran erinnere, wie er damals gesprochen hat, bekomme ich eine Gänsehaut. Seine Stimme ist nicht nur dunkel und rau. Sie ist unheimlich. Sie ist ebenso beängstigend, wie die abartige Freude, die in seinen braunen Augen lodert, während er eine Art Show daraus macht, mich zu begrüßen.

„Weißt du", fährt er fort, als ich ihn nur anschweigen kann. „Ich muss zugeben, dass ich überrascht war, als ich vorhin hier ankam."

Mein Magen dreht sich vor drohender Übelkeit. Wie ist er überhaupt reingekommen? Die Tür war wie immer verschlossen, als ich hier ankam. Und …

Oh, Gott. Er muss der Grund sein, warum Luna so verängstigt ist.

„Ich dachte, ich müsste mich durch zwei oder drei Riegel kämpfen, um hier reinzukommen, aber ich musste lediglich ein altes Schloss knacken."

Macht er Smalltalk? Es klingt, als würde er Smalltalk machen. Und er ist noch nicht fertig.

„Deine neuen Freunde halten sich immer für so verdammt schlau, aber sie sind einfach nur dumme Idioten, die eine der ihren ganz allein in einer Wohnung lassen, in die jeder leicht einbrechen kann. Oder vielleicht sehen sie dich gar nicht als eine von ihnen an, was weiß ich schon?"

Das ist ein Albtraum. Vor fünf Minuten noch habe ich mich innerlich darüber beschwert, wie beschissen mein Leben ist, und jetzt bete ich zu Gott, dass ich es behalten darf.

Das muss ein Albtraum sein.

„Ich dachte, dein Freund wäre vorsichtiger. Schätze, er macht sich nicht viel aus seiner Old Lady", fährt er mit seinem kleinen Monolog fort und versucht offensichtlich, eine Reaktion aus mir herauszubekommen. Aber ich kann ihn nur anstarren und mich fragen, woher er überhaupt weiß, dass Ben und ich etwas miteinander haben. Denn er muss sich auf Ben beziehen. Ich wüsste nicht, wen er sonst meinen könnte. „Oder vielleicht sieht er dich nicht als seine Old Lady an. Noch mal, was weiß ich schon?"

Er hält in seinem unsinnigen Geschwätz inne und ich muss schwer schlucken, bevor ich es schaffe, meine Stimme wieder zu benutzen und einigermaßen vernünftig zu sprechen.

„Was willst du?"

Ich wünschte, mir wäre etwas weniger Lächerliches und Nutzloses eingefallen, denn was er will, scheint ziemlich offensichtlich zu sein, als ich wieder zu seiner Waffe blicke.

„Was ich will?", wiederholt er meine Frage und sein herablassender Ton würde mich wütend machen, wenn ich nicht immer noch von einer lähmenden Angst gefangen wäre. „Nun, warum fangen wir nicht damit an?"

Auf seine Worte hin hebt er die Hand, die die Waffe umfasst, in meine Richtung, und seine rasche Geste ist der Beginn eines nicht enden wollenden Zeitraums, in dem mein Körper auf Autopilot läuft.

Zum ersten Mal wendet sich CJs Blick von mir ab und richtet sich auf den Boden hinter mir. Mein Instinkt zwingt mich, seinem Blick zu folgen, bevor mein Gehirn endlich einen Schrei aus meiner Kehle presst.

„Nein!"

Ich mache einen abrupten Schritt auf Luna zu, meine Finger umklammern fest mein Handy, während sie in mein Schlafzimmer zurückrennt, als stünde die Wohnung in Flammen.

Aber mein Schrei ist nicht das, was sie erschreckt hat. Es war der Schuss, der sich praktisch mit meiner Stimme vermischt hat. Und so unglaublich es auch ist, der Schuss ist es, der mir hilft, die hartnäckige Angst beiseitezuschieben, und ich folge nun Luna auf den Fersen. Fast genauso schnell wie sie erreiche ich mein Schlafzimmer und jede Geste, die ich von da an ausführe, ist wie ferngesteuert. Hektisch, aber methodisch schlage ich die Tür zu, verriegele sie und machen mich daran, meine Kommode dagegen zu schieben, wobei ich das schwere Möbelstück so fest wie möglich dagegen stemme. Dann drehe ich mich um, werfe mich auf die Knie, greife nach Luna, von der ich weiß, dass sie sich wieder unter dem Bett versteckt hat, und setze sie in die Transportbox, die neben meinem Nachttisch steht, während ich ihr verängstigtes Miauen ignoriere. Ich habe keine Wahl; ich tue einfach das, von dem ich weiß, dass ich es tun muss. Und seltsamerweise scheine ich immer zu wissen, wie der nächste Schritt aussehen muss, auch wenn all das wie durch einen verworrenen Schleier geschieht.

„Habe ich sie verletzt?", höhnt CJ von der anderen Seite der Tür.

Er muss Lunas unermüdliches Miauen hören. Aber das liegt daran, dass sie verängstigt ist, nicht verletzt, und jetzt kann sie sich nirgendwo mehr verstecken. „Ich helfe dir, sie zum Tierarzt zu bringen, wenn du rauskommst", fügt er hinzu.

Das würde er nie tun. Ich überlege, ob ich auf seinen unverhohlenen Schwachsinn einfach nicht antworten soll, aber ich muss ihn ein wenig hinhalten. Ich muss dafür sorgen, dass er genau da bleibt, wo er ist, während er weiterhin denkt, dass ich in der Falle sitze.

„Hältst du mich wirklich für so dumm? Das ist fast schon beleidigend“, sage ich und bemühe mich, mit ruhiger Stimme zu sprechen, während ich mein Handy in meine Handtasche stecke.

Gott sei Dank habe ich mein Portemonnaie vorhin hier gelassen. Vielleicht bin ich ja doch nicht komplett verdammt.

Er lacht ein dunkles, unheimliches Lachen, bevor er zugibt: „Na gut, das werde ich nicht. Aber ich kann sie schnell von ihrem Elend befreien.“

Bei dem Gedanken, dass er sie herzlos erschießt, läuft mir ein kalter Schauer über den Rücken. Wahrscheinlich hätte er sogar ein krankes Vergnügen daran.

„Hau einfach ab!“, rufe ich zurück.

Nicht, dass ich erwarte, dass er gehorcht, aber ich versuche, ihn hinzuhalten. Ich will nur, dass er sich noch ein bisschen länger nicht von der Stelle rührt.

„Ich fürchte, das kann ich nicht tun, Süße“, erwidert er und täuscht mit seinem Tonfall eine Entschuldigung vor.

Ich erwidere nichts, denn ich konzentriere mich bereits auf meinen nächsten Schritt und schiebe das Fenster hoch, bis es ganz offen ist. Zum Glück liegt mein Zimmer an einer ruhigen Gasse, sodass CJ durch die geschlossene Tür kein Geräusch von der Straße hören dürfte. Das ist auch gut so, denn sobald ich auf der anderen Seite bin, kann ich das Fenster nicht mehr schließen.

Aber das ist im Moment noch die geringste meiner Sorgen. Meine größte Sorge ist, dass ich mich im vierten Stock dieses Gebäudes befinde, und als ich mich ein wenig bücke, um meine Handtasche auf die Feuerleiter zu werfen, die sich etwas rechts von mir befindet, muss ich mich zwingen, nicht nach unten zu schauen. Stattdessen wiederhole ich in Gedanken, dass das meine einzige Chance ist, heute Nacht am Leben zu bleiben.

„Aber es wird viel einfacher für dich sein, wenn du aus diesem Zimmer kommst, bevor ich die Tür aufbrechen muss", droht er, der offensichtlich bereits die Geduld verliert.

Mit einem kräftigen Atemzug, der mir helfen soll, den Mut zu finden, den ich so dringend brauche, schnappe ich mir den Transportbehälter und mache mich auf den Weg aus dem Fenster. Es ist nicht leicht, mit diesem Ding in einer Hand zu manövrieren, aber ich kann sie auf keinen Fall zurücklassen.

Es gibt einen Vorsprung an der Fassade, und obwohl er klein ist, ist er doch groß genug, dass meine Füße mit den flachen Ballerinas hineinpassen – Gott sei Dank trage ich bei der Arbeit nie hohe Absätze.

Ich atme noch einmal tief durch und halte mich fest. Ich glaube, zwischen mir und der Feuertreppe sind nicht mehr als drei Meter, also ist es durchaus machbar.

Hoffentlich.

Mein Herz klopft so heftig in meiner Brust, dass ich nur noch das Echo in meinen Ohren höre. Vor allem, als ich zum Ende des Simses gelange und mich mit einem Fuß abdrücke, um den anderen auf das Metallgeländer zu stellen, während ich mit der freien Hand nach der nächstgelegenen Stange greife. Ich umklammere sie so fest, dass sich die Muskeln in meiner Hand fast verkrampfen. Dann ziehe ich noch fester daran, um meinen Körper nach vorne zu befördern, bis ich mit beiden Füßen auf dem Geländer stehe. Vorsichtig, damit ich nicht ausrutsche und auf dem Boden lande, klettere ich vom Geländer und atme scharf aus, als meine wackeligen Beine auf der sicheren Feuertreppe stehen.

„Mach die Tür auf, bevor ich sie zerschieße!", höre ich CJ mit knurrender Stimme rufen, die überhaupt nicht erfreut klingt.

Wenigstens denkt er immer noch, dass ich da drin bin.

Es ist eine echte Herausforderung, meinen Drang, die Treppe hinunterzupreschen, unter Kontrolle zu halten, um ihn nicht zu alarmieren. Und obwohl ich versuche, mich zu beeilen, dauert es gefühlt ewig, bis ich den Boden erreiche.

Als ich unten ankomme, beschleunige ich sofort mein Tempo und sprinte am Gebäude entlang, bis ich das Ende der Gasse erreiche. Die Querstraße ist größer und gegenüber befindet sich ein kleiner Lebensmittelladen, was mir ein wenig Sicherheit gibt, während ich in meiner Handtasche krame, um mein Handy zu finden.

Ich muss Ben anrufen. Er ist derjenige, der mir die ganze Zeit durch den Kopf geht, und er ist derjenige, der wissen wird, was ich tun soll. Denn ich habe wirklich keine Ahnung.

Aber als ich auf den Knopf drücke und der Bildschirm nicht aufleuchtet, mischt sich die Angst, die mich nicht mehr verlassen hat, seit ich CJ in meinem Wohnzimmer gesehen habe, mit einem Anflug von Panik.

„Nein, nein, nein …", rufe ich, als Luna wieder miaut, und schaue auf den Transportbehälter hinunter. „Mein Akku ist leer. Ich weiß nicht, was ich tun soll.

Gott, ich weiß nicht, was ich tun soll", wiederhole ich und weiß, dass ich mich anhöre, als wäre ich verrückt geworden, wie ich mitten auf der Straße mit einer Katze rede.

Als ich wieder auf mein Handy schaue, läuft mir plötzlich ein Schauer über den Rücken.

Was, wenn CJ mich wegen meines Handys finden kann? Früher oder später wird er herausfinden, dass ich weg bin, und dann wird er nach mir suchen. Camryn hat mir erzählt, dass Blane Leute über ihr Telefon orten kann. Ich weiß nicht, wie das funktioniert, und ich weiß nicht, ob das auch mit einem ausgeschalteten Telefon geht, aber was ist, wenn CJ das auch kann? Ich weiß es nicht. Mein Kopf wird von zu vielen Gedanken und Bedenken überschwemmt, als dass ich die Panik unterdrücken könnte.

Als Luna sich wieder zu Wort meldet, dämmert mir, dass ich seit mindestens zehn, wenn nicht fünfzehn Sekunden hier stehe, und aus einer Art Reflex heraus lasse ich das nutzlose Telefon los, das auf den Asphalt kracht. Dann befreie ich meinen Kopf von jedem unnützen Gedanken, folge dem Verkehrslärm und steuere auf die belebteste Straße zu, die ich finden kann.

CJ wird nach mir suchen, das weiß ich. Er wird versuchen, herauszufinden, wohin ich will.

Die Möglichkeit, zur nächstgelegenen Polizeistation zu gehen, streift nur kurz meine Gedanken. Was würde ich ihnen sagen? Sie könnten zu meiner Wohnung gehen, aber CJ wäre längst weg, und es gibt nicht einmal einen Beweis, dass er eingebrochen ist, da das Schloss intakt ist.

Es gibt sowieso nur einen Ort, an dem ich im Moment sein möchte. Aber zum Flughafen zu fahren, macht mir Angst. CJ könnte dort nach mir suchen. An einem Ort mit so hohen Sicherheitsvorkehrungen mag ich sicher sein, aber es könnte Stunden dauern, bis ich einen Flug bekomme, und nichts würde ihn davon abhalten, denselben Flug wie ich zu buchen. Dieses Risiko kann ich nicht eingehen. Dasselbe gilt für einen Zug. Der Gedanke, dass er in einem der Waggons sitzen könnte, würde mir den Kopf vernebeln, bis ich Texas erreiche.

Alles, was ich will, ist, mich sicher zu fühlen, und ich weiß, dass ich mich nicht sicher fühlen werde, solange ich nicht in Twican bin. Also fahre ich dorthin, gleich nachdem ich ein Auto gemietet habe. Es dauert ein paar Minuten, bis ich an einer Autovermietung vorbeikomme und die Tür aufstoße. Danach spreche ich endlose stille Gebete, bevor ich mich endlich auf den Weg machen kann.

Ich schätze, ich bin jetzt für ein paar lange Tage auf mich allein gestellt.

Kapitel 8

Ben

Bevor ich in die Stadt hineinfahre, nehme ich die vorbeiziehende Landschaft vor dem Geländewagen nicht einmal wahr. Ich höre auch nicht den Lärm, der die belebte Hauptstraße überflutet, als ich das graue Gebäude erblicke, das mein einziges Ziel ist. Auf dem Bürgersteig erkenne ich Menschen, die spazieren gehen, sich mit ihren Freunden unterhalten, vielleicht lachen, aber all das sickert nur langsam in mein Gehirn, als würde es an einem weit entfernten Ort stattfinden.

Es war meine Entscheidung, hierherzufahren. Mein Ziel war mir zwar bewusst, aber es ist, als hätte mich das Auto hierhergebracht, ohne dass mein Verstand es bemerkt hätte.

Mein Verstand ist vernebelt von drückender Wut und einer seltsamen Fassungslosigkeit. Wahrscheinlich ist es das, was mich davor bewahrt, von der erschütternden Trauer in die Knie gezwungen zu werden. Obwohl es nicht stark genug ist, um das deutliche Bild von Colleens verängstigtem Gesicht – auch wenn ich es nicht gesehen habe – und das schallende Geräusch des Schusses aus meinem Gedächtnis zu löschen. Beide bahnen sich regelmäßig ihren Weg durch die Benommenheit, die ansonsten mein Denken vollständig beherrscht.

Nein, das ist nicht alles. Da ist auch noch die Schuld. Diese quälende Schuld.

CJ sollte tot sein. Er hätte letzten Sommer sterben sollen, zusammen mit seinem Präsidenten und dem inneren Kreis. Wir dachten, er sei in jener Nacht gestorben. Lange Zeit glaubten wir das wirklich. Und seit wir vor etwa drei Monaten erfahren haben, dass er überlebt hat, haben wir nichts getan, um ihn auszuschalten. Wir haben absolut nichts unternommen. Und jetzt …

Ich verschwende keine Zeit mit parken, als ich zur Absteige der Spiders komme. Vor der Spelunke sind keine Plätze frei, also stelle ich das Auto mitten auf der Straße ab. Ich blockiere den Verkehr und als ich aussteige, ertönen hinter mir die ersten Hupen, aber das ist mir völlig egal. Ich bin nicht mehr Herr meiner Gedanken, so einfach ist das. Andererseits wäre ich auch nicht hier, wenn ich richtig nachgedacht hätte.

Bis zu einem gewissen Grad verstehe ich, wie irrational dieser Schritt ist. Ihr Lokal auf eigene Faust zu betreten, ist nicht nur gefährlich, es ist selbstmörderisch. Aber Rationalität ist nicht einmal mehr ein entferntes Konzept in meinem Kopf.

Ich bin nicht mehr da. Ich sterbe langsam. Der Schmerz durchläuft meinen Körper und erreicht so viele Stellen auf einmal, dass ich nicht einmal sagen kann, wo es weh tut. Es tut überall weh. Phantommesser bohren sich unbarmherzig in mein Fleisch und quälen meinen Körper Zentimeter für Zentimeter. Knochen für Knochen. Zerstören mich, Zelle für Zelle. Aber jeder Mann, der eine Spider-Kutte trägt, kann sich auf eines verlassen: Ich werde nicht sterben, ohne auch einige von ihnen mit in den Tod zu reißen. Es wird Blut fließen, und es wird ihres sein, bevor es meins ist.

Als ich die Tür auftrete, knallt sie so hart gegen die Wand, dass das scheppernde Geräusch alles andere in diesem Raum übertönt. Stille umgibt mich, während sich zahlreiche Augenpaare auf mich richten.

Doch die Stille währt nicht lange.

„Was zum Teufel fällt dir ein, hier einfach so reinzukommen?!"

Es ist eigentlich keine Frage, die der Wichser gebellt hat, aber selbst, wenn es eine wäre, hätte ich mir nicht die Mühe gemacht, zu antworten. Die einzige Antwort, die er von mir bekommt, ist ein Vorgeschmack auf die Wut, die dunkel in mir aufsteigt.

Mein bisher leerer Blick nimmt einen blutrünstigen Ausdruck an, als ich den Mann ins Visier nehme. Aber es ist nicht sein Gesicht, das ich betrachte, als ich direkt auf ihn zugehe. Es ist seine Kutte. Seine Zugehörigkeit zu den Spiders ist alles, was ich wissen muss. Wer der Mann hinter der Kutte ist, spielt keine Rolle. Es interessiert mich nicht, ob er in den Dreißigern oder in seinen Sechzigern ist. Ob er ein Vater ist oder nicht. Er kann alles sein, was er will, es spielt keine Rolle. Alles, was ich in ihm sehe, ist das erste Blut, das an meinen Händen kleben wird.

Der nächste Laut, der aus seinem Mund kommt, ist ein tiefes Aufstöhnen, als mein Körper auf seinen prallt. Mit einem kräftigen Schlag in den Bauch schleudere ich ihn mit dem Rücken gegen die nächste Wand. Der nächste Schlag, den ich ihm ins Gesicht verpasse, löst eine Welle der Euphorie in mir aus, als ein knirschendes Geräusch meine Ohren erfüllt und Blut aus seiner gebrochenen Nase spritzt. Aber das ist nicht genug. Weit gefehlt. Ich will mehr Blut. Ich will ihm noch mehr Schreie und Schmerzenslaute entlocken. Ich will jedes Quäntchen Gewalt, das meine Fäuste in der letzten halben Stunde aufgestaut haben, auf ihn loslassen, bis seine Muskeln versagen und er schlaff zu meinen Füßen liegt. Ich will weiter auf ihn einprügeln, bis ich jede Spur von Leben aus seinen Augen entweichen sehe.

Also bearbeite ich ihn so rücksichtslos, wie ich nur kann. Ich schlage weiter zu. Einmal, zweimal, dreimal … Selbst als ich spüre, dass ich zurückgehalten werde, gebe ich nicht nach und trete den Bastard mit meinen Beinen an jede Stelle, die die Spitzen meiner Stiefel erreichen. Mein Blutdurst lässt mich nicht los. Auch dann nicht, als ich zu weit von dem Mann weggezerrt werde, um irgendeinen Teil seines Körpers zu erwischen. Ich kann nur noch hoffen, dass ich ihn einmal zu oft getroffen habe oder dass er einen schweren Schlag abbekommen hat und dadurch verreckt ist. Denn trotz der Wut, die meine Handlungen beherrscht, bin ich klar genug, um zu wissen, dass ich keine Gelegenheit haben werde, das Blutbad zu vollziehen, nach dem ich gelechzt habe, bevor ich hierhergekommen bin. Vielleicht hätte ich meine Waffe ziehen und jeden Spider erschießen sollen, der mir über den Weg lief.

Was jetzt auf mich wartet, ist kein Geheimnis.

Aber das ist in Ordnung. Was die Männer, die mich zurückhalten, noch nicht wissen, ist, dass ihre Zeit fast so abgelaufen ist wie meine. Ich werde vielleicht zuerst sterben, aber meine Brüder werden bald darauf alle ihre Köpfe rollen lassen. Daran habe ich keinen Zweifel. Das ist das Einzige, was mich beruhigt. Sie werden alle dafür sterben, was sie Colleen angetan haben. Auch wenn es nicht durch meine Hand geschieht.

Mit einer brutalen Wucht, die meinen Lungen fast die Luft nimmt, prallt mein Rücken auf die harte Oberfläche eines Tisches und ein scharfer Schmerz durchzuckt meine Wirbelsäule. Ich kann nichts tun, um die beiden Arschlöcher, die neben mir stehen, daran zu hindern, meine Arme auszubreiten und mich zu fesseln, aber ich nehme sie nicht einmal zur Kenntnis.

Das Gesicht, das über mir thront und dessen schwarze Augenbrauen von einem tiefen, wütenden Blick gezeichnet sind, hat meine ganze Aufmerksamkeit, während ich spreche. „Habe ich die Memme getötet?", spotte ich über den Präsidenten dieses erbärmlichen Witzes von einem Club und die Reaktion, die ich erwartet habe, bricht über mich herein.

Vorhersehbarer Wichser.

Mein Kopf wird zur Seite geworfen unter seinem ungezügelten Schlag, meine Wange trifft auf die harte, kalte Oberfläche, auf der ich liege, und meine Unterlippe platzt auf. Der metallische Geschmack von Blut dringt in meinen Mund.

„Ich bin mir nicht sicher, ob du nicht vielleicht psychische Probleme hast, weil du in unserem Revier auftauchst, aber das ist mir scheißegal", faucht er. „Du hast gerade einen großen Fehler gemacht."

„Ihr habt einen noch größeren Fehler begangen, als ihr hinter meiner Frau her wart. Jetzt werdet ihr alle sterben."

Keine Spur von Überraschung oder Schock zeigt sich auf Bisons Gesichtszügen. Er war eingeweiht. Zweifellos.

„Ich weiß nicht, wovon du redest", lügt er. „Aber jetzt, wo du hier bist, kann ich dich leider nicht mehr gehen lassen."

„Blödsinn", spucke ich auf seine unverhohlene Lüge, während um uns herum Gäste dieser Spelunke an uns vorbeilaufen, um so schnell wie möglich zum Ausgang zu gelangen. „Vielleicht sollte ich losziehen und deine Frau umbringen?" Ich provoziere ihn erneut, aber anstatt mir mit einem weiteren Schlag das Maul zu stopfen, bleibt sein starrer Blick auf mir haften, und ein Flackern des Unverständnisses durchzieht seine Miene, während ich ihn weiter verspotte. „Aber da es zweifelhaft ist, dass irgendeine anständige Frau sich mit dir abgeben würde, wäre es sowieso kein großer Verlust."

Da ist der nächste Schlag. Er kracht gegen meinen Kiefer.

Mach schon, Arschloch.

„Ist das alles, was du drauf hast, *Prez*? Kein Wunder, dass deine Jungs es lieber auf Frauen abgesehen haben."

Diesmal wird mir die Luft aus der Lunge gepresst, als seine wütende Faust in meinen Magen stößt. Durch einen unkontrollierbaren Hustenanfall hindurch höre ich, wie er seinen Männern befiehlt: „Ladet ihn in den Lastwagen und bringt ihn zurück in den Club."

„Er geht nirgendwo hin." Die ruhige und doch bestimmte Aussage hätte Erleichterung in mir ausgelöst, wenn ich nicht immer noch völlig betäubt wäre von dem, was mit mir geschehen könnte. „Lasst ihn los", fordert Jayce. „Sofort."

„Und warum sollte ich das tun?", bellt Bison. „Er hatte kein Recht, hier einzudringen und meine Männer anzugreifen!"

Er versucht, seinen Männern zu demonstrieren, dass er den Mut hat, der nötig ist, um in der Position zu sein, in die sie ihn gewählt haben. Aber als ich genug Bewusstsein zurückgewonnen habe, um meine Umgebung zu betrachten, ist nicht zu übersehen, wie angespannt er ist, seit meine Brüder zu diesem Vergnügen dazugekommen sind.

Als ich sie anschaue, sehe ich, dass ihre Augen und Waffen auf die Spiders gerichtet sind, die sich um ihren nichtsnutzigen Präsidenten versammelt haben.

„Weil du deine Männer genauso gerne untergehen siehst, wie ich meine verlieren will", antwortet Jayce. „Aber vielleicht irre ich mich da. Es könnte sein, dass sie dir scheißegal sind, nach allem, was ich weiß. Wie auch immer, wenn du meinen Bruder gehen lässt, werden deine Männer leben. So einfach ist das. Was darf es sein?"

Wenn Bison etwas mit seinem ehemaligen Präsidenten gemeinsam hat, dann dass ihm sein Stolz wichtiger ist als die naiven Wichser, die ihm jedes Wort abkaufen, das er von sich gibt. Aber selbst wenn, dann kann er das nicht vor ihnen zugeben. Und wenn ich mich nicht irre, kann er Jayce sowieso nicht die Stirn bieten, weil seine Männer dann denken würden, dass er sich einen Dreck um sie schert. Das bedeutet, dass Jayce so oder so gewinnt und ich diesen Ort verlassen werde, ohne das zu erreichen, wofür ich gekommen bin.

„Lasst ihn gehen." Bison gibt den Befehl an die Männer, die mich immer noch festhalten, aber mit glasigen Augen starrt er weiter Jayce an. „Das hier ist noch nicht zu Ende."

Da hast du verdammt recht, du Hurensohn.

In dem Moment, in dem sie ihre Hände von mir nehmen, stehe ich auf und wische mir mit dem Handrücken das Blut von der Lippe. Ich werfe den Bastarden einen Blick zu und spüre immer noch das wilde, zornige Tier in mir, das seine Wut und seinen Hunger nach Rache herausbrüllen will.

„Verdammter Mistkerl! Damit kommst du nicht durch!"

Unbarmherzig trifft mich das Bedauern, als ich zu dem Spider hinüberblicke, der ein höhnisches Grinsen auf seinem blutigen, geschwollenen Gesicht hat. Er steht jetzt dort, wo ich seine bewusstlose Gestalt auf dem Boden zurückgelassen habe.

Ich hatte wirklich gehofft, ich hätte ihn getötet.

„Sieht ganz so aus", spotte ich und verberge meine Enttäuschung hinter einem finsteren Grinsen, während Liam von seinem Platz neben Jayce aus einen Fluch ausstößt. „Willst du noch eine Runde, bevor ich gehe? Vielleicht landest du diesmal einen oder zwei Treffer."

Natürlich versucht der Idiot, auf mich loszugehen – was meine brodelnde Wut um das Vierfache steigert, weil es bedeutet, dass ich ihm nicht eine einzige verdammte Rippe gebrochen habe –, aber Bison hält ihn auf, während sich eine Hand fest auf meine Schulter legt und mich daran hindert, nach vorne zu stürmen.

„Nicht jetzt, Bruder", mahnt Brent, seine Warnung ist kaum mehr als ein Flüstern.

Meine Nasenflügel blähen sich auf, während ich mit mörderischem Blick meine Feinde weiterhin fixiere, aber ich mache keine weitere Bewegung.

„Verpiss dich aus meiner Bar, sofort", knurrt Bison.

„Mit Vergnügen", erwidert Jayce. „Aber mach dir nichts vor. Du wirst für das bezahlen, was du getan hast."

„Wie ich deinem Handlanger schon erklärt habe, was auch immer passiert ist, ich habe nichts damit zu tun."

Von wegen.

Bevor ich völlig durchdrehe und diesem Stück Scheiße die Zähne einschlage, zerrt mich Brent hinaus, und ich folge meinen Brüdern widerwillig.

„Du musst dich zusammenreißen und nachdenken, Ben. Ich weiß …“

„Einen Scheißdreck muss ich!“, brülle ich, als wir alle auf dem Bürgersteig versammelt sind.

Wie konnte ich nur? Colleens Gesicht spukt mir im Kopf herum und das Verlangen, ein wenig Blut zu vergießen, ist immer noch da und sitzt mir im Magen fest. Ich habe nur deshalb einen Rückzieher gemacht, weil mir in einem Moment der Klarheit bewusst wurde, dass meine Brüder getötet werden würden, wenn ich das nicht täte.

„Cody ist im Krankenhaus, mit Lilly. Sie ist von der Straße abgekommen“, sagt Liam aus heiterem Himmel. „Sie wird schon wieder“, fügt er hinzu, als mein Blick entsetzt zu ihm flackert. „Sie werden dafür bezahlen, Ben. Nur nicht jetzt.“

„Nate versucht, Colleen zu erreichen, und Grant hat sich mit der New Yorker Charter in Verbindung gesetzt. Sie werden uns helfen, aber jetzt müssen wir uns beeilen“, befiehlt Jayce.

Helfen, wie? Sie zu erreichen? Glaubt er, mich mit falscher Hoffnung zu füttern, ändert etwas daran? Sie ist …

Scheiße.

„Ich will allein sein“, platze ich heraus, meine Stimme heiser von einer Emotion, die ich bald nicht mehr zurückhalten kann.

Ich atme tief durch, um den Schmerz zu unterdrücken, denn sobald ich ihn zulasse, breche ich zusammen. Ich muss ihn nur noch ein wenig länger zurückhalten.

„Ben …", beginnt Blane.

„Ich will einfach nur in Ruhe gelassen werden, verdammt!", schreie ich diesmal und laufe bereits zu dem Geländewagen, der immer noch mitten auf der Straße steht.

„Scheiße, Ben!"

Liams Rufen ignorierend, klettere ich hinter das Lenkrad und schlage die Tür zu.

Ich muss einfach allein sein.

Mit quietschenden Reifen fahre ich die Straße hinunter. Ein paar Minuten lang brause ich ziellos umher, aber ich verlasse nie die Stadtgrenze. Ich habe nicht die Absicht, irgendwo hinzufahren. Ich werde nicht monatelang warten, bis ich sie bezahlen lasse. Ich werde diese Stadt nicht verlassen, ohne zuvor jeden Tropfen des Blutes, das ich am liebsten vergossen hätte, aus diesen wertlosen Körpern gepresst zu haben. Und früher oder später wird CJ wieder in der Stadt sein. Vielleicht morgen, vielleicht nächste Woche. Es ist mir egal. Ich werde warten.

Als ich mir sicher bin, dass meine Brüder nicht versuchen, mich zu verfolgen und höchstwahrscheinlich die Hauptstraße, wenn nicht sogar die Stadt verlassen haben, mache ich mich auf den Weg zurück. Nachdem ich in das Parkhaus gefahren bin, das sich mehr oder weniger auf der anderen Straßenseite von ihrer Bar und ihrem Stripclub befindet, stelle ich den Wagen in der fünften Etage auf einen Platz, der ihren Gebäuden zugewandt ist.

Danach bin ich allein mit meinen Gedanken, die voll und ganz von Colleen eingenommen werden. Es macht mich fertig, zu wissen, dass sie dort allein ist. Ich wünschte, ich könnte da sein, bevor CJ sie beseitigt, aber das ist einfach unmöglich. Ich kann verdammt noch mal nur hoffen, dass die New Yorker Charter noch früh genug ankommt, aber ob das passiert oder nicht, liegt nicht in meiner Hand. Ich kann nichts tun, außer hier zu bleiben und sie zu rächen. Überhaupt nichts.

Ich fühle mich genauso nutzlos wie mein dreizehnjähriges Ich, als meine Mutter starb. Wieder einmal kann ich nichts tun und das macht den Schmerz noch unerträglicher. Ich verliere den Kampf gegen ihn und lasse ihn in Schluchzen übergehen, das die Stille im Auto durchschneidet. Ich heule wie vor fünfzehn Jahren, der Schmerz pocht mit der gleichen Wucht in meiner Brust, als ich mich dem stellen muss, wovor ich mich seitdem immer gefürchtet habe.

Jemand, den ich mehr als alles andere liebe, ist fort, und sie wird nie wieder zurückkommen.

Kapitel 9

Colleen

Ich bin fast da. Nur noch eine Stunde, und dann bin ich in Sicherheit.

Vielleicht bin ich jetzt schon sicher. Vielleicht bin ich ja schon in Sicherheit, seit ich New York verlassen habe. Ich glaube wirklich nicht, dass CJ durchschaut hat, dass ich den ganzen Weg nach Texas fahren würde. Und selbst wenn, habe ich alle möglichen Vorsichtsmaßnahmen getroffen, als ich das Auto gemietet habe, sodass er mich auf keinen Fall finden kann. Vielleicht hat er gar nicht gedacht, dass ich die Stadt so schnell verlassen würde. Oder vielleicht hat er gar nicht nach mir gesucht. Auch das ist denkbar. Ich habe keine Ahnung. Ich habe nie versucht, in den Verstand eines Soziopathen einzutauchen und ich werde auch jetzt nicht damit anfangen. Mein Punkt ist, vielleicht bin ich bereits sicher. Aber so oder so, es fühlt sich nicht danach an. Ich fühle mich nicht sicher. Nicht einmal ein kleines bisschen. Ich habe immer noch Angst, aber vor allem bin ich völlig erschöpft, weil ich letzte Nacht und in der Nacht davor kaum geschlafen habe.

In der ersten Nacht wollte ich auf keinen Fall eine Pause vom Fahren machen, aber ich wusste, dass es leichtsinnig war, nicht anzuhalten, also tat ich es. Es war mehr für Luna als für mich, aber meine Augen wurden zu schwer, sodass ich mich nicht mehr richtig auf die Straße konzentrieren konnte. Was für eine Ironie des Schicksals, wenn man bedenkt, dass ich sowieso nicht viel Schlaf bekommen habe. So ging es mir auch letzte Nacht, als ich kurz nach Mitternacht der Erschöpfung nachgab, obwohl ich versuchte, die verbleibenden vier Stunden zu fahren. Ich checkte in einem Hotel in einer Stadt ein, die groß genug war, dass ich dort leicht Hilfe finden konnte, für den Fall, dass es notwendig war. Auf keinen Fall hätte ich in einem Motel mitten im Nirgendwo übernachtet.

Und jetzt bin ich hier. Siebenunddreißig Stunden, nachdem ich New York hinter mir gelassen habe und ich will einfach nur die letzte Stunde überstehen, die noch zwischen meiner Sicherheit und mir liegt.

Ich kann es kaum erwarten, Ben zu sehen. Ich weiß, dass das, was mir passiert ist, nichts an unserer Beziehung ändern wird. Aber im Moment möchte ich einfach, dass er mich in seinen Armen hält, bis ich mich wieder geborgen fühle. Allein die Aussicht, ihn zu sehen, hat mich diese endlose Reise überstehen lassen und jetzt bin ich fast am Ziel.

Es wäre viel einfacher gewesen, wenn ich mein Telefon noch gehabt hätte. Ich habe es mehr als einmal bereut, dass ich es losgeworden bin. Es gibt nicht viel, was Ben für mich hätte tun können, da uns Tausende von Meilen trennen, aber ich hätte wenigstens mit ihm reden können. Ich bin mir ziemlich sicher, dass er mit mir am Telefon geblieben wäre, bis ich dort ankomme. Wenn ich so darüber nachdenke, wäre er vielleicht sogar in ein Auto gestiegen und hätte mich irgendwo auf dem Weg abgeholt.

Das Erste, was ich tun werde, sobald ich dort bin, ist, die Nummern von Ben und Cam auswendig zu lernen. Vielleicht sogar alle ihre Nummern, nur für den Fall. Die einzige, die ich kannte, war die meiner Mutter, weil sie sie seit mehr als zehn Jahren nicht mehr geändert hat. Ich habe sie gestern Morgen von meinem Hotelzimmer aus angerufen. Ich hatte vor, ihr zu sagen, dass ich mein Handy verloren habe und Cams Nummer brauche, aber wie es der Zufall so will, ist sie nicht rangegangen. Ich habe ihr nur eine Nachricht hinterlassen, dass ich mein Handy verloren habe und sie bald mit einem neuen anrufen würde.

Neben mir, auf dem Beifahrersitz, miaut Luna. Ich schaue nur kurz rüber und sehe ihr süßes, geflecktes Gesicht durch die Gitterstäbe an der Vorderseite ihrer Transportbox.

„Ich weiß, ich habe aufgehört zu reden. Ich bin erschöpft. Aber wir sind fast da, ich verspreche es."

Sie ist eine gute Reisegefährtin. Ruhig und entspannt. Viel entspannter als ich es bin. Und zum Glück ist sie nicht krank geworden. Ich habe gehört, dass Katzen an Reisekrankheit leiden können, genau wie wir. Das gibt es anscheinend wirklich und ich bin nur froh, dass meine Kleine nicht krank ist. Ich kann mir nicht vorstellen, wie schlimm es gewesen wäre, ständig anhalten zu müssen, um sie sauber zu machen. In der ersten Nacht musste ich es einmal tun, weil ich so neben der Spur war, dass mir erst klar wurde, dass sie ihr Katzenklo benutzen muss, als sie in ihre Transportbox gepinkelt hat. Da habe ich endlich den Mut gefunden, anzuhalten. Zum Glück hatte ich ein paar Taschentücher dabei, mit denen ich das meiste wegmachen konnte, aber das war kein Zuckerschlecken. Es war irgendwie eklig. Ihr nächstes Geschäft hat sie in der Hotelbadewanne erledigt – was mir nicht einmal leidtut – und am Morgen habe ich an der Tankstelle eine Packung Streu gekauft, eine große Plastikbox und etwas Futter für sie, bevor ich mich wieder auf den Weg gemacht habe.

Luna miaut wieder und erinnert mich damit an ihre Anwesenheit.

„Ja, ich habe dieses Auto auch irgendwie satt", sage ich ihr. Sie mag es, wenn ich mit ihr rede. Ich habe gemerkt, dass es sie beruhigt. „Ich spüre meinen Hintern nicht mehr und mein Rücken bringt mich um. Wir müssen nur noch ein bisschen durchhalten, okay?" Ich habe sie vor etwa einer Stunde gefüttert und in ihr provisorisches Katzenklo gesetzt, also sollte sie zufrieden sein, bis wir im Club sind. „Dann wird es uns wieder gut gehen. Alles wird gut", versichere ich ihr, aber das Versprechen ist eher für mich selbst bestimmt.

Es gibt nicht viel, was im Moment in Ordnung ist. Ich bin am Leben, das ist das einzig Gute, was mir einfällt. Was den Rest angeht … Fassen wir zusammen. Ich bin CJ entkommen, aber was ist, wenn er noch nicht lockerlässt? Das ist wahrscheinlich das Hauptproblem im Moment. Und dann ist da noch mein Job. Zum ersten Mal seit zwei Jahren bin ich gestern nicht zur Arbeit erschienen. Und natürlich bin ich auch heute nicht da. Und ich konnte auch nicht im Büro anrufen, also kann man mit Sicherheit sagen, dass ich ab jetzt wahrscheinlich arbeitslos bin. Wie ich meine Chefin kenne, hat sie vielleicht schon jemand anderen gefunden, der ihr heute Morgen einen Kaffee bringt. Außerdem habe ich eine Wohnung, in der ich alles, was ich besitze, unverschlossen und mit weit geöffnetem Fenster zurückgelassen habe, ganz zu schweigen von einem Psychopathen darin. Und, was weniger schlimm ist, ich trage seit etwa zwei Tagen die gleichen Klamotten. Inklusive Unterwäsche.

„Ich bin gerade ziemlich bemitleidenswert, findest du nicht auch?"

Sie würde zustimmen, wenn sie reden könnte.

Ich glaube, ich brauche einen Drink. Etwas Starkes. Diese Fahrt war ein bisschen zu heftig für eine einfache Reise durch das Land. Das muss daran liegen, dass ich kein Telefon dabei habe. Gott, bin ich erbärmlich. Es ist nur eine lange Fahrt quer durchs Land ohne Telefon, kein Marsch durch ein Kriegsgebiet ohne irgendwelche Waffen.

In Kriegszeiten wäre ich sowas von verloren.

Und ich muss unbedingt schlafen, sonst verliere ich noch den Verstand.

Ich rede wieder mit Luna über irgendwelche Dinge, die sie nicht einmal versteht, und nach einer Weile legt sie ihren Kopf auf ihre Pfoten und schläft ein wenig. Und als sie das nächste Mal ihr verschlafenes Köpfchen hebt und mich anschaut, fahren wir gerade in Twican ein.

Wir sind endlich da.

Als ich mich dem Club nähere, sind Tränen der Erleichterung nicht weit, aber ich kann sie zurückhalten.

Auf dem Gelände gibt es mehrere Parkplätze und ich entscheide mich für den, der dem Eingangstor am nächsten liegt, nur ein paar Meter entfernt.

Obwohl meine Ankunft hier die Angst, die mich bis nach Texas verfolgt hat, etwas gebändigt hat, blicke ich mich immer noch vorsichtig um, als ich aus dem Auto steige. Ich gehe um das Auto herum, um Luna zu holen, und eile zum Tor. Die Sprechanlage ist mein einziges Ziel.

Mein Finger drückt ein paar Mal auf den Knopf. Ich schätze, ein einziges Mal wäre genauso effektiv gewesen, aber seltsamerweise ist mein Drang noch größer, jetzt, da ich der Sicherheit, nach der ich mich die letzten anderthalb Tage gesehnt habe, so nahe bin.

„*Was!*“

Das Bellen, das durch die Sprechanlage kommt, erschreckt mich und ich zucke ein wenig zusammen. Die Männerstimme ist tief und rau und ich erkenne sie zunächst nicht. Ich weiß nur, dass es nicht Ben ist.

Bevor ich die Überraschung überwinden kann, wird die Stimme des Mannes weicher, obwohl er schnell spricht, sodass ich erkenne, dass es Liam ist. „Verdammt, Colleen, bist du das?“

„Ja. Kannst du bitte aufmachen?“

„Natürlich“, sagt er.

Das Tor öffnet sich langsam vor mir, und ich muss mich beherrschen, nicht vor Ungeduld auf und ab zu springen. Aber sobald ich genug Platz habe, um hineinzugehen, laufe ich den Weg zur Eingangstür hinauf. Ich habe noch nicht einmal die Hälfte geschafft, als sie sich öffnet, und die Art und Weise, wie Liam und Fiona auf mich zustürmen, ihre Augen auf mich gerichtet, macht mir Sorgen.

Bevor ich etwas sagen kann, drückt mich Fiona an sich und umarmt mich kurz, bevor sie mich wieder loslässt. „Geht es dir gut?“

Die Sorge in ihrem Gesicht scheint echt zu sein und sie erinnert mich an eine Möglichkeit, die ich auf dem ganzen Weg hierher, so gut es ging, verdrängt habe.

Ich schließe meine Augen und seufze. „Camryn hat etwas am Telefon gehört, richtig?“

„Wir haben alle den Schuss und deine Schreie gehört“, antwortet Liam. „Dann nichts.“

Ich habe gewusst, dass das eine Möglichkeit war, aber da ich mir nicht sicher gewesen bin, ob ich den Anruf irgendwann versehentlich unterbrochen habe und auch nicht wusste, wann mein Akku leer geworden ist, habe ich versucht mir einzureden, dass sie nichts mitbekommen hat. Dass sie vielleicht sogar meinen Anruf verpasst hat.

„Wir dachten, du wärst tot“, fügt er hinzu und nimmt kein Blatt vor den Mund. „Was ist passiert?“

Seine Worte lassen einen Schauer über meinen Körper laufen. Niemand hat ihm jemals Taktgefühl beigebracht, so viel ist sicher.

„Ich werde dir alles erzählen, was du wissen willst, aber ich würde gerne reingehen und Camryn sehen und …“ Ich breche ab, bevor Bens Name meine Lippen verlässt.

„Sicher, lass uns reingehen“, drängt Liam und geht voran.

„Camryn und Ben sind allerdings nicht hier.“ Fiona lächelt und lässt mich wissen, dass sie erraten hat, was ich fragen wollte. „Cam und Nate sind auf dem Weg nach New York“, sagt sie, und meine Augen weiten sich. „Sie haben erst heute Morgen einen Flug bekommen. Nicht einmal vor zwei Stunden. Vorher haben sie keinen Flug gekriegt und Cam war so fertig, dass Nate nicht quer durchs Land fahren wollte.“

Ein Seufzer des Bedauerns entweicht mir, als wir den Club betreten. „Ich wäre hier gewesen, bevor sie abgereist sind, wenn ich gestern Abend weitergefahren wäre.“

„Du bist nicht hierhergeflogen?“, fragt mich Liam.

Ich schüttle nur den Kopf, um seine Frage zu beantworten, und seufze dann erneut. „Ich hätte gestern Abend nicht anhalten sollen.“

„Du konntest es nicht wissen“, beruhigt mich Fiona.

„Und ich wette, es wäre gefährlich gewesen, nicht zu schlafen. Du siehst furchtbar müde aus", sagt Liam zu mir.

Ja, er weiß definitiv nicht, was Taktgefühl ist.

Er zuckt zusammen, als Fiona ihm einen sanften Klaps auf den Arm gibt. „Wofür war das denn?"

Sie schüttelt nur lächelnd den Kopf, bevor sie ihren Blick wieder auf mich richtet. „Sie werden bald landen und Nate wird die Jungs sofort anrufen. Sie werden zurück sein, ehe du dich versiehst."

Ich nicke auf ihr kleines Lächeln hin. Ich kann sowieso nicht viel dagegen tun.

Wir drei schauen zu Luna hinunter, die wieder anfängt, alle über ihre Anwesenheit zu informieren.

„Ich glaube, sie ist es leid, eingesperrt zu sein."

„Ich kann sie in dem Zimmer unterbringen, in dem ihr immer wohnt, während du dir einen Kaffee holst", bietet sie an.

„Das wäre toll, danke. Ich glaube, Ben hat irgendwo Futter und Streu. Wenn nicht, habe ich etwas in dem Mietwagen vor dem Club."

Ich reiche ihr die Tasche.

„Ich werde erst einmal in seinem Zimmer nachsehen", sagt sie, bevor sie weggeht.

„Wo ist er?", frage ich Liam.

Offenbar wissen sie alle, was los ist, also kann ich genauso gut aufhören, mich zu verstellen. Im Moment will ich sowieso nur Ben sehen.

Liams blickt mich einen Moment lang stumm an, bevor er spricht. Dass er über seine Antwort nachdenken muss, gefällt mir nicht. „Er ist nicht hier, aber er wird bald zurück sein."

Ich habe nicht gefragt, wann er zurückkommt, sondern wo er ist, und damit ist meine Frage nicht beantwortet. „Wo ist er, Liam?“, frage ich erneut.

„Lilly wurde bei einem Autounfall verletzt“, sagt er, und ich schnappe nach Luft. „Nichts allzu Ernstes“, fügt er hinzu. „Ein gebrochenes Handgelenk und eine Gehirnerschütterung. Aber der Arzt wollte sie ein paar Tage dort behalten. Die meisten von den Jungs sind mit ihr im Krankenhaus.“

Die meisten von ihnen. Aber nicht Ben. Wenn er im Krankenhaus wäre, hätte Liam es mir direkt gesagt, anstatt um den heißen Brei herumzureden und verdammt unbehaglich dreinzuschauen.

Ich will ihn gerade ein drittes Mal fragen, wo Ben ist, als sein Telefon in seiner Tasche klingelt.

Als er es herausnimmt, sage ich ihm: „Ich gehe mich vor dem Kaffee frisch machen.“

Ich werde Fiona nach Ben fragen. Liams Unruhe bereitet mir Sorgen. Vielleicht weiß Fi etwas.

Er quittiert meine Worte mit einem Nicken, als er den Anruf entgegennimmt und in Richtung Küche geht.

Ich will gerade in die entgegengesetzte Richtung laufen, bereit, den Hauptraum zu durchqueren, als Liam einen Blick auf mich wirft, als würde er sich vergewissern, dass ich gehe. Und sein offensichtliches Bedürfnis, mich außer Hörweite zu sehen, ist es, was mich dazu bringt, sein Gespräch mitzuhören.

Ich mache mich auf den Weg, aber als ich höre, wie sich die Küchentür schließt, gehe ich noch einmal zurück und bleibe stehen, als ich nahe genug an der Tür bin, um Liams Worte deutlich zu verstehen.

„Wie geht es Lilly?“, fragt er denjenigen, der am anderen Ende der Leitung ist. Nach einem kurzen

Moment sagt er: „Gut. Fiona geht es gut, ja." Es muss Brent am Telefon sein. „Hört mal, ich wollte euch gerade anrufen. Colleen ist hier. Sie ist gerade aufgetaucht." Pause. „Nein. Nun, sie sieht zumindest nicht verletzt aus. Ich weiß nicht, was passiert ist. Sie ist buchstäblich gerade erst gekommen. Und sie hat sich nach Ben erkundigt." Die nächste Pause ist kurz. „Ich habe nur gesagt, dass er bald wieder da sein wird. Ich wusste nicht, was ich sagen sollte. Sie sieht sehr müde aus, und ich wollte nicht, dass sie sich Sorgen macht." Wieder eine Pause. „Ich habe keine Ahnung. Ich dachte, er würde nur ein paar Stunden weg sein, vielleicht eine Nacht. Wie sollen wir ihm sagen, dass sie am Leben ist? Sein Telefon ist hier", sagt er, als wolle er ihn daran erinnern. Es gibt eine weitere Pause, bevor er wieder spricht. „Das ist alles ein verdammtes Chaos. Wenn ich seine Oma anrufe und er nicht da ist, wird sie wissen, dass etwas nicht stimmt. Vielleicht sollten wir noch einmal bei ihm zu Hause nachsehen, ich weiß es nicht." Er seufzt schwer. Er ist besorgt, das kann ich hören. Und als er weiterspinnt, fängt er an, mir Angst zu machen. „Was ist, wenn er vorhat, wieder gegen die Spiders vorzugehen? Sie müssen die Sicherheitsvorkehrungen in ihrer Bar verschärft haben, aber was ist, wenn es ihm einfach egal ist?" Wieder? Was hat er getan? Was ist ihm egal? Ich höre Liam weiter zu, versuche, durch den Kloß des Grauens in meinem Hals zu atmen und das Zittern meiner Hände zu ignorieren. „Da bin ich mir nicht sicher. Du hast gesehen, wie er durchgedreht ist. Er denkt, sie ist tot", fügt er hinzu, als wolle er Brent daran erinnern.

Liam hört auf zu reden, was bedeuten muss, dass Brent irgendetwas sagt. Aber ich warte nicht darauf, noch mehr zu belauschen. Ich habe genug gehört.

Innerhalb weniger Sekunden bin ich aus dem Club und renne zurück zu meinem Mietwagen.

Selbst als ich das Auto anwerfe, weiß ich immer noch nicht, wohin ich fahre. Ich mache mich trotzdem auf den Weg und fahre zunächst ziellos umher, um die Angst abzuschütteln, die Liams Worte in mir geweckt haben. Stattdessen konzentriere ich mich darauf, alle Orte aufzuzählen, an denen Ben sein könnte, aber mir fällt nicht viel ein. Sein Haus ist der erste Ort, der mir in den Sinn kommt, aber wenn sie schon dort waren …

Nein … Nein, er ist nicht zu Hause.

Oh Gott, ich hoffe, ich liege falsch.

Das beste Versteck ist der Ort, an dem man so offensichtlich nicht hingeht, dass man dort nicht gesucht wird.

Das hat er schon vor Monaten gesagt. Das Gespräch, das wir über seine Mutter geführt haben, kommt mir wieder in den Sinn, und ich kann nicht anders, als zu hoffen, dass ich in diesem Punkt weit daneben liege. Aber irgendwie sagt mir mein Instinkt, dass ich das nicht tue. Was Liam gesagt hat, kommt mir erneut in den Kopf. *Du hast gesehen, wie er durchgedreht ist. Er denkt, sie ist tot.*

Ben ist immer noch da. In dieser Bar. Nun, wahrscheinlich nicht in der Bar, aber irgendwo in der Nähe. Er ist immer noch dort, weil niemand dort nach ihm suchen wird. Nicht seine Brüder und nicht die Spiders.

Jetzt habe ich ein Ziel. Gut, dass Cam mir einmal gesagt hat, wo sich das Gebiet der Spiders befindet. Sicher, sie hat mir die Information gegeben, damit ich es um jeden Preis meide und nicht genau das Gegenteil tue, aber trotzdem. Ich bin so verängstigt, dass ich nicht ausschließen kann, mir irgendwann einfach in die Hose zu machen. Hoffentlich liegt die Bar im Stadtzentrum, umgeben von Geschäften, Cafés und Häusern. Wenn nicht, werde ich sie wohl kaum finden, ohne ein Telefon oder eine Adresse, die ich ins GPS eingeben kann.

Es dauert zwanzig Minuten, bis ich das Stadtzentrum erreiche, und obwohl ich gehofft habe, die Bar dort zu finden, wird mir ganz flau im Magen, als ich sie entdecke, direkt neben einem Stripclub, der offensichtlich auch den Spiders gehört. *Royal Strip Club*. In rotem Neonlicht. Originell. Daneben steht ein kleineres Gebäude, auf dem der Name *Royal Bar* steht.

Ich bin erleichtert, als ich eine Bäckerei, einen kleinen Imbiss und ein paar Lebensmittelgeschäfte erblicke.

Aber was ist, wenn die ebenfalls von den Spiders betrieben werden?

Okay, am besten höre ich auf zu denken. Das ist nicht hilfreich.

Da ich nicht zu nah an der Bar parken will, fahre ich ans andere Ende der relativ kleinen Straße, direkt vor ein Gebäude, was tatsächlich ein Diner zu sein scheint. Ich kann nicht wirklich hineinschauen, aber abgesehen von den wenigen Leuten, die am Fenster sitzen, bezweifle ich, dass Ben hier drin ist. Er würde so unauffällig wie möglich sein wollen.

Ich schaue mich um und scanne die Umgebung genau. Wenn er hier irgendwo ist, muss er sich versteckt halten, aber dennoch nahe genug an der Bar sein, um sie beobachten zu können.

Frustriert kneife ich die Augen zusammen, reiße sie aber schnell wieder auf, um die Umgebung im Blick zu behalten. Diese Stadt sieht aus wie jede andere, aber nur oberflächlich betrachtet. Allein der Gedanke daran, was hier vor sich gehen muss, verursacht mir eine Gänsehaut. Ich schwöre es. Wenn ich die Fassade des Stripclubs betrachte, läuft mir ein eiskalter Schauer über den Rücken. Und zwar nicht im positiven Sinne.

Vielleicht sollte ich einfach zurück nach Twican fahren. Selbst wenn er hier in der Nähe ist, wie soll ich ihn finden? Ich bin aus einer Laune heraus hierhergekommen und weiß nicht, was ich jetzt tun soll. Vielleicht sollte ich aus dem Auto aussteigen und nachsehen …

Ja, nein, ich kann nicht aus dem Auto aussteigen. Ich habe mich sogar darin eingeschlossen.

Als mein Blick vom Stripclub abschweift und ich mich noch einmal umschaue, auf der Suche nach irgendeinem Anhaltspunkt, der mir helfen könnte, Ben zu finden, fällt er auf die Straße. Mein Herzschlag beginnt einen verrückten Tanz aufzuführen, als eine Silhouette meine Aufmerksamkeit erregt.

Selbst aus einer Entfernung von etwa zweihundert Metern und obwohl er einen Pullover statt seiner Kutte trägt, den Kopf gesenkt hat und die Kapuze ihn verdeckt, weiß ich, dass er es ist. Sein Gang, die Art, wie er sich bewegt … Ich weiß, dass er es ist.

Aber gerade als ich aus dem Auto aussteigen will, biegt er rechts ab und verschwindet aus meinem Blickfeld.

„Nein, nein …“

Verzweifelt lasse ich das Auto an. Jetzt, wo ich ihn nicht mehr sehe, möchte ich nicht allein auf dem Bürgersteig stehen.

Während ich langsam die Straße hinunterfahre, kann ich meinen Blick nicht von dem Stück Gehweg abwenden, auf dem Ben gerade gegangen ist. Ich schaue auf und runzle die Stirn, als ich das große Gebäude betrachte, in dem er verschwunden ist.

Das ist ein Parkhaus.

Versteckt er sich da drin?

Das macht mir langsam Angst und ich frage mich, ob mein Bedürfnis, ihn zu sehen, nicht Halluzinationen in meinem Kopf ausgelöst hat. Vielleicht war es nicht Ben. Vielleicht war es irgendein Typ, der hier geparkt hat. Oh Gott, was, wenn es ein Junkie war, der irgendwo da drin hockt?

Aber so verängstigt ich auch bin, ich habe nicht viele Möglichkeiten. Ich muss es mir selbst ansehen.

Bevor ich es mir ausreden kann, mache ich mich auf den Weg. Langsam fahre ich auf die erste Ebene und schaue mich vorsichtig um. Von Ben oder seinem Motorrad ist nichts zu sehen, also fahre ich weiter und erreiche die zweite Ebene. Immer noch kein Ben und kein Bike. Erst auf der fünften Ebene sehe ich ihn wieder. Als ich dort ankomme, ist es ein Auto, das mich stutzen lässt. Ein Geländewagen. Ich weiß nicht viel über Autos, aber ich weiß, dass es die gleiche Marke ist, die die Chaser besitzen. Sie haben mehrere davon. Ich habe sie gesehen, als ich Anfang des Jahres in Twican war. Ben zeigte mir ihren Keller und erzählte mir von ihren illegalen Motorradgeschäften, die sie dort unten betreiben.

Ich schaue mir den Wagen an und wenn ich ihn hier nicht finde, fahre ich zurück nach Twican.

Ich verzichte darauf, zu parken. Mein Herzschlag beschleunigt sich, als ich den Mietwagen mitten auf dem Parkplatz anhalte. Ich lasse den Motor laufen, bevor ich aussteige, nur für den Fall, dass ich schnell von hier verschwinden muss.

Mal ehrlich, ich bin kurz davor, den Verstand zu verlieren.

Mein Blick verharrt auf dem Geländewagen, als ich auf ihn zugehe, aber ich komme nur ein paar Schritte weit, bevor ich erstarre. Ich kneife reflexartig die Augen zusammen, als Ben irgendwo hinter dem Auto auftaucht und den Lauf seiner Waffe direkt auf mich richtet.

Ich glaube zu hören, wie er flucht, während sein Gehirn wahrscheinlich verarbeitet, wer sich seinem Auto nähert, aber ich brauche ein paar Sekunden, um meine Augen wieder zu öffnen.

Ich habe für mein ganzes Leben nun genug auf mich gerichtete Pistolen gesehen.

Kapitel 10

Als das leise Dröhnen eines Autos schließlich lauter wird, schenke ich ihm keine große Beachtung. Sie werden entweder auf einem der freien Plätze in meiner Nähe parken oder weiterfahren, so wie jedes Auto in den letzten sechsunddreißig Stunden, die ich hier bin.

Aber als das Motorengeräusch nicht verklingt oder ganz verstummt, bin ich sofort auf der Hut, stelle den Kaffee beiseite, den ich gerade gekauft habe, um mich wach zu halten, und greife nach meiner Waffe. Bereit, jedem Spider, der mich entdeckt hat, eine Kugel zu verpassen.

Das Fahrzeug, das hinter mir angehalten hat, ist ganz in der Nähe, und da ich das Geräusch nicht erkenne, weiß ich, dass es nicht einer meiner Brüder ist. Ein Blick durch die Heckscheibe verrät mir, dass der Kleinwagen schwarz ist, also ist es auch nicht die Polizei. Aber da die hellen Sonnenstrahlen auf die Windschutzscheibe des Wagens treffen, kann ich nicht viel mehr sehen als das. Im Grunde sehe ich gar nichts, aber die Tatsache, dass es weder meine Brüder noch die Bullen sind, ist alles, was ich wissen muss.

Wer auch immer das ist, er hat mich vielleicht entdeckt, als ich ein paar Blocks weiter aus dem Café zurückkam.

Ich bin bereit für das, was mich erwartet, entsichere meine Waffe, steige aus dem Geländewagen und beginne, zum Heck des Wagens zu gehen, gerade als mein mysteriöser Besuch die Tür seines Wagens zuschlägt. Nur eine Tür ist zu, also waren sie entweder so dumm, mir allein gegenüberzutreten, oder der Rest von ihnen hat sich nicht die Mühe gemacht, ihre Hintern aus den Sitzen zu bewegen. Es ist mir sowieso scheißegal, und sobald ich demjenigen gegenüberstehe, der es für klug hält, mich zu provozieren, richte ich meine Waffe auf ihn.

„Scheiße", platze ich heraus.

Mein Atem stockt in meiner Kehle, während ich versuche zu schlucken. Ich ersticke fast, als ich sehe, wie Colleen beim Anblick meiner Waffe instinktiv zurückschreckt und sich ihr Körper sichtlich anspannt, während sie ihre Augen fest schließt.

Colleen.

Der Schock dauert nur ein paar Sekunden und sobald mein Gehirn die Tatsache verarbeitet hat, dass das, was ich sehe, keine Halluzination ist, die mein Schlafmangel verursacht hat, reagieren meine erstarrten Muskeln wieder. Schnell lege ich meine Waffe weg, während ich auf Colleen zustürze. Ihre sehr lebendigen haselnussbraunen Augen öffnen sich, bevor ich sie erreicht habe, aber sie hat keine Zeit, einen Schritt vorwärts zu machen. Ich habe sie in meinen Armen, bevor sie sich bewegen kann.

Ein scharfes Keuchen entweicht aus meinem Mund, nachdem ich sie zu mir gezogen habe.

Sie ist hier.

Ihr Körper entspannt sich leicht an mir und die Bandbreite der Gefühle, die das in mir auslöst, ist unbeschreiblich. Es ist, als wäre sie genauso erleichtert, mich zu sehen, wie ich, und ich bezweifle sehr, dass das überhaupt möglich ist.

Sie ist hier. Lebendig. Sie ist am Leben.

Wie ist das überhaupt möglich? Ich habe keine Ahnung. Aber sie ist hier. Mein Mädchen ist hier, sie steht vor mir, sie schmiegt sich an mich. Ich versuche, etwas von meiner Kraft zurückzuhalten, aber das ist fast unmöglich, denn das Bedürfnis, sie so stark festzuhalten, wie ich kann, ist einfach zu groß.

Sie ist hier.

Verdammt. Ich muss mehrere Male tief durchatmen, um die vielen Tränen zu unterdrücken, die sich Bahn brechen wollen. Sie hat ihre Arme fest um meine Taille geschlungen und als sie einen zufriedenen Seufzer ausstößt, drücke ich ihr Gesicht an mich.

„Du lebst."

Ich schaffe es kaum, das Offensichtliche auszusprechen, und bin mir nicht einmal sicher, ob die Worte zu verstehen sind, wenn man bedenkt, wie zittrig und heiser sie aus meinem Mund kommen.

Aber sie hat mich sehr wohl gehört und ihre Stimme wird in meiner Halsbeuge gedämpft, als sie schlicht bestätigt: „Ja."

Eine Weile stehen wir hier, still und unbeweglich. Ich muss sie spüren. Anderthalb Tage lang hat mich das Bild ihres leblosen Körpers verfolgt. Gequält von der Vorstellung ihrer blassen Haut und ihrer geschlossenen Augen. Jetzt muss ich ihre Wärme spüren und ich muss jedem Atemzug lauschen, der sie verlässt. Ich möchte jeden einzelnen Schlag ihres Herzens genießen, nur für eine kleine Weile.

Auch sie will mich nicht loslassen. Sie löst ihre Arme nicht von mir, sie zieht mich sogar noch fester an sich, und ich streiche ihr sanft über das Haar, genieße ihren fruchtigen Duft, den ich so vermisst habe. Normalerweise verlange ich bei ihrem Geruch nach einer Kostprobe von ihr, aber jetzt beruhigt er mich einfach. Langsam und gleichmäßig atme ich ein und aus, lasse die Realität in mich eindringen und den Albtraum, dass sie weg ist, verblassen.

„Wie?", krächze ich.

Ich habe den Schuss laut und deutlich gehört. Wir alle haben ihn gehört.

In meinen verschwommenen Gedanken versuche ich, mich an diesen Moment zu erinnern, aber mein Bemühen scheitert, als ich sie endlich mehr als ein gedämpftes Wort sagen höre. „Willst du wirklich, dass ich dir alle Details erzähle? Mir wäre es nämlich lieber, wenn ich nicht allzu lange in der Nähe der Spiders-Bar bleiben müsste."

Ich habe ihre Stimme vermisst. Ich habe sie so sehr vermisst. Jetzt liegt ein Hauch von Ironie darin, aber ich zweifle nicht daran, dass sie gerne so weit wie möglich von ihnen entfernt wäre. Und das wäre mir auch lieber.

„Sicher, lass uns von hier verschwinden", sage ich ihr und die immer noch anhaltenden Emotionen zwingen mich zum anschließenden Räuspern. Ich lasse sie lediglich so weit los, dass ich ihr Gesicht sehen kann, und fahre fort, indem ich mein Kinn zu dem noch laufenden Auto neige: „Ist das ein Mietwagen?" Sie nickt abwesend, während sie einen ihrer Arme um mich schlingt und ihre Hand über die blauen Flecken in meinem Gesicht streifen lässt. Der Schmerz in ihren Augen ist deutlich zu sehen. „Es ist nichts", verspreche ich ihr. Diesmal nickt sie nicht einmal zustimmend und als ich ihr Gesicht mustere, fällt mir auf, wie müde sie aussieht. „Der SUV ist offen. Du steigst ein, und ich parke den Mietwagen hier. Ich kümmere mich später darum."

Ich nehme ihre Hand in meine und küsse ihre Handfläche.

Sie atmet leise aus, bevor sie sagt: „Meine Handtasche ist im Auto."

„Ich hole sie."

Alles in mir sträubt sich dagegen, jetzt mehr als einen Meter Abstand zwischen uns zu bringen, aber ich schaffe es, sie zum Geländewagen gehen zu lassen, und eile zum Mietwagen. Ich parke ihn auf dem ersten freien Platz, der mir ins Auge fällt, und eine Minute später stehe ich wieder neben ihr.

Ich lege ihr die Handtasche vor die Füße und wende mich ihr wieder zu. Akribisch wandert mein Blick über ihr Gesicht, um sicherzugehen, dass ich nicht doch einen blauen Fleck übersehen habe. Einen Schnitt. Einen Kratzer. Was auch immer. Aber alles, was zu sehen ist, sind die Tränensäcke unter ihren Augen.

„Was?", fragt sie mich.

„Geht es dir gut?"

„Er hat mich nicht angefasst", antwortet sie und scheint zu wissen, wohin meine Gedanken schweifen. „Ich könnte tagelang schlafen, aber sonst geht es mir gut."

Mit einem Nicken lasse ich den Wagen an und fahre aus dem Parkhaus. Ich tue mein Bestes, um mich von Colleen abzulenken und mich auf unsere Umgebung zu konzentrieren. Erst als wir die Stadt dieser Arschlöcher verlassen haben, fällt die Anspannung allmählich von mir ab.

„Wann bist du in die Stadt gekommen? Und woher wusstest du, dass ich hier bin?", frage ich sie und fahre mit hoher Geschwindigkeit auf Twican zu.

Je schneller ich ankomme, desto schneller kann ich sie wieder in meine Arme schließen.

„Ich bin vor etwa einer Stunde angekommen“, sagt sie, und ich runzle die Stirn. Wenn sie heute hierhergeflogen ist, was hat sie dann mehr als einen Tag davor gemacht? Ich kann sie nicht fragen, denn sie fährt fort. „Nur Liam und Fiona waren im Club. Sie haben mir erzählt, dass Cam und Nate in einem Flugzeug nach New York sitzen“, sagt sie. Das ist neu für mich, denn ich habe mein Handy nicht dabei. „Ich habe Liam nach dir gefragt, und er hat ein paar unsinnige Erklärungen abgegeben und gesagt, dass du bald wieder da sein würdest. Aber jemand sollte dem Kerl sagen, dass er nicht lügen kann“, fährt sie fort und ich sehe ihr kleines Lächeln.

Es ist so verdammt schön, sie lächeln zu sehen. Es fällt mir schwer, mein eigenes zu unterdrücken, bevor sich ein Stirnrunzeln auf mein Gesicht legt.

„Er hat dich allein nach mir suchen lassen?“, knurre ich.

„Ich habe ihm nicht gesagt, dass ich gehen wollte. Er war am Telefon. Ich glaube, mit Brent. Ich habe zufällig gehört, wie er meinen Verdacht bestätigt hat, dass er nicht weiß, wo du bist, und auch, dass du irgendwann in die Bar der Spiders gegangen bist“, erklärt sie.

Was mich noch mehr verwirrt als die Tatsache, dass sie mich allein gesucht hat und ohne jemandem zu sagen, was sie vorhatte, ist die Tatsache, dass sie nicht so klingt, als hätte sie etwas falsch gemacht.

„Ich wusste nicht so recht, wohin ich fahren sollte, als ich aufgebrochen bin“, erklärt sie weiter. „Ich bin einfach gefahren und habe mich gefragt, ob ich mir dein Haus ansehen soll, obwohl Liam gesagt hat, dass sie schon dort waren. Und dann habe ich mich daran erinnert, was du über die Zeit gesagt hast, als du den

Kerl verfolgt hast, der deine Mutter getötet hat. Also dachte ich, dass du vielleicht noch irgendwo hier bist. Und ich habe am Ende der Straße geparkt, ohne zu wissen, was ich tun soll, als ich dich in das Parkhaus habe gehen sehen."

Ein Stöhnen grollt tief in meiner Brust. „Du kannst doch nicht einfach so allein in die Stadt eines Killers fahren, Colleen."

„Liam wollte mir nicht die Wahrheit sagen", entgegnet sie in ihrem ganz eigenen, festen Ton. „Was hätte ich denn tun sollen? Im Club bleiben?"

„Ja!", erwidere ich, wobei die offensichtliche Antwort ein wenig schrill herauskommt. „Ja, du hättest dort bleiben sollen."

Natürlich, das hätte sie tun sollen.

Sie schnaubt. „Ich bin kein geduldiger Mensch."

„Jesus", murmle ich beim Ausatmen, und obwohl ich froh bin, dass sie so klingt wie sie selbst, bin ich auch ein bisschen sauer auf sie, weil sie so ein Risiko eingegangen ist.

Aber meine Irritation verfliegt, als sie leise hinzufügt: „Und ich habe mir Sorgen gemacht. Er hat gesagt, du hättest dein Handy nicht dabei, und es klang, als hätte er Angst, dass du wieder versuchen würdest, die Spiders zu konfrontieren."

Sie hat sich Sorgen um mich gemacht.

„Okay", lasse ich es auf sich beruhen. Ich kann sowieso nichts dagegen tun. Ich greife nach ihrer Hand und drücke sie kurz, bevor ich meine wieder auf das Lenkrad lege. Dann frage ich sie, was ich wissen muss, obwohl allein der Gedanke daran eine neue Welle der Wut in mir auslöst. „Was ist bei dir zu Hause passiert? Wir haben dieses Stück Scheiße reden hören, dann dich und dann den Schuss …" Ich belasse es bei der Frage, als mir das letzte Wort im Hals stecken bleibt und meine Stimme wieder vor unterdrückten Emotionen bebt.

Verdammt, ich muss einfach aufhören, diesen Moment wieder zu erleben. Natürlich war es nicht der erste Schuss, den ich je gehört habe, aber dieses spezielle Geräusch und die Szene, die ich nicht einmal mit eigenen Augen gesehen habe, werden noch lange in meinem Kopf herumspuken.

„Als ich nach Hause kam, war Luna nicht wie üblich an der Tür. Ich habe mir Sorgen gemacht, weil das noch nie passiert ist, also bin ich direkt in mein Schlafzimmer gegangen. Ich dachte, die Nachbarn über uns hätten sie wieder mit ihrem Bohrer erschreckt, denn sie hatte sich unter meinem Bett versteckt. Ich habe sie hervor gelockt und sie kurz gestreichelt." Sie hält inne und seufzt. „Ich hätte wissen müssen, dass etwas nicht stimmt, denn als ich mein Schlafzimmer verlassen habe, ist sie mir nicht gefolgt. Jedenfalls nicht am Anfang", fügt sie hinzu. Sie konnte nicht wissen, dass jemand da war, zumal sie nicht erwähnt hat, dass ihre Tür aufgebrochen worden war. Aber ich bin wieder zu aufgeregt, um überhaupt zu reden. Sie macht trotzdem sofort weiter. „Jedenfalls habe ich Cam gesagt, ich würde sie anrufen, sobald ich wieder zu Hause bin, und das habe ich auch getan. Aber bevor ich den Hörer ans Ohr halten konnte, war ich schon im Wohnzimmer, und er war da. Er stand wie ein Widerling an der Wand auf der anderen Seite des Raumes. Deshalb habe ich ihn auch nicht gesehen, als ich reinkam."

Mit Hilfe eines tiefen Atemzugs gelingt es mir zu fragen: „Er wusste also nicht, dass Cam zugehört hat?"

„Nein, ich glaube nicht.“

„Was ist mit dem Schuss?“, frage ich nun mit fester Stimme.

„Ich …“, beginnt sie und schluckt. Bevor sie zugibt: „Ich hatte keine Ahnung, was ich tun sollte. Ich war wie erstarrt und habe ihn zuerst einfach reden lassen, aber als er aufgehört hat, dachte ich, ich müsste irgendwie Zeit gewinnen. Also habe ich beschlossen zu sprechen. Ich habe ihn gefragt, was er wolle. Nicht, dass ich wirklich wissen wollte, was für schreckliche Pläne er für mich hatte, aber das war alles, was mir eingefallen ist. Dann ist alles verschwommen. Er hat etwas gesagt, während sein Blick auf den Boden hinter mir gerichtet war, und hat gleichzeitig seine Waffe gehoben. Instinktiv bin ich seinem Blick gefolgt und ich habe aufgeschrien, als ich Luna gesehen habe. Ich habe mich umgedreht, als er geschossen hat, und bin dann einfach zurück in mein Zimmer gerannt, Luna hinterher.“

Deshalb hat sie geschrien. Nicht, weil er sie erschießen wollte, sondern weil der kranke Mistkerl das verdammte Kätzchen abknallen wollte, nur um sich einen Spaß zu erlauben.

Aber verdammt, sie hätte getroffen werden können, als sie Luna dazu gebracht hat wegzulaufen. Das war leichtsinnig. Das wundert mich allerdings nicht. Luna ist für sie mehr als nur ein Haustier. Sie hat sich schon immer ein Kätzchen gewünscht und ich habe ihr nur deshalb eines besorgt, weil ich es nicht mehr ertragen konnte, wie einsam sie ist. Sie hat ein zu gutes Herz, um einsam zu sein. Das hat sie nicht verdient. Aber ihr weiches Herz ist auch der Grund, warum sie so leicht anhänglich wird. Sogar bei einer Katze. Ich musste ihr eine verdammte Träne von der Wange wischen, als sie Luna das erste Mal aus ihrem Transportbehälter nahm, um Himmels willen.

„Ich habe die Tür hinter mir abgeschlossen und meine Kommode davor geschoben. Dann habe ich Luna in ihre Transportbox gesteckt, während CJ noch mehr Blödsinn geredet hat, und dann habe ich mir meine Handtasche geschnappt und bin durch das Fenster raus. Nur ein paar Meter davon entfernt gibt es eine Feuertreppe, also habe ich es versucht. Ich hatte sowieso keine andere Wahl."

Sie hat es versucht?

„Du bist durch ein Fenster im vierten Stock geflüchtet, mit einer Katze in der Hand?"

Mein Gott. Sie hätte im Handumdrehen ausrutschen können. Das ist ein weiteres Bild, das mich verfolgen wird.

„Ich konnte sie nicht zurücklassen", erwidert sie entschlossen. „Und als ich unten war, bin ich losgerannt und habe mein Handy rausgeholt. Aber es war tot, und ich hatte kein Ladegerät dabei. Und dann habe ich mich daran erinnert, dass Cam mir erzählt hat, wie ihr jemanden über sein Telefon orten könnt. Ich wusste nicht, ob das auch bei ausgeschaltetem Handy möglich ist, aber ich war mir nicht sicher. Und ich dachte, wenn ihr das könnt, kann CJ das vielleicht auch, also …"

Ich unterbreche sie, als ihre Worte zu schnell aus ihr heraussprudeln und ihr Atem sich zu beschleunigen beginnt. „Hey, hey, Engel. Mach ein bisschen langsamer. Es ist okay", mahne ich mit einer Sanftheit, die ich im Moment kein bisschen spüre.

In diesem Moment fühle ich mich eher bereit, einen Mord zu begehen. Buchstäblich. Ich will zusehen, wie das Blut aus so vielen Wunden sickert, wie ich diesem Arschloch nur zufügen kann, weil er versucht hat, sie anzufassen. Aber irgendjemand muss sich hier schließlich zusammenreißen und dieser Jemand bin ich, denn es sieht nicht so aus, als könnte Colleen das im Moment. Sie durchlebt noch einmal, was passiert ist. Sie umklammert den Türgriff, während sie die Angst spürt, die sie vorher empfunden hat.

„Es ist okay, Engel. Du bist jetzt in Sicherheit. Atme einfach langsam", füge ich sanft hinzu.

Sie nickt stumm und ich nehme ihre Hand in meine. Sie fühlt sich kälter an als sonst, aber so weich wie immer, und ich streiche mit meinem Daumen ein paar Mal über ihre Haut, bevor ich wieder spreche.

„Was hast du danach gemacht?"

„Ich habe das Telefon genau dort fallen lassen, wo ich war. Ich hatte solche Angst, dass er mich deswegen finden würde. Ich meine, ihr alle scheint mehr Ressourcen zu haben als das verdammte FBI und die CIA zusammen", fügt sie hinzu, und ich kann mir ein Lachen nicht verkneifen, als sie versucht zu scherzen, obwohl es eigentlich nichts zu lachen gibt. „Hätte er mich ausfindig machen können?", fragt sie mich dann etwas ernster.

„Das kann man nicht sagen", antworte ich ehrlich. „Ich weiß, dass Blane ein ausgeschaltetes Telefon orten kann, indem er entweder einen Chip einpflanzt oder einen Trojaner einsetzt, aber ich habe keine Ahnung, wie das funktioniert. Aber wir wissen auch nicht, welche Fähigkeiten die Spiders auf diesem Gebiet haben. Ich denke, es war richtig, das Telefon zurückzulassen. Es ist immer besser, auf Nummer sicher zu gehen. Was hast du dann gemacht?"

Auch wenn ich jedes Detail kenne, wird sich nichts ändern, aber ich muss trotzdem wissen, was sie durchgemacht hat.

„Zum Glück hatte ich meine Handtasche. Ehrlich gesagt, ich glaube, ich hätte mitten auf der Straße einen Nervenzusammenbruch bekommen, wenn sie in der Wohnung geblieben wäre. Jedenfalls bin ich in die verkehrsreichste Straße gegangen, die ich finden konnte, während ich alle Optionen durchging, die ich hatte. Bullen, Hotel, Flughafen … Ich entschied, dass keine davon eine gute Idee war. Ich hatte eine Scheißangst, dass er mich finden könnte. Und …“

Als es nicht so aussieht, als würde sie diesen Gedanken zu Ende führen, dränge ich sie: „Und was, Engel?“

„Ich wollte nicht allein in New York sein. Das ist alles, was ich wusste. Ich wollte hier sein, also habe ich ein Auto gemietet. Ich habe meinen gefälschten Ausweis benutzt, den ich noch in meiner Brieftasche habe, von der Zeit, als ich am College anfing. Ich wusste nicht, ob er funktionieren würde, aber es hat geklappt. Sie haben ihn kaum überprüft. Sie haben eine Kopie gemacht, und das war's. Und dann bin ich losgefahren und habe stundenlang nicht angehalten.“

Oh Gott. Ich dachte, sie wäre hierhergeflogen und hätte sich den Mietwagen am Flughafen geholt.

„Es war schlau, den gefälschten Ausweis zu benutzen. Das hast du gut gemacht, mein Engel.“

Sie nickt. „Ich wünschte allerdings, ich hätte dich anrufen können. Ich habe meine Mutter am nächsten Morgen von dem Hotelzimmer aus angerufen, in dem ich die Nacht verbracht habe, aber sie ist nicht rangegangen. Ich hatte gehofft, sie könnte mir Cams

Nummer geben, weil ich ihre und eure Nummern nicht auswendig kann.“

Seufzend schüttle ich den Kopf. „Es tut mir leid, dass du das alles allein durchmachen musstest.“

„Es war irgendwie surreal, um ehrlich zu sein“, gibt sie zu. „Was glaubst du, warum er hinter mir her war? Ich kann mir nicht helfen, aber ich denke, wenn er mich tot sehen wollte, wäre ich schon tot.“

Der kranke Wichser wollte wahrscheinlich noch ein bisschen spielen, bevor er ihr den Garaus macht. Gott, das ist ein Gedanke, mit dem ich mich jetzt nicht beschäftigen will. Oder jemals. Und ich werde meine Vermutung nicht mit ihr teilen.

„Ich bin mir nicht sicher, Engel. Wer weiß schon, was in seinem Kopf vorgeht?“, sage ich einfach.

Ein plötzliches Keuchen entweicht ihren Lippen, und ich denke zuerst, dass sie sich ihre eigenen Gedanken über CJs Pläne gemacht hat. „Was ist, wenn er immer noch in meiner Wohnung ist, wenn Cam und Nate ankommen?“, fragt sie mich stattdessen.

„Unwahrscheinlich“, versichere ich ihr sofort. „Er würde nicht dort bleiben, wenn er wüsste, dass du möglicherweise zu den Bullen gehst. Außerdem gibt es eine Charter des Clubs in New York. Ich bin mir sicher, dass die Jungs das alles schon geklärt haben. Mach dir keine Sorgen. Nate würde Cam nie in Gefahr bringen.“

Aus dem Augenwinkel kann ich ihr Nicken sehen. „Ja. Ja, du hast recht“, stimmt sie mir zu, aber ich glaube nicht, dass sie aufhören wird, sich Sorgen zu machen, bis ihre beste Freundin wieder zu Hause ist.

Als wir uns dem Club nähern, werde ich langsamer und bleibe schließlich vor dem Tor stehen.

„Bleib hier. Ich werde Liam bitten, aufzumachen. Das machen wir normalerweise per Handy.“

Sie nickt und ich steige aus dem Auto, aber bevor ich mit meinem Finger die Sprechanlage erreiche, öffnet sich das Tor.

Liam muss die Kamera im Auge behalten haben. Wahrscheinlich seit dem Moment, als er herausgefunden hat, dass Colleen den Club verlassen hat.

Ich jogge zurück zum Auto und parke neben dem einzigen Motorrad in Sichtweite.

Colleen klettert aus dem Auto, ohne eine Sekunde zu verschwenden, und murrt irgendetwas davon, dass sie in nächster Zeit keinen Fuß mehr in ein Fahrzeug setzen wird.

Als ich um das Auto herumgehe und mir meinen Kapuzenpulli über den Kopf ziehe, höre ich Liam zu ihr sagen: „Du bist abgehauen.“

„Du hast gelogen“, erwidert sie mit gerunzelten Brauen und ich würde lächeln, wenn sie nicht wissen müsste, dass das, was sie getan hat, verdammt leichtsinnig war. „Ich habe dich am Telefon reden hören. Du wusstest nicht, wo er ist.“

„Du bist also einfach losgezogen, um ihn zu suchen?“, fragt er sie, als könne er es nicht fassen. „Woher wusstest du überhaupt, wo du ihn finden kannst?“

„Zuerst wusste ich es nicht. Aber dann habe ich mich an etwas erinnert, was er letztes Jahr gesagt hat“, antwortet sie auf seine zweite Frage, ohne eine Miene zu verziehen.

„Etwas, das er gesagt hat …“ Er lässt den Rest des Satzes in der Luft hängen. „Oh Gott. Wo?“

„Ich war in dem Parkhaus gegenüber von ihren Dreckslöchern.“

Er schüttelt den Kopf und murrt erneut. „Ich wusste, du würdest etwas versuchen. Wie war der Plan?"

„Warten, bis CJ auftaucht und ihm eine Kugel in den Kopf jagen", knurre ich die Worte. Colleens Blick wandert zu mir, aber sie sagt nichts. „Und bis ich die Gelegenheit dazu habe, gehst du nirgendwo alleine hin. Liam hat dich angelogen, damit du nicht ausflippst und an Ort und Stelle bleibst. Wenn dir etwas zugestoßen wäre, hätte er sich das nicht verzeihen können, so einfach ist das", sage ich ihr sanft, aber bestimmt genug, damit sie versteht, dass das, was sie getan hat, nie wieder passieren darf.

Colleen gehört zur Familie, aber das ist etwas, was sie noch nicht begriffen hat.

Ihre müden Augen werden weicher, als sie Liams Blick treffen. „Es tut mir leid. Ich wollte ihn nur finden. Ich habe dich am Telefon reden hören. Du klangst besorgt. Und ich schätze, ich bin es gewohnt, Dinge allein zu erledigen."

Er seufzt. „Ja, aber nur ein kleiner Tipp, Schätzchen. Wenn es darum geht, in ein sehr gefährliches Revier von irgendwelchen Typen zu fahren, solltest du dich das nächste Mal zurückhalten, okay?"

„Versprochen." Sie zuckt mit den Schultern. „Es war sowieso nicht gerade ein Vergnügen", scherzt sie.

Liam gluckst, bevor er weggeht. „Viel Glück, Bruder."

Colleen lächelt mich an und ich kann nicht anders, als das erste echte Lächeln, das ich auf ihrem Gesicht sehe, seit ich sie wieder habe, zu erwidern.

Ein knurrendes Geräusch hindert mich daran, etwas zu sagen, und wir schauen beide auf ihren lauten Magen hinunter.

„Hast du etwas zum Frühstück gegessen?", frage ich sie.

„Einen total ungesunden, kalorienreichen Schokoriegel", antwortet sie und lächelt immer noch, während sie ihren Bauch mit der Hand bedeckt. „Junkfood ist alles, was man an einer Tankstelle finden kann."

Ich runzle die Stirn. „Das ist alles, was du gegessen hast, seit du New York verlassen hast?"

„Und gestern ein Sandwich zum Mittagessen, aber das war nicht gerade der Renner." Sie schneidet eine Grimasse. „Zu viel Senf. Irgendwie eklig."

Sie hat ein Sandwich und ein paar Snacks gegessen, weil sie Angst hatte und so schnell wie möglich hierherkommen wollte. Vielleicht ändere ich meine Pläne und nehme mir doch die Zeit, den Bastard ordentlich bezahlen zu lassen, wenn ich ihn endlich erwische.

„Dann lass uns mal etwas Richtiges zu essen suchen." Ich zwinge mich zu einem Lächeln.

Als ich ihre Hand ergreife, um sie ins Haus zu führen, erwarte ich fast, dass sie zurückweicht. Händchenhalten war bisher nicht gerade unser Ding – dafür haben wir uns wohl auch noch nicht oft genug gesehen. Aber anstatt sich zurückzuziehen, drückt sie meine Hand ganz fest.

Kaum sind wir drinnen, stürmt Fiona auf uns zu. „Seid ihr beide okay?", fragt sie und zuckt beim Anblick meines zerschrammten Gesichts zusammen.

„Alles in Ordnung, Liebes. Ich muss nur etwas zu essen für Colleen finden."

„Im Ofen ist Lasagne für alle." Sie lächelt sie an. „Aber sie ist erst in vierzig Minuten fertig. Ich kann dir ein paar Reste aufwärmen, wenn du willst?"

Colleen schüttelt schnell den Kopf. „Nicht nötig. Ich kann warten", versichert sie ihr, und als ich ihr widersprechen will, blickt sie mich an.

„Warte … Für alle? Lilly wird entlassen?" Ich vergesse plötzlich das Problem mit dem Essen, als mein Gehirn verarbeitet, was Fi gesagt hat.

Wenn sie alle zurückkommen, bedeutet das, dass Lilly das Krankenhaus verlässt.

Sie nickt. „Sie werden in etwa einer halben Stunde hier sein. Dein Zimmer ist fertig, Colleen, und Luna hat sich schon eingerichtet."

Ich ergreife das Wort, bevor Colleen es tun kann. „Danke, Fiona, aber sie wird in meinem Zimmer schlafen."

Colleens Blick ist entsetzt, als er zu mir wandert.

„Wurde auch Zeit", murmelt Fi mit einem Grinsen in der Stimme, während sie sich wieder in die Küche zurückzieht.

„Ich kann nicht in deinem Zimmer bleiben, Ben", bekräftigt Colleen.

Ich wusste, dass sie widersprechen würde, aber sie muss sich damit abfinden. Ich werde sie nicht aus den Augen lassen.

Ihre Hand immer noch in meiner, schlendere ich zur Treppe und ziehe sie mit mir mit. „Du wirst sowieso jede Nacht in meinem Zimmer sein, Colleen. So wie jedes Mal, wenn du hier bist. Was macht es für einen Sinn, deine Sachen in ein anderes Zimmer zu stellen?"

„Das ist diesmal nicht dasselbe", entgegnet sie, folgt mir aber trotzdem die Treppe hinauf. „Normalerweise bleibe ich nur ein paar Tage. Dieses Mal, ich weiß nicht. Es ist einfach nicht dasselbe", wiederholt sie. „Jetzt in deinem Zimmer zu wohnen, wäre wie

… wie … zusammen zu leben. Und ich kann nicht bei dir einziehen“, zischt sie, als wir uns dem Gästezimmer nähern.

Ja, sie reagiert überhaupt nicht über.

„Ich finde, du übertreibst ein bisschen. Es ist nicht …“

„Tue ich das? Ist das dein Ernst? Tue ich nicht! Ich kann nicht auf unbestimmte Zeit in deinem Zimmer bleiben, Ben. So … So funktioniert das nicht, das weißt du doch“, erinnert sie mich, als ich die Tür öffne und sie hereinlasse. „Das wäre so, als würden wir zusammenleben, und das können wir nicht tun.“

Jemand muss mir mal erklären, warum sich das einzige Mädchen, das ich immer an meiner Seite haben will, als so eine harte Nuss entpuppt.

„Das hast du jetzt schon zweimal gesagt, aber um meine verletzten Gefühle kümmere ich mich später“, scherze ich, während ich meinen Kapuzenpulli auf das Bett werfe und näher an sie herantrete, wobei ich nur wenige Zentimeter vor ihr stehen bleibe. Sie ist sofort weniger aufgeregt als noch vor einer Sekunde, als ob die Nähe zu mir ausreicht, um sie zu beruhigen. Und ich liebe dieses Gefühl. „Alles, was ich will, ist, dich im Auge zu behalten, Colleen“, füge ich etwas ernster hinzu. Vielleicht ist es ihr nicht bewusst, aber was CJ ihr angetan hat, war traumatisch. Es scheint ihr gut zu gehen – vielleicht fühlt sie sich im Moment sogar ganz wohl –, aber man kann nicht sagen, ob die Folgen sie nicht irgendwann einholen werden.

„Es ist nur so, dass …“ Sie scheint nach den richtigen Worten zu suchen, also lasse ich sie gewähren. „So funktioniert das nicht. Das haben wir doch abgemacht“, erinnert sie mich und klingt dabei fast traurig.

Sie meint damit sich und mich.

Ich will sie nicht vergraulen, aber sie muss wissen, dass unsere Beziehung nicht mehr auf dem Stand von vor einem Jahr ist. Sie will es nur nicht wahrhaben.

„Das ist schon furchtbar lange her, mein Engel“, sage ich zu ihr. Jetzt ist sie mein Mädchen. Und zur Hölle, wenn ich ihr das nicht ein für alle Mal klarmachen kann. Aber sie wird sich um jeden Preis von mir distanzieren, wenn ich ihr das so unverblümt sage. „Hör einfach auf, so viel darüber nachzudenken, dann flippst du auch nicht mehr aus“, schlage ich vor, und sie erwidert nichts darauf. Sie weiß, dass sie überreagiert. „Ich glaube nämlich, dass du Luna damit nervös machst.“ Ich versuche, sie auf andere Gedanken zu bringen, indem ich mit dem Finger auf das Kätzchen zeige, das eigentlich gar nicht nervös aussieht.

Luna sitzt am Rand des Bettes und starrt uns an, als wäre dies das interessanteste und unterhaltsamste Gespräch, das sie je gehört hat. Sie ist niedlich, aber auch irgendwie unheimlich, wenn ihr mich fragt.

Colleen rollt mit den Augen, aber sie nimmt Luna in die Arme, während sie mit ihr spricht. „Ich mache dich doch nicht nervös, oder? Er schon, mit seiner plötzlichen *Lass-uns-zusammenziehen*-Idee.“

Das ist doch gar nicht so schlecht gelaufen. Zugegeben, sie ist noch nicht in meinem Zimmer, aber ich bin mir zu neunundneunzig Prozent sicher, dass sie nachgeben und mir entgegenkommen wird.

Ich weiß nicht, wie ich es schaffe, durch die anhaltende Anspannung in meinem Körper hindurch zu grinsen, aber irgendwie gelingt es mir. Ich höre Luna

schnurren, als würde sie sich auf Colleens Seite schla-
gen, während sie ihren Kopf an ihren Brüsten reibt.
In diesem Moment bin ich total neidisch.
Glückliche Katze.

schnurren, als würde sie sich auf Colleens Seite schla-
gen, während sie ihren Kopf an ihren Brüsten reibt.
In diesem Moment bin ich total neidisch.
Glückliche Katze.

Kapitel 11

Colleen

W as?", frage ich Ben, als sich ein Grinsen auf seine Lippen schleicht. „ Wie ist es möglich, dass ich sein dummes Grinsen so sehr vermisst habe?

Sein dummes, sexy Grinsen.

Ich muss zugeben, dass es sich wirklich gut anfühlt, es erneut zu sehen. Unser kleines Wiedersehen in dem Parkhaus vorhin war gelinde gesagt ein bisschen emotional. Ich habe gegen die Tränen angekämpft, aber sie drängten mit voller Kraft aus mir heraus, und zwar aus so vielen Gründen. Erstens war da die überwältigende Erleichterung, die mich überkam, als Ben endlich vor mir stand. Zweitens war sein zerschrammtes Gesicht der Beweis für das, was ihm widerfahren war, bevor ich die endlose Fahrt quer durchs Land hinter mich gebracht hatte. Und drittens, der Kummer in seinen Augen, die Verletzlichkeit in seiner Umarmung … Das war mein Beweis. Er sorgt sich um mich. Ihm liegt verdammt viel an mir.

Es gibt nur ein Problem damit und mit diesem Grinsen: Ich werde all das noch mehr vermissen, wenn ich die Stadt wieder verlassen muss.

„Nichts." Er weist meine Frage zunächst zurück, antwortet dann aber doch. „Sie hat ihren Kopf an meinen Brüsten."

Ich blinzle. Zweimal. Dann scheitert mein Versuch, ein Lachen zu unterdrücken, kläglich.

„*Deine* Brüste?", bringe ich hervor und ich weiß, dass er nur versucht, mich abzulenken.

„Ja." Er zuckt mit den Schultern.

„Wenn du meinst." Ich schüttle den Kopf und mein Lachen verstummt.

Ich schaue zu Luna hinunter, die immer noch ein paar Streicheleinheiten von mir fordert, wobei ihr Kopf jetzt gegen mein Kinn reibt, und sage: „Sieht aus, als würden wir wieder umziehen."

„Ich hole ihre Sachen", sagt Ben, während er sie streichelt und als ich seine große Hand sehe, die sich so sanft über ihren kleinen Kopf bewegt, schmilzt mein Herz.

„Ich mache das. Du brauchst eine Dusche. Ganz ehrlich." Ich rümpfe meine Nase in einer völlig übertriebenen Weise.

Er legt eine Hand auf sein Herz. „Das tut weh."

„Das kommt davon, wenn man sich ein paar Tage lang nicht um seine Körperhygiene kümmert. Geh jetzt", sage ich ihm.

Als wäre er sich nicht sicher, was er tun soll, schaut er mich einen Moment lang an, aber als ich den Blickkontakt unterbreche, um Luna auf dem Bett abzusetzen, trifft er schließlich eine Entscheidung.

„Es wird nicht lange dauern", verspricht er, bevor er sich auf dem Absatz umdreht und geht.

Als ich mich im Zimmer umsehe, entdecke ich ein großes lachsfarbenes, flauschiges Körbchen, das Ben für Luna gekauft haben muss, und ich beschließe, es zusammen mit dem Katzenklo als Erstes zu holen. Luna folgt mir in Bens Zimmer und zurück ins Gästezimmer und sieht zu, wie ich all die Spielsachen einsammle, die Fiona auf dem Boden verstreut hat. Ich packe sie alle in meine Tasche und hole ihre Futter- und Wassernäpfe, bevor ich zurück in Bens Zimmer gehe.

Nachdem ich noch das Futter geholt habe, komme ich zurück und sehe, dass Luna es sich in ihrem neuen Zimmer bereits gemütlich gemacht hat. Offenbar ist gerade Schlafenszeit und sie sieht in ihrem neuen Körbchen ganz friedlich aus.

Ein Gähnen reißt mich plötzlich aus meinen Gedanken. Jetzt, wo der Adrenalinstoß verflogen ist, der die Erschöpfung heute Morgen in Schach gehalten hat, fleht mich mein Körper an, mich hinzulegen und die Augen zu schließen. Aber ich habe auch Hunger, also genieße ich noch etwas Zeit zum Durchatmen, bevor ich mich unter die Dusche stelle. Ich setze mich neben Luna auf den Boden und streiche ihr sanft mit der Hand über den Kopf, damit ihr Schnurren mich ein wenig entspannt. Und als die Dusche nach ein paar Minuten abgestellt wird, stehe ich auf und gehe ins Bad.

Die Luft ist heiß und voller Dampf, als ich eintrete, aber Bens Körper ist deutlich zu sehen. Er rubbelt sich ein Handtuch über die Haare, sein Bizeps wölbt sich unter der geringen Anstrengung.

Er bemerkt meine Anwesenheit erst, als ich die Tür hinter mir schließe. „Alles in Ordnung?" Sein besorgter Blick studiert mein Gesicht, während er sein Handtuch ablegt und ein größeres nimmt.

Ich trete näher, lasse ihm aber nicht genug Zeit, seinen wohlgeformten Körper zu bedecken, greife nach dem Handtuch und lege es beiseite.

„Ich brauche bloß einen Orgasmus, um mich zu entspannen", teile ich ihm mit, während ich seinen Schwanz fest in die Hand nehme und ihn in meiner Handfläche drücke.

Das Verlangen legt sich wie ein Schleier über seine Augen und verdunkelt ihr helles Blau, als ich spüre, wie er in meinem Griff hart wird.

„Verdammt, ich habe deine Hände auf mir vermisst, Engel."

Ich schaue auf seinen Schaft, der unter meiner Berührung immer noch wächst, und lecke mir über die Lippen. Ich habe das auch vermisst. Ich habe seine Berührung vermisst. Ich habe es vermisst, wie er sich in mir anfühlt. Ich habe seine Kraft und seine Sanftheit vermisst. Ich habe eine Menge vermisst.

„Aber du musst die ganze Arbeit machen", warne ich ihn. „Ich werde das wiedergutmachen, wenn ich ausgeschlafen bin."

Mein Satz endet mit einem stöhnenden Keuchen, das von einem Schauer begleitet wird, der sich in meinem Körper ausbreitet, als seine Hand einen Weg unter meine Hose findet. Nachdem er die Haut meines Bauches zum Kribbeln gebracht hat, drückt er mit seinen rauen Fingerkuppen auf meine Klitoris und lindert so das brennende Verlangen zwischen meinen Beinen. Mit der anderen Hand beginnt er, mir die Jacke von den Schultern zu schieben, und ich lasse seinen Schwanz los, um ihm zu helfen. Als Nächstes ziehe ich mein lockeres Oberteil aus und er kümmert sich um meinen BH, bevor sein Mund zu meinen Brüsten wandert. Er legt seine Lippen um eine Brustwarze und löst mit seiner fordernden Zunge eine Welle der Lust aus, während er ein paar Schritte vorwärts macht und mich zwingt, mich rückwärts zu bewegen, bis ich nicht mehr weitergehen kann.

Während ich mit dem Rücken an der Tür lehne, drückt sich seine Härte an meine Hüfte, als er leise spricht. „Ich bin damit einverstanden, die ganze

Arbeit zu machen." Er stöhnt, als er mich mit zwei Fingern ausfüllt. Ja, das ist gut. Das ist es, was ich brauche, um mich zu entspannen. „Aber du musst dich trotzdem gut festhalten, wenn ich erst einmal in dir drin bin. Ich habe seit dem letzten Mal jeden Tag davon geträumt."

Dann geht er in die Hocke und zieht seine Finger zurück, um mir die Hose und den Slip von den Beinen zu ziehen. Ich ziehe sie aus, bevor seine Lippen sich ihren Weg auf meiner Haut nach oben bahnen. Jeder Zentimeter zittert und brennt von seinen federleichten Küssen, selbst die Stellen, die er nicht küsst.

Als er wieder auf den Beinen ist, entfernt er sich von mir, um ein Kondom aus dem Schrank unter dem Waschbecken zu holen, aber nur ein paar Sekunden später steht er wieder vor mir, das Kondom in der Hand.

Er presst seine Lippen auf meine, obwohl die Wunde gerade erst zu heilen beginnt, und ich öffne mit verzweifeltem Verlangen meinen Mund für ihn. Seine Zunge taucht sofort ein und begegnet meiner schonungslos, während er mich hochhebt und mich dazu bringt, meine Beine um seine starke Taille zu schlingen. Mit einem tiefen, wilden Stöhnen, das in meinem Mund verklingt, stößt er mit einem einzigen rauen Stoß in mich hinein. Meine Augen schließen sich flatternd.

Er fühlt sich so gut an. Perfekt. Nicht nur sein Schwanz, sondern auch sein Körper. Sein Körper, der mit meinem verbunden ist, löst einen Schwall des Glücks aus. Mit einer seiner Hände umschließt er meinen Hinterkopf, während er die andere auf meinen Rücken legt und mich mit so viel Kraft an sich drückt, wie er auch in seinen zweiten Stoß steckt.

Ich schreie auf unter der Wucht und das Geräusch
hallt noch immer von den Wänden des kleinen Raumes wider, als ein dritter Stoß folgt, der eine solche
Lebendigkeit in sich birgt, dass er mir einen Vorgeschmack auf den bevorstehenden Orgasmus beschert.

Er gibt mir, was ich brauche, und stößt immer wieder in mich hinein, ganz und gar hemmungslos. Ich
kann nicht mehr mitzählen. Genau wie er es vorher
gesagt hat, klammere ich mich so fest an ihn, wie ich
kann, und lasse zu, dass er den ängstlichen Knoten
löst, der sich in meinem Magen gebildet hat, seit ich
von dem Ort weggelaufen bin, von dem ich nicht
weiß, ob er jemals wieder mein Zuhause sein wird.

Auch wenn er das eigentlich nie war.

Kapitel 12

Ben

Es ist definitiv ein wunderbares Gefühl, in saubere Kleidung zu schlüpfen, nachdem man ein paar Tage lang dasselbe auf der Haut getragen hat. Ich bin zu Colleen unter die Dusche gesprungen und habe sogar noch ein zweites Mal geduscht.

„Hast du ein Hemd für mich?", fragt sie mich, als wir das Bad verlassen. „Ich werde mir von Cam eine Leggings oder so etwas leihen. Und Unterwäsche. Es wird ihr nichts ausmachen", sagt sie und geht zur Tür.

„Du verlässt dieses Zimmer doch nicht nur mit einem Handtuch um dich herum. Bist du wahnsinnig?", knurre ich.

„Ernsthaft?" Sie dreht sich um, den Kopf zur Seite geneigt, als sie sieht, wie ich auf sie zukomme. „Nur Fiona und Liam sind hier, und wie groß ist die Wahrscheinlichkeit, dass Liam genau in dem Moment vorbeikommt, in dem ich die Schwelle übertrete? Cams Zimmer ist zwei Schritte von deinem entfernt", erklärt sie, als ob ich das nicht wüsste. „Buchstäblich."

„Ich hole dir, was du brauchst", sage ich einfach, während ich nach der Türklinke greife, denn sie wird keinen Rückzieher machen und dieser Streit wird den ganzen verdammten Tag andauern.

„Du wirst auf keinen Fall die Unterwäsche meiner besten Freundin durchwühlen. Ich gehe schon. Hör auf, dich lächerlich zu machen."

Daraufhin schlägt sie meine Hand von der Türklinke und ich kann nur zusehen, wie sie den Raum verlässt und schon einen kurzen Moment später das Zimmer von Cam und Nate betritt.

Verdammt, manchmal ist sie eine echte Nervensäge. Sie ist auch verdammt sexy, wenn sie ihre fünf Minuten hat, aber trotzdem. Ich muss einen Weg finden, sie nicht ständig gewinnen zu lassen. Aber dieses Mal könnte es eine gute Sache sein. Nate hätte mir den Arsch versohlt, hätte ich in der Unterwäsche seines Mädchens herumgefummelt.

Ich suche ihr eines meiner Hemden heraus, und es dauert nicht einmal eine Minute, bis sie mit sauberen Sachen zurückkommt.

„Hier." Ich reiche ihr das Hemd und das Grinsen auf ihrem Gesicht verrät mir, dass sie stolz ist, unseren kleinen Streit gewonnen zu haben.

Wenigstens ist sie Liam nicht begegnet.

Meine Verärgerung wird zu einer sehr fernen Erinnerung, als sie das Handtuch zu ihren Füßen fallen lässt und beginnt, sich anzuziehen. Beinahe vergesse ich, dass sie unbedingt etwas essen muss, aber wie durch ein Wunder denke ich doch daran. Ich ziehe mich auch fertig an und gerade als wir beide fertig sind, klopft es laut an der Tür.

Ich hasse es, dass Colleen bei dem unerwarteten Geräusch merklich aufschreckt, aber sie fängt schnell wieder an, ihr feuchtes Haar zu einem Dutt zu binden, also lasse ich es dabei bewenden.

„Herein!", rufe ich.

In der Erwartung, Liam zu sehen, bin ich überrascht, dass es Jayces große Gestalt ist, die sich durch die Tür schiebt. Er betritt das Zimmer jedoch kaum, seine Hand bleibt auf der Klinke liegen, während sein Blick sofort auf Colleen fällt.

„Schön, dich zu sehen. Geht es dir gut?“, fragt er sie, und sieht aufrichtig besorgt aus.

CJ lag völlig falsch. Der Mistkerl weiß nicht das Geringste über uns. Jeder einzelne meiner Brüder würde sein Leben für Colleen geben. Sie betrachten sie als Familie. Sie ist eine von uns.

„Mir geht's gut. Ich bin nur müde und hungrig, aber es geht mir gut. Habt ihr von Cam und Nate gehört? Und wie geht es Lilly?“, schießt sie mit beiden Fragen heraus.

„Lilly geht es gut. Sie hat Glück gehabt. Und ich habe mit Cam gesprochen, kurz bevor wir das Krankenhaus verlassen haben. Sie wollten sich mit den Jungs von der New York Charter treffen und sich deine Wohnung ansehen. Sie wartet auch auf deinen Anruf.“ Er schenkt ihr ein Lächeln, bevor sich seine Miene verdüstert, als er sich mir zuwendet. „Die Jungs sind im Besprechungsraum. Hast du Lust, dich uns anzuschließen? Wir können dich auch später briefen, wenn du willst“, fügt er hinzu.

Irgendetwas ist im Gange. Er achtet darauf, vor Colleen die Dringlichkeit zu kaschieren – und ich hoffe, es funktioniert, denn das Letzte, was ich will, ist, dass sie ausflippt –, aber ich kenne diesen Blick in seinen Augen. Irgendetwas stimmt nicht.

Ich werfe einen flüchtigen Blick auf Colleen. Es fühlt sich falsch an, sie bereits jetzt allein zu lassen – und ja, ich halte ein paar Treppenstufen für zu viel Distanz im Moment.

Aber sie nickt schnell, offenbar spürt sie mein Unbehagen. „Geh. Kannst du mir trotzdem dein Handy geben, damit ich Cam anrufen kann?“

Immer noch zögernd schaue ich zu Jayce und ich werde das Gefühl nicht los, dass etwas faul ist, also stimme ich widerstrebend zu, Colleen für eine Weile aus den Augen zu lassen. „Okay,“ sage ich. „Aber ich weiß nicht, wo mein Handy ist“, wird mir plötzlich klar.

„Auf deinem Nachttisch. Blane hat es da hingelegt.“ Jayce deutet mit dem Kinn darauf, bevor er sich an Colleen wendet. „Die Besprechung wird sowieso nicht lange dauern“, versichert er ihr. „Das Mittagessen ist fast fertig. Die Mädchen sind in der Küche, falls du Lust hast, nach unten zu gehen.“ Er wirft mir noch einen kurzen Blick zu, bevor er den Raum verlässt. „Wir warten auf dich.“

Ich möchte Colleen immer noch nicht verlassen, aber ich muss bei diesem Treffen dabei sein.

„Geh“, wiederholt Colleen, die meine Zerrissenheit zu spüren scheint. „Ich hole auch noch ein Paar von Cams Socken und rufe sie an. Dann gehe ich nach unten.“

Ich nicke. „Es wird nicht lange dauern.“

Nachdem ich ihr einen Kuss auf die Schläfe gedrückt habe, jogge ich die Treppe hinunter. Je schneller ich das hinter mich bringe, desto schneller kann ich wieder bei ihr sein.

Als ich im Besprechungsraum ankomme, sitzen meine Brüder alle um den großen Tisch und warten geduldig auf mich. Es herrscht eine drückende Stille im Raum und die Blicke, mit denen ich begrüßt werde, sind sowohl von Erleichterung als auch von Sorge geprägt.

„Was ist hier los? Wisst ihr, wo der Wichser ist?“, ergreife ich das Wort.

Colleen mag zurück und unverletzt sein, aber dieses Stück Abschaum ist immer noch so gut wie tot.

„Nein“, antwortet Jayce sofort, wahrscheinlich spürt er die mörderischen Schwingungen, die von mir ausgehen. „Aber wir werden ihn finden.“

„Liam und ich haben das hier am Straßenrand gefunden, nicht weit von Lillys Auto entfernt.“

In Codys Stimme schwingt dieselbe Wut mit, die seit dem Telefonat in meinem Blut brodelt und von dem ich am liebsten jede Sekunde vergessen würde. Und als ich auf ihn zugehe und das Stück Papier nehme, das er mir reicht, zische ich mit zusammengebissenen Zähnen, während meine Wut erneut anschwillt: „Hurensohn.“

Eine Old Lady weniger.

So steht es auf dem Papier.

„Du willst mich wohl verarschen? Die hatten es auf sie abgesehen?“

Unglaublich. Nun, eigentlich nicht, denn diese miesen Scheißkerle sind verdammt pervers. Doch jedes Mal, wenn sie versuchen, eine Frau in die Finger zu kriegen, kann ich nicht anders, als rasend vor Wut zu werden. Jedes Mal aufs Neue kann ich nicht verstehen, wie ein Mann eine Frau verletzen kann.

„Auf sie, und wahrscheinlich auch auf Colleen“, fügt Melvin hinzu.

Das lässt mir die Haare auf den Armen zu Berge stehen und meine Brüder müssen an meinem Gesichtsausdruck ablesen, dass ich das nicht erwartet habe.

„Das Timing kann kein Zufall sein. Und CJ wusste offensichtlich von euch beiden“, sagt Jayce.

Er hat recht, das kann kein Zufall sein. Und ja, CJ hat höchstwahrscheinlich von mir gesprochen, als er an diesem Abend Colleens Freund erwähnt hat. Aber ehrlich gesagt, stand es für mich nicht einmal zur Debatte, dass CJ hinter Colleen her war, um seine kranke, fehlgeleitete Rache an Camryn zu üben. Und jetzt ...

„Woher wusste er es überhaupt?" Bis vor ein paar Wochen wusste niemand von uns. „Verdammt, ihr Telefon ... Scheiße!", rufe ich aus.

Die Schuldgefühle, die plötzlich einen bitteren Geschmack in meinem Mund hinterlassen, sind schwer zu schlucken.

Das ist alles meine Schuld.

„Keiner von uns hat daran gedacht, ihr Handy zu sichern", mischt sich Jayce ein, mit ruhiger Stimme, um mich davon abzuhalten, durchzudrehen.

„*Ich* hätte daran denken sollen", werfe ich zurück.

Nicht sie, ich. Ich hätte daran denken müssen.

Alle unsere Telefone sind gegen mögliche Hackerangriffe geschützt. Das Zeug ist wie Chinesisch für mich und Blane sagt, dass er nichts tun kann, was hundertprozentig unfehlbar wäre. Aber jeder, der versuchen würde, Blanes Schutz zu überwinden, würde es schwer haben.

„Wenn er es so herausgefunden hat, wozu hatte er dann Zugang?", frage ich Blane und kämpfe gegen den sinnlosen Selbsthass an.

„Textnachrichten, Sprachnachrichten, E-Mails und möglicherweise jede Website, die ein Passwort erfordert, wenn sie jemanden haben, der geschickt genug ist, diese zu hacken."

„Kein Risiko bei den Anrufen, richtig?"

Wenn er sie gehört hat, als wir ...

Verdammt, ich kann nicht mal daran denken.

„Es sei denn, er hatte irgendwann physischen Zugriff auf das Telefon, ansonsten nein.“

Ich nicke, verschränke die Hände im Nacken und neige den Kopf zur Decke, während ich ausatme.

„Sie haben Lilly und Colleen etwa zur gleichen Zeit angegriffen.“ Das dämmert mir erst jetzt.

„Sie wussten, dass Lilly den Club wie jeden Montag kurz vor 17 Uhr verlassen würde“, sagt Cody.

„Und in New York ist es so gegen 19 Uhr, wenn Colleen von der Arbeit nach Hause kommt“, füge ich hinzu.

Nach der Arbeit geht sie nur selten irgendwohin. Selbst an den Wochenenden bleibt sie meistens zu Hause. Sie lässt sich sogar ihre Einkäufe liefern.

„Sie wollten hart zuschlagen“, sagt Brent. „Wenn die Bullen, die die ganze Sache mit Lilly beobachtet haben, nicht zufällig vorbeigefahren wären, als sie von der Straße gedrängt wurde, hätten die Spiders sie erledigt.“

„Die Bullen sind vorbeigefahren?“, frage ich.

„Ja“, antwortet Cody. „Ich habe sie im Krankenhaus gesehen. Sie werden ein Auge zudrücken, denn Lilly wird wieder gesund. Liam und ich haben ihr Auto abgeholt und uns ein wenig umgesehen. Dabei haben wir den Zettel gefunden, der mit einem Messer in den Boden gesteckt wurde. Ich weiß allerdings nicht, wann sie ihn dort hinterlassen haben.“

Ich habe mich immer noch nicht hingesetzt. Und das werde ich auch nicht. Die Wut, die mich beherrscht, hat zu viel Macht über mich, als dass ich es mir auf einem Stuhl bequem machen könnte.

Ich balle die Hände zu Fäusten und beginne auf und ab zu gehen. „Verfolgen wir sie?“

Jayce muss sein Okay geben. Letztendlich ist er derjenige, der die endgültige Entscheidung treffen wird. Er wird sich die Meinung jedes Bruders anhören, aber er wird trotzdem das letzte Wort haben.

„Wir müssen mit klarem Kopf darüber nachdenken“, sagt er, was ich befürchtet habe. Er will noch etwas hinzufügen, kann es aber nicht, weil ich sofort wieder dazwischen gehe.

„Wie lange wollen wir noch warten? Scheiß drauf“, knurre ich. „Wir müssen ihn ausschalten, Punkt. Er … Scheiße, er hätte sie umbringen können. Hätte Colleen nicht einen kühlen Kopf bewahrt, hätte er sie getötet. Aber nicht, bevor er sich mit ihr vergnügt hätte“, füge ich hinzu, kaum in der Lage, die Worte auszusprechen, weil sie eine neue Welle von blendender Wut durch meine Adern jagen. „Und du hast es selbst gesagt“, sage ich zu Jayce. „Lilly hat Glück gehabt. CJs Rachedurst geht viel zu weit. Wie lange noch, bis er es auf die Kinder abgesehen hat? Wir müssen dem einen Riegel vorschieben. Ein für alle Mal.“ Ja, das müssen wir. „Wir wussten, dass das passieren würde. Nicht, dass sie es auf die Frauen abgesehen haben würden, aber wir wussten, dass CJ irgendwann zuschlagen würde. Er hat nur im Schatten gewartet, bis er den richtigen Moment zum Angreifen fand. Und sein Plan ist knapp gescheitert. Ich werde nicht hier sitzen und darauf warten, dass er wieder zuschlägt“, warne ich alle.

„Ich stimme zu“, sagt Blane. Ich wende mich ihm zu und höre auf, ziellos umherzulaufen. Blane ist nicht das, was man einen gesprächigen Typen nennen würde. Wenn er sich äußert, weiß man, dass er etwas zu sagen hat. „Er muss zusammen mit allen Spiders, die ihm gegenüber loyal sind, ausgeschaltet werden.

Bison und seine Leute haben sich ihr eigenes Grab geschaufelt, als sie beschlossen haben, ihm zu folgen. Sie sind nicht anders als der innere Kreis, den wir letztes Jahr ausgelöscht haben. Was den Rest ihrer Mitglieder angeht, so werden sie entweder weiterleben wollen und verstehen, dass es für sie an der Zeit ist, die Stadt zu verlassen, oder wir werden sie ebenfalls beseitigen müssen."

Genau das hat er gesagt. Dem ist nichts hinzuzufügen.

„Wir *werden* sie ausschalten", bekräftigt Jayce. „Aber niemand wird dabei draufgehen", fährt er fort und seine Augen bohren sich in meine. „Wir warten auf Nates Rückkehr für ein weiteres Treffen. In der Zwischenzeit dürfen Frauen und Kinder nicht allein gelassen werden. Ich werde den Club nicht abriegeln, aber jeder muss auf sich aufpassen. Hat jemand etwas hinzuzufügen?", fragt er dann. Keiner spricht. „Dann lasst uns essen gehen. Ben, auf ein Wort", fügt er noch hinzu.

Die Jungs verlassen einer nach dem anderen den Raum und Jayce wartet, bis wir allein sind, bevor er in meine Richtung schaut.

„Ich werde dir nicht sagen, dass ich verstehe, wie es war, diese Scheiße am Telefon zu hören und zu wissen, dass du ihr nicht helfen kannst. Wenn ich mir nur vorstelle, dass ich in deiner Haut stecke, wird mir schon ganz anders", gibt er zu, obwohl ihm ein offensichtliches „Aber" auf den Lippen liegt. „Aber schließ uns nie wieder auf diese Weise aus. Ich meine es ernst. Wolltest du in dem Parkhaus bleiben, bis der Mistkerl auftaucht?", fragt er mich, obwohl es wie eine rhetorische Frage klingt, und es überrascht mich nicht, dass er bereits weiß, wo ich war. „Schön und gut. Aber es wäre doch jemand bei dir geblieben. So funktioniert das nun mal. Das weißt du doch sicher noch?"

Frustriert fahre ich mir mit der Hand durch die Haare, gehe zum Tisch und lehne mich dagegen, den Blick von ihm abgewandt, während ich die Wand fixiere. „Natürlich weiß ich das noch. Aber von dem Moment an, als der Schuss ertönte, war ich …"

Scheiße, wie soll ich das erklären? Ich will gar nicht erst darüber nachdenken, geschweige denn die richtigen Worte finden, um zu erklären, wie fertig ich war.

„Du wusstest kaum noch, wie du atmen sollst, wie du klar denken konntest …" Er lässt seinen Satz abreißen und ich drehe mich zu ihm um. „Erinnerst du dich an den Tag, an dem Alex entführt wurde und wir auf dem Krankenhausparkplatz standen?", fragt er mich und ich nicke. „Ich konnte mich nicht bewegen. Buchstäblich. Ich konnte meinen Körper nicht dazu bringen, zu reagieren. Es ist, als hätte ich darauf gewartet, dass ihr mir sagt, dass ihr ihre Leiche gefunden habt. Im Nachhinein kommt es mir so vor, als hätte ich irgendwie versucht, mich von meinen eigenen Gedanken abzulenken, um weiter aufrecht stehen zu können. Und wenn wir sie dort gefunden hätten …" Er schüttelt den Kopf. „Ich verstehe schon. Das tue ich wirklich", sagt er und schiebt seine Erinnerungen beiseite, um in die Gegenwart zurückzukehren. „Aber du kannst nicht wieder allein losziehen."

Im Bewusstsein, dass ich Mist gebaut habe, nicke ich. Aber wie er schon sagte, ich habe nicht klar gedacht. Abgesehen von dem Telefonat, das sich unaufhörlich in meinem Kopf abspielte, und dem heftigen Rachedurst, konnte ich überhaupt nicht denken.

„Jetzt lass uns essen gehen. Ich sterbe vor Hunger", sagt er und beendet das Gespräch. Als wir zur Tür gehen, fragt er mich: „Ich nehme an, sie bleibt für eine Weile?"

„Für eine sehr lange Weile, wenn ich da ein Wörtchen mitreden darf", bestätige ich und lasse zum ersten Mal einen meiner Brüder wissen, dass Colleen zu mir gehört.

„Macht sie dir das Leben schwer?", grinst er.

„Wenn nicht, wäre sie schon vor Monaten hier gewesen. Aber jetzt geht sie nirgendwohin."

Er kichert, und ich lasse ihn stehen, sobald ich Colleen sehe, die ein paar Flaschen Wasser auf den Tisch stellt.

Sie sieht zu mir auf, als ich sie anspreche. „Konntest du mit Cam sprechen?"

„Ja. Es geht ihnen gut", erzählt sie mir erleichtert. „Sie packen ein paar meiner Sachen ein und von Luna auch. Sie spielt gerne mit ihrer Maus, also wird Cam ihr Spielzeug einsammeln. Und für morgen früh haben sie schon einen Flug gebucht." Sie lächelt. „Sie werden vor dem Mittagessen wieder hier sein."

„Toll. Das ist großartig." Ich lächle zurück.

Ihr Lächeln verblasst jedoch schnell wieder. „Was ist denn los? Du wirkst angespannt."

„Mir geht's gut. Wir können später darüber reden, wenn du willst. Aber im Grunde haben wir uns darauf geeinigt, dass CJ und sein engster Kreis verschwinden müssen."

Ich bin mir nicht sicher, ob die Mädchen von dem gefundenen Zettel wissen, und wenn ja, ob sie Colleen davon erzählt haben oder nicht. Wenn es nach mir ginge, wäre es mir lieber, sie wüsste nichts von dem Scheiß. Sie hat in den letzten Tagen schon genug durchgemacht. Sie ist etwas nervös und es wäre nicht gut, wenn sie davon erfährt. Ich will nicht, dass sie völlig ausflippt.

„Verschwinden wie in … sterben?“, fragt sie leise. Als Antwort brauche ich ihr nur in die Augen zu schauen. „Das klingt gefährlich“, flüstert sie.

„Es wird schon alles gut gehen.“ Ich lächle und hasse es, dass ich sie anlüge, denn es gibt keine Möglichkeit, sich dessen sicher zu sein.

Und sie muss es begreifen, denn sie sieht überhaupt nicht überzeugt aus.

„Setzen wir uns und essen, ja? Du musst jetzt wirklich etwas in den Magen bekommen.“

Sie betrachtet meine Brüder und die Mädchen, die sich alle um den Mittagstisch versammeln, während sie sich setzen und das Essen servieren.

„Okay. Und dann brauche ich ein Nickerchen.“

„Geht klar.“

Ich brauche auch ein verdammtes Nickerchen. Mit ihr in meinen Armen.

Kapitel 13

Am nächsten Morgen wache ich ausgeruht auf. Es ist still in Bens Schlafzimmer und auch von draußen ist kein Lärm zu hören. Ich liege neben ihm, mein Körper an seine festen Muskeln gedrückt, mein Kopf in seiner Schulterbeuge, während er einen Arm locker um mich gelegt hat.

Ich kann nicht glauben, dass ich in dieser Position so friedlich geschlafen habe. Ich hatte schon immer gerne meinen Freiraum, deshalb ist es seltsam, dass ich mich so wohlfühle.

Lunas Schnurren veranlasst mich, mein schönes Plätzchen aufzugeben und mich umzudrehen. Ich sehe, dass sie ihren eigenen bequemen Schlafplatz auf meinem ungenutzten Kopfkissen gefunden hat.

„Morgen, Süße", flüstere ich.

Als Ben sich ein wenig rührt, werfe ich einen Blick über meine Schulter. Aber er wacht nicht auf und ich drehe mich wieder um und stütze mich auf meinen Ellbogen, damit ich ihn ansehen kann. Und dieser Mann ist ein echter Hingucker. Zerzaustes blondes Haar, kräftige Schultern, Bauchmuskeln wie gemeißelt ... Er ist definitiv ein Blickfang.

Ich kann immer noch nicht glauben, dass ich zugestimmt habe, in seinem Zimmer zu schlafen. Es hört sich nach nichts an, aber für mich ist es ein großer Schritt zu etwas, von dem ich mir geschworen habe, dass ich es nicht tun würde. Ich habe trotzdem zugestimmt. Ich habe ihm sogar erlaubt, in seinen Schubladen Platz für die Kleidung zu schaffen, die Camryn aus meiner Wohnung mitbringen wird. Höre ich da immer noch die Alarmglocken in meinem Kopf so laut läuten, dass es mich nicht wundern würde, wenn ich bald Kopfschmerzen bekäme? Ja. Werde ich auf Abstand gehen? Nein. Ich schätze, ich werde mit ihm ein Zimmer teilen, solange ich hier bin. Und was passiert, wenn ich abreise …

Wenn ich abreise. Wohin soll ich gehen? Das weiß ich noch nicht, aber ich werde hier auf keinen Fall einen Job finden. Das wäre ein Wunder und ich habe zurzeit nicht das Glück, mit Wundern gesegnet zu sein.

Das Seltsame ist, dass mir die Möglichkeit, hier nach einem Job zu suchen, überhaupt in den Sinn kommt. Und noch merkwürdiger ist, dass sich mein Magen dabei nicht vor schmerzhaften Krämpfen zusammenzieht.

Apropos Job, ich stöhne fast laut auf, als ich daran denke, dass ich seit meiner Ankunft nicht einmal meine E-Mails gecheckt habe. Cam hat mir gestern geschrieben, dass mein Handy nicht mehr da ist, wo ich es fallen gelassen habe. Keine Ahnung, ob es CJ ist, der es hat, oder ob es jemand mitgenommen hat, aber so oder so, es ist weg. Blane hat versucht, es zu orten, falls es wieder eingeschaltet worden ist, aber er hatte kein Glück. Er hat auch versucht, meine Mailbox abzuhören, aber die wurde gelöscht. Es ist sowieso besser, wenn ich mir die harsche Entlassung durch meine Chefin nicht anhöre. Denn eines ist klar: Mit Sicherheit habe ich keinen Job mehr.

Ich greife zu Bens Nachttisch, nehme sein Telefon und setze mich vorsichtig hin, öffne schnell mein Postfach und beginne, meine E-Mails durchzuscrollen. Nur eine von meiner Chefin. Ich öffne sie und zucke zusammen. Wenn ich noch Hoffnung hatte, meinen Job zurückzubekommen, dann ist sie jetzt weg. Ich bin offiziell arbeitslos.

Seufzend schreibe ich eine kurze E-Mail zurück und erkläre, dass ich einen familiären Notfall hatte. Das wird nichts ändern, aber ich denke, dass es das Beste ist, sich nach zwei Jahren der Zusammenarbeit höflich zu trennen – zumindest von meiner Seite aus. Nun ja, nach zwei Jahren, in denen ich ihre persönliche Sekretärin und nicht ihre Verlagsassistentin war, aber trotzdem.

„Was denkst du, Luna? Ist das Leben scheiße, oder was?“

Sie starrt mich nur an und schnurrt wieder, als hätte sie Mitleid mit mir und meinem verkorksten Leben.

Ich beuge mich vor und küsse ihren kleinen, flauschigen Kopf, bevor ich mich vorsichtig an den Rand des Bettes bewege und in meine Leggings schlüpfe.

Ben ist immer noch nicht aufgewacht und ich bin hungrig, also gehe ich nach unten.

Der Hauptraum ist leer, aber ich bin froh, jemanden in der Küche zu finden.

Alexia schaut von ihrem Computer auf, als sie hört, wie die Tür geöffnet wird.

„Hier ist also doch noch etwas Leben“, begrüße ich sie.

Sie lehnt sich auf ihrem Stuhl zurück, lächelt und hebt ihre Tasse Kaffee an, um einen Schluck zu nehmen.

„Es ist schon 10 Uhr, aber nach den letzten Tagen, die für alle sehr kräftezehrend waren, werden wir sie wohl nicht vor dem Mittagessen sehen, obwohl heute Donnerstag ist. Wie geht es dir?“, fragt sie mich dann.

„Viel besser, seit ich richtig geschlafen habe“, gebe ich ehrlich zu. „Schreibst du fleißig?“

„Ja. Und ich habe heute frei, was bedeutet, dass ich mehr Zeit vor meinem Computer verbringen kann. Es steht Kaffee bereit, wenn du willst. Und auf dem Tresen stehen auch ein paar Donuts.“

Ich nehme mir von allem etwas, was ich für den Start in den Tag brauche, und setze mich dann zu Alex.

„Wie kommst du mit dem Buch voran?“

„Langsam, aber ich bin zufrieden mit dem, was ich bis jetzt geschafft habe.“

Sie schreibt gerade an ihrem zweiten Buch und bereitet die Veröffentlichung ihres ersten vor. Seit sie mich Anfang des Jahres gebeten hat, es zu lesen, arbeiten wir Hand in Hand an der Überarbeitung, und sie hat mir angeboten, das Gleiche zu tun, sobald ihr zweites Buch fertig ist. Sie ist sehr begabt und ich habe ein gutes Gefühl bei ihrem Projekt. Ich habe meiner Chefin sogar von ihrem Buch erzählt, aber sie hat mich einfach ignoriert. Jetzt bin ich fast froh, dass sie es getan hat. Fast, denn es hätte Alex sehr geholfen, einen Verlag zu finden, egal, wie schlecht es mir dort ergangen ist.

„Hast du dir eine Auszeit genommen? Ich habe gar nicht daran gedacht, dich zu fragen, wie du die Sache mit der Arbeit geregelt hast“, sagt sie.

Schnaubend schüttele ich den Kopf. „Ich habe es überhaupt nicht geregelt. Ich hätte sie gleich am ersten Morgen vom Hotelzimmer aus anrufen sollen, aber ich war so gestresst, dass mir das gar nicht in den Sinn gekommen ist. Ehrlich gesagt, ich war einfach völlig neben der Spur. Wie auch immer, ich wurde gefeuert. Ich habe die E-Mail meiner Chefin erst vor fünf Minuten gelesen. Das war zu erwarten, schätze ich.“

„Scheiße", platzt es aus ihr heraus, mit Mitgefühl in den Augen. „Das tut mir leid."

„Ich kann sie ja schlecht anrufen und ihr sagen, dass ein Psychopath zu Hause auf mich gewartet hat und dass ich ohne mein Handy abhauen musste, weil ich Angst hatte, dass er mich aufspüren würde. Jetzt denkt sie, dass ich wegen eines familiären Notfalls nicht zur Arbeit gekommen bin – also ohne guten Grund, seien wir mal ehrlich. Sie ist nicht wirklich der Familientyp. Also, ja, ich habe keinen Job, und ich habe zwar eine Wohnung, aber ich bin zu traumatisiert, um auch nur daran zu denken, geschweige denn dorthin zurückzukehren. Aber ich nehme an, das ist kein wirkliches Problem, da ich sie mir bald nicht mehr leisten kann. Kurz gesagt, das Leben ist im Moment ziemlich beschissen."

„Der Job ist nicht wirklich ein Problem, du hast ihn ja eh gehasst."

Diese weise Bemerkung kommt nicht von Alex und ich werfe einen Blick über meine Schulter und sehe Ben stirnrunzelnd an, während ich die Tatsache ignoriere, dass er ohne Hemd dasteht und gleichzeitig heiß und verschlafen aussieht.

„Neuigkeiten, Bikerboy. Eine Menge Leute hassen ihre Jobs. Sie kündigen nicht, weil sie ihn brauchen."

„Das tust du nicht. Du kannst hier bleiben. Keine Miete, kein Problem." Er schlendert zur Kaffeekanne und schenkt sich eine Tasse ein.

Das hat er nicht wirklich gesagt.

„Sag mir, dass er das nicht wirklich gesagt hat", wende ich mich an Alex.

„Ich glaube, das hat er." Sie lächelt.

„Was denn? Es ist doch wahr." Er zuckt mit den Schultern und lehnt sich gegen den Tresen.

„Was?“, wiederhole ich. „Wann habe ich den Eindruck erweckt, dass ich mir einen Sugar-Daddy wünsche? Ich kann mich selbst versorgen, vergiss das nicht. Außerdem ist es beängstigend, dass ich dich jetzt schon daran erinnern muss, dass wir nicht wirklich zusammen leben. Auch das solltest du nicht vergessen.“ Ich zeige mit dem Finger auf ihn.

Und … Er grinst.

„Er hat allerdings recht“, sagt Alex und ich schaue sie an. „Es geht nicht darum, für dich zu sorgen.“ Sie gluckst. „Es geht um deinen Job. Du hast ihn gehasst. Vielleicht solltest du das als Chance sehen, einen neuen zu finden“, schlägt sie vor. „Außerdem ist es ja auch nicht so, dass du gerne an der Ostküste gelebt hast. Ich wette, Cam wäre begeistert, wenn du dich entschließen würdest, in Twican zu bleiben. Oder zumindest in der Nähe.“

„Wirst du in Twican bleiben?“

Das nenne ich mal gutes Timing.

Ich bin sofort auf den Beinen, als Camryns Stimme ertönt, aber ich habe keine Zeit, auch nur einen Schritt auf sie zuzugehen, bevor ich schon wegen ihrer überschwänglichen Umarmung nach Luft ringen muss.

„Ich bin so froh, dass es dir gut geht.“ Ihre geflüsterten Worte brechen am Ende ab, und ich befürchte, dass sie gleich wieder weinen wird, so wie gestern am Telefon.

„Keine Tränen mehr“, warne ich. „Mir geht es gut.“

Als sie mich loslässt, umarmt mich Nate kurz. „Wie geht's dir?“

„Gut. Wirklich, es geht mir gut. Es tut mir nur leid, dass ihr grundlos nach New York fliegen musstet“, entschuldige ich mich und sie will etwas sagen, aber ich rede weiter. „Mir geht es gut, und Luna auch. Sogar Ben geht es gut, was ein noch größeres Wunder ist, wenn man bedenkt, dass er ganz allein eine Gruppe von Killern verfolgt hat. Wie auch immer, ich bin arbeitslos und obdachlos, aber es geht mir gut.“

„Du könntest hier einen Job finden“, schlägt Cam hoffnungsvoll vor.

In ihrer Stimme liegt eine so unverhohlene Hoffnung, dass es mir schwerfällt, ihr das zu sagen, aber sie muss wissen, dass das sehr unwahrscheinlich ist.

„Glaubst du, ich werde in Twican viele Verlage finden?“, frage ich sie – rhetorisch.

Sie verzieht ihr Gesicht. „Vielleicht nicht.“

„Ich könnte etwas in Dallas finden, oder vielleicht in Phoenix. Oder Houston. Aber so wie ich meinen letzten Job verloren habe, ist es zweifelhaft, dass ich für irgendeine Stelle bei einem anderen Verlagshaus die erste Wahl wäre. Selbst für eine Position ganz unten auf der Leiter. Und dann ist da noch das kleine Problem, dass ich ausflippe, wenn ich daran denke, allein zu leben. Ja, ich glaube, wir drehen uns hier im Kreis.“ Ich stoße ein leises Lachen aus, in dem jedoch ein gewisses Unbehagen mitschwingt.

„Du wirst nicht allein leben, bis ich diesen Mistkerl umgebracht habe, so viel ist klar“, knurrt Ben.

Ich blicke ihn böse an, aber Cam hält mich davon ab zu antworten. „Er hat recht. Da CJ es auf die Frauen abgesehen hat, ist es nicht sicher für dich, allein zu sein. Du und Lilly, ihr hattet wirklich Glück.“

Mein Körper scheint sich in ein kompaktes Bündel angespannter Muskeln zu verwandeln, als ich Ben fluchen höre. Mein Blick wandert zu ihm, aber er hat die Augen geschlossen und seufzt müde.

Ich schaue wieder zu Cam hinüber. „Lillys Unfall war kein Unfall?"

„Oh mein Gott, das tut mir leid. Ich dachte, du wüsstest es", platzt sie heraus, während ihr entsetzter Blick mehrmals von mir zu Ben springt.

Als sie nichts mehr sagt, meldet sich Ben zu Wort. „Cody hat einen Zettel gefunden, in der Nähe der Unfallstelle. Darauf stand: '*Eine Old Lady weniger*'. Sie haben sie von der Straße gedrängt."

Eine Welle des Entsetzens bricht über mich herein. „Sie haben sie von der Straße gedrängt?", wiederhole ich. „Das ist ja furchtbar. *Eine Old Lady weniger*", murmle ich, bevor ich mit Schrecken hinzufüge: „Aber das bedeutet, dass ihr alle in Gefahr seid." Ich sehe Cam und Alex an.

Die beiden starren mich mit einem seltsamen Ausdruck an, bevor Alex sagt: „Wir kommen schon klar, aber ja, wir müssen vorsichtig sein. Genau wie du."

Das überrascht mich. „Warum ich? Ich bin doch keine Old Lady." Dann murmle ich wieder, diesmal zu mir selbst: „Warum hat er es überhaupt auf mich abgesehen?"

Dieser Kerl ergibt absolut keinen Sinn. Vielleicht hat er wirklich ein mentales Problem. Wie Schizophrenie oder so. Das muss es sein.

„Jesus", brummt Ben und ich sehe ihn an, als er seine Tasse Kaffee auf dem Tresen abstellt, bevor er ein paar Schritte auf mich zugeht.

Ohne jede Vorwarnung hebt er mich hoch und lässt mir keine andere Wahl, als mich an ihm festzuhalten, damit ich nicht wie eine Marionette aussehe, deren Gliedmaßen umherschwingen.

„Was zum Teufel ist los mit dir?", quieke ich, als er mich zur Tür trägt.

Er antwortet nicht, aber ich höre Nate etwas sagen, bevor ich buchstäblich gezwungen bin, die Küche zu verlassen. „Ich schätze, er wird dir etwas klarmachen." Er gluckst.

Was soll das bedeuten?

Ich frage Ben noch einmal, was in ihn gefahren ist, aber auch er macht sich nicht die Mühe, mir zu antworten, also schweige ich ebenfalls. Anscheinend bringt er mich zurück in sein Zimmer und ich habe das Gefühl, dass ich bald wissen werde, was sein Problem ist.

Kapitel 14

Ben

Ich setze mein Mädchen erst wieder auf die Beine, als ich meine Schlafzimmertür hinter uns geschlossen habe.

„Willst du mir nicht sagen, was dein Problem ist?", fragt sie, und ihr finsterer Blick beweist, dass ich sie wütend gemacht habe.

Es ist mir eigentlich egal.

Ich dachte, ich müsste aufpassen, dass ich sie nicht zu sehr dränge. Ich dachte, ich müsste geduldig sein. Ich dachte, ich müsste warten, bis sie bereit ist, zu hören, was ich mir in Bezug auf sie und mich wünsche. Aber verdammt, bei diesem Tempo werde ich graue Haare haben, bis sie bereit ist, die festen Mauern um sich herum einzureißen und mich an sich heranzulassen.

„Ich will nicht, dass du gehst." Ich komme direkt zur Sache, bin es leid, mich wie auf rohen Eiern zu bewegen. „Ich will nicht, dass du zurück nach New York gehst, oder nach Phoenix, oder Houston, oder ins verdammte Detroit, oder in irgendeine andere Stadt in irgendeinem Staat."

Wie erwartet, reagiert sie sofort abwehrend, und ich warte darauf, dass sie mich noch einmal daran erinnert, dass wir in keiner romantischen Beziehung miteinander sind.

Aber als sie spricht, ist das nicht, was sie sagt.

„Du *willst* nicht, dass ich gehe?"

Ohne die goldene Färbung ihrer gebräunten Haut würde sie mich mit geröteten Wangen anstarren. So viel Wut strömt aus ihren Augen und aus den Worten, die sie nun sehr deutlich ausspricht.

Ich hatte erwartet, dass sie wieder dichtmacht, sicher, aber ich bin überrascht, wie wütend mein Eingeständnis sie macht.

„Ich …"

„Meinst du nicht, dass das meine Entscheidung ist?", fragt sie mich, offenbar nicht daran interessiert, mich meinen Satz zu Ende führen zu lassen. „Meinst du nicht, dass ich selbst entscheiden sollte, ob und wohin ich gehe, um einen Job zu bekommen? Vielleicht habe ich mich vorhin nicht klar genug ausgedrückt, aber ich werde mich nie rein auf einen Mann verlassen, um für mich zu sorgen. Schon gar nicht auf einen, der meint, er hätte das Recht, mir zu sagen, was ich zu tun habe und wohin ich gehen soll oder nicht."

Ja, sie ist mehr als stinksauer. Und es ist mir immer noch egal, weil sie so falsch liegt, und ich bin genauso sauer wie sie. Sie hat wirklich keinen blassen Schimmer. Sie hat sich so lange von mir abgeschottet, dass sie völlig blind ist.

„Scheiße, Colleen. Einfach … verdammt", fluche ich knurrend, weil mich die Gereiztheit übermannt. „Mach doch mal kurz die Augen auf. Ich sage dir nicht, was du tun sollst. Ich sage dir nur, was ich gerne möchte, dass du tust. Verdammt, ich will nicht, dass du irgendwo anders in diesem verdammten Land hingehst, weil ich will, dass du hierbleibst. Aber vor allem möchte ich, dass du hier bleiben willst. Dass du hier bei mir bleibst, ist das, was ich verdammt noch mal möchte. Verstehst du, was ich damit sagen will?"

Jesus, dieses Mädchen scheint mit der Gabe geboren, einen in den Wahnsinn zu treiben. Aber als ich ihren Gesichtsausdruck sehe, der in einem Sekundenbruchteil von wütend zu ängstlich wechselt, bereue ich die Härte und Unverblümtheit meiner Worte.

Sie hat verstanden, was ich sagen wollte.

Ich reibe mir mit einer Hand über das Gesicht und atme tief durch, um mich etwas zu beruhigen. Es ist gut möglich, dass ich einen Fehler gemacht habe, als ich die Karten offen auf den Tisch gelegt habe. Aber sie denkt sowieso daran, die Stadt zu verlassen, also würde ich sagen, dass ich hier nichts zu verlieren habe.

„Ich kann mich in dieser Entscheidung nicht nach dir richten." Ihre Stimme ist plötzlich so leise, dass ich sie nicht verstanden hätte, wenn es nicht ganz still im Zimmer wäre. „Das letzte Mal, als ich das getan habe, bin ich allein in einer Stadt gelandet, die ich nicht mochte, und mit einem beschissenen Job obendrein. Einem Job, den ich statt eines anderen angenommen habe, weil Craig in New York leben wollte. Ich werde nie wieder denselben Fehler machen."

Ich brauche ein paar Sekunden, um mich zu beruhigen, als ich den Namen ihres Ex höre, der mein Blut in meinen Adern zum Kochen bringt.

„Dein Problem ist, dass du mich ständig mit ihm vergleichst", schnauze ich und gebe mein Bestes, nicht wieder zu hart zu sein, aber sie macht es mir verdammt schwer.

Ich bin diesem Craig-Trottel noch nie begegnet, aber verdammt, ich wünschte, er stünde direkt vor mir, damit ich ihm die Fresse polieren könnte. Wie so oft.

Die Situationen sind völlig unterschiedlich. Ihr gefällt es hier, das hat sie selbst mehrmals gesagt. Sie hat nur Angst, mir zu vertrauen. Es geht nicht darum, einen Job zu finden. Es geht darum, Ausreden zu finden, um mir nicht zu nahe zu kommen.

„Ich vergleiche dich nicht mit ihm", entgegnet sie abwehrend und steht immer noch ein paar Meter von der Tür entfernt.

Es ist, als müsste sie jeden Moment vor mir und dem Gespräch die Flucht ergreifen können.

„Tust du nicht? Warum hast du dann sofort angenommen, dass ich dir eine Entscheidung auferlegen will, als ich dir gesagt habe, dass ich möchte, dass du bleibst? Das hast du getan, weil du dich immer noch an den ersten Eindruck klammerst, den du von mir hattest. Ich habe dich an ihn erinnert und du glaubst immer noch, dass ich dich irgendwann im Stich lassen werde, weil er es getan hat." Ich gehe einen Schritt auf sie zu, und die Tatsache, dass sie nicht zurückweicht, werte ich als kleinen Sieg. „Lass mich etwas klarstellen, Colleen. Ich bin nicht wie er. Ich bin nicht so ein Typ, glaub mir. Wenn ich so wäre, würde das bedeuten, dass ich bloß ein Junge wäre, der versucht, sich wie ein Mann zu verhalten. Obwohl er nur seine wunderschöne, kluge Freundin verlässt, um mit Papas Geld in der Tasche durch die Welt zu reisen. Und so ein Typ bin ich nicht", wiederhole ich und hoffe, dass das ausreicht, um den Schleier vor ihren Augen zu lüften.

Nach ein paar Sekunden schüttelt sie langsam den Kopf. „Nein. Nein, das bist du nicht", flüstert sie, als hätte sie endlich etwas verstanden.

„Nein", bestätige ich. „Ich bin ein Mann, und ich weiß, was ich will. Ich weiß, wenn ich etwas habe, das es wert ist, daran festzuhalten." Ich schaue ihr direkt in die Augen, damit sie weiß, dass ich von ihr spreche. „Dein Ex ist ein Idiot, der vielleicht nicht einmal erkennt, was für einen großen Fehler er an dem Tag gemacht hat, als er dich verlassen hat. Aber die Wahrheit ist, Engel, ich bin verdammt froh, dass er ein Idiot ist, denn das bedeutet, dass ich dich jetzt bei mir haben kann. Und ich habe es satt, dass du mich aus den falschen Gründen auf Abstand hältst. Wenn du wirklich nicht mit mir zusammen sein willst, dann werde ich nicht versuchen, dich aufzuhalten. Aber wenn es deine Angst ist, wieder verletzt zu werden, die dich dazu bringt, gehen zu wollen, dann werde ich bis zum Schluss um dich kämpfen."

Sie hat sich immer noch nicht bewegt und ich rühre mich auch nicht vom Fleck, obwohl ich sie am liebsten in meine Arme ziehen würde.

„Ich habe Angst, wieder allein zu sein", gibt sie nach einem Moment zu und klingt jetzt verletzlich, ohne ihren schützenden Panzer aus Wut. „Es geht weniger darum, wieder verletzt zu werden, als wieder allein zu sein. Als er mit mir Schluss gemacht hat und ich allein in das Flugzeug steigen musste …" Sie schweift ab und lacht, ich spüre ihr Unbehagen. „Ich hatte während des gesamten Fluges meine Sonnenbrille auf, weil meine Augen so geschwollen und rot waren. Ich hatte die letzten vierundzwanzig Stunden damit verbracht, zu weinen, sowohl wegen der Trennung als auch, weil ich wusste, dass ich allein in New York sein würde. Und obwohl ich nicht glücklich darüber bin, meinen ersten Job auf diese Weise zu verlieren, bin ich froh, dass es mir die Möglichkeit gibt, mich näher bei Camryn niederzulassen. Aber wenn ich in Twican bleibe … Wenn ich bei dir bleibe und du dich mit mir langweilst …“

„Langweilst?“ Ich unterbreche sie. Ich kann nicht zulassen, dass sie so etwas behauptet. „Ich kriege dich nicht aus meinem Kopf, Colleen. Du bist schon seit Monaten da oben.“ Ich tippe mir mit einem Finger an die Schläfe. „Scheiße, bald ist es ein ganzes Jahr her, dass ich dich kennengelernt habe, und du bist seit diesem Tag in meinen Gedanken. Und das ist noch nie passiert, schon gar nicht mit einem Mädchen, das kaum in der Stadt war. Seit letztem Sommer laufe ich in diesem Zimmer herum wie ein eingesperrtes Tier und wünsche mir, du wärst hier. Seitdem ich dich das erste Mal bei mir hatte, habe ich das Gefühl, dass hier etwas fehlt. Und je mehr ich mit dir telefoniert habe, dich kennen gelernt habe, desto schwerer fiel es mir, dich nicht in New York abzuholen und hierher zu bringen, ob du damit einverstanden warst oder nicht. Der einzige Grund, warum ich es nicht getan habe, war, weil ich wusste, dass dein Job wichtig ist, und weil ich wusste, dass du niemanden datest. Aber jetzt bist du hier und in New York wartet nichts auf dich. Also, wie schon gesagt, du willst nicht mit mir zusammen sein? Dann lasse ich dich gehen“, teile ich ihr mit, obwohl mein Bauchgefühl mir sagt, dass sie sehr wohl mit mir zusammen sein will. „Aber wenn du versuchst, wegzulaufen, weil du Angst hast, wirst du dich ganz schön wehren müssen, um mir zu entkommen. Denn was würde es am Ende bringen, davonzulaufen? Du wärst sowieso wieder allein.“

Plötzlich sieht sie verloren aus. Langsam geht sie zum Bett und setzt sich hin. Ihr leerer Blick fällt auf den Boden und die Traurigkeit und Niedergeschlagenheit brechen mir das Herz.

Das war nicht mein Ziel.

Ich setze mich neben sie und versuche, einen Weg zu finden, diesen Blick aus ihren Augen zu vertreiben, aber kaum habe ich meinen Hintern auf das Bett gesetzt, beginnt sie zu sprechen. „Ich hätte Silvester hierherkommen können." Wieder sind es Worte, die ich nicht erwartet habe, und mein Gehirn schwirrt vor Verwirrung, bis sie fortfährt, wobei ihr Blick kurz zu mir flackert. „Meine Chefin hat mir ein paar Tage frei gegeben, sodass ich hierher hätte fliegen können. Nach der Schießerei habe ich mich dagegen entschieden. Ich hatte solche Angst, dass dir etwas zugestoßen ist. Selbst nachdem ich mit dir geredet hatte, bin ich durchgedreht, obwohl ich wusste, dass es dir gut geht. Ich habe auf dem Boden gelegen und geweint und mir wurde klar, dass ich dich eines Tages verlieren könnte. Nicht nur, weil du mit mir Schluss machen könntest, sondern weil dir etwas Schreckliches zustoßen könnte. Ich beschloss, wegzubleiben, weil ich mich nicht an dich binden wollte. Ich wusste, dass das nur ein weiterer großer Fehler in meinem katastrophalen Liebesleben sein würde. Das konnte ich nicht zulassen", betont sie erneut und beendet ihr Geständnis mit einem Flüstern.

Ich wusste, dass an diesem Tag etwas nicht stimmte. Ich konnte es an ihrer Stimme hören, auch als ich sie später noch einmal anrief. Ich dachte nur, sie sei geschockt gewesen von dem, was mit Alex passiert war.

„Aber es war doch schon längst vorbei", sage ich leise.

Ihr Blick ist immer noch auf den Boden gerichtet, als sie mit einem gedämpften Ausatmen antwortet. „Ja."

„Was willst du, Engel?"

Das ist die einzige Frage, die ich jetzt noch stellen kann. Sie hat Gefühle für mich. Ich weiß es. Sie weiß es auch. Jetzt muss sie eine Entscheidung treffen. Entweder sie lässt sich auf die Sache mit mir ein, oder sie läuft davon.

Ihre schönen haselnussbraunen Augen verlassen den Boden und sie sieht mich endlich an. „Ich will dich, aber ich habe Angst, dich zu verlieren."

Da. Sie gibt es zu. So viele verdammte Monate später gibt sie die Wahrheit zu. Sie will mich.

Mit einer schnellen Bewegung, die ein überraschtes Keuchen hervorruft, drücke ich sie auf mein Bett. „Glaubst du, ich habe keine Angst, dich zu verlieren? Selbst jetzt, wo du hier bist, tue ich alles, was ich kann, um den Anruf zu vergessen. Es ist einfach unmöglich. Was ich gefühlt habe …" Ich schlucke schwer und spüre den schmerzhaften Stich in meinem Herzen wieder. Aber sie muss wissen, was in diesem Moment in mir vorgegangen ist. „Ich hatte das Gefühl, sterben zu müssen. Dein Schrei und der Schuss waren alles, was ich hören konnte, nachdem der Anruf unterbrochen wurde. Ich habe den Verstand verloren. Ich bin zu ihrer Bar gefahren, wohl wissend, dass ich am Ende mit Kugeln durchsiebt sein würde, aber das war mir völlig egal", gestehe ich wahrheitsgemäß, aber ich bereue meine Offenheit, als sie ihr Gesicht sorgenvoll verzieht. „Alles, was mich interessiert hat, warst du. Die Schuldgefühle haben so sehr an mir genagt, dass ich das Gefühl hatte, sowieso zu sterben“, gestehe ich ihr, was ich schon seit Tagen für mich behalte.

Sie runzelt die Stirn. „Was? Warum solltest du dich schuldig fühlen?“

„Als CJ diesen Schwachsinn erzählt hat, dass du mir und dem Club nichts bedeutest, hätte ich mir gewünscht, ich wäre da gewesen, um diesen Bastard in Stücke zu reißen“, knurre ich, aber meine Stimme wird weicher, als ich fortfahre. „Du bedeutest mir alles und du gehörst zum Club, genau wie Cam. Daran solltest du nicht zweifeln. Aber mit einer Sache hatte CJ recht. Ich habe dich nicht beschützt. Ich war nicht da, um dich zu verteidigen, und das wird nie wieder passieren“, verspreche ich ihr.

„Niemand konnte wissen, dass CJ mich aufsuchen würde.“

„Ich hätte es wissen müssen“, erwidere ich sofort. „Ich hätte es für möglich halten müssen, denn der Typ ist verdammt krank, und ich hätte wissen müssen, dass er früher oder später frustriert sein würde, weil er nicht an Camryn herankommt. Wir alle hätten wissen müssen, dass es ein Risiko ist. Was passiert ist, ist meine Schuld“, sage ich.

„Da bin ich anderer Meinung“, entgegnet sie und schüttelt den Kopf. „Aber da du so stur bist, wirst du nicht nachgeben, also wie wäre es, wenn wir das Thema wechseln. Ich möchte diesen Tag sowieso am liebsten ganz vergessen.“

Das ist noch etwas, wofür CJ bezahlen wird. Sie kämpft mit dem, was passiert ist. Deshalb möchte sie es am liebsten ganz aus ihrem Gedächtnis streichen, obwohl sie weiß, dass das nicht möglich ist. Sie muss das, was geschehen ist, verarbeiten. Aber darauf werde ich jetzt nicht eingehen. Wenigstens ist sie letzte Nacht nicht von Albträumen geweckt worden.

„Okay", lenke ich ein. „Wir können zu unserem Gespräch darüber zurückkehren, dass du in eine neue Stadt in North Dakota oder Alaska ziehen willst", schlage ich vor.

Mit einer hochgezogenen Augenbraue lächelt sie. „Wer reagiert jetzt über?"

Ich grinse, aber ich meine es todernst, als ich sie warne. „Wenn du wegläufst, werde ich dich finden und dich zurückbringen. Es ist Jahre her, dass ich über die Straßen von North Dakota gefahren bin, und ich war noch nie in Alaska." Sie lacht, und ich sehe, wie sich ihr wunderschönes Gesicht erhellt, bevor ich sage: „Du gehörst zu mir, Engel. Ich habe lange genug gewartet, und jetzt, wo du hier bist, werde ich dich nicht aufgeben." Meine Mutter hat immer gesagt, wenn man etwas so sehr will, findet man einen Weg, hart genug dafür zu kämpfen, um es zu bekommen. Und sie hatte recht. „Ich will dich hier bei mir haben. Ich will mit dir in meinem Bett aufwachen. Und ich meine mit dir, nicht mit Luna, die an meinem Gesicht schnüffelt, wie heute Morgen. Ich glaube, sie hat mir sogar die Wange abgeleckt."

Ich schwelge in einem weiteren ihrer strahlenden Lächeln, das genau dort bleiben muss, wo es ist.

„Beschwere dich nicht", sagt sie. „Das bedeutet, dass sie dich mag."

Ich schnaube. „Ich bin froh, das zu hören, schließlich habe ich ihren pelzigen Hintern aus dem Tierheim gerettet." Ich grinse, bevor ich hinzufüge: „Aber ich würde lieber mit deiner Zunge an mir aufwachen."

„Ist notiert." Sie lächelt aufreizend.

„Aber ich habe es ernst gemeint, Engel. Ich werde dich nicht aufgeben."

Ihr Gesichtsausdruck wird nüchterner, und nach ein paar Sekunden sagt sie: „Okay."

Kapitel 15

„**O**kay?", plappert er mir nach. „Das heißt … Du bleibst? Es bedeutet, dass du bleibst?", wiederholt er.

Offensichtlich dachte er, ich würde mich für die andere Option entscheiden: weglaufen.

„Ich bleibe", bestätige ich. „Aber wenn ich dich dabei erwische, wie du dich an eine andere ranmachst, werde ich diejenige sein, die dich zur Strecke bringt. Und das wird nicht schön. Es wird sogar sehr hässlich. So unschön, dass ich dir den Kopf rasieren werde, bevor ich deine Haare zusammen mit deinem Motorrad verbrenne."

Sein kehliges Lachen, das ich in den letzten neun Monaten so gut wie möglich zu hassen versucht habe, vibriert auf meiner Brust, während er seinen Körper enger an meinen schmiegt. Es scheint, als hätte ich dieses Lachen im Laufe der Zeit lieben gelernt, denn ein breites Lächeln verzieht mein Gesicht in diesem Moment beinahe bis zur Schmerzgrenze.

„Keine Sorge", beteuert er, als sein Lachen langsam verebbt. „Du bist die Einzige, die in den Genuss meiner Reize kommt."

Oh Mann. Vielleicht hätte ich es bei Okay belassen und die Drohung übergehen sollen.

„Ich kann es kaum erwarten", sage ich tonlos und er lacht wieder.

Diesmal verstummt sein Ausbruch abrupt, als seine Lippen auf meine treffen.

Er füllt die Leere aus. So fühlt es sich an, wenn ich mit ihm zusammen bin. Ob es nun seine Küsse sind oder nur seine Anwesenheit, er füllt die Leere in meinem Herzen. Er vertreibt die Einsamkeit, die ein wesentlicher Teil meines Lebens war, seit ich nach New York gezogen bin. Er füllt diese Leere nun schon seit einer Weile. Wahrscheinlich seit dem Tag, an dem ich ihn kennengelernt habe und er mich mit seiner verspielten, unbekümmerten Art auf die Palme gebracht hat. Jetzt kann ich nur hoffen, dass ich die richtige Entscheidung getroffen habe, mich ihm ganz hinzugeben. Irgendwie wird wohl immer eine gewisse Angst in mir zurückbleiben. Aber nicht, weil ich ihm nicht vertraue. Ich glaube, dass er mir treu ist. Es wird immer eine Restangst bleiben, weil ich immer befürchten werde, ihn zu verlieren.

Diese Gedanken halten sich jedoch nicht lange in meinem Kopf. Als er mit seinen Händen über meinen Körper wandert, als würde er ihn zum ersten Mal entdecken, sind alle klaren Gedanken wie weggefegt. Und seltsamerweise fühlt es sich an, als würde er mich zum allerersten Mal berühren. Seine Hand ist warm, als sie sich unter mein Hemd schleicht und meine bloßen Brüste streift. Seine Berührung war noch nie so überwältigend wie jetzt. Sie unterwirft meinen Körper voll und ganz, der vor Lust unkontrolliert zittert. Mein Stöhnen wird von unserem Kuss gedämpft, als er seine Hüften auf mich drückt und mich noch fester zwischen sich und der Matratze gefangen hält. Er hat kaum begonnen, mich zu berühren, aber meine Geduld hängt bereits am seidenen Faden. Und die Tatsache, dass seine Boxershorts der einzige Stoff sind, der seinen sinnlichen Körper bedeckt, hilft auch nicht. Die Shorts müssen weg.

Doch als ich nach unten greife, um sie aus dem Weg zu räumen, lässt mich ein energisches Klopfen an der

Tür aufschrecken, und unser Kuss wird unterbrochen.

Mein Gott, warum müssen sie immer so an die Tür hämmern mit ihren Pranken. Der Raum ist kaum zehn Quadratmeter groß, um Himmels willen.

Atemlos beruhigt mich Ben: „Es ist alles in Ordnung." Dann ruft er über seine Schulter. „Ja?"

„Ich habe den Brenner", sagt Blane von der anderen Seite der Tür.

„Danke, Mann. Wir sind gleich unten."

„Und Cam fragt, ob ihr mit ihnen zum *Dona's* gehen wollt", fügt er hinzu.

Mit *ihnen* sind sie und Nate gemeint, nehme ich an.

„Ja!", antworte ich und als Ben wie ein Kind schmollt, fahre ich fort: „Du hast mich vorhin davon abgehalten, meinen Donut zu essen."

„Wir sind in etwa einer halben Stunde unten", sagt er zu Blane, der etwas von Nachricht ausrichten grunzt und geht.

„Eine halbe Stunde?", frage ich Ben.

„Ich brauche zehn Minuten, um dich hart zu ficken, weil du meinen Schwanz aufgeheizt hast, und du hast zwanzig Minuten, um dich fertig zu machen. Wie hört sich das an, Engel?"

„Das klingt, als ob du aufhören solltest zu reden und dich an die Arbeit machen solltest", rate ich, während ich meinen Hintern hebe, um mich meiner Leggings und meines Slips zu entledigen.

Verlangen glüht in seinen Augen, und er steht auf und streift seine Boxershorts ab, sodass sein Schwanz frei steht.

„Ich kann nicht glauben, dass ich das erst jetzt frage, aber nimmst du die Pille, mein Engel? Es ist verdammt noch mal an der Zeit, dass ich in dieser süßen Pussy komme.“

Gott, ich will das auch. Ich glaube nicht, dass ich ihn fragen muss, ob er clean ist. Tief in mir drin weiß ich die ganze Zeit, dass er seit dem ersten Mal, als wir Sex hatten, keine andere Frau mehr angefasst hat.

Ich habe trotzdem das Bedürfnis, ihn zu fragen. Nur um sicher zu gehen. „Du … ich …“ Ich kann nur dümmlich stammeln.

„Was, Engel? Sag es mir.“

„Du warst mit niemand anderem zusammen, seit wir das erste Mal Sex hatten, richtig?“

„Nein“, sagt er mit entschlossenem Tonfall. „Eigentlich war ich mit niemandem mehr zusammen, seit ich dich das erste Mal gesehen habe.“

Oh …

„Wirklich? Du …“ Ich stocke, denn ich habe angefangen zu reden, aber ich weiß nicht so recht, was ich sagen soll.

„Wirklich. Willst du jetzt noch mehr stammeln oder sagst du mir, ob du die Pille nimmst?“

Ein dümmliches Lächeln breitet sich auf meinem Gesicht aus. „Ich nehme die Pille.“

Es wird kein Wort mehr gesprochen und ehe ich mich versehe, hat Ben mich in seinen Armen und setzt mich auf seiner Kommode ab, meinen Hintern direkt auf der Kante. Instinktiv spreize ich meine Beine, damit er zwischen sie treten kann, und er stößt in mich hinein, ohne eine weitere Sekunde zu verschwenden.

Er zieht mich näher an sich heran und drückt mich an sich, um seinem Versprechen gerecht zu werden. In den folgenden zehn Minuten erzittere ich bei jedem einzelnen seiner Stöße. Genau wie gestern leistet er die ganze Arbeit, um uns die ersehnte Erlösung zu bringen. Wir jagen dem Höhepunkt entgegen, und je mehr wir uns ihm nähern, desto wilder wird Bens Stöhnen jedes Mal, wenn er in mich stößt. Allein seine Laute bringen mich immer näher an den Rand des Äußersten und als er sanft in mein Ohrläppchen beißt, hebe ich komplett ab. Mein Orgasmus durchströmt mich und ergreift meinen Körper in einer so plötzlichen, überwältigenden Explosion, dass ich kaum in der Lage bin, die Wucht der Lust zu ertragen. Ich grabe meine Nägel in seine Schultern, aber ich bin zu hoch in den Wolken, um mich darum zu kümmern.

Meine Muskeln erbeben noch immer heftig, als Bens Bewegung stärker wird, und ein paar Sekunden später geht sein Stöhnen in ein langes Grollen über, als er ein letztes Mal in mich stößt und tief in mir zum Stillstand kommt, kurz bevor mich Wärme erfüllt.

Kaum haben wir den Höhepunkt hinter uns, raunt er: „In diese Pussy zu kommen, ist das verdammt beste Gefühl. Sobald wir zurück sind, gibt es eine zweite Runde."

Das Versprechen und die Ehrfurcht, die in seinem Ton mitschwingen, lassen mich ein leises, sattes Lachen ausstoßen. „Dann habe ich kein schlechtes Gewissen, weil ich bei Dona so viel Süßes gegessen habe."

„Nur zu, mein Engel", stimmt er meinem Plan zu, während er mich wieder auf die Beine stellt. „Jetzt schwing deinen süßen Arsch unter die Dusche", befiehlt er mit einem Klaps auf meinen Hintern und fordert mich auf, mich zu bewegen.

Natürlich grinst er nur, als ich ihm einen finsteren Blick über die Schulter zuwerfe, während ich versuche, meine weichen Beine zur Mitarbeit zu bewegen. Aber ich springe nicht unter die Dusche, weil er es gesagt hat. Ich bin einfach nur total ausgehungert.

***

„Also, Ben“, beginnt Camryn, nachdem sie den letzten Bissen ihrer Pfannkuchen heruntergeschluckt hat. „Hast du irgendwelche Fortschritte dabei gemacht, unser Mädchen davon zu überzeugen, hier zu bleiben?“

Ich neige meinen Kopf zur Seite. „Dir ist klar, dass ich hier bin? Wie wäre es, mich zu fragen?“

„Das kann ich nicht, denn ich will Einzelheiten darüber wissen, wie er vorhat, dich zum Einknicken zu bringen. Wenn das nicht reicht, werde ich ihm helfen. Also, Ben?“, weist sie mich ab.

„Du solltest mich besser kennen, Liebes. Ich brauche keine Hilfe“, mischt sich Ben ein und ich bin mir sicher, dass selbst die Gäste auf der gegenüberliegenden Seite des Diners seine Überheblichkeit spüren können. „Ich habe nur fünf Minuten gebraucht, um sie zu überzeugen.“ Er grinst mich an.

„Erstens waren es zehn“, korrigiere ich ihn. „Und ich wünsche mir gerade, ich könnte in der Zeit zurückgehen und dir stattdessen ein Knie in die Eier rammen.“

Er zuckt zusammen und tut so, als würde er erschaudern. „Das klingt nicht sehr verlockend. Ich mag es lieber, wenn du …“

„Halt die Klappe!“ Ich schnaufe, während ich ihm aus einem Reflex heraus mit der Hand den Mund zuhalte. Ich spüre, wie er lacht, und kann mein eigenes

Lachen nicht unterdrücken, während ich ihm sage: „Du hast Probleme. Ernsthaft."

„Wie ich sehe, habt ihr hier alle Spaß."

Ich lasse Bens versautes Mundwerk los und werfe ihm einen warnenden Blick zu, bevor ich meine Augen auf die Stimme richte, die einen starken Südstaateneinschlag hat.

Dona steht neben dem Tisch, ein Lächeln umspielt ihr Gesicht.

„Es ist nur Ben, der vergessen hat, erwachsen zu werden", sage ich ihr.

„Ich verstehe." Sie nickt. „Wollt ihr alle noch ein paar Pfannkuchen oder Eier, damit ein paar Münder gestopft sind?", zwinkert sie Ben zu, der nur stolz grinst.

„Für mich gibt es nichts mehr zu essen", sagt er. „Mein Mädchen wird ihre Meinung ändern und den ersten Flug nach Gott weiß wohin nehmen, wenn ich mich gehen lasse."

„Ziehst du hierher?", fragt mich Dona.

„Sieht so aus", antworte ich, während Cam kurz davor ist, lauthals zu quieken.

„Ich nehme an, du bist glücklich." Dona kichert, ihren Blick auf meine beste Freundin gerichtet.

„Das bin ich", bestätigt sie und lächelt von einem Ohr zum anderen. Doch als Nate nach seinem vibrierenden Handy greift, das er vorhin auf den Tisch gelegt hat, löst ein Stirnrunzeln ihr Lächeln ab. „Ich wusste, dass sie dich irgendwann brauchen würden."

„Tut mir leid, Babe. Es ist Jayce", sagt er ihr, bevor er abnimmt.

„Solltest du nicht eigentlich bei der Arbeit sein?", frage ich Cam, während Dona weggeht, als ein Kunde nach ihr ruft.

„Ich habe mich krankgemeldet, als ich noch dachte, mein Ex-Verlobter hätte meine beste Freundin umgebracht.“

„Hurensohn“, faucht Nate, und ich bemerke, dass sich seine Gesichtszüge verfinstert haben. „Wir setzen die Mädchen ab und machen uns auf den Weg.“

Er legt auf, ohne sich zu verabschieden und ein fester Knoten bildet sich in meinem Magen.

Cam steht sofort auf und ich folge ihrem Beispiel, während Ben ruhig spricht, auch wenn seine Stimme eine gewisse Schärfe aufweist. „Was ist passiert?“

„Der Laden brennt“, sagt Nate nur.

„Oh Gott“, stoße ich hervor.

„Ist schon gut, Engelchen.“ Ben versucht, mich mit einem beruhigenden Tonfall zu beschwichtigen, aber es klappt nicht. „Wir bringen euch beide zurück in den Club und fahren hin.“

„Schon gut? Es ist nicht … Ist jemand verletzt?“, frage ich Nate.

„Ich weiß es noch nicht“, sagt er mit fester Stimme und wendet seine Aufmerksamkeit wieder seinem Telefon zu, als es erneut summt. Er hebt sofort ab. „Wir sind auf dem Weg“, sagt er zu Jayce, oder zu wem auch immer in der anderen Leitung, während wir das Diner verlassen und zu den Motorrädern eilen. „Verletzte?“, fügt er hinzu und es entsteht eine kleine Pause. „Also gut. Wir sind auf dem Weg.“ Er legt auf. „Niemand ist verletzt worden.“

„Gott sei Dank.“ Cam atmet erleichtert aus.

„Los geht's“, sagt Ben und ich steige zur gleichen Zeit wie er auf sein Motorrad.

Die Fahrt zurück nach Hause vergeht wie im Flug. Die fünfzehn Minuten, die wir brauchen, um dorthin zu gelangen, verbringe ich damit, mich so fest an Ben zu klammern, dass es ihm bestimmt wehtut. Wenn das der Fall ist, lässt er es sich nicht anmerken und sagt nichts, als er sein Bike im Club anhält, nur ein paar Meter von der Eingangstür entfernt.

„Ich bin so schnell wie möglich wieder da. Kommst du klar?", erhebt er seine Stimme, um das Dröhnen des Motorrads zu übertönen.

Ich nicke nur, weil ich mir nicht sicher bin, ob ich jetzt noch etwas sagen kann.

Die Wahrheit ist, dass es mir jetzt schon nicht gut geht.

Er dreht sich zu Nate um und zwischen den beiden entspinnt sich ein leises Gespräch, obwohl sie ihre Helme aufhaben. Nate nickt und fährt los, während Ben von seinem Motorrad absteigt und sich seines Helms entledigt.

„Sprich mit mir."

Im ersten Moment kann ich keine Worte bilden. Ich bin mir einfach nicht sicher, wie ich erklären soll, was ich fühle.

„Es ist … Ich mache mir Sorgen", sage ich schließlich, obwohl ich mehr Todesangst als Sorgen habe. „Das klingt gefährlich. Der Laden brennt und du verschwindest in aller Eile. Das ist beunruhigend."

Mit seiner sanften Hand streicht er kurz über meine Wange, während er ruhig spricht. „Alle sind raus und Feuerwehr und Polizei haben sich sicher schon dort versammelt. Es gibt keinen Grund, sich Sorgen zu machen. Wir werden sehen, ob wir etwas tun können. Irgendetwas, das wir retten können. Ich bin im Handumdrehen wieder da, versprochen."

Ich nicke. „In Ordnung."

„Hey, alles klar?“, fragt er. „Ich werde doch nicht zurückkommen und mein Zimmer leer vorfinden?“, lächelt er, aber es ist ein schmales Lächeln.

„Nein“, flüstere ich und schaffe es, selbst zu grinsen, und bevor ich mich zurückhalten kann, drücke ich meinen Körper an seinen und halte mich so innig wie möglich an ihm fest, auch wenn es nur für ein paar Sekunden ist. „Okay, du kannst jetzt gehen.“

Vor ein paar Stunden habe ich mir noch ausgemalt, nicht in Twican zu bleiben und die Gefühle für ihn einfach in den Wind zu schießen. Und jetzt habe ich Angst, ihn wegfahren und nicht wiederkommen zu sehen. Wie ist das überhaupt möglich?

Er sieht hin- und hergerissen aus, aber er muss sich mit seinen Brüdern treffen. Schließlich setzt er sich wieder auf sein Motorrad und fährt los.

„Er hat recht“, höre ich jemanden hinter mir sagen. Ich drehe mich um und sehe, dass Cam an der Haustür steht und auf mich wartet. „Es wird alles gut gehen.“

„Ich liebe ihn“, stoße ich hervor, was ich mir gerade erst selbst eingestehe.

„Ich weiß.“ Sie lächelt sanft.

Natürlich weiß sie es. Wahrscheinlich wusste sie es schon vor mir. So viel zum Versuch, es zu verbergen.

Kapitel 16

Ben

Die Reifen erhitzen sich auf dem Asphalt. Seit ich aus dem Club gerast bin, fahre ich mit Vollgas auf der Straße. Als ich anhalte und mein Motorrad bei meinen Brüdern abstelle, ist Nate bereits in ein Gespräch mit Jayce und Cody auf der anderen Straßenseite des Ladens vertieft.

Es ist verdammt gut, dass der Laden in einer ziemlich abgelegenen Gegend gebaut wurde. Er liegt in der Wüste und das nächste Gebäude – ein Diner am Straßenrand, das jeden Tag von vielen Lastwagenfahrern besucht wird – ist etwa dreihundert Meter entfernt. Ein Blick auf die Flammen, die sich unbarmherzig durch jeden Zentimeter des Grundstücks fressen, genügt, um sich vorzustellen, wie schnell das Feuer auf die angrenzenden Gebäude hätte übergreifen können. Die Feuerwehrleute sind damit beschäftigt, das Feuer unter Kontrolle zu bringen, aber zum jetzigen Zeitpunkt könnten sie ihm auch einfach freien Lauf lassen. Ich bin mir nicht sicher, ob sie noch etwas tun können, um den Schaden zu begrenzen.

Diese Mistkerle.

Nicht die Feuerwehrleute, natürlich. Die Spiders. Ich kann es kaum erwarten, diese Bastarde einen nach dem anderen ins Grab zu bringen. CJ zuerst. Oder vielleicht zuletzt. Nachdem wir ein bisschen mit dem Mistkerl gespielt haben.

„Wir haben nicht mal einen Versuch mit dem Feuerlöscher unternommen", höre ich Codys Stimme, als ich mich meinen Brüdern nähere. „Ich weiß nicht, was für einen Brandbeschleuniger die Wichser benutzt haben, aber das Feuer hat sich zu schnell ausgebreitet, als dass wir etwas hätten ausrichten können. Nicht mit den Autos darin. Einer ihrer Feuerbälle hat eine Werkbank getroffen. Das Ding ging im Nu in Flammen auf, und das Feuer hat auf das danebenstehende Auto übergegriffen. Ich konnte nicht riskieren, dass es in die Luft fliegt, während die Jungs drinnen sind, also habe ich allen gesagt, sie sollen sich verpissen."

Nates Aufmerksamkeit ist auf Cody gerichtet, während Jayce auf den Laden schaut, was mir verrät, dass er Codys Bericht wahrscheinlich schon gehört hat.

„Das war die einzig richtige Entscheidung", sagt Nate, bevor er mich bemerkt und mich besorgt ansieht. „Wie geht's Colleen?"

„Ist etwas passiert?", fragt Cody, dessen Körper sichtlich steif wird, während sich seine Augen bereits mit Mordlust füllen.

Er ist nervös, seit sie Lilly fast getötet hätten. Wir alle haben unsere Gründe, die Spiders vernichten zu wollen, aber seine reichen weit zurück.

Lilly war die beste Freundin von Cams leiblicher Mutter. Sie und Cody waren zusammen, als Mary vor mehr als fünfundzwanzig Jahren beschloss, aus der Stadt zu verschwinden. Lilly entschied, mit ihr wegzulaufen, um sie nicht allein zu lassen, und sie kehrte erst letzten Sommer in die Stadt zurück, als sie erfuhr, welchen Gefahren Cam ausgesetzt war. Sie enthüllte einige Wahrheiten über die verfahrene Situation mit Cam, Rod und Connor und ist seitdem nicht mehr weggegangen. Sie und Cody waren noch nicht einmal zwanzig Jahre alt, als sie ging, aber wenn man sie jetzt zusammen sieht, könnte man meinen, sie hätten nie eine Minute getrennt voneinander verbracht. Er ist nicht mehr von ihrer Seite gewichen, seit sie zurückgekommen ist. Letztes Weihnachten hat er ihr sogar einen Ring an den Finger gesteckt und nächsten Winter werden sie heiraten, denn das ist es, was Lilly will. Eine Weihnachtshochzeit.

„Es ist nichts passiert", sage ich ihm. „Sie ist nur besorgt. Sie ist solche Situationen nicht gewohnt, das ist alles", erkläre ich, während ich mir wünsche, dass sie einfach nicht mit solchen Ereignissen konfrontiert werden müsste. Ich hasse es, dass sie in den letzten Tagen wegen des Clubchaos durch die Hölle gegangen ist, aber ich kann nichts dagegen tun. Wir haben jetzt keine Zeit, uns mit diesem Scheiß zu beschäftigen, also lenke ich das Gespräch wieder auf das eigentliche Thema. „Ich will dich nicht nötigen, alles zu wiederholen, aber hat jemand etwas gesehen?"

„Einen blauen Lastwagen. Das ist der einzige Anhaltspunkt, den wir haben. Ein abgewrackter Pickup-Truck. Als wir gemerkt haben, was los war, ist der Laster mit quietschenden Reifen davongerast. Bill glaubt, einen der Männer gesehen zu haben, der eine Kapuze getragen und sein Gesicht mit einer Art Halstuch verborgen hat, aber das war's."

Bill ist einer unserer Mechaniker. Er arbeitet schon seit zwanzig Jahren für den Club, lange bevor ich selbst Isaac kennengelernt habe.

„Es ist ja nicht so, als hätten wir nicht gewusst, dass sie ein Haufen Feiglinge sind", knurrt Liam, der neben Blane auf uns zukommt.

„Es wurde also niemand verletzt?", frage ich sie.

„Nein", antwortet Cody. „Aber nur, weil wir schnell gehandelt haben. Ich habe Melvin aus dem

Hinterzimmer geholt. Er hat die Bestellungen für Karls nächste Lieferungen bearbeitet. Wir haben die Autos, die direkt vor dem Laden geparkt haben, weggeschafft, um wenigstens die zu retten, und hier sind wir nun. Ich habe die Mechaniker nach Hause geschickt, nachdem sie von der Polizei befragt wurden. Ich habe ihnen gesagt, dass ich mich heute noch melden werde."

„Wir können es uns nicht leisten, sie wegen dieser Sache zu verlieren", sage ich.

„Werden wir auch nicht", versichert Nate. „Egal, wie lange es dauert, bis wir wieder öffnen können, sie werden wie immer bezahlt."

„Was ist mit den Bullen?" Ich neige mein Kinn in Richtung der beiden Streifenwagen, die am Straßenrand geparkt sind, während sich die Polizisten lässig auf die Motorhaube lehnen.

„Keine Verletzten, also lassen sie es gerne dabei bewenden", sagt Jayce. „Sie werden abziehen, wenn die Feuerwehrleute abrücken und das Feuer als Brandstiftung melden, ohne Fragen zu stellen, damit wir keine Probleme mit der Versicherung bekommen. Es ist ohnehin kriminell", fügt er hinzu.

„Ich habe vorsichtshalber ein paar Nachforschungen über den Truck angestellt", schaltet sich Blane ein. „Ein blauer Pick-up wurde gestern von einem Bernie Waltz gestohlen, einem pensionierten Pferdezüchter ein paar Städte weiter."

„Keine Überraschung", brummt Jayce. „Blane, du arbeitest weiter an den Spiders, aber das dringendste Problem sind im Moment unsere Kunden. Hast du die Informationen über die Leute, deren Autos heute drin waren?", fragt er Cody.

„In meinem Handy", bestätigt er.

Gut, dass Cody der am besten organisierte und weitsichtigste Mann ist, den ich kenne. Wäre ich es gewesen, wäre jede Spur von Namen und Telefonnummern schon längst verschwunden. Zu Asche zerfallen. Cody? Er ist der Typ, der wichtige Dinge in seinem Telefon, auf mehreren Computern und auf einer Handvoll Flash-Laufwerken speichert, die er an verschiedenen Orten aufbewahrt, nur um sicherzugehen.

Okay, vielleicht hat er nicht eine Handvoll Flash-Laufwerke, aber so in der Art eben.

„Wie viele Autos?", fragt Nate.

„Drinnen nur drei, denn Bill und Stu hatten die, an denen sie vor der Mittagspause gearbeitet haben, gerade nach draußen gebracht. Da war eine durchschnittliche Limousine, drei Jahre alt. Die beiden anderen waren ramponierte Autos, nicht viel wert. Gut, dass wir nichts Wertvolleres wie einen Oldtimer dabei hatten, aber das Problem ist, dass die Kunden der alten Autos nicht viel mehr als eine Kleinigkeit von ihrer Versicherung bekommen werden."

„Vergiss die Versicherungen", erwidert Jayce. „Wir entschädigen die Limousine mit einem Scheck im Wert eines Neuwagens. Für die beiden anderen zwanzigtausend. Das wird sie davon abhalten, in der Stadt schlecht über den Laden zu reden. Kannst du dich so schnell wie möglich darum kümmern?", fragt er Cody.

„Ich rufe sie gleich an und frage, wann ich ihnen das Geld vorbeibringen kann."

Jayce nickt ihm schnell zu, und Cody geht weg.

„Wir können hier nichts tun, bis das Feuer gelöscht ist", sagt Jayce. „Ich bleibe hier bei Cody, bis die Feuerwehrleute und die Bullen weg sind. Einige von euch holen Geländewagen her, wenn wir uns melden. Wenn irgendetwas von den Flammen verschont wurde, werden wir es wegbringen. Ein paar Jungs bleiben im Club, um die Lage im Auge zu behalten. Ich glaube nicht, dass sie so dumm sind, dort etwas zu unternehmen, aber zum jetzigen Zeitpunkt würde ich nicht darauf wetten."

„Blane, Liam, Melvin und ich fahren zurück", beschließt Nate. „Brent und Ben, ihr bleibt bei den Mädchen zu Hause."

Ich könnte nicht glücklicher sein. Es ist nicht so, dass ich meinen Brüdern nicht helfen will, aber Colleen zurückzulassen, während sie so verletzlich aussieht, hätte mich fast zerrissen.

„Sei vorsichtig", sage ich zu Jayce, bevor ich zu meinem Motorrad zurückjogge.

Ich steige auf und als die Motoren um uns herum laut aufheulen, fahre ich los, und meine Brüder folgen meinem Beispiel. Während ich beschleunige, sind meine Gedanken bei Colleen. Ich fahre dreißig Stundenkilometer über dem Tempolimit und der einzige Grund, warum ich nicht noch schneller fahre, ist, dass ich mein Mädchen unversehrt erreichen will. Aber wir sind noch nicht einmal ein paar Minuten zurück in Richtung Club gerast, als ein heller Fleck meinen Blick von der Straße ablenkt und ich etwas am Straßenrand entdecke.

Züngelnde Flammen verdecken die Karosserie dessen, was vor nicht allzu langer Zeit noch ein Lastwagen war. Schwarzer Rauch schlängelt sich in die Luft und verbreitet sich zu einem dichten Nebel, der den wolkenlosen Himmel verdunkelt.

Vorsichtig, um einen angemessenen Abstand zwischen mir und dem brennenden Fahrzeug zu halten, weiche ich mit meinem Motorrad aus und halte an. Ich brauche keinen Blick hinter mich zu werfen, um zu wissen, dass meine Brüder es mir gleichtun, und ich muss nicht mit ihnen reden, um zu ahnen, was sie denken.

Der Lastwagen, der bald nur noch ein Haufen geschmolzenes Metalls sein wird, ist derjenige, mit dem die Spiders den Laden überfallen haben.

„Vorsichtig", mahnt Nate, während wir alle unsere Waffen ziehen.

Die Scheißkerle könnten immer noch da sein und darauf warten, dass wir mit beiden Beinen in die Falle tappen. Ehrlich gesagt bin ich skeptisch, ob einer von ihnen genug Mumm hat, so etwas zu versuchen, aber Vorsicht ist besser als Nachsicht, oder?

Aus dem Augenwinkel sehe ich, wie Blane an mir vorbeigeht und auf der linken Seite des Trucks verschwindet. Mit der Waffe im Anschlag gehe ich auf die andere Seite des Wagens.

„Sicher", sage ich zu den Jungs.

„Hier auch", bellt Blane.

„Ich hoffe, der gute alte Bernie hing nicht sentimental an seinem Pick-up", sage ich tonlos. „Die Wichser waren vor nicht allzu langer Zeit noch hier. Der Truck war nicht da, als ich vor nicht mal zehn Minuten vorbeigefahren bin."

„Ich rufe Jayce an, damit die Bullen sich darum kümmern können. Hier gibt es nichts für uns zu tun", sagt Nate.

„Warte einen Moment", drängt Blane.

Er schreitet auf das zu, was er gesehen hat, und ich folge seinem Blick, um etwas zu erkennen, das unter den sengenden Sonnenstrahlen der Wüste glänzt.

Ein Messer.

„So haben wir den Zettel gefunden, wo Lillys Auto stand“, zischt Liam.

Das Messer steckt in der Erde, damit das, was wie ein Stück Papier aussieht, nicht wegfliegt. Blane nimmt es in die Hand und liest, was auch immer darauf geschrieben steht, wobei sein Gesichtsausdruck unverändert hart bleibt. Er sagt kein Wort, als er mir das Papier überreicht.

Ein Laden weniger.

„Verdammter Mist“, knurre ich. „Da steht '*Ein Laden weniger*'“, sage ich meinen Brüdern.

„Sie sind darauf aus, uns zu ruinieren“, wettert Liam erneut.

„Und sie haben immer noch nicht genug Mumm, um uns offen anzugreifen“, fügt Brent hinzu.

„Glaubst du, sie wissen etwas über unsere Nebengeschäfte?“, frage ich, obwohl ich mir nicht vorstellen kann, wie das möglich sein soll.

„Verdammt unwahrscheinlich“, versichert Blane. „Selbst wenn sie einen begabten Hacker hätten, der in unsere Telefone und meine Computer eindringen könnte, hätten sie dort nichts gefunden. Zumindest nichts, was ihnen einen Hinweis darauf geben könnte, was wir tun.“

Ich schäme mich nicht, es zuzugeben: Ich bin dumm, wenn es um IT geht. Aber Blane weiß, was er tut, also zweifle ich nicht eine Sekunde an ihm.

„Das wäre das Geschäft, in das sie sich eingemischt hätten, wenn sie etwas davon gewusst hätten“, sagt Brent. „Ich werde mich mit Karl in Verbindung setzen, um sicherzugehen, dass bei ihm alles in Ordnung ist, aber ich glaube, diese Nachricht ist nur ein Bluff von ihnen. Sie versuchen, uns zum Schwitzen zu bringen.“

„Wann kommt Karl zurück?“, frage ich ihn, während Nate sich entfernt, um Jayce anzurufen.

„In drei Tagen. Dann hat er einen ganzen Monat frei. Er hat in den letzten Monaten doppelt so viele Lieferungen gemacht, um etwas länger Urlaub zu haben.“

„Die Bullen können jederzeit auftauchen, also nichts wie los“, ruft Nate von seinem Motorrad aus.

Wir setzen uns sofort in Bewegung, und sobald wir wieder auf der Straße sind, blinken Lichter in meinem Seitenspiegel auf.

Ein paar Minuten später fahren wir in den Club und ich warte nicht darauf, dass meine Brüder ihre Hintern hineinbewegen.

Sofort strömt die Luft etwas leichter in meine Lungen und die Anspannung, die sich in meinen Muskeln aufgebaut hat, löst sich augenblicklich, als ich Colleen sehe. Sie sitzt zwischen den Mädchen, die sich am Tisch unterhalten und Kaffee trinken. Zumindest haben sie geredet, bevor unsere Rückkehr sie zum Schweigen gebracht hat.

„Hallo, meine Damen.“ Ich begrüße sie und zwinkere Colleen zu, was ihr ein kleines Lächeln entlockt. „Ist es Zeit für Klatsch und Tratsch?“

„Ja“, bestätigt Fiona. „Willst du mitmachen?“

„Habe ich dafür genug Titten?“, scherze ich und werfe ihnen ein Grinsen zu, gehe aber trotzdem auf den Tisch zu.

„Du hast genug Brustmuskeln, ich denke, das reicht“, entscheidet mein Mädchen, während ich ihr einen Kuss auf den Kopf gebe und ich bin erleichtert, dass sie wieder etwas frecher ist.

„Ich hole dann mal eine Tasse“, sage ich.

Als ich mich umdrehe, um in die Küche zu gehen, ergreift sie meinen Unterarm. „Du kannst aus meiner trinken, ich bin fertig.“

„Oh, teilen wir uns jetzt die Tassen?“ Ich schenke ihr ein neckisches Lächeln. So viel dazu, dass sie sich nicht zu sehr binden wollte. „Das ist viel mehr, als ich mir erträumt habe.“

Sie schnaubt und versucht, mich wütend anzustarren, aber es gelingt ihr nicht. „Das ist nur, um weniger Abwasch zu haben. Es wohnen zu viele Leute hier. Es ist lächerlich, wie viel Geschirr jeden Tag gespült werden muss.“

Ich brumme zustimmend, obwohl ich weiß, dass ihre Ausrede Blödsinn ist. „Kluger Gedanke. Daran habe ich nicht gedacht.“

„Das liegt vielleicht daran, dass ich dich noch nie abwaschen gesehen habe“, erwidert sie, als Nate sich hinter Camryn stellt.

Ich grinse. „Ertappt. Ich hasse es.“

„Noch eine Neuigkeit für dich, Bikerboy. Geschirrspülen ist für niemanden eine Leidenschaft. Die Leute machen es trotzdem, weil sie es müssen.“

„Liegt es an mir, oder musst du noch eine Menge über Tussis lernen?“

Ich werfe einen Blick auf einen kichernden Liam, der sich einen Hocker heranzieht und sich an die Bar setzt, ein Bier in der Hand.

„Ich bin keine Tussi“, klärt Colleen ihn auf. „Aber inhaltlich hast du recht.“

„Pass auf, sonst fange ich noch an, dir an deinen geheimnisvollen Wochenenden zu folgen“, sage ich zu meinem Bruder.

Er schnaubt, lächelt aber weiter wie ein Idiot, während ich Colleen dazu bringe, ihren Hintern zu heben, damit sie auf meinem Schoß sitzen kann. Lässig lege ich einen Arm um ihre Taille und genieße es, sie wieder an mir zu spüren. Und während Lilly mir Kaffee einschenkt, ignoriere ich die Blicke, die sich nun auf mein Mädchen und mich richten.

„Ihr zwei meint es jetzt also ernst?" Zu meiner Überraschung ist es Brent, der spricht. Anscheinend sind meine Brüder noch mehr an meiner Beziehung zu Colleen interessiert als die Frauen. Vielleicht sogar mehr als Colleen selbst, schmunzle ich vor mich hin. Bevor ich meine Stimme wiederfinden kann, fährt er fort: „Du bleibst hier, Colleen?"

Das bringt mich sofort zum Sprechen. „Ja, tun wir, und sie auch."

Offensichtlich möchte Colleen etwas sagen. Ich wusste, dass diese Aussage eine Reaktion bei ihr auslösen würde.

„Was er meint, ist, dass er auf Bewährung ist. Wir werden sehen." Alle lachen darüber, und sie hüpft auf meinem Schoß ein Stück in die Höhe, als ich sie in ihre kaum vorhandenen Hüften kneife. „Hey! Kein guter Anfang."

Sie scheint sich nicht entscheiden zu können, ob sie mit mir schimpfen oder mich anlächeln soll, aber das ist wohl egal, denn beides ist eine Sekunde später aus ihrem Gesicht verschwunden.

„Leute!", donnert Blane, und der Raum wird still, bis auf seine schweren Schritte, als er aus der Küche stürmt, den Blick auf sein Handy gerichtet, während er daran herumfummelt. „Lana hat angerufen."

„Hebst du deinen sexy Hintern, Engel?", frage ich sie leise, als Nate sich bereits auf Blane zubewegt.

Sie tut es, und als keine freche Bemerkung aus ihrem Mund kommt, weiß ich, dass Blanes nervöser Tonfall etwas von der Sorge geweckt hat, die sie seit Tagen nicht mehr losgelassen hat.

Verdammt, ich wünschte, ich könnte hierbleiben und sie in den Arm nehmen, aber stattdessen küsse ich ihre Schläfe, ohne ein Wort zu sagen, und gehe zu meinen Brüdern, die sich um Blane herum in der Nähe der Bar versammelt haben.

„Sieh dir das Foto an, das sie mir geschickt hat. Sie hat es im Stripclub aufgenommen."

Lana ist Blanes College-Freundin. Keiner von uns weiß, worin sie verwickelt ist, aber Blane vertraut ihr, und das reicht aus.

„Verdammte Scheiße", knurrt Brent. „Das ist Cortez."

„Höchstpersönlich", bestätigt Blane.

Verdammte Scheiße, das trifft es ganz gut. Wenn die rechte Hand des Präsidenten des berüchtigtsten und gefährlichsten mexikanischen Kartells im Drecksloch der Spiders rumhängt, dann nicht, weil er das Ambiente liebt.

„Der Silberstreif am Horizont ist, dass Lana gesagt hat, dass sie nicht mit den Spiders kooperieren. Und Bison und seine Männer scheinen sie nicht erkannt zu haben. Die blöden Wichser wissen gar nicht, wer ihre neuen Gäste sind."

Ein raues Schnauben entweicht mir. „Sie würden wahrscheinlich auch den Präsidenten ihres eigenen Landes nicht erkennen, wenn sie ihm begegnen würden. Blöde Wichser", stimme ich Blane zu.

Aber zumindest bedeutet das, dass sie nicht Hand in Hand arbeiten, was ein verdammter Lichtblick ist, wie Blane gesagt hat. Es bedeutet auch, dass die

Spiders ihr Geschäft mit Menschenhandel nicht aufgegeben haben. Es gibt nur einen Grund, warum das Kartell hier sein könnte: Bison muss etwas getan haben, das sie verärgert hat. Vielleicht hat er sich die Frauen zu nahe an ihrem Territorium geschnappt – und man sollte nicht glauben, dass sie die Grenze als das Ende ihres Territoriums betrachten; das tun sie nicht – oder er hat versucht, einen ihrer Kunden abzuwerben. Wie auch immer. Er hat das Kartell verärgert und jetzt sind sie gekommen, um herumzuschnüffeln.

Diese Typen sind Idioten. Ein Kartell zu verärgern. Dumme Schwachköpfe.

„Es ist Zeit, dass wir etwas unternehmen", sagt Nate. „Wir halten ein Treffen ab, sobald wir heute mit dem Laden fertig sind. Wir müssen sie loswerden, bevor das FBI von Cortez' Anwesenheit Wind bekommt. Wenn sie es nicht schon getan haben. Das Letzte, was wir brauchen, ist, mit den Geschäften der Spiders oder des Kartells in Verbindung gebracht zu werden."

Gott sei Dank, verdammt. Wird auch Zeit, dass wir etwas tun.

„Noch etwas", fügt Blane hinzu und hält kurz inne, während er mein Gesicht seltsam mustert. Bevor ich ihn fragen kann, was es damit auf sich hat, sagt er: „CJ ist wieder in der Stadt."

Meine Hände ballen sich zu Fäusten und ein dunkler, schmerzhafter Sturm zieht sofort in meinem Inneren auf. Ich hasse es, diesem Zorn Macht über mich zu geben, aber um ehrlich zu sein, habe ich das nicht in der Hand. Ich habe keine Kontrolle über diese Wut. Sie hat die vollständige Kontrolle über mich. Verachtung brennt in meinem Inneren und kocht in meinen Adern. Wenn hinter mir nicht ein Mädchen wäre, das sich zu Tode erschrecken würde, wenn es sieht, wie ich die Haustür aufstoße und mit quietschenden Reifen auf der Straße verschwinde, würde ich genau das bereits tun. Das Bild meiner Waffe, die ich in CJs Hals rammen würde, ist schon jetzt in meinem Kopf. Vielleicht würde ich nicht einmal abdrücken. Ich würde einfach zusehen, wie er daran erstickt.

„Hat Lana ihn im Stripclub gesehen?", fragt Liam Blane und reißt mich damit aus meinen Gedanken. Ich bin froh über seinen Einwurf.

Ich glaube nicht, dass ich gerade auch nur ein Wort hervorbringen kann.

„Ja. Keine Verkleidung."

„Er ist es leid, sich zu verstecken", schlussfolgert Brent.

„Er muss wissen, dass Colleen uns gewarnt hat", sagt Nate. „Wahrscheinlich weiß er auch, dass sie hier ist."

„Colleen?"

Mein Gehirn verarbeitet schnell, dass die Stimme, die vom Tisch ertönt, die von Cam ist, und die Furcht, die von ihr ausgeht, lässt meinen Magen von meiner eigenen Angst zusammenkrampfen, bevor ich mich überhaupt umgedreht habe.

„Scheiße", brummt Nate, während ich schon zu meinem Mädchen stürme und mich schnell neben sie knie.

„Colleen, hey? Bist du bei mir?"

Ihre Augen sind offen, und sie sitzt immer noch gerade, aber sie scheint meilenweit von diesem Zimmer entfernt zu sein.

„Sie hat eine Panikattacke“, meldet sich Alex recht leise zu Wort. „Colleen, konzentriere dich einfach darauf, langsam zu atmen, Süße. Das wird schon wieder“, beruhigt sie sie.

„Ich bin da, mein Engel“, verspreche ich, während ich ihre Hände in meine nehme, und entgegen der Behauptung von Alex bin ich es, der gegen die wachsende Panik ankämpft, als ich ihr Zittern spüre. Ihr Blick ist auf den Tisch gerichtet, noch immer leer, während ihre kurzen und flachen Atemzüge dicht hintereinander ihre Brust heben und senken. „Was können wir tun, Alex?“

„Nichts, Ben. Es wird vorbeigehen. Es hilft, wenn sie deinen Stress nicht spürt“, fügt sie zaghaft hinzu.

Leichter gesagt als getan. Ich bin entsetzt. Sie kann verdammt noch mal nicht richtig atmen und es sieht nicht einmal mehr so aus, als wäre sie bei mir. Ich kann gar nicht anders als gestresst zu sein, bis diese Scheiße aufhört.

Und genau das passiert eine ganze Minute später. Ihre Atmung verlangsamt sich allmählich und sie beginnt, meine Hände zu drücken, während ihr Blick mich findet.

Es zerbricht etwas in mir, als ich sehe, wie ihr Tränen über die Wangen laufen. Ich habe sie noch nie weinen sehen. Sie ist immer so stark gewesen. Allein das Eingeständnis, dass sie an dem Tag geweint hat, als sie dachte, ich sei bei der Schießerei im letzten Jahr verletzt worden, hat sie viel gekostet.

„Bist du wieder bei uns?“, vergewissere ich mich mit der sanftesten Stimme, die ich zustande bringe.

Sie nickt und das ist die einzige Bestätigung, die ich brauche.

Als ich sie in meine Arme nehme, schlingt sie bereitwillig ihre Glieder um mich und hält sich fest, während ich die Treppe hinauf und in mein Zimmer gehe.

„Ich weiß nicht, woher das kommt", flüstert sie an meinem Ohr und ihre Stimme klingt dabei brüchig.

Ich setze sie vorsichtig auf das Bett und wische ihr sanft die Tränen aus dem Gesicht. „Was in New York passiert ist, holt dich endlich ein. Das ist der Grund dafür." Ich wusste, dass es sie einholen würde. Die Nachricht, dass CJ wieder in der Stadt ist und hier auf den Straßen herumläuft, muss der Auslöser gewesen sein. Wir hätten in den Besprechungsraum gehen sollen, um über diesen Scheiß zu reden. „Ich weiß, dass du Angst hast, aber ich werde ihn nicht an dich heranlassen, Colleen. Du kannst mir vertrauen."

„Das tue ich. Ich vertraue dir. Aber ich kann nichts dafür, dass ich Angst habe", gibt sie zu und es tut so verdammt gut, diese Worte zu hören. Ich wusste bis jetzt nicht, wie sehr ich das hören musste. „Diese Männer machen mir Angst."

„Wir werden uns um sie kümmern. Sie werden bald weg sein."

Das werden sie.

Sie nickt, aber tief in ihrem Inneren weiß ich, dass keine Worte dieser Welt ihre Angst bändigen können.

„Legen wir uns einfach einen Moment hin", schlage ich vor und streife mir die Kutte ab.

Sie folgt meinem Beispiel und legt sich zu mir, drückt ihren Körper an meinen, als könne sie nicht nah genug herankommen. Ihr Kopf schmiegt sich an meinen Nacken und ich atme sie ein, genieße ihren Duft. Sie schläft nicht ein, aber sie entspannt sich merklich, während sie mit den Fingern abwesend Muster auf meinen Unterarm zeichnet. Das reicht, um auch mich zu beruhigen. Ich hoffe nur, dass meine Brüder mich nicht so bald brauchen werden, denn ich bin noch nicht bereit, unsere ruhige, intime Blase zu verlassen. Alles, was ich will, ist das hier, genau das. Alles, was ich will, ist, mich um sie zu kümmern. Alles, was ich will, ist, bei ihr zu sein.

Kapitel 17

Colleen

„Wer gewinnt?"

Ben betritt das Fernsehzimmer mit seinem üblichen lässigen Gang und hält Lunas kleinen Körper in seinen starken Armen. Ich fand es schon immer unglaublich sexy, wenn ein muskulöser Mann ein kleines, zartes Baby im Arm hält. Und anscheinend bin ich genauso hingerissen von Ben, wenn er mein Kätzchen hält.

„Ich nicht, das steht fest", murmle ich als Antwort auf seine Frage.

Ein offensichtliches Grinsen mischt sich mit Jonas stolzer Stimme. „Ich schon!"

Jonas, Max, Cam und ich haben in der letzten Stunde irgendein Rennspiel gespielt, und obwohl ich die Ziellinie lange nach den anderen überquere, gebe ich mir Mühe.

„Geht es meiner Kleinen gut?", füge ich hinzu, denn so sexy und süß er gerade auch aussieht, er trägt sie selten so durch den Club.

„Ihr geht's gut. Allerdings hat sie sich gerade übergeben. Ich habe es aufgewischt."

„Warum?" Ich runzle die Stirn, meine Finger halten auf dem Controller inne und ich vernachlässige mein Spiel.

Ich habe ohnehin nicht die geringste Chance, zu gewinnen.

„Weil Kotze auf dem Boden eklig ist", antwortet er schlicht, aber schnell legt sich ein Grinsen auf seine Lippen. Dann fährt er fort, wahrscheinlich angesichts meiner verärgerten Miene. „Ich weiß nicht, warum sie gekotzt hat, Engel. Vielleicht hat sie begriffen, dass Katzenfutter widerlich ist?"

Bestürzt schnappe ich nach Luft. „Kannst du mal ernst bleiben? Was ist, wenn sie krank ist? Soll ich mit ihr zum Tierarzt gehen?"

„Katzen erbrechen manchmal einfach", sagt Cam abwesend, wobei sie weiterhin auf den Fernseher starrt. Sie war noch nie eine schlechte Verliererin, aber sie versucht immer, bei allem, was sie tut, ihr Bestes zu geben, auch bei unbedeutenden Spielen. „Das habe ich irgendwo gelesen. Das ist ihre Art, sich zu reinigen oder so", erklärt sie. „Manche Leute geben ihnen sogar Katzengras, um ihnen bei Verdauungsproblemen zu helfen."

„Ekelhaft", mischt sich Max ein, der beinahe würgt.

„Weniger eklig als Kotze aufzuwischen, Kumpel. Glaub mir", erwidert Ben, und ich lächle ihn an.

„Ich besorge ihr dieses Katzengras-Ding, aber ich rufe sicherheitshalber noch den Tierarzt an", beschließe ich. „Aber ich muss erst einen finden", fällt mir sogleich ein.

Ich muss so viele Dinge erledigen, angefangen bei der Suche nach einem neuen Tierarzt und der Eröffnung eines neuen Bankkontos. Die Jungs denken, dass CJ Zugang zu meinem Telefon gehabt haben muss, und Blane hat mir empfohlen, mein derzeitiges Konto aufzulösen und ein neues zu eröffnen, nur für den Fall. Er sagte auch, ich solle alle Passwörter ändern, die ich für alle Online-Shops habe, über die ich bestelle. Und dann ist da noch die Sache mit der Wohnung. Ben hat mir gesagt, dass ihre Biker-Freunde aus New York den Umzug der Möbel für mich übernehmen werden – wofür ich sehr dankbar bin, denn ich kann auf keinen Fall dorthin zurückkehren –, aber ich muss immer noch meine Kündigung an den Immobilienmakler schicken und ihm erklären, dass ich bei der Wohnungsübergabe nicht dabei sein werde.

Das hört sich alles so belastend an, dass ich mir wünsche, es könnte einfach auf magische Weise vorübergehen.

Meine Rückkehr nach Twican ist jetzt zehn Tage her, und meine Flucht aus meiner Wohnung etwa zwei Wochen. Aber wenn ich an all das denke, was in den letzten Wochen passiert ist, kommt es mir vor, als wäre ein ganzes Leben vergangen. Vielleicht, weil so viele Dinge in einer so kurzen Zeitspanne passiert sind. Das muss ein bisschen zu viel für mein sonst so langweiliges Leben sein. Kein Wunder, dass ich so kurz vor einem Zusammenbruch stand. Die Panikattacke, die mich aus heiterem Himmel traf, war nicht gerade die angenehmste Erfahrung, die ich bisher gemacht habe. Gott sei Dank ist es nur dieses eine Mal passiert.

Als wir uns zu viert auf die Couch setzen, zwängt sich Ben zwischen Jonas und mich, und Luna springt aus seinen Armen, um im Zimmer herumzulaufen.

„Siehst du? Es geht ihr gut“, sagt Ben zu mir. „Jetzt lass mich versuchen, etwas von deiner Ehre wiederherzustellen. Gib mir den Controller.“ Er hält mir seine Hand hin und ich komme seiner Bitte bereitwillig nach.

Das Spiel fängt an, mir auf die Nerven zu gehen.

„Das ist nicht fair“, murrt Jonas, als das nächste Rennen beginnt. „Jetzt werde ich verlieren.“

Ben lacht und tatsächlich, er liegt sofort an der Spitze des Rennens, was meine ehemaligen Gegner zu einem unzufriedenen Stöhnen veranlasst.

„Du musst mir Nachhilfe geben“, sage ich ihm.

„Mir auch“, bittet Max ihn.

„Jederzeit, Leute.“ Er gluckst.

Und gerade als er die Ziellinie überquert, übertönt eine Stimme Jonas erneuten Protest. „Max, hast du dein Sonnensystemprojekt beendet?“, fragt Melvin ihn. Er steht mit verschränkten Armen an der Tür und bei seinem Tonfall würde ich sagen, dass er die Antwort darauf schon kennt.

„Mein Modell ist fast fertig“, sagt Max, während er sich anschickt, ein neues Rennen zu starten, wobei sein Blick den Bildschirm nicht verlässt.

„Du musst ein Modell für das Sonnensystem bauen? Cool“, sage ich.

„Oh mein Gott.“ Cam lacht.

Ich stoße sie sanft mit dem Ellbogen, während Ben sie fragt: „Was?“

„Sie liebt es, zu basteln.“

„Wirklich? Warum weiß ich das nicht?“ Er runzelt die Stirn und scheint sich darüber aufrichtig zu ärgern.

„Weil du seltsamerweise nie auf die Idee gekommen bist, mich zu fragen, ob ich nicht etwas ausschneiden oder kleben möchte, um mir die Zeit zu vertreiben, wenn wir allein sind.“

Mit leiser Stimme beugt er sich vor, um mir zu sagen, dass es eine andere Freizeitbeschäftigung gibt, die ihm besser gefällt, und zum Glück meldet sich Melvin gleichzeitig zu Wort.

„Fast?“, fragt er seinen Bruder.

„Ja. Ich muss nur noch Mars, Jupiter, Saturn, Uranus und Neptun machen, dann bin ich fertig.“ Er hält kurz inne, während er sich darauf konzentriert, eine scharfe Kurve zu nehmen, wobei sich sein schlanker

Körper auf die rechte Seite lehnt, als ob er tatsächlich fahren würde. „Und noch ein paar Sterne, dann bin ich fertig", fügt er noch hinzu.

Melvin murmelt etwas, bevor er laut seufzt. „Nur? Ist das nicht mehr als die Hälfte? Leg den Controller weg und mach dich an die Arbeit. Lilly hat mir erzählt, dass ihr heute Abend ins Kino geht. Nun, das wirst du nicht, wenn dein Projekt nicht fertig ist."

„Okay", murmelt Max widerwillig, aber er gehorcht seinem Bruder trotzdem.

„Kann ich ihm helfen?", frage ich Melvin und denke sofort, dass ich mit dem Reden hätte warten sollen, bis Max den Raum verlassen hat, denn jetzt sieht er seinen Bruder mit niedlichen Welpenaugen an und bittet ihn, zuzustimmen.

Melvin verkneift sich ein Lächeln. „Okay, aber sie hilft dir bloß. Du arbeitest auch daran, sonst gibt es keinen Film."

„Versprochen." Er springt eifrig auf.

„Schnapp dir alles, was du hast, und wir arbeiten hier am Tisch", sage ich ihm.

„Okay!", quiekt er, und schon ist er aus dem Zimmer gerannt, gefolgt von Melvin.

„Schade, dass ich meine Sachen nicht hier habe, wie zum Beispiel meinen Glitzer, um etwas Tolles zu basteln", bedaure ich.

„Hast du doch", widerspricht mir Cam. „Zumindest einen Teil davon. Das Zeug, das in einer gelben Schachtel in der obersten Schublade deines Wohnzimmerschranks lag. Ich habe es in den dritten Koffer gepackt, zu den unwichtigen Sachen", sagt sie.

Ich liebe meine beste Freundin. „Du bist die Beste", sage ich ihr.

„Das bin ich, aber ich lasse euch mit eurem Projekt allein. Ich habe unter der Woche schon genug Glitzer und Farbe gesehen. Ich werde mal fragen, ob Alex stattdessen Yoga machen will", sagt sie, bevor sie das Zimmer verlässt.

„Ich glaube, ich werde auch meine Hausaufgaben machen, bevor Mom anfängt, ebenfalls zu nörgeln." Jonas steht auf.

„Gute Entscheidung, Bruder", stimmt Ben ihm zu, und als wir nur noch zu zweit sind, streift er mit seinen Lippen mein Ohr. „Vor allem, wenn man bedenkt, dass ich hierhergekommen bin, um dich über den Tisch zu beugen."

Ich ignoriere den Lustschauer, der durch meinen Körper fährt. „Tut mir leid, aber es sind viel zu viele Leute hier, und wenn du nicht gerade einen in dein Zimmer gestellt hast, seit ich es vor zwei Stunden verlassen habe, werde ich mich auf keinen Fall über einen Tisch beugen lassen. Aber wenn ich mich mit Max ausgetobt habe, darfst du mich über alles beugen, was du willst, solange es in deinem Zimmer oder im Bad ist."

„*Unser* Zimmer", korrigiert er mich zum x-ten Mal in dieser Woche. „Und vielleicht darfst du mich stattdessen auch reiten. Ich bin gerade in der Stimmung dazu."

Jetzt bereue ich fast, dass ich Max meine Hilfe angeboten habe.

Ich neige dazu, in Bens Nähe den Kopf zu verlieren. Ich habe mich noch nie zu jemandem so hingezogen gefühlt, wie zu ihm. Er ist eine ständige Verlockung. Jedes Mal, wenn ich mehr als eine Viertelstunde von ihm getrennt bin, bin ich am Rande der Frustration. Ich bezweifle, dass das normal ist, aber das Gefühl, das er in mir auslöst, wenn er mich wieder berührt, ist so unglaublich, dass mir das völlig egal ist. Das spektakuläre Feuerwerk, das er mir beschert, ist es absolut wert.

Aber das ist nicht alles, was er zu bieten hat. Seit ich diese Panikattacke hatte, hat er sich ständig um mich gekümmert. Er verhätschelt mich fast so sehr, dass er mich erdrückt. Aber ich habe ihn gewähren lassen, weil ich glaube, dass er es nötiger hatte als ich. Er hat es gebraucht, sich um mich kümmern, also habe ich es zugelassen. Und nach nur zehn Tagen habe ich mich schon daran gewöhnt. So sehr, dass ich mir nicht einmal vorstellen kann, das hier wieder zu verlieren. Ihn zu verlieren. Zum ersten Mal seit so langer Zeit fühle ich mich zu Hause. Nichts an diesem Ort gehört mir, aber ich fühle mich trotzdem zu Hause. Und alles, was ich jetzt will, ist, dieses Gefühl so lange wie möglich zu bewahren.

Kapitel 18

Ben

Einen Lappen in der Hand, erhebe ich mich aus der Hocke und betrachte mein glänzendes Mädchen. Mein zweirädriges Mädchen, natürlich. Ich habe schon seit ein paar Wochen keine Zeit mehr gefunden, sie zu pflegen, und da Colleen mich versetzt hat, um mit Kleber und Glitzer herumzuspielen, dachte ich mir, dass es jetzt an der Zeit ist.

Es ist Sonntagmorgen und mein ursprünglicher Plan war, sie wieder zurück ins Bett zu entführen. Aber Max hat sich genauso über die Hilfe bei den Hausaufgaben gefreut wie Colleen sich darüber, ihn zu unterstützen. Und ehrlich gesagt, bin ich froh, dass sie in letzter Zeit wieder mehr sie selbst ist. Fröhlicher.

Diese verdammte Panikattacke von letzter Woche ist mir immer noch lebhaft im Gedächtnis und macht mich genauso wütend, wie die Tatsache, dass diese Arschlöcher ihr das angetan haben. Zum Glück ist es nicht wieder passiert, und hoffentlich wird es auch nie wieder vorkommen. Ich will diese Scheiße nie wieder sehen. Ich bin ihr seit diesem Tag kaum von der Seite gewichen, und sie hat sich nicht ein einziges Mal beschwert. Aber ich vermute, das hat genauso viel damit zu tun, dass sie sich geborgen fühlen möchte, wie damit, dass sie sicherstellen will, dass ich nicht hinter CJ her bin. Ich habe mein Bestes getan, um die Unruhe zu unterdrücken, die immer noch in meinem Kopf herrscht, aber jedes Mal, wenn Blane die Jungs und mich über CJs Aufenthaltsort auf dem Laufenden hält, kommt der wütende Sturm wieder in

Fahrt. Ich teile diese Informationen nicht mit ihr, aber sie spürt jedes Mal, dass ich kurz davor bin, die Beherrschung zu verlieren. Anscheinend kann sie meine Stimmung lesen, als ob wir uns schon ewig kennen würden. Das ist kaum zu glauben, wenn man bedenkt, dass wir bis jetzt nie mehr als sechs Tage in Folge miteinander verbracht haben.

Ich spüre, wie sich Schweiß auf meiner Stirn bildet, und werfe einen Blick in den wolkenlosen Himmel. Der Sommer steht vor der Tür und mit ihm wieder heiße Sonnentage, an denen man selbst morgens schon kaum noch atmen kann.

Es wird die Hölle sein, zu dieser Jahreszeit an der Eröffnung des neuen Ladens zu arbeiten, aber wir haben ja keine andere Wahl. Und das Gute ist, dass es viel weniger Arbeit geben wird, als wir angenommen haben. Nicht, weil es weniger Schäden gibt, als wir zunächst dachten – seien wir ehrlich, Werkstätten, wie wir sie früher kannten oder aus der Zeit vor unserer Geburt, gibt es nicht mehr –, sondern weil wir sie nicht wieder aufbauen werden. Stattdessen werden wir hier im hinteren Teil des Grundstücks eine brandneue Werkstatt einrichten.

Wir haben ein Nebengebäude am Ende des Grundstücks, das seit Jahrzehnten als Lager dient. Es muss natürlich renoviert werden, vor allem, weil wir einige Bäume fällen müssen, um den Zaun zurückzusetzen, damit die Kunden den Laden von der Straße aus betreten können. Aber alle Brüder waren sich einig, dass dies die beste Lösung ist. Der Laden wird genau hier sein, aber er wird immer noch völlig unabhängig und weit genug vom Hauptgebäude entfernt sein. Cody hat sich um den Papierkram gekümmert, und jetzt müssen wir nur noch auf die Genehmigung warten, um mit der Arbeit beginnen zu können.

„Du hast deinen Schatten verloren?"

Brents Stimme bahnt sich ihren Weg durch meine Gedanken und ich drehe mich zu ihm um, während er zu seinem Motorrad geht.

„Lustig." Ich grinse, und Colleen rückt wieder in den Vordergrund meiner Grübelei. „Sie hilft Max bei irgendeinem Schulprojekt. Fährst du weg?"

„Chloe hat heute ein Rennen, ein paar Städte weiter. Ich werde Fi dort treffen."

Chloe steht auf Sprintwettläufe. Ich habe ihr schon ein paar Mal beim Laufen zugesehen; sie ist ziemlich gut darin.

Als ich gerade etwas sagen will, fällt mir eine Bewegung am Tor auf, und Brent folgt meinem Blick.

„Jemand hat sich verlaufen", vermutet er.

Direkt vor dem Tor steht eine Frau auf dem Bürgersteig. Ihr Blick ist zunächst auf das Gebäude gerichtet, doch ihre Augen schweifen schnell über den Hof, ehe sie uns entdeckt.

„Guten Morgen", ruft sie sofort und erhebt ihre Stimme, während sie mit einer Hand in der Luft herumfuchtelt, als wolle sie sicherstellen, dass wir wissen, dass sie uns anspricht. „Kann ich bitte mit Ihnen reden?"

„Was soll das denn?", murmelt Brent.

„Keine Ahnung. Lass es uns herausfinden."

Niemand kommt jemals einfach so vorbei, um mit uns zu reden. Verdammt, jeder geht uns aus dem Weg, auch wenn er uns nicht kennt. Zumindest die Leute von hier. Niemand versucht jemals, hinter die Fassade zu schauen.

Nachdem ich den Lappen auf mein Bike gelegt habe, gehe ich in Richtung Tor.

„Vorsichtig“, mahnt Brent neben mir.

„Eine Frau zu schicken, wäre selbst für sie ein schwacher Zug“, sage ich ihm und weiß, dass seine Gedanken bei den Spiders sind. „Und ich glaube nicht, dass das die Art von Frau ist, die mit ihren Leuten zusammenarbeitet. Ich meine, sieh sie dir an. Sie sieht aus wie eine dreifache Mutter aus der Vorstadt, die es eilig hat, das Fußballfeld zu finden, damit ihr Sohn den Beginn seines Spiels nicht verpasst“, vermute ich mit Blick auf die schwarze Yogahose und den weißen Pullover, den sie trägt.

Brents Kichern hält nur eine Sekunde an, bevor er unserer Gesellschaft zuruft. „Guten Morgen, Madame. Gibt es etwas, was wir für Sie tun können?“

Gerade als wir am Tor anhalten, schluckt sie merklich, als sie uns ansieht, wobei ihre braunen Augen kurz auf Brents Kutte verharren. Aber als sie auf seine Frage antwortet, ist ihr Tonfall selbstbewusst und ihr Kopf hoch erhoben, um uns zu zeigen, dass sie sich von zwei Bikern nicht einschüchtern lässt.

„Ja, das gibt es. Ich möchte meine Tochter sehen.“

Ich ziehe verwirrt die Brauen zusammen. Das war unerwartet.

„Ihre Tochter?“, wiederhole ich.

„Ich fürchte, Sie sind hier nicht richtig“, sagt Brent und klingt dabei genauso überrascht wie ich.

„Und ich bin mir ziemlich sicher, dass ich es bin“, beharrt sie. „Colleen. Ich will sie sehen.“

Verdammt.

„Sie sind Laura?“

„Das bin ich." Sie nickt mehrmals, wobei ihr schulterlanges dunkelbraunes Haar ein wenig hin und her schwingt. „Und du bist?"

„Mein Name ist Ben. Colleen ist mein Mädchen."

Sie legt den Kopf leicht schief, während sie mich mustert, und runzelt dann die Stirn. „Sie sind der Freund meiner Tochter? Das ist ein bisschen schwer zu glauben. Und das nicht nur, weil sie mir nicht gesagt hat, dass sie sich mit jemandem trifft."

Gespielt beleidigt frage ich sie: „Warum denn das?"

„Nun, es tut mir leid, aber … Ihre Haare, zum Beispiel."

Ich kann mir das Lachen nicht verkneifen, das mir bei diesem Satz entlockt wird. Wenigstens ist das der Beweis, dass sie wirklich Colleens Mutter ist.

„Sie hat gesagt, dass sie meine Haare hasst, als sie noch versucht hat, meinem Charme zu widerstehen."

Laura schenkt mir den Anflug eines Lächelns, aber es ist kurz und schnell wieder verschwunden. „Ich muss sie sehen", wiederholt sie, und bei dem, was sie hinzufügt, läuft es mir eiskalt den Rücken herunter. „Es ist wichtig. Sie ist in Gefahr, und das muss sie wissen."

Während ihre Worte mich für einen Moment an Ort und Stelle erstarren lassen, öffnet Brent das Tor.

„Kommen Sie rein. Colleen ist drinnen", sagt er ihr, dann dreht er sich zu mir um. „Alles klar, Bruder? Willst du, dass ich bleibe?"

Ich reiße mich aus meiner Trance und schüttle den Kopf. „Nein, ist schon okay. Geh nur. Wir rufen dich an, wenn es irgendeinen Notfall gibt."

„Okay", sagt er. „Laura." Er nickt ihr zu und joggt zu seinem Motorrad.

„Was meinen Sie damit, sie ist in Gefahr?", frage ich sie, während ich sie die Einfahrt hinauf begleite.

„Ich würde lieber zuerst zu Colleen gehen. Das ist wirklich verwirrend, sogar für mich, und ich möchte nicht alles zweimal erklären. Und da dein Club in die Sache verwickelt zu sein scheint, ist es das Beste, wenn ich dir und Colleen gleichzeitig erzähle, was passiert ist. Ich hätte sie angerufen, um ihr zu sagen, dass ich komme, aber sie weiß immer, wenn ich ihr etwas verheimliche, also habe ich beschlossen, hierherzufahren und ihr nur zu sagen, dass ich auf dem Weg bin, wenn sie mich vorher anruft."

Und ... sie holt endlich Luft.

Kein Zweifel, sie ist Colleens Mutter.

Drinnen angekommen, nimmt sie schweigend ihre Umgebung in Augenschein.

Wie üblich an einem Sonntagmorgen ist es im Club ziemlich ruhig. Einige der Jungs schlafen noch, andere sind unten im Lager und arbeiten an ihren Motorrädern.

„Ich hole sie", sage ich ihr, bevor ich mich an meine Manieren erinnere. „Soll ich dir einen Kaffee oder so bringen?"

„Danke, aber ich möchte nur meine Tochter sehen."

Sie ist eindeutig besorgt.

„Laura?" Mit unverhohlener Überraschung auf ihrem Gesicht und in ihrer Stimme strahlt Camryn sie an, als sie aus der Küche kommt. „Colleen hat mir nicht gesagt, dass du kommst!"

Die beiden Frauen laufen aufeinander zu, und Laura ist sichtlich erleichtert, ein vertrautes Gesicht zu sehen. „Sie weiß nicht, dass ich hier bin. Wie geht es dir, mein Schatz? Du siehst toll aus."

Sie zieht sie in eine enge Umarmung.

„Mir geht's gut. Und dir?"

Laura löst sich von mir, und während sie beginnt, Cam die kryptischen Neuigkeiten zu erklären, die sie mir gerade erzählt hat, gehe ich mein Mädchen suchen. Während ich die Treppe drei Stufen auf einmal nehmend hinaufsteige, kann ich nicht verhindern, dass sich Niedergeschlagenheit in mir breit macht, wenn ich daran denke, was auch immer Colleen wieder über sich ergehen lassen muss. Hoffentlich reagiert ihre Mutter nur wegen etwas völlig Harmlosem über, aber die Chancen stehen schlecht. Sie hat gesagt, dass der Club etwas mit der angeblichen Gefahr zu tun hat, und alles, woran ich denken kann, ist, wie zum Teufel Laura etwas wissen kann, was wir nicht wissen. Das ergibt doch keinen Sinn.

Max ist der Einzige, der von dem Modell vor ihnen aufschaut, als ich den Raum betrete. Colleen ist so sehr auf das Projekt des Kindes konzentriert, dass nichts anderes zu existieren scheint, und ich kann mir ein Lächeln nicht verkneifen.

„Hey, Engel. Hast du einen Moment Zeit? Hier ist jemand, der dich sehen will", sage ich ihr, während ich mich dem Tisch nähere. „Das sieht toll aus, Kumpel", füge ich hinzu.

Max scheint begeistert zu sein, lächelt stolz und konzentriert sich wieder auf die kleinen Holzstäbchen, die er in der Hand hält, und drückt sie zusammen.

„Mich sehen?", fragt Colleen und verengt ihre Augen.

„Deine Mutter", antworte ich. „Sie sagt ..." Ich breche ab und besinne mich auf Max' Anwesenheit.

Vor dem Kleinen zu sagen, dass ihre Mutter denkt, sie sei in Gefahr, wäre nicht klug.

„Meine Mutter?“, fragt sie, als könne sie es kaum glauben, aber sie steht trotzdem auf.

„Ja. Sie ist gerade aufgetaucht.“

„Was macht sie denn hier?“

„Lass uns zu ihr gehen“, sage ich einfach.

„Ja“, antwortet sie, und der Sorge auf ihren Zügen nach zu urteilen, habe ich meine eigene offensichtlich nicht gut verbergen können. Sie wischt sich die Hände an ihrer Jeans ab und dreht sich wieder um. „Wie wäre es, wenn wir eine Pause machen, Max? Wir lassen das trocknen und machen es nach dem Mittagessen fertig, okay?“

Vorsichtig legt er seine Stäbchen auf den Tisch und sagt: „Okay. Ich werde Melvin fragen, ob ich vor dem Mittagessen mein Spiel weiterspielen kann“, verkündet er eifrig, aber sein Lächeln verblasst schnell. „Ich hoffe, er sagt ja. Er war nicht glücklich darüber, dass ich vorhin meine Hausaufgaben nicht fertiggemacht habe.“

Ich kichere. „Du schaffst das, Kumpel. Sag ihm, Onkel Ben sagt, du hast hart an deinem Projekt gearbeitet und es dir verdient.“

„Okay!“, quietscht er vor Aufregung und sprintet aus dem Zimmer, froh, jemanden auf seiner Seite zu haben.

„Wo ist sie?“, fragt Colleen mich, als wir aus dem Zimmer gehen.

„Unten bei Cam.“

„Du siehst besorgt aus. Geht es ihr gut?“

„Sie wirkt in Ordnung. Ich bin besorgt, weil …“
Ach, Scheiße.

„Weil was? Was, Ben?“, drängt sie.

„Sie hat gesagt, dass du in Gefahr bist, aber sie will dich erst sehen, bevor sie dir mehr erklärt. Ich weiß nicht, worum es hier geht, Engel“, sage ich ihr ehrlich.

Das Stirnrunzeln, das ihren Gesichtsausdruck beherrscht, lässt mich wissen, dass sie genauso verwirrt ist wie ich, aber es verschwindet in dem Moment, in dem sie ihre Mutter sieht.

„Liebling.“ Laura seufzt erleichtert und eilt zu ihrer Tochter, und Colleen fällt ihr sofort in die Arme und lässt sich von ihr fest drücken. „Wie geht es dir?“

Colleen antwortet erst, als ihre Mutter sich von ihr losreißt. „Mir geht's gut. Was machst du denn hier? Ben hat gesagt, dass du glaubst, ich sei in Gefahr. Worum geht es denn?
Ist das ein blauer Fleck, den du zu verstecken versuchst?“, fragt sie mit piepsiger Stimme.

Ich mustere Lauras Gesicht, aber von hier aus kann ich nichts sehen, also muss sie es ziemlich gut kaschiert haben.

„Das ist es, aber …“

„Was ist passiert? Hat dich jemand geschlagen?“, unterbricht sie sie.

„Terence“, antwortet sie, und als Colleens Augen sich weiten und sie etwas sagen will, hält Laura ihr eine Hand vor den Mund. „Es gibt etwas, das du über ihn wissen musst. Und seinen Sohn. Sie sind in etwas verwickelt, aber ich bin mir nicht sicher, was es ist. Ich weiß nur, dass du und dieser Club etwas damit zu tun habt, was auch immer es ist.“

„Setzen wir uns hin und reden darüber“, sage ich. „Ich hole meine Brüder, wenn das in Ordnung ist“, sage ich zu Laura.

Sie müssen dabei sein.

„Sie werden gleich hier sein. Ich habe Nate eine SMS geschickt“, sagt Cam.

Wie aufs Stichwort poltern Schritte auf der Treppe, gerade als die drei Frauen auf einer Couch Platz nehmen und ich ein paar Stühle für die Jungs zusammensuche.

Jayce erscheint als Erster, gefolgt von Blane, Cody, Melvin, Nate, Liam und Karl, der seit ein paar Tagen zurück ist.

„Brent ist gerade gefahren“, sage ich ihnen, während sie alle unseren unerwarteten Gast begrüßen und Platz nehmen.

„Okay, wir sind ganz Ohr“, sagt Jayce zu Laura. „Was ist hier los?“

Laura, die nun im Mittelpunkt des Interesses steht, verschwendet keine Zeit und beginnt zu erzählen. „Also, Donnerstagabend war ich zu Hause und wollte mit Terence und seinem Sohn zu Abend essen. Terence war mein Freund“, präzisiert sie für alle, die es nicht wissen. „Ich hatte es gerade nach unten geschafft, als ich hörte, wie Kevin Colleens Namen sagte. Ich habe nicht verstanden, was er über sie gesagt hat, aber er klang sehr angespannt. Ich habe nicht oft mit Kevin zu tun gehabt, aber er war immer ziemlich locker. Jedenfalls schien etwas nicht zu stimmen, also blieb ich stehen und hörte ihnen zu.“ Nach dieser verdammt langen Vorrede kommt sie endlich zu dem Gespräch, das sie mitgehört hat. „Kevin sagte: *Wir müssen Laura dazu bringen, dass ihre Tochter herkommt. So einfach ist das.* Terence antwortete: *Einfach? Mach dich nicht lächerlich. Es ist alles andere als einfach. Es gibt einen Grund, warum der ursprüngliche Plan war, dass CJ Colleen in New York entführt. Jetzt wird sie von diesem Bikerclub beschützt, genau wie die anderen. Verdammt noch mal, Kevin. Ich sagte doch, es ist keine gute Idee, mit diesem Kerl Geschäfte zu machen. Und jetzt müssen wir die Scheiße für ihn in Ordnung bringen, obwohl wir nicht dafür bezahlt werden. Das kommt davon, wenn man mit unzuverlässigen Leuten Geschäfte macht, verdammt noch mal."* Sie konzentriert sich auf ihre Geschichte und es ist klar, dass sie deren Worte zitiert. „Darauf antwortete Kevin: *Ich glaube nicht, dass man sich darüber aufregen muss. Mal im Ernst, sind diese Bikerclubs eine Bedrohung für irgendjemanden? Ich meine, CJ war nicht einmal in der Lage, mit einem Mädchen fertig zu werden. Sie ist entkommen, und da er keine Einzelheiten genannt hat, ist es nicht schwer zu erraten, dass das Scheitern wahrscheinlich nicht sein größter Triumph war. Ist das die Art von Dummkopf, vor der wir uns fürchten sollten? Ich werde mit ihm reden. Er wird sich schon wieder beruhigen."*

Als sie ihre sehr wörtliche Erzählung unterbricht, schaltet sich Karl ein: „Ist das genau das, was sie gesagt haben? Wort für Wort?", fragt er sie und klingt erstaunt, dass sie sich das alles gemerkt hat.

„Ja. Ich habe alles über dieses beunruhigende Gespräch an diesem Abend aufgeschrieben, um sicher zu sein, dass ich nichts davon vergessen würde. Das war auch gar nicht schwer, denn es scheint sich in mein Gehirn eingebrannt zu haben", sagt sie. „Jetzt möchte ich wissen, was er mit *Sie ist entkommen* meinte. Außerdem möchte ich wissen, wer dieser CJ ist."

Diese Fragen sind an Colleen gerichtet, und ich bemerke den verwirrten Gesichtsausdruck, mit dem sie mich ansieht. Sie scheint völlig ratlos zu sein, nachdem sie das alles gehört hat, und versucht, alles zu verarbeiten, aber sie wird aus ihren Gedanken gerissen, als ihre Mutter leise ihren Namen sagt.

„Erinnerst du dich an die Nachricht, in der ich dir gesagt habe, dass mein Telefon kaputt ist und ich dich anrufen würde, sobald ich ein neues hätte?“, fragt Colleen sie, und Laura nickt. „Das Telefon war nicht kaputt. Ich habe es auf den Boden vor meinem Haus fallen lassen, nachdem ich an diesem Abend von der Arbeit nach Hause gekommen war, CJ in meiner Wohnung vorfand und weglief. Und CJ ist Colin. Camryns Ex-Verlobter, der eigentlich gar nicht tot ist“, erklärt sie, und die Augen ihrer Mutter weiten sich. „Ich bin mit Luna über die Feuerleiter geflohen und habe mein Handy weggeworfen, weil ich Angst hatte, CJ könnte mich aufspüren, wenn ich es behalte. Und wenn wir schon dabei sind, ich bin nicht im Urlaub. Ich wurde gefeuert, weil ich die Stadt überstürzt verlassen und mich erst drei Tage später bei meiner Chefin gemeldet habe.“

Laura blinzelt ein paar Mal, aber ich muss sagen, dass sie sich erstaunlich gut zusammenreißt, wenn man bedenkt, was ihr alles widerfahren ist und was sie jetzt erfährt.

„Das ist ebenso unglaublich wie beängstigend“, gibt sie ehrlich zu.

„Wie ist ihr Nachname?“, fragt Blane sie. „Von deinem Ex-Freund und seinem Sohn.“

Er ist einer, der keine Zeit verschwendet.

„Delacey“, antwortet sie.

Daraufhin steht er auf, geht weg und läuft zur Treppe.

„Was ist dann passiert?“, fragt Colleen ihre Mutter.

„Haben sie noch etwas gesagt?“, fragt Jayce sie fast zeitgleich.

„Wenn ja, habe ich es nicht gehört. Als ich einen Stuhl auf dem Boden poltern hörte, habe ich mich erschrocken und bin leise nach oben gegangen. Ich wusste, dass ich von ihnen weg musste, aber es war meine Wohnung, und ich konnte nicht einfach meine Sachen nehmen und gehen. Das wäre verdächtig gewesen. Also ging ich fünf Minuten später wieder nach unten und aß zu Abend, als ob ich nichts gehört hätte. Ich hielt es für das Beste, den nächsten Morgen abzuwarten, weil beide auf einer Geschäftsreise in Orlando sein würden."

Sie lässt es dabei bewenden, und Colleen runzelt die Stirn. „Das war's? Sie sind am Morgen gegangen? Aber was ist mit dem blauen Fleck?"

Laura seufzt, offensichtlich zögert sie, das zu erklären. „Terence hat während des Abendessens viel getrunken, was er noch nie getan hat. Er fing an, von einem baldigen Wochenendausflug zu sprechen, suchte bereits nach Orten, an die wir fahren könnten, und sagte, es wäre toll, wenn du uns begleiten könntest. Ich lächelte nur und sagte, ich würde dich fragen und sehen, wann du Zeit hättest. Aber später, nachdem Kevin gegangen war, bestand er darauf, dass ich dich jetzt anrufe. Ich sagte ihm, dass es zu spät sei und dass ich dich morgen früh anrufen würde, aber das gefiel ihm offensichtlich nicht, denn er schlug mich", sagt sie, und Colleen schnappt nach Luft. „Dann ist er auf der Couch eingeschlafen, und ich habe mich in meinem Zimmer eingeschlossen. Ich dachte daran, sofort zu gehen, aber ich hatte Angst, dass er aufwachen würde. Außerdem konnte ich nicht gehen, ohne wenigstens ein paar meiner Sachen mitzunehmen, und ich konnte ihn nicht einfach so in meinem Haus zurücklassen. Jedenfalls hat er sich am nächsten Morgen entschuldigt, und ich habe ihn in dem Glauben gelassen, dass es in Ordnung sei. Aber als er weg war, habe ich alles zusammengepackt. Ich habe vier Stunden gebraucht, um alles einzupacken. Ich habe mein Auto beladen, Miami verlassen und bin hierhergefahren. Mit mehreren Pausen, versteht sich.“

„Warum hast du mich nicht angerufen?“, fragt Colleen, nachdem ihre Mutter ihren detaillierten Bericht darüber, was sie hierhergeführt hat, beendet hat.

„Weil du dir zu viele Sorgen machst, Süße“, sagt sie, als Blane mit seinem Computer in der Hand zurückkommt. „Es hatte keinen Sinn, dir das alles am Telefon zu erklären, da ich dich sowieso ein paar Tage später sehen würde.“

„Was ist mit dem Haus?“, fragt Colleen weiter.

„Ich habe natürlich nicht die Absicht, dorthin zurückzugehen. Ich habe bereits den Makler angerufen. Da ich das Haus möbliert miete, gibt es keinen Grund für mich, noch mal hinzufahren. Sie haben gesagt, wir können die Details am Telefon klären“, versichert sie.

„Delacey muss inzwischen wissen, dass du weg bist“, sagt Cody. „Das heißt, CJ könnte wissen, dass etwas nicht stimmt, wenn Delacey vermutet, dass du ihr Gespräch belauscht hast.“

„Ich verstehe das nicht.“ Colleen seufzt. „CJ wollte mich nach Florida bringen? Und warum? Und wer sind *die anderen*? Lilly, nehme ich an, aber wer noch?“, fragt sie laut, und das würden wir alle gerne wissen, obwohl wir eine Vermutung haben. Wenn die Spiders es auf Colleen und Lilly abgesehen haben, ist es gut möglich, dass dasselbe auch für alle anderen Frauen gilt. „Und was hat das alles mit dir zu tun?“, fügt Colleen abwesend hinzu, offensichtlich in Anspielung auf ihre Mutter.

„Ich habe keine Ahnung, Liebling", gibt Laura zu und greift nach der Hand ihrer Tochter.

„Was auch immer sie vorhatten, sie haben es für Geld getan", erklärt Blane ihr. Er blickt nicht von seinem Bildschirm auf, während er weiterredet. „Delaceys Firma steht schon seit einiger Zeit kurz vor dem Bankrott. Es ist nur eine Frage der Zeit, bis er aus dem Geschäft ist."

Laura schnappt nach Luft und schüttelt den Kopf, sobald die Überraschung nachlässt. „Er hat nie … Ich habe nie etwas geahnt." Irgendetwas scheint in ihrem Kopf klick zu machen, und sie fügt hinzu, wobei sie mit niemandem im Besonderen spricht. „Oh Gott … Terence muss in mein Leben getreten sein, damit sie an Colleen herankommen konnten."

„Das, oder CJ hat sich danach an ihn gewandt", erwidert Blane. „Es wäre nicht schwer für ihn gewesen, etwas über Delaceys Geldprobleme herauszufinden und zu versuchen, daraus einen Vorteil zu ziehen." Seine Finger rasen noch immer über die Tastatur, als er nach einer kurzen Pause verkündet: „Dreihunderttausend Dollar wurden Ende November auf eines von Delaceys Offshore-Konten überwiesen."

„Das war kurz bevor ich ihn getroffen habe."

„Dann hast du wohl deine Antwort", sagt Liam.

„Warte …" Blane runzelt die Stirn. „Delacey hat mehrere Konten mit mehreren zehntausend Dollar darauf."

Colleen sieht genauso niedergeschlagen aus wie ihre Mutter und schließt kurz die Augen, nachdem sie das alles gehört hat. „Das erklärt immer noch nicht, was zum Teufel CJ von meiner Mutter wollte", zischt sie dann. „Offensichtlich hat er sie nicht gebraucht, um in meine Wohnung einzubrechen. Warum hat er sich überhaupt mit Terence eingelassen?"

Keiner sagt etwas, weil niemand eine Antwort darauf hat. Es muss eine geben, aber ich vermute, wir werden sie nur bekommen, wenn wir einen dieser Männer in die Finger kriegen.

Camryn meldet sich mit einer anderen Frage zu Wort. „Und warum so lange warten? Zwischen Terence, der in Lauras Leben getreten ist, und CJs Versuch, Colleen aus ihrer Wohnung zu entführen, sind mehr als fünf Monate vergangen."

Das ist es, was mich am meisten stört. Was war CJs Ziel hier? Was zum Teufel hatte er mit Colleen vor?

Laura schüttelt betrübt den Kopf. „Ich weiß es nicht. Ich weiß nur, dass Terence es geschafft hat, mich zu täuschen."

„Die meisten erfolgreichen Geschäftsleute haben eine Gabe zur Manipulation", antwortet Karl sanft. „Aber der da ist nicht mehr erfolgreich", fährt er zu Recht fort.

„Zumindest nicht mit seinem legalen Geschäft", sagt Nate. „Denn er hat eindeutig eine andere Methode, um an Geld zu kommen."

„Das FBI sitzt Delacey und seinem Sohn seit fast einem Jahr im Nacken", mischt sich Blane ein und versorgt uns mit weiteren Informationen. „Hauptsächlich Betrug und Veruntreuung von Geldern. Der Kerl muss verzweifelt sein. Wahrscheinlich würde er sich mit jedem zusammentun, um an etwas Geld für seine Offshore-Konten zu kommen."

„Der Plan ist wahrscheinlich, mit seinem Sohn zu verschwinden, sobald sie genug Geld haben, um bequem zu leben", sagt Jayce. „Und was auch immer der Job ist, den sie für CJ erledigen müssen, sie werden trotzdem versuchen, ihn zu beenden. Zumal das, was Laura gehört hat, darauf schließen lässt, dass CJ sie in irgendeiner Weise bedroht hat."

„Oh mein Gott", platzt Laura heraus, und ich verfluche Jayce innerlich dafür, dass er so verdammt unverblümt ist. „Glaubst du, sie werden weiter versuchen, an Colleen heranzukommen, durch mich oder auf andere Weise?"

„Wir können es nicht mit Sicherheit sagen, wenn wir nicht wissen, was der eigentliche Plan war", sagt Cody.

Blane hört auf zu tippen, während er spricht. „So hat CJ Terence gefunden. Kevin hat seit letztem September ein paar Monate in Südtexas verbracht, in einer Einrichtung für Patienten mit schweren Verbrennungen. Laut einer lokalen Zeitung war der dumme Wichser high auf Kokain, als er sein Glas mit Alkohol umstieß und den Tisch mit einem Geschirrtuch abwischte, das er dann auf seinen Schoß legte, bevor er einen Joint anzündete. Der Joint fiel herunter und das Geschirrtuch fing Feuer. Er zog sich Verbrennungen dritten Grades an seinem rechten Bein zu. Die Einrichtung befand sich in der Nähe von San Antonio, und aus den Unterlagen geht hervor, dass Colin North zur gleichen Zeit dort war und wegen schwerer Verbrennungen an seinem rechten Arm und einem großen Teil seines Rückens behandelt wurde. Er hat dort mehrere Monate verbracht. Er hat sie im Januar verlassen." Er dreht seinen Laptop auf dem Schoß um, sodass der Bildschirm auf Laura zeigt. „Ist er das?", fragt er sie zur Bestätigung.

Sie nickt mehrmals. „Ja, das ist er. Das ist er."

Ich runzle die Stirn, als ich das Bild von Kevin Delacey betrachte. „Wie alt ist er? Sieht aus wie ein

Teenager", sage ich, nicht sicher, warum ich jemanden in den Dreißigern erwartet habe.

„Vielleicht, weil er neunzehn ist", antwortet Blane.

„Trotzdem, jemand hätte ihn vor ein paar Jahren in ein Fitnessstudio einführen sollen. Das wäre besser gewesen als Drogen zu nehmen. Ich meine ja nur", sage ich, kehre aber zum eigentlichen Thema zurück. „Gibt es noch etwas, das du uns über sie erzählen kannst?", frage ich Laura.

„Es tut mir leid, aber nein. Ich meine …" Sie hält inne und wendet ihren Blick zu Blane. „Du hast in fünf Minuten mehr über sie herausgefunden als ich jemals über den Mann wusste, mit dem ich praktisch zusammengelebt habe. Ich komme mir dumm vor."

„Es ist nicht deine Schuld, Mama", beschwichtigt Colleen sie. „Weißt du was? Lass uns etwas zu trinken holen, und dann helfe ich dir, dich einzuleben. Sie kann doch hier bleiben, oder?" Colleen sieht mich hoffnungsvoll an.

„Natürlich kann sie das", antwortet Jayce, bevor ich es tun kann.

„Oh, nein. Ich will niemandem zur Last fallen. Ich nehme mir ein Hotelzimmer."

„Das ist nicht sicher", wendet Karl ein. „Man kann nicht wissen, ob CJ nicht irgendetwas versuchen wird. Und das könnte er, da er wieder in der Stadt ist. Du solltest hier bleiben", rät er.

Lauras Blick bleibt an seinem hängen, und nach ein paar Sekunden nickt sie. „Okay, ich bleibe. Das ist nett, danke. Aber ich bleibe nur so lange, bis ich mich entschieden habe, was ich tun werde." Dann fragt sie Colleen: „Was willst du denn eigentlich machen?"

„Lass uns etwas trinken und draußen reden", beschließt Colleen und steht von der Couch auf.

„Ich werde mich weiter um diese Typen kümmern", sagt Blane, bevor er mit seinem Computer verschwindet.

Hoffentlich findet er etwas Nützliches. Und zwar bald.

Ich habe genug von diesen Drohungen gegen mein Mädchen.

Colleen küsst mich, bevor sie weggeht. Innerhalb weniger Sekunden sitzen nur noch Karl und ich hier am Tisch.

„Alles klar, Ben?"

„Ich will nur nicht, dass ihr etwas zustößt. Keiner von ihnen", sage ich.

Er nickt, das Mitgefühl steht ihm ins Gesicht geschrieben. „Wir werden sie alle im Auge behalten, bis die Typen verschwunden sind. Vergiss nicht, dass sie beide diesen blöden Wichsern allein entkommen sind. Und jetzt, wo sie hier sind? CJ wird sich ihnen nicht einmal nähern können."

Ich nicke. „Ja."

Er hat ja recht. Jetzt beschützen wir sie, und sie werden uns alle töten müssen, bevor sie sie in die Finger kriegen.

Kapitel 19

Colleen

Ben hält meine Hüften fest umschlossen, während der gedämpfte Klang von Schüssen durch den Schallschutz, den ich trage, in meinen Ohren widerhallt.

Als er vorgeschlagen hat, heute Nachmittag zum Schießstand zu gehen, habe ich einen Schluck Kaffee zurück in die Tasse geprustet, die ich in der Hand hielt, während ich friedlich frühstückte. Ich schätze, ich habe mich immer noch nicht daran gewöhnt, dass die Jungs mit so viel Gleichgültigkeit über Waffen und Kriege reden.

Wie auch immer, ich war mir nicht sicher, ob ich das knallharte Mädchen spielen sollte, aber das hier macht irgendwie Spaß.

„Du kannst das gar nicht so schlecht", sagt Ben, nachdem ich meine letzte Kugel verschossen habe. Die Zielscheibe bewegt sich langsam vorwärts, zum achten oder neunten Mal. Nach einer Weile habe ich aufgehört zu zählen.

Zuerst dachte ich, es sei Anfängerglück, aber die meisten Kugeln, die ich abgefeuert habe, haben die Schießscheibe getroffen. Einige von ihnen nur knapp, aber immerhin. Ich bin ein bisschen stolz.

„Ich denke, es ist an der Zeit, dass du mir zeigst, wie viel besser du darin bist", schlage ich vor, während ich die Waffe vorsichtig auf den Tresen vor mir lege und mich umdrehe.

„Dafür ist eigentlich keine Zeit. Wir müssen noch wohin. Überraschung." Er wirft mir ein verschmitztes Grinsen zu, das ich nicht besonders mag.

Ich kneife meine Augen zusammen. „Noch eine Überraschung nach der 'Ich bringe dir das Schießen bei'-Überraschung? Ich habe ein bisschen Bammel", gebe ich zu. „Oder besser gesagt, ich habe eine Scheißangst. Hast du mich in einem dieser Selbstverteidigungskurse angemeldet, damit ich lerne, wie man jemanden mit bloßen Händen tötet?"

„Erstens bin ich mir nicht sicher, ob man dort lernt, wie man jemanden wirklich tötet. Zweitens, wenn du lernen willst, wie du dich selbst verteidigen kannst, wirst du das mit mir machen, denn deine Hände werden keine beliebigen Typen anfassen. Drittens gehen wir nicht zu einem Selbstverteidigungskurs, sondern zu meiner Oma."

Als seine letzten Worte in meinem Kopf widerhallen, brauche ich eine ganze Weile, um zu reagieren. „Was?", frage ich ihn schließlich.

„Wir gehen zu meiner Oma."

„Das habe ich kapiert", schimpfe ich, denn er weiß, dass ich ihn sehr wohl verstanden habe. „Warum gehen wir zu deiner Oma? Wir können nicht zu deiner Oma gehen."

„Doch, können wir. Heute ist Apfelkuchentag. Ich habe sie angerufen."

„Aber … Wir …", stottere ich.

„Bitte, flipp nicht aus. Wenn du nicht mehr redest und atmest, macht mich das ganz verrückt", sagt er und mustert forschend mein Gesicht. Er scheint aufrichtig besorgt zu sein.

„Ich habe nicht vor, eine Panikattacke zu bekommen." Ich schnaube. „Hoffentlich", murmle ich dann. „Aber …"

„Hör auf mit dem Aber", mischt er sich ein und verwehrt mir die Möglichkeit, meinen Satz zu beenden. „Wir gehen nur zu meiner Oma, weil ich möchte, dass du sie kennenlernst. Ich werde sie nicht nach dem Ring fragen, den mein Opa ihr vor fünfzig Jahren geschenkt hat. Ehrenwort." Er zwinkert. „Sie trägt ihn trotzdem immer noch mit Stolz."

Er macht sich über mich lustig. Daran muss ich denken und ihm nicht in die Eier treten. Noch nicht.

„Du bist ein Schwachkopf, weißt du das?"

„Das wurde mir schon ein- oder zweimal gesagt." Er grinst. „Ob du es glaubst oder nicht, manche Leute haben einen beschissenen Sinn für Humor. Sei nicht so wie sie", fügt er hinzu und täuscht einen flehenden Tonfall vor.

„Halt die Klappe und lass mich ausreden." Ich seufze. „So kann ich nicht zu deiner Oma gehen. Ich bin dafür nicht richtig angezogen", erkläre ich ihm und wende mich wieder dem eigentlichen Thema zu. Sein Blick gleitet an meinem Körper auf und ab, er nimmt meine Jeans und meine einfache rote Bluse in Augenschein. Da ich weiß, was er gleich sagen wird, spreche ich zuerst. „Nicht reden. Sag einfach nichts, und lass uns gehen. Ich werde ihr sagen, dass es deine Schuld ist, dass ich so verlottert aussehe."

Sein Kichern lässt mich mit den Augen rollen. Aber ich halte inne, als er beschließt, dass genau jetzt und hier der richtige Zeitpunkt und der richtige Ort für einen Kuss ist. Seine Lippen sind sofort fordernd, und seine Zunge dringt in meinen Mund ein, als wären wir in der Privatsphäre unseres Schlafzimmers. Das sind wir nicht, aber das hält mich nicht davon ab, mich dem Feuer hinzugeben, das jedes Mal in mir auflodert, wenn er mich berührt. Meine Hände verschwinden in seinen Haaren, und ich verliere mich in dem Kuss, wobei ich völlig vergesse, dass jeden Moment jemand hereinspazieren könnte.

Es ist Ben, der als Erster wieder zu sich kommt, sich von mir löst und tief durchatmet.

„Am besten heben wir uns das für später auf", stöhnt er enttäuscht.

Ich brumme zustimmend, und nachdem er die abgelegte Waffe in den Bund seiner Jeans gesteckt hat, verlassen wir den Schießstand und gehen zu meinem Auto.

Ja, *mein* Auto.

Es ist ein kleiner Chevrolet, mit dem Ben vor ein paar Tagen im Club auftauchte, einen Tag nachdem meine Mutter aus heiterem Himmel aufgekreuzt ist. Ich habe mich zuerst gewehrt, weil das ein bisschen zu weit ging. Aber natürlich hat er darauf bestanden und seine Lieblingsbegründung vorgebracht, die gleiche, die er anführte, als er verlangte, dass ich in seinem Zimmer bleibe: *Es ist, um sicherzustellen, dass du in Sicherheit bist.* Nun, wenn man bedenkt, dass er mich nicht allein ausgehen lässt – was ich sowieso nicht will –, ist diese Rechtfertigung schlichtweg irrelevant. Aber dann kam meine Mutter auf die glänzende Idee zu sagen, dass sie nicht wisse, was das Problem sei, woraufhin Ben süffisant grinste, weil er wusste, dass er jemanden auf seiner Seite hatte. Schließlich gab ich nach und beschloss, dass es sinnlos war, meine Energie auf einen Streit mit ihm zu verschwenden.

„Kann ich fahren?", fragt er mich.

„Nein", antworte ich mit der gleichen Antwort, die ich ihm gegeben habe, als wir vorhin den Club verlassen haben, und er klingt wie ein Fünfjähriger, als er stöhnt, dass das total unfair ist. „Das finde ich nicht", widerspreche ich ihm. „Du wolltest mir ein

Auto kaufen, obwohl du wusstest, dass ich lieber gewartet hätte, bis ich einen Job habe, um mir selbst eins kaufen zu können? Na gut. Jetzt fahre ich es eben", erkläre ich, öffne die Tür und setze mich mit einem strahlenden Lächeln auf den Lippen auf den Fahrersitz.

„Männer sollten immer fahren", brummt er.

„Oh mein Gott! Ganz schön sexistisch?"

„Ganz und gar nicht", erklärt er, als wir losfahren – mit mir am Steuer. „Es ist einfach nur merkwürdig."

„Ist es auch merkwürdig, wenn du mit den Jungs im SUV sitzt und nicht fährst?"

„Nicht das Gleiche. Wenn ich mit den Jungs zusammen bin, fährt natürlich ein Mann", erwidert er, und er macht nur eine kurze Pause, bevor er hinzufügt: „Verdammt, ich klinge wirklich wie ein sexistischer Arsch." Ich lache und nicke. „Bitte sag es nicht meiner Oma", fleht er und verzieht das Gesicht vor gespielter Angst.

„Wir werden sehen." Ich zucke mit den Schultern. „Jetzt hör auf zu jammern und mach Musik an."

Er tut es, und während der fünf kurzen Minuten, die wir brauchen, um zu seiner Oma zu gelangen, bin ich nervös.

Die einzigen Eltern eines Freundes, die ich je kennengelernt habe, waren die von Craig. Sie waren nett, aber um ehrlich zu sein, kannte ich sie kaum. Wir kamen nicht einmal dazu, uns mit Vornamen anzusprechen. Sein Vater war ein aufgeschlossener Mann, aber er hat viel gearbeitet. Seine Mutter war immer höflich, aber das war's auch schon. Andererseits waren wir damals auch in L.A. und sie in Boston, also haben wir sie nicht oft besucht.

„Woran denkst du gerade?", fragt mich Ben.

„Willst du das wirklich wissen?" Ich antworte mit einer Gegenfrage, wobei mein Blick die Straße vor mir nicht verlässt.

„Ja …", antwortet er, das einzelne Wort langgezogen, was beweist, dass er sich nicht hundertprozentig sicher ist, dass er es wissen will.

„Ich habe darüber nachgedacht, dass Craigs Eltern die einzige Familie eines Freundes sind, die ich je kennengelernt habe."

„Ich hätte Nein sagen sollen", stöhnt er.

„Ich habe dich gewarnt", sage ich und reibe es ihm unter die Nase.

„Aber vergessen wir mal den schnöseligen Idioten und konzentrieren wir uns auf die Tatsache, dass du mich deinen Freund genannt hast", ruft er freudig aus.

„Habe ich nicht!", widerspreche ich vehement.

Und ob ich das habe.

„Und ob du das hast, mein Engel. Übrigens verdammt gut, das zu hören. Am liebsten würde ich sofort den Wagen anhalten und dich auf dem Rücksitz ficken."

„Anscheinend hast du es schon vergessen, aber ich bin diejenige, die heute fährt. Also kannst du den Wagen nicht anhalten. Aber vielleicht halte ich den Wagen auf dem Rückweg selbst an." Ich spreche absichtlich mit heiserer Stimme, und es erfüllt mich mit Stolz, als er sich ein wenig in seinem Sitz windet und mich anschaut.

„Böse. Vielleicht sollte ich dich, anstatt dich meiner Oma als meine Freundin vorzustellen, als meine Sexpartnerin präsentieren."

Ich stoße einen beleidigten Atemzug aus. „Wenn du das tust, werde ich dich kastrieren, wenn ich nachher anhalte", verspreche ich ihm. „Ich habe es nämlich ernst gemeint. Ich hatte noch nie Sex auf dem Rücksitz eines Autos. Ich hatte überhaupt noch nie Sex in einem Auto."

„Ernsthaft? Du hattest langweilige Freunde, mein Engel. Du hast so ein Glück, dass du mich getroffen hast", prahlt er. „Das ist das Haus", sagt er und deutet mit dem Finger durch die Scheibe. „Das weiße mit den lila Blumen auf den Fenstersimsen."

Ich parke vor dem zweistöckigen Haus mit der hübschen Holzveranda und steige aus dem Auto, um mich zu Ben auf den Bürgersteig zu gesellen. Er nimmt meine Hand in seine und küsst sanft meine Schläfe.

„Im Ernst, kein Grund zur Aufregung. Sie wird dich lieben, mein Engel."

„Wenn du meinst", erwidere ich und setze mich in Bewegung.

„Das tue ich", verspricht er, während er einen Schlüsselbund aus seiner Tasche holt.

„Sie ist nicht zu Hause?" Ich runzle die Stirn.

„Sie ist da, aber ich habe meine Schlüssel immer dabei, damit sie nicht extra herkommen muss, um die Tür zu öffnen. Ich habe lange genug gebraucht, um ihr klarzumachen, dass sie ihre Tür immer abschließen muss."

Er schließt die Tür auf, und sobald wir das Haus betreten haben, ruft er: „Oma! Ich bin da!"

„Großer Gott, Kind, schrei doch nicht so. Ich bin ja nicht taub. Jedenfalls noch nicht." Ich höre sie kichern, bevor sie aus einem Zimmer kommt, das die Küche sein muss, denn sie hat einen Topflappen in einer Hand.

Über ihrer grauen Hose trägt sie eine gelbe Schürze, die zu ihrem Hemd und der Haarklammer passt, mit der sie ihren grau-weißen Pony an der linken Seite ihres Kopfes hochgesteckt hat.

In dem Moment, in dem ihre blauen Augen uns erblicken, scheinen ihre Füße zu Eis zu gefrieren, und sie erstarrt ein paar Sekunden, bevor wir sie erreichen.

„Heiliger Strohsack“, sagt sie, und diesmal betont sie die Worte langsam. „Meine Gebete wurden endlich erhört.“

„Werd nicht sentimental, Oma. Du machst ihr Angst, und ich glaube, ich bin noch in der Probezeit.“

Sie stemmt die Hände in die Hüften, und ein mütterlicher finsterer Blick legt sich auf ihr blasses Gesicht. „Und was hast du getan, dass du auf Bewährung bist, mein Junge?“

„Nichts.“ Er antwortet mit einer gezwungenen, hohen Stimme. „Ich war charmant, das ist alles.“

Sie brummt skeptisch, und als sie sich wieder mir zuwendet, kommt ein echtes Lächeln auf ihre Lippen. „Wie heißt du, Liebes?“

„Colleen. Freut mich, dich kennenzulernen.“

„Gleichfalls, glaub mir. Ich bin Carla. Darf ich dir eine Frage stellen, Colleen? Weißt du, wie alt mein Enkel ist?“

Okay … Das war unerwartet.

„Ich habe gestern mit dir telefoniert“, sagt Ben zu ihr. „Du hast keine Gedächtnisschwierigkeiten erwähnt.“

Sie wedelt ihm mit der Hand zu, um seine Bemerkung abzutun. „Lass sie reden.“

Also ergreife ich das Wort. „Er wird in ein paar Wochen achtundzwanzig.“

„Das ist richtig. Und das ist das erste Mal, dass eine seiner Freundinnen diese Schwelle überschritten hat.“

„Das liegt daran, dass ich noch nie eine Freundin hatte“, erklärt er ihr, und fährt dann fast sofort fort. „Wenn ich das so sage, klinge ich wie eine siebenundzwanzigjährige Jungfrau.“

„Das tust du“, stimmen Carla und ich gleichzeitig zu, bevor wir in ein leises Lachen ausbrechen.

„Nett“, grunzt Ben durch sein eigenes Kichern. „Jetzt, wo wir uns alle einig sind, können wir den Apfelkuchen holen?“

Carla grinst – jetzt weiß ich, woher Bens Grinsen kommt – und tritt vor, um ihm einen Kuss auf die Wange zu drücken, dann wischt sie mit dem Daumen die Lippenstiftreste von seiner Haut.

„Wir können. Ich habe ihn gerade aus dem Ofen geholt“, sagt sie und dreht sich um. „Lasst uns auf der Terrasse essen. Es ist ein herrlicher Tag“, beschließt sie, während wir ihr in die Küche folgen. „Dann hole ich dein Fotoalbum, um es Colleen zu zeigen.“ Sie strahlt, und ich auch, vor allem als Ben etwas darüber murmelt, dass er langsam glaubt, es sei ein Fehler gewesen, mich hierherzubringen.

Ich glaube, ich werde mit seiner Oma sehr gut auskommen.

Kapitel 20

Ben

„Oh mein Gott, ich hatte ganz vergessen, wie gerne du schon so früh am Morgen geduscht und angezogen bist und dich schminkst und frisierst, sogar samstags", sagt Colleen mit verschlafener Stimme zur Begrüßung ihrer Mutter, als wir in die Küche kommen. „Allein dein Anblick raubt mir schon die ganze Energie."

Laura hat ein fröhliches Lächeln im Gesicht, während sie ihre Tochter mit warmherzigen Augen mustert. Sie ist bereit, den Tag zu beginnen, mit ihrem schwarzen Oberteil, der langen goldenen Halskette, die so tief fällt, dass sie unter den Tisch reicht, an dem sie sitzt, und ihrem dunklen Haar, das sie zu einem Pferdeschwanz gebunden hat.

Sie legt das Buch, in dem sie gelesen hat, auf den Tisch. „Guten Morgen, ihr zwei. Wie geht's euch?"

Colleens einzige Antwort ist ein lautes Gähnen, während sie direkt auf die Kaffeekanne zusteuert, also unterdrücke ich ein Kichern und antworte. „Gut. Und dir? Arbeitest du heute nicht?"

Seit sie vor etwa einer Woche in die Stadt gekommen ist, hat sie sich die meiste Zeit in dem Gästezimmer eingeschlossen, in dem Colleen vorher gewohnt hat. Zumindest tagsüber. Sie arbeitet von zu Hause aus, was bedeutet, dass sie mehr Glück hatte als Colleen, als diese Mistkerle sie zwangen, aus ihrer Wohnung abzuhauen.

„Niemals an den Wochenenden, das ist meine Regel", sagt sie.

„Diese Regel gefällt mir", stimme ich zu und lehne mich gegen den Tresen. „Danke, Engel", sage ich zu Colleen, während ich mir den Kaffeebecher schnappe, den sie mir reicht.

„Was habt ihr heute Morgen vor?"

Colleen lässt sich auf den Stuhl neben ihrer Mutter fallen und brummt: „Nichts."

„Da ist wohl jemand mit dem falschen Fuß aufgestanden", sagt Laura. „Was ist denn los, mein Liebling?"

„Nichts, mir geht's gut."

Wir wissen alle drei, dass das eine Lüge ist.

„Sie langweilt sich." Ich nenne Laura den wahren Grund, warum ihre Tochter in den letzten Tagen so schlecht gelaunt war. „Sie langweilt sich ohne Job", sage ich, was Colleen mir vor ein paar Tagen gestanden hat. Seitdem habe ich einen bitteren Geschmack im Mund und ein flaues Gefühl im Magen.

Ich befürchte, dass sie ihre Entscheidung, hier zu bleiben, noch einmal überdenken wird.

„Du wirst das schon schaffen, Liebling. Manchmal ist die Arbeit nicht das Wichtigste im Leben."

Colleens gelangweilter Blick schlägt in Unverständnis um, bevor sie ihrer Mutter sagt: „Du hast mir den Besuch eines guten Colleges bezahlt und ich habe meinen ersten Job vermasselt. Willst du mir sagen, dass das nicht wichtig ist?"

„Erstens hast *du* gar nichts vermasselt." Sie deutet mit dem Finger auf sie. „Das waren diese furchtbaren Leute. Zweitens musst du dich eigentlich bei deinem Vater für das College bedanken, denn es war seine Lebensversicherung, die es ermöglicht hat. Und eines kann ich dir garantieren, Liebling. Selbst wenn du deinen Job aus freien Stücken gekündigt hättest, wäre es deinem Vater lieber gewesen, dass du das tust und glücklich bist, als den Job zu behalten und unglücklich zu sein. Denn du warst unglücklich, und das weißt du auch. Das ist kein Leben. Es für ein paar Monate, ein Jahr oder sogar zwei Jahre auszuhalten, wenn du weißt, dass es dich weiterbringt, ist in Ordnung. Aber länger als das? Das ist es nicht wert. Kein Job ist es wert, unglücklich zu sein. Natürlich haben manche Menschen aus den verschiedensten Gründen keine Wahl. Aber du hast eine Wahl. Jetzt kannst du darüber nachdenken, was du wirklich willst. Denn dieser Job in New York war es nicht.“

„Ich denke, du solltest auf deine Mutter hören.“

Karls große Gestalt bewegt sich in die Küche und geradewegs auf die Kaffeekanne zu, während er Colleen seine Meinung sagt, und er zwinkert Laura zu, deren Wangen leicht erröten.

Karl geht auf die Fünfzig zu, und er hat immer noch dieselbe lange Mähne hellbraunen Haares, die er hatte, als ich dem Club beitrat.

„Und auch auf mich solltest du hören“, mische ich mich ein. „Ich habe ihr genau dasselbe gesagt, seit sie hier ist“, erinnere ich alle, besonders Colleen.

Frustration durchzieht ihre nächsten Worte und Colleen atmet schwer aus. „Bücher zu veröffentlichen ist das, was ich will, okay? Das will ich, aber ich kann es nicht. Jedenfalls nicht hier.“

Das fühlt sich an wie ein Schlag ins Gesicht.

Wenn sie hier bleibt, kann sie nicht tun, was sie liebt. Ich war so versessen darauf, sie zum Bleiben zu überreden – sie dazu zu bringen, zuzugeben, dass sie mich will –, dass ich das Wichtigste von allem vergessen habe. Bei ihrem Job ging es nie nur darum, einen Gehaltsscheck zu bekommen. Es ging um den

Versuch, etwas zu tun, was sie liebt. Es ging um die Hoffnung, dass sie eines Tages selbst ein Buch herausbringen könnte.

Es wird still im Raum, und als Colleen zu mir aufblickt, steht ihr die Entschuldigung in den Augen.

„Es tut mir leid, ich habe das nicht gesagt, damit du dich schlecht oder schuldig fühlst. Ich möchte hier sein", versichert sie mir mit sanfter Stimme, und ich weiß, dass sie es ernst meint.

„Ich weiß, mein Engel. Aber du willst auch den Job, von dem du seit Jahren träumst."

Sie stimmt mir nicht zu und lässt meine Aussage unkommentiert stehen. Das muss sie auch nicht.

„Wie wäre es mit einem eigenen Verlag?", schlage ich vor.

Warum habe ich nicht früher daran gedacht? Ich schätze, bei allem, was in den letzten Wochen passiert ist, hat ihre Sicherheit alles andere überschattet.

Sie schnaubt. „Das ist der ultimative Traum. Du weißt schon, der, der wahrscheinlich nie in Erfüllung gehen wird, weil er einfach nicht sehr realistisch ist."

„Warum nicht?", frage ich sie. „Jedes Mal, wenn du mit mir über deinen Job gesprochen hast und darüber, dass du dir wünschst, deine Chefin würde dich machen lassen, konnte ich sehen, dass du die Fähigkeiten hast, die es braucht, um an ihrer Stelle zu sein."

„Fähigkeiten sind nicht das Problem, Ben. Das Problem ist das Geld. Du weißt, wie ein Geschäft funktioniert. Ihr besitzt mehrere Läden. Ihr könnt die Besten auf eurem Gebiet sein, aber wenn ihr kein Geld zum Investieren habt, gibt es gar kein Geschäft. Und im Verlagswesen ist das noch mehr der Fall. Wenn man Reichweite haben will, und ich spreche von nationaler Reichweite, ist viel Geld notwendig."

Was ich dann sage, kommt impulsiv daher. „Ich habe das Geld, das ist kein Problem."

Colleens scharfer Blick durchbohrt mich wie mit Dolchen, sodass ich bereue, dass ich nicht sorgfältig nachgedacht habe, bevor ich den Mund aufgemacht habe.

„Ich werde dein Geld nicht annehmen. Du hast mir bereits ein Auto gekauft, obwohl du es nicht hättest tun sollen. Ich werde kein weiteres Geld von dir nehmen", erklärt sie sehr langsam. Ehrlich gesagt, ist ihre Aussage ziemlich höflich im Vergleich zu dem, was ich von ihr erwartet hätte.

Ich muss zugeben, dass es ein gewagter Schritt war, mit einem nagelneuen Auto bei ihr aufzutauchen. Aber sobald wir mit den Spiders ein für alle Mal fertig sind, möchte ich, dass sie kommen und gehen kann, wie es ihr gefällt. Sie wird sich nie an das Leben in Twican gewöhnen, wenn sie sich nicht frei fühlt. Die Tatsache, dass sie im Club festsitzt, hat bereits zu einem Lagerkoller geführt, und es wird nur noch schlimmer werden.

„Liebling ...", beginnt Laura.

„Ich nehme kein Geld mehr von ihm an, Mama. Schluss mit dieser Diskussion. Karl, bitte, hilf mir, das Thema zu wechseln." Sie wirft ihm einen flehenden Blick über ihre Schulter zu.

Er nickt nachdenklich, während er genau wie ich am Tresen lehnt, seinen eigenen Kaffee in der Hand, aber nach einer Weile platzt es aus ihm heraus: „Tut mir leid, Kleines, ich kann nichts finden. Ich habe wohl noch nicht genug Kaffee in den Adern, schätze ich."

Laura gluckst. „Dann werde ich helfen. Ich suche einen Supermarkt. Ich brauche ein paar Hefte,

Sachen für die Arbeit und ein paar andere Dinge. Wollt ihr mitkommen?"

„Du kannst nicht allein gehen, Mama." Colleen schüttelt verzweifelt den Kopf und antwortet nicht auf ihre Frage. „Terence oder sogar CJ könnten da draußen sein und darauf warten, dass du rausgehst. Es ist nicht sicher."

„Sie sind gefährlich, Laura", sage ich und gebe Colleen Rückenwind.

„Das verstehe ich, Ben. Das tue ich, und ich werde sehr vorsichtig sein. Aber ich werde mich nicht ewig verstecken. Ich werde einkaufen gehen, was ich brauche, vielleicht ein Café suchen oder so, und dann komme ich zurück, um beim Mittagessen zu helfen. Ich werde mich nirgendwo alleine hinwagen, das verspreche ich."

„Ich komme mit", lässt Karl sie wissen, schluckt den Rest seines Kaffees in einem Zug und öffnet den Geschirrspüler, um seinen leeren Becher wegzuräumen.

„Du musst doch nicht …", beginnt sie.

„Ich möchte", unterbricht er sie. „Wenn du lieber allein sein willst, kann ich im Auto bleiben …"

„Sei nicht albern", unterbricht sie ihn ebenfalls. Dann fährt sie fort – die Frau ist genauso stur wie ihre Tochter. „Aber wirklich, es gibt keinen Grund, den Samstagmorgen damit zu verbringen, durch die Gänge für Schreibwaren und Kosmetika zu wandern."

Er macht keinen Rückzieher. „Ich brauche sowieso ein paar Dinge. Ich hole noch meine Kutte, dann können wir los", versichert er und lässt ihr keine Möglichkeit zu widersprechen, während er aus der Küche geht.

Laura schaut ihm hinterher, als er hinter der Tür verschwindet, und wendet sich an Colleen. „Sind die Männer hier alle so …“

Als ihr das Wort, das sie sucht, nicht einfällt, hilft meine Freundin ihr auf die Sprünge: „Alpha? Die Antwort ist ja.“

„Okay, na dann.“ Endlich akzeptiert sie die Situation. „Klingt so, als müsste ich heute meine Intimtücher mit einem Biker kaufen.“ Sie steht auf. „Wollt ihr nicht mit uns kommen?“

Colleen ist diejenige, die antwortet. „Ich verzichte. Ich will ein langes Bad nehmen. Vielleicht meine Haare waschen, und das dauert ewig. Oder ich nehme einfach ein Bad und wasche mir heute Abend die Haare, falls ich mich heute Nachmittag mit Farbe bekleckere.“ Sie scheint laut zu denken.

„Warum Farbe?“, fragt Laura.

„Wir werden mit den Mädchen das Büro im neuen Laden streichen.“

„Oh, wie geht es voran?“, fragt sie, ihre Augen auf mich gerichtet.

„Ziemlich schnell, eigentlich. Der anstrengendste Teil waren die Elektroarbeiten, und damit sind wir seit ein paar Tagen fertig. Cody und Melvin haben gestern die Renovierung des Daches abgeschlossen, und jetzt können wir damit beginnen, die bereits gelieferten Geräte zu installieren und aufzustellen. Und da die Mädchen uns bei den Malerarbeiten und der Montage der Möbel für das Büro und die Rezeption zur Hand gehen, können einige von uns mit dem Streichen der Fassade und den Arbeiten am Parkplatz und am Zaun beginnen. Wir müssen noch ein paar Bäume fällen, was sehr mühsam sein wird, aber wir hoffen, dass wir in ein paar Wochen eröffnen können. Allerdings nicht, bevor Blane nicht ein erstklassiges Sicherheitssystem eingerichtet hat.“

Nachdem sie aufmerksam zugehört hat, nickt sie. „Klingt gut. Mit dem Fällen von Bäumen kann ich nicht viel anfangen, aber beim Streichen und Einrichten werde ich mithelfen. Das wird Spaß machen.“

Ich bin mir nicht sicher, wie viel Spaß es macht, einen Vielzahl an Wänden zu streichen und Zimmer zu dekorieren, aber wenn sie dabei helfen will, wird sie keiner meiner Brüder aufhalten. Wir sind alle ganz wild darauf, diesen Scheiß so schnell wie möglich zu beenden und zu unserer Routine zurückzukehren.

Die Küchentür geht auf. „Ich bin bereit, wenn du es bist“, sagt Karl zu Laura.

Sie zuckt ein wenig zusammen, als würde sie sich plötzlich daran erinnern, dass sie gehen muss, und steuert auf die Tür zu. „Ich hole schnell meine Tasche, dann können wir los. Aber wir nehmen mein Auto.“

„Sei vorsichtig“, mahnt Colleen.

„Keine Sorge“, antwortet sie, bevor sie mit Karl auf den Fersen verschwindet.

Ich stoße mich von der Theke ab und gehe zu meinem Mädchen, stelle mich hinter sie und lege meine Arme um sie. „Bei Karl wird sie gut aufgehoben sein.“

„Ich weiß, dass er vorsichtig sein wird, aber ich mache mir trotzdem Sorgen.“

Na gut.

„Soll ich dich von deinen Gedanken ablenken?“, schlage ich vor und lasse meine Lippen die Linie ihres Kiefers nachzeichnen.

Das leise Brummen, das aus ihrer Kehle kommt, geht ihrer eigenen Frage voraus. „Bedeutet das, wieder ins Bett zu gehen?“

„Ja“, bestätige ich und ziehe an dem Stuhl, auf dem sie sitzt, damit ich sie in meine Arme nehmen kann. „Lass uns dafür sorgen, dass du deinen Verstand verlierst, Engel.“

Sie besiegelt unsere Abmachung, indem sie auf dem Weg zu unserem Zimmer ihre Hüften wiegt, und in meiner Brust ertönt ein Stöhnen, das von ihrem Mund unterdrückt wird, als sie mich küsst. Wenn sie mit ihrer Zunge meine umspielt, weckt sie damit das Verlangen, das immerzu unter der Oberfläche schlummert und darauf wartet, gestillt zu werden. Und in diesem Moment weiß ich, dass ich sie nicht viel durchatmen lassen werde, bis der Morgen vorbei ist.

***

„Ben!“

Colleen lehnt sich schwer an mich, ihre Brüste sind gegen meinen Oberkörper gepresst, während ich von unten in sie stoße. Wie ich es ihr versprochen habe, verliert sich ihr Verstand jetzt in dem Vergnügen, das ich ihr bereite. Genau wie ihr Körper ist auch ihr Geist von den Empfindungen überwältigt, sodass ihre Augen vor Lust glasig werden.

Als ihre inneren Muskeln unkontrolliert zucken, weiß ich, dass sie kurz davor ist. „Ich will, dass du kommst. Lass für mich los, Engel“, verlange ich, und ich muss nur ein paar Sekunden warten, bis sich ihr Rücken wölbt und sie mir den Anblick ihrer üppigen

Brüste gewährt, während sie ihre Augen zum dritten Mal an diesem Morgen zitternd verdreht.

Und nach nur zwei weiteren harten Stößen bleibe ich tief in ihr drin und komme zusammen mit ihr zum Höhepunkt.

Sie lehnt sich zurück an mich, während wir beide nach Luft schnappen und uns schweigend von unseren Orgasmen erholen, bis sie schläfrig fragt: „Wie ist es überhaupt möglich, so oft zu kommen? Jedes Mal bin ich mir sicher, dass ich körperlich nicht dazu in der Lage sein werde, und jedes Mal fühlt es sich … Verdammt", sagt sie nur mit ihrer schläfrigen Stimme, die nun auch von Ehrfurcht erfüllt ist.

„Ich habe dir gesagt, dass ich gewisse Fähigkeiten habe." Ich kichere und erinnere sie an das erste Mal, als ich sie zu mir nach Hause gebracht habe.

Das einzige Mal, dass ich sie dorthin mitgenommen habe, um genau zu sein.

Immer öfter kommt mir der Gedanke, zusammenzuziehen, in den Sinn. Der Wunsch, mit Colleen ein gemeinsames Zuhause zu haben, wird jeden Tag stärker. Nicht unbedingt in meinem Zuhause, aber in jedem beliebigen Haus, in dem sie sich gerne niederlassen würde.

Sie lacht über meinen überheblichen Satz, und die Schwingungen übertragen sich direkt von ihrer Brust auf meine. Zumindest bis sie mit beiden Händen auf meinen Brustkorb drückt, um sich aufzurichten.

„Ich gehe mich jetzt duschen, bevor du beschließt, dass es schon Zeit für Runde vier ist und du mich mit dem nächsten Orgasmus noch umbringst."

Ihr Haar ist zerzaust. Das meiste liegt auf ihren Schultern, aber ein paar Strähnen fallen teilweise in ihre schönen Augen. Sie sieht richtig durchgevögelt aus.

„Hör auf, mich so anzuschauen“, schimpft sie, während sie von mir heruntergleitet und das Bett verlässt.

„Warum? Zweifelst du an deiner Selbstbeherrschung, Engel?“ Ich grinse wieder.

Sie will es nicht zugeben, als sie im Bad verschwindet, aber ich kenne die Antwort. Alles, was ich bräuchte, um sie wieder hier liegen zu haben, wäre, ihr zu folgen und meine Hände wieder auf ihre nackte Haut zu legen. Und genau darüber denke ich nach, als das Summen meines Handys mich dazu veranlasst, nach links zu schauen.

Seufzend, weil mein Mädchen mir mit ihrem köstlichen Körper jedes Quäntchen Energie geraubt hat, finde ich gerade genug Kraft in mir, um mich an den Rand des Bettes zu ziehen und mich dort hinzusetzen, nachdem ich mein Handy vom Nachttisch geholt habe.

In dem Moment, in dem ich den Namen auf dem Display sehe, drücke ich mit dem Daumen auf das Telefon und nehme den Anruf an, bevor er auf die Mailbox geht.

„Karl. Ist alles in Ordnung?“

„Hör zu, wir sind auf dem Rückweg und fahren gerade am Bauernhaus der Keltons vorbei. Delacey ist uns auf den Fersen. Metallic-graue Limousine. Keine Zeit für Details. Er ist allein. Das ist unsere Chance, ihn zu schnappen.“ Ich bin bereits aus dem Bett aufgestanden und ziehe mich an. Ich schlüpfe so schnell wie möglich in meine Boxershorts, da ich nur eine Hand frei habe. Der Anruf alarmiert Colleen, die zurück ins Zimmer eilt und nach einem meiner

Hemden in der Schublade greift, die ich gerade geöffnet habe. „Wenn ihr euch beeilt, können wir ihn
auf der Seitenstraße, die zum alten Tierheim führt, in
die Falle locken“, schlägt er vor.

„Das schaffen wir schon“, sage ich und steige in
meine Jeans. „Ich rufe gleich wieder an, wenn wir unterwegs sind.“

Ich lege auf, und innerhalb von zehn Sekunden
habe ich meine Jeans geschlossen, mein Hemd angezogen und meine Kutte auf dem Rücken.

„Wer war das? Was ist los?“, fragt Colleen mich
zaghaft.

Ich wünschte, ich könnte mir etwas Zeit nehmen,
um alles zu erklären, aber mit jeder Sekunde, die ver-
streicht, steigt das Risiko, dass Delacey entwischt.
Das Arschloch zum Reden zu bringen, ist die einzige
Möglichkeit, herauszufinden, was CJ und die Spiders
vorhaben.

Ich springe in meine Stiefel und antworte ihr.
„Delacey folgt dem Auto deiner Mutter“, beginne
ich, und wie erwartet wird ihr Gesicht auf der Stelle
blass vor Angst. „Ich verspreche, dass sie bei Karl in
Sicherheit ist, aber wir werden versuchen, Delacey zu
schnappen. Ich muss jetzt gehen. Vertraust du mir?“

Sie nickt sofort, aber noch immer steht ihr die
Furcht ins Gesicht geschrieben. „Geh. Aber sei vorsichtig.“

„Klar.“

Ich hasse es, sie so zurückzulassen, und mein Magen verdreht sich schmerzhaft, als ich ihr den flüch-
tigsten Kuss gebe, den ich ihr je aufgedrückt habe,
und die Treppe hinunterjogge. Als ich den Gemein-
schaftsraum überprüfe, bin ich erleichtert, dass die
meisten meiner Brüder da sind. Sie scheinen die

Dringlichkeit, die ich verspüre, zu erkennen, und jeder von ihnen verlässt den Stuhl oder die Couch, auf der er sitzt.

„Wir müssen los. Ein Auto. Nehmt eure Waffen mit.“

Ich warte nicht, um zu sehen, wer mir zum Lagerhaus folgt, und höre kaum, dass Jayce Befehle bellt, als hinter mir laute Schritte ertönen.

***

„Denkt dran“, sagt Jayce vom Rücksitz aus, wo er zwischen Liam und Nate sitzt. „Wir schnappen ihn lebend“, erinnert er uns, als wir uns der Kreuzung nähern, an der wir links abbiegen sollen. Nur Einheimische wissen, dass diese Straße an einem Feldweg endet, der zu einem alten, verlassenen Tierheim führt. „Ich kenne den Mistkerl nicht, also weiß ich nicht, ob er nicht dumm genug ist, aus Verzweiflung eine Waffe zu ziehen und abzudrücken, also konzentriert euch.“

Ich sitze unruhig auf dem Beifahrersitz und bin bereits hochkonzentriert.

„Wir sollten sie jetzt sehen“, knurre ich.

Wenn ihnen etwas zugestoßen ist …

„Sie könnten bereits auf der Straße in Richtung Tierheim unterwegs sein.“ Liam seufzt und weiß, dass wir eine schnelle Entscheidung treffen müssen: entweder schneller fahren und nach links ausweichen oder langsamer werden und hoffen, dass sie bald in der entgegengesetzten Richtung auftauchen, dabei aber riskieren, dass Karl mit Delacey allein gelassen wird, wenn wir zu spät kommen.

Wir wissen nicht viel über diesen Mann. Er könnte gefährlich und unberechenbar sein, soweit wir es einschätzen können.

„Nein, da", sagt Nate fest hinter mir, und tatsächlich, Lauras blaue Limousine ist in Sichtweite gekommen und fährt mit jeder Sekunde näher an die Kreuzung heran. „Und das muss Delaceys Auto dahinter sein."

Blanes Fuß geht merklich vom Gas, und Sekunden später schaltet Karl den Blinker ein, bevor er das Tempo drosselt und den Wagen nach rechts lenkt.

Mein Körper ist so angespannt, dass es schmerzt, während ich leise Worte zu dem Arschloch murmle, das mich nicht hören kann. „Rechts abbiegen … Rechts abbiegen …"

„Da haben wir ihn", sagt Liam und zappelt bereits in seinem Sitz, als Delacey Karl folgt und unwissentlich direkt in unsere Falle fährt.

„Vorsichtig", mahnt Nate. „Durchsucht erst das Auto, nur für den Fall, dass Karl jemanden übersehen hat."

Wir biegen links ab und erreichen nach etwa einer Meile den Feldweg. Kurz darauf halten wir hinter Delacey an, sodass zwischen seinem und unserem Auto noch etwa drei Meter Platz sind.

Karl muss uns gesehen haben, denn noch bevor Blane die Handbremse angezogen hat, springt er aus dem Auto und richtet seine Waffe auf Delaceys Windschutzscheibe, bereit, sie zu benutzen, wenn der Scheißkerl ihm einen Grund dazu gibt.

„Alles in Ordnung mit ihr?", rufe ich meinem Bruder zu, während wir fünf Delaceys Auto umzingeln.

Außer dem hirnlosen Mistkerl, der auf dem Fahrersitz sitzt, ist das Auto leer.

„Etwas durcheinander, aber es geht ihr gut. Er hat uns im Supermarkt angesprochen. Er sagte, er wolle mit ihr reden. Ich habe ihm gesagt, er solle verschwinden, aber er ist uns gefolgt, als wir gegangen sind“, berichtet er, während Jayce den Kofferraum zuknallt, nachdem er ihn überprüft hat.

Blane tritt gegen die Fahrertür, wobei die Spitze seines Stiefels höchstwahrscheinlich eine Delle in der Karosserie hinterlässt. „Steig aus oder ich schieß dir eine Kugel in den Kopf“, befiehlt er, wobei er seine Waffe direkt auf Delaceys Gesicht richtet.

Seine Stimme ist ruhig, aber die Drohung, die darin liegt, muss für den ergrauten Mann ausreichen, denn er überlegt nicht lange. Unbeholfen öffnet er seine Tür und klettert hinaus. Automatisch hebt er seine Hände, während sein Blick ängstlich umherspringt, um die Situation einzuschätzen.

„Hören Sie, ich will doch nur mit meiner Frau reden, und dann …“

„Sie ist nicht deine Frau“, bellt Karl.

Delacey will diese Aussage kontern; es steht ihm ins Gesicht geschrieben. Er scheint es eigentlich besser zu wissen, aber ergreift dennoch wieder das Wort.

„Wir haben uns gestritten, und ich will nur mit ihr reden, um mich zu entschuldigen.“

Moment mal … Was?

Meine Brüder und ich tauschen Blicke aus, und es ist klar, dass uns derselbe Gedanke durch den Kopf gegangen zu sein scheint. Er hat keine Ahnung, dass wir von seiner Verbindung zu den Spiders wissen. Das bedeutet, dass er nie vermutet hat, dass Laura ihn und seinen Sohn in der Nacht vor ihrer Abreise hat reden hören. Und jetzt ist er hier und denkt, er kann den reumütigen Freund spielen.

„Ist es das, wie ihr beleidigten Weicheier es nennt, wenn ihr eine Frau schlagt? Ein Streit? Bringt ihn in den Wagen“, sage ich meinen Brüdern, ohne mich um seine Antwort zu kümmern. „Ich fahre sein Auto zurück zum Club. Es ist besser, wenn ich im Moment nicht in seiner Nähe bin. Wir werden nichts erfahren, wenn ich ihn mit Kugeln durchsiebe“, sage ich und lege meine Waffe ab.

Der blöde Wichser wimmert, als ich seinen jämmerlichen Arsch zu meinen Brüdern schiebe, und ein weiterer verängstigter Laut entweicht ihm, als Jayce ihn seinerseits zum SUV schubst.

Wir verschwenden keine Zeit – denn obwohl der Ort abgelegen ist, gibt es keine Gebäude oder Bäume, die uns verbergen – und sind in Sekundenschnelle alle in den Autos und fahren zurück zum Club. Mit den Fäusten umklammere ich das Lenkrad und schäume vor Wut. Schließlich erreiche ich das Lagerhaus direkt hinter meinen Brüdern und steige aus Delaceys Auto.

Jayce stellt sich vor mich, als ich auf das einzige Hinterzimmer zusteuere, das größtenteils leer ist, weil ich weiß, wohin Blane den Scheißkerl schleppt. Sein Körper versperrt mir den Weg durch die offene Tür, aber ich kann sehen, wie Blane Delacey auf einen Metallstuhl stößt und ihn mit Liams Hilfe fesselt.

„Kannst du dich zusammenreißen, bis wir etwas erfahren haben?“, fragt er mich direkt und mustert mein Gesicht.

Mein Kiefer arbeitet heftig unter meiner Haut, als ich meine Waffe herausnehme und sie ihm reiche. „Nur für den Fall“, stoße ich hervor. „Aber ich bin mit dabei.“

Er scheint eine verdammt lange Zeit zu zögern, aber dann seufzt er, nimmt meine Waffe und tritt zur Seite, um mich vor ihm den Raum betreten zu lassen.

Betonwände, gesäumt von ein paar Regalen voller Kisten; das ist alles, was diesen Raum schmückt. Es kommt nicht oft vor, dass wir jemanden mit hierhernehmen, aber wenn wir es müssen, dann halten wir ihn hier fest.

„Was hat CJ mit Lauras Tochter vor?", frage ich ihn, da ich nicht in der Stimmung bin, um den heißen Brei herumzureden.

Er wird auspacken, und er wird es schnell tun.

Wie sehr sich seine Augen weiten, wäre urkomisch gewesen, wenn mich die Tatsache, dass er uns für so ahnungslose Idioten wie ihn hält, nicht so ankotzen würde.

„Sparen wir uns ein wenig Zeit, Arschloch. Wir wissen alles darüber, dass du und dein Sohn für die Spiders arbeiten", informiere ich ihn. „Jetzt wirst du uns erzählen, was der Plan war und was CJ jetzt vorhat. Außer dich hierherzuschicken, um zu sterben, natürlich. Man sollte meinen, dass der CEO einer krassen Firma weiß, wie man sein Gehirn benutzt, aber ich bin selbst keiner, also was weiß ich schon?"

Und da verfliegt plötzlich das verängstigte Weichei, das wir vor nicht einmal fünfzehn Minuten getroffen haben. Seine Augen verfinstern sich mit einem dunklen Schleier, während sein Blick mich nicht loslässt.

Das ist der wahre Terence Delacey.

„Vielleicht sollten wir ihm einfach eine Kugel in den Kopf jagen und mit dem Scheiß aufhören", sage ich in gelangweiltem Tonfall, während ich ein paar Schritte zurücktrete und mich an die Wand lehne. Es kostet mich jeden Funken Selbstbeherrschung, so zu tun, als hätte ich alles unter Kontrolle, obwohl ich den Kerl am liebsten verprügeln und auf dem Boden verbluten lassen würde. „Das Weichei ist nur eine Schachfigur. Hat keine Ahnung von CJ. Er weiß einen Scheiß über irgendetwas." Ich atme aus und täusche Desinteresse vor.

Und tatsächlich, der Stolz des Wichsers kommt zum Vorschein, und seine Nasenlöcher blähen sich vor unbändiger Wut, als er höhnisch sagt: „*Er* ist meine Schachfigur. Ja, er hat mich bezahlt, aber nur, weil er für *mich* arbeitet, und meine Dienste sind nicht umsonst. Die Spiders sind in ein Geschäft eingestiegen, von dem sie keine Ahnung haben."

Da haben wir's. Stolz ist eine heikle Sache. Der Typ ist so versessen darauf, uns zu beweisen, dass er ein harter Kerl ist, dass er jedes seiner Geheimnisse ausplaudert, nur um sicherzugehen, dass wir verstehen, dass er kein Weichei ist, das jedem hinterher trabt, der nach ihm pfeift. Und die Sache ist die, dass er sich nicht einmal bewusst ist, dass er das tut, also ist es wichtig, dass wir nicht auf Antworten drängen, weil er dann aufhört zu reden.

Und in Anbetracht von Liams nächster Bemerkung scheinen meine Brüder das genauso zu sehen wie ich. „Klar doch, Terence." Er schnaubt abschätzig. „Das redest du dir immer wieder ein. Um ehrlich zu sein, würde ich auch für jeden arbeiten, wenn ich kurz davor wäre, meine Firma zu verlieren und meine letzten Kröten zu zählen."

„Du würdest alles tun?" Nate spielt vor, Liam zu fragen. „Ich weiß nicht. Wahrscheinlich würde ich nicht so tief sinken, als dass ich CJs Hündchen werden würde."

Liam brummt, während er vorgibt, tief in Gedanken zu sein, bevor er zustimmt. „Ja, nein, du hast recht. Das würde ich auch nicht tun.“

„Ich bin nicht sein Hündchen!“, bellt Delacey, und schluckt den Köder, obwohl er es irgendwie doch ist, denn der einzige Grund, warum er gerade in Texas ist und versucht, an mein Mädchen heranzukommen, ist, dass CJ ihn bedroht haben muss.

Laura hat gehört, wie er seinem Sohn sagte, dass er nicht dafür bezahlt wurde, Frauen zu entführen.

Aber das spielt keine Rolle. Wichtig ist, dass er den Köder geschluckt hat, und jetzt fängt er an zu singen wie ein hirnloser Vogel. „Er lernte meinen Sohn letztes Jahr kennen und kontaktierte mich, als er noch in der Einrichtung war, in der sie beide wegen ihrer Verbrennungen behandelt wurden. Er sagte, er bräuchte meine Hilfe, um eine Tussi für ihn loszuwerden“, erzählt er, und die Luft in dem kleinen Raum wird dünn vor Anspannung und Wut, die der Wichser zu spüren bekommen wird, sobald wir sicher sind, dass er nichts mehr mit uns zu teilen hat.

„Wen?“, fragt Jayce ihn streng.

Statt zu antworten, starrt Delacey ihn an, und ich fürchte, er ist schon mit dem Reden fertig.

Das wird verdammt noch mal nicht reichen.

Mit zwei Schritten stehe ich vor dem Arschloch und schlage ihm mit voller Wucht die Faust ins Gesicht. Um zu verhindern, dass er vom Metallstuhl kippt, packe ich ihn an den Haaren, um ihn aufrecht zu halten, und reiße seinen Kopf nach oben, während er vor Schmerz über seine misshandelte Kopfhaut stöhnt.

„Lass mich eins klarstellen,“ sage ich ihm mit ruhiger Stimme, obgleich die Angst, die in seinen blauen Augen aufflackert, davon zeugt, dass er sehr wohl weiß, dass ich alles andere als ruhig bin. „Du wirst jetzt reden, denn wenn du es nicht tust, wirst du zu *unserem* Hündchen, und wir werden dafür sorgen, dass der Schmerz so lange anhält, dass du dich nicht einmal mehr an deinen Namen erinnern wirst, wenn wir mit dir fertig sind. Verstehst du, was ich meine, Terence?“

Jetzt ist Schluss mit den Spielchen mit diesem Idioten.

Seine Augen verengen sich, aber er ist klug genug, den Mund nicht zu öffnen, um irgendwelche Drohungen auszuspucken, von denen er genau weiß, dass er sie nicht wahr machen kann.

„Wen wolltest du aus dem Weg räumen?“

Die Frage kommt von Blane, und ich trete einen Schritt zurück, nachdem ich Delaceys Haare losgelassen habe, aber nicht bevor ich seinen Hinterkopf gegen die Metallstange des Stuhls schlage. Ich zucke mit den Fingern, um nach der Waffe zu greifen, die ich gar nicht mehr habe, also balle ich stattdessen beide Hände zu Fäusten, weil ich weiß, dass eine Leiche uns sowieso nichts verraten würde.

Delacey ist klug genug, mich nicht weiter zu reizen, und spricht. „Zuerst war es ein Mädchen namens Alexia“, sagt er, und ein deutliches Knurren ertönt hinter mir, aber Jayce zügelt seinen Ärger.

„Rede weiter,“ fordert Blane laut, als die Aufmerksamkeit des Wichsers durch Jayces verhaltene Reaktion abgelenkt wird.

Er schluckt schwer, und sein Blick senkt sich, anstatt Blane anzusehen. Ich gebe zu, dass der Kerl ein Furcht einflößender Wichser sein kann, selbst wenn er nicht so stinksauer ist wie jetzt.

„Aber dann hat er gesagt, dass sein Plan auf Eis gelegt wurde, weil das Mädchen im Krankenhaus liegt, und dass alle anderen Mädchen beschützt werden würden. Der Plan war also, dass ich mich Laura nähere und warte, bis sich die Lage etwas beruhigt hat. Es war mir eigentlich egal, ob er mehrere Monate warten wollte, solange ich dafür bezahlt wurde, dass ich mit der Frau Haus und Hof spielte. CJ hat sich regelmäßig gemeldet, und ich wusste, dass Lauras Tochter Colleen eine seiner Zielpersonen war.“

Eine seiner Zielpersonen.

Es ist schwer, mich darauf zu besinnen, dass er weiteratmen muss, bis er alles ausgeplaudert hat, was er weiß.

„Okay, weißt du was? Stopp mal hier“, unterbricht Liam ihn von der rechten Ecke des Raumes aus, wo er steht. Er blickt Delacey direkt in die Augen, als er spricht. „Deine kleine Geschichte ergibt keinen Sinn. Erstens war Colleen in New York nicht geschützt, also hätte jeder von euch viel früher als CJ an sie herankommen können. Das Gleiche gilt für Lilly“, fügt er hinzu, und die Tatsache, dass Delacey nicht im Geringsten überrascht ist, dass er Lilly erwähnt, sagt uns alles, was wir wissen müssen. Er wusste auch von dem Anschlag auf sie. „Was mich zu meinem zweiten Punkt bringt. Warum zum Teufel sollte CJ Hunderttausende von Dollar ausgeben, um dich einzubeziehen, wenn er es auch selbst hätte erledigen können?“

„Erstens: Ich kriege die Mädchen nicht. Das ist nicht mein Job. Ich lasse sie nur verschwinden. Und wie ich schon sagte, hätte CJ das nicht ohne mich machen können. Er weiß, dass sein Geschäft bestenfalls auf wackligen Beinen steht. Und abgesehen von Laura, drei Frauen auf einmal zu entführen, ist nichts, was man ohne einen gut durchdachten Plan macht. Zum Teufel, selbst mit einem Plan könnte CJ es nicht durchziehen. Ich wusste, dass dieser Mann mir einen Haufen Probleme bringen würde“, knurrt er.

Was für Probleme?

„Was meinst du mit drei Frauen?“, bellt Nate, und der Wichser schreckt zusammen. „Wer war die dritte Frau?“, verlangt er einen Namen und rückt näher, während eine glühende Wut von ihm ausgeht.

„Ich kenne nur ihren Namen, sonst nichts. CJ sollte sie letzten Monat zusammen mit den anderen beiden zu mir bringen und …“

„Name!“, brüllt Blane und unterbricht ihn.

Nach einem kurzen Blick auf meinen Bruder sagt er: „Erin.“

Während ich bei der Erwähnung von Alexias Freundin die Stirn runzle, durchschneidet Liams Gebrüll den stillen Raum und hallt von den Wänden wider, als er auf Delacey zugeht, seine Waffe zieht und sie dem Mistkerl an die Schläfe hält.

Okay …

Ich schätze, wir haben das mysteriöse Mädchen gefunden, mit dem Liam seine Wochenenden verbringt.

„CJs Freunde haben sie nicht erwischt“, sagt Delacey schnell mit zittriger Stimme. „An dem Tag, an dem CJ Colleen holen sollte und einige der Spiders die andere Frau schnappen sollten, hätten einige weitere dieses Erin-Mädchen holen sollen, aber sie war anscheinend nicht in Phoenix, wie es eigentlich geplant war. Ich weiß nicht, was da los war, ich schwöre es. CJ hat mich nur angerufen, um mir zu sagen, dass sie die Mädchen nicht haben, aber er hat mir keine Details genannt.“

Er muss denken, dass er noch etwas sagen kann, das ihn rettet. Aber da irrt er sich. Der Kerl ist so gut wie tot.

„Erin ist an dem Morgen mit mir zurückgefahren, weil sie mit ihren Prüfungen fertig war und ein paar Wochen bei ihren Eltern verbringen wollte", erklärt uns Liam mit angespanntem Kiefer und starrem Körper.

Aber das ergibt immer noch keinen verdammten Sinn. Delacey könnte jetzt genauso gut Chinesisch sprechen. Nichts von dem, was er gesagt hat, ergibt Sinn, und zwar aus einem Grund. „Diese ganze interessante Geschichte sagt uns immer noch nicht, warum die Spiders die Mädchen den ganzen Weg nach Florida zu euch bringen mussten, um sie zu töten", schimpfe ich und versuche mein Bestes, um die Tatsache zu verdrängen, dass wir alle drei am selben Tag hätten verlieren können.

Delacey zieht die Augenbrauen tief zusammen. „Ich bringe keine Menschen um", versichert er mit zitternder Stimme. „Dafür hat CJ mich nicht bezahlt."

Wovon zum Teufel redet er da?

„Du hast gesagt, er wollte, dass du sie verschwinden lässt", erinnert ihn Blane, in dessen Stimme die gleiche Verwirrung liegt, die auch meinen Kopf erfüllt.

„Ja, aber nicht so", antwortet er, und schaut sich um.

Zum ersten Mal scheint er das Ausmaß der Situation zu begreifen, in der er sich befindet.

„Weiter. Rede", befiehlt Blane auf unheimliche Weise.

Schluckend gehorcht er. „Er wollte, dass ich sie durch mein Geschäft verschwinden lasse. Mein

Nebengeschäft. Er hat mich dafür bezahlt, dass ich die Frauen auf einer meiner Auktionen versteigere", sagt er zögernd, und ein mulmiges Gefühl macht sich in meiner Magengrube breit, während eine Welle von Schauern meinen Rücken hinunterläuft. „Er hat mir Bilder gezeigt, und ich wusste, dass sie schnell weggehen würden, also habe ich den Deal angenommen."

Eine Runde Grollen erfüllt den Raum.

Sie würden schnell weggehen.

Verdammt. Sie zu töten, war nie der Plan. CJ hatte etwas viel Schlimmeres mit ihnen vor. Er hätte Colleen an diesem Tag nicht umgebracht. Genauso wie Lillys Unfall sie nicht töten sollte. Sie hätten sie nicht erledigt, wenn die Bullen nicht vorbeigefahren wären. Sie hätten sie sich geschnappt.

„Wann und wo war die Auktion?", bellt Blane und lässt den Wichser aufschrecken.

„Miami. Vor ein paar Wochen", antwortet er zittrig. „Aber CJ hat es vermasselt, seine Freunde haben es vermasselt, und dann ist Laura abgehauen, also ist es nie zustande gekommen. Dann hat CJ es gewagt, mir zu drohen, mich zu töten, wenn ich sie nicht selbst hole. Deshalb bin ich hier. Er ist wahnsinnig."

Sagt der Mann, der Auktionen veranstaltet, um Frauen zu verkaufen.

Der Mann, der Auktionen arrangiert *hat*, um Frauen zu verhökern, besser gesagt. Denn kaum sind diese letzten unglaublichen Worte aus seinem Mund, ertönt ein ohrenbetäubender Knall, der an allen vier Wänden um uns herum widerhallt, und Delacey hat nicht einmal Zeit zu begreifen, was mit ihm geschieht, bevor sein Kopf herumwirbelt und sein Kinn auf seiner Brust ruht.

Liam zieht seine Waffe von der Schläfe des Mannes zurück und steckt sie in den Bund seiner Jeans. Er erklärt seine unvorhergesehene Aktion nicht, und niemand von uns fragt ihn danach. Er braucht sich nicht zu rechtfertigen. Erin wäre weg, wenn er sie an diesem Tag nicht zu ihren Eltern gefahren hätte. Erin, Colleen, Laura und Lilly wären alle Gott weiß wo, mit Gott weiß was für einem perversen Arschloch, wenn die Spiders es nicht wie die Vollidioten, die sie sind, versaut hätten.

Wie auch immer man es betrachtet, die Welt kann nur besser sein, wenn es einen Mann wie Delacey weniger gibt.

Kapitel 21

Colleen

Ich sitze im Gras, den Kopf nach oben geneigt, damit mein Gesicht die wärmenden Strahlen der langsam am wolkenlosen Himmel versinkenden Sonne aufsaugen kann, während Ben und Liam hinter mir die ersten Burger vom Grill nehmen.

Es ist Samstagabend, und heute Abend feiern wir. Die Werkstatt ist endlich fertig, und die Jungs können die große Wiedereröffnung am Montag kaum erwarten. Ich beneide sie, wenn ich ihren Eifer sehe. Ich beneide sie, weil ich immer noch keinen Job habe und immer noch nicht herausgefunden habe, wie ich den Stillstand in diesem Lebensbereich überwinden kann. Allerdings haben sich die Dinge vor einer Woche deutlich relativiert.

Ich weiß alles darüber, was vor sieben Tagen mit Terence passiert ist. Ben hat mir alles erzählt. Ich musste ihm das meiste aus der Nase ziehen, aber ich habe nicht aufgegeben, bis er nachgegeben hat. Ich musste es wissen. Ich verstehe die Clubregeln, und ich habe sie immer respektiert und ihn nie etwas über ihre Geschäfte oder über die Spiders gefragt. Aber diese spezielle Angelegenheit betraf meine Mutter und mich direkt, und ich konnte nicht damit leben, darüber im Unklaren gelassen zu werden. Zugegeben, es war nicht leicht, mit der Wahrheit umzugehen, dass wir bei Terences Auktion an den Meistbietenden verkauft werden sollten. Aber noch schwerer war es, mit den unablässigen Vermutungen fertig zu werden, die sich in meinem Kopf abspielten, gleich nachdem Ben aus dem Lager hochgekommen war.

Seine düsteren Gesichtszüge und die rasende Wut, die von ihm und seinen Brüdern ausging, und das Blut, das Liams weißes Hemd färbte, waren mir natürlich nicht entgangen. In diesem Moment wusste ich, dass Terence endgültig tot war, und tief in mir spürte ich, dass sie einen wirklich guten Grund für seinen Mord gehabt haben mussten. Aber ich wollte trotzdem wissen, was dieser Grund war, damit ich aufhören konnte, mir den Kopf zu zermartern, mit den unzähligen Vermutungen darüber, was er von uns wollte – was CJ wahrscheinlich immer noch von uns wollte –, eine schrecklicher als die andere.

Als Ben mich behutsam über alles informiert hat, was sie von ihm erfahren haben, habe ich mich zunächst schlecht gefühlt, denn sein Tod löste in mir keinerlei Gefühle aus. Wenn überhaupt, durchströmte mich Erleichterung, weil ich wusste, dass er meiner Mutter nicht mehr wehtun konnte.

„Hier, mein Engel."

Bens Stimme reißt mich aus meinen Gedanken, als er vor mir in die Hocke geht und mir einen Burger reicht, den er für mich zubereitet hat.

„Danke." Ich lächle und gebe ihm einen Kuss auf die Lippen.

Ein kurzer Kuss reicht ihm aber nicht. Er beugt sich ein wenig vor und streift mit den Fingern über die Haut unter meinem Kinn, während er meinen Mund in einen tieferen Kuss hüllt.

Ich lasse seine heiße Zunge meine finden und genieße sie, bis wir unterbrochen werden.

„Colleen, Liebling, kann ich kurz mit dir reden?", platzt meine Mutter in unsere Zweisamkeit, obwohl es so klingt, als stünde sie nicht direkt neben uns.

Ben küsst mich auf die Stirn. „Wir machen später weiter, mein Engel", verspricht er, bevor er sich wieder seinen Burgern widmet.

„Tut mir leid, dass ich störe, Süße. Ich brauche nur ein paar Minuten", sagt meine Mutter, während sie sich neben mich setzt.

„Kein Problem, Mama. Geht es dir gut?"

„Na klar. Alles ist prima."

„Hast du schon geduscht?" Ich runzle die Stirn, während ich in den leckeren Burger beiße, und bemerke, dass sie ihre Jeansshorts und die weiße Bluse durch eine schwarze Jeans und eine rote Bluse ausgetauscht hat. „Du hättest noch warten sollen. Wir werden sowieso alle nach Holzkohle riechen", sage ich ihr mit einem Bissen im Mund.

Was sie als Nächstes sagt, kommt so schnell, dass mein erster Bissen fast in der falschen Röhre landet. „Ich habe schon geduscht, denn ich fahre, wenn wir fertig gegessen haben."

Was … Nein.

Mir gefällt nicht, was ich da höre. Ich wusste, dass sie nicht ewig bleiben würde, klar. Sie ist es gewohnt, allein zu leben, und ich kann mir kaum vorstellen, wie groß die Umstellung für sie ist, mit zwei Handvoll Bikern und ihren Mädchen zusammenzuwohnen. Ganz zu schweigen von Max und den Kindern von Brent und Fiona, wenn sie da sind. Außerdem weiß ich, dass sie erst seit drei Wochen hier wohnt, aber ich habe mich schon daran gewöhnt, sie jeden Tag zu sehen.

„Für welche Stadt hast du dich entschieden?", frage ich sie und gebe mein Bestes, um sie zu unterstützen, aber ich kann den Stich der Enttäuschung und der

Traurigkeit nicht unterdrücken, der mir ins Herz fährt, während ich meinen Burger studiere.

„Sieh mich an, Colleen“, bittet sie leise, und ich hebe meinen Blick. „Ich habe mich für keine Stadt entschieden. Aber wenn die Zeit gekommen ist, wird es hier sein. Natürlich nur, wenn du es dir nicht anders überlegt hast, hier zu leben.“

Mein erster Reflex ist sofort zu bestätigen, dass ich meine Meinung nicht geändert habe. Ich bleibe hier, und je mehr Zeit vergeht, desto weniger kann ich mir vorstellen, wegzugehen. Aber was sie gerade gesagt hat, lässt mich wieder verwirrt die Stirn runzeln. „Was meinst du damit, wenn die Zeit gekommen ist? Und wohin gehst du heute Abend?“

„Ich fahre mit Karl. Ich begleite ihn auf seiner Auslieferungstour.“ Sie schenkt mir ein zögerliches Lächeln, während sie versucht, in meinem überrascht wirkenden Gesicht zu lesen. Bei dieser Neuigkeit vergesse ich sogar meinen Burger, der auf meinem Schoß liegt. Meine Mutter redet weiter, vielleicht weil ich nicht weiß, wo meine Stimme geblieben ist. „Wir werden etwa zwei Wochen weg sein, und dann werde ich mich wohl auf die Suche nach einer Wohnung in der Gegend machen.“

Offenbar weiß sie, dass ich nirgendwo hingehen werde.

„Aber … du … ich …“

„Ich verstehe, dass das eine Menge zu verkraften ist“, sagt sie, als sie merkt, dass ich im Moment nur stottern kann. „Und es tut mir leid, dass ich dir so überraschend davon erzähle. Ich dachte, es wäre das Beste. Ich wollte nicht, dass du dir irgendwelche Sorgen machst.“

Vielleicht hat sie recht. Vielleicht war es so am besten. Ich mache mir in letzter Zeit ziemlich viele Sorgen.

Ich seufze und schüttle den Kopf. „Ich verstehe das nicht. Bist du mit Karl zusammen? Ich meine, mir ist aufgefallen, dass ihr ziemlich viel Zeit miteinander verbringt, aber seid ihr mehr als nur Freunde? Wirst du mit ihm in die Wohnung einziehen, nach der du suchst? Ich meine, es tut mir leid, Mama, aber …“

„Ich werde nicht verheiratet oder mit einem Verlobungsring am Finger zurückkommen, Colleen“, unterbricht sie mich mit einem kleinen Lächeln, da sie weiß, worauf meine Sorge dieses Mal beruht. „Das ist es nicht. Es ist etwas anderes.“

„Was ist es dann? Du gehst mit ihm auf Tour, und ich … ich verstehe das einfach nicht.“

„Das ist mir klar, aber die Wahrheit ist, dass ich es auch nicht verstehe.“ Bei diesem Geständnis schaut sie über ihre Schulter, und ich folge ihrem Blick, der Karl gefunden hat. Er sitzt mit Brent auf der Treppe, während die beiden Männer sich unterhalten, und er zwinkert meiner Mutter zu, als er sieht, wie sie ihn anschaut. Ihr Blick verweilt nur kurz auf ihm, und als sie sich wieder umdreht, ist ihr Lächeln noch strahlender. „Ich weiß nur, dass ich mich noch nie so gefühlt habe. Zumindest nicht seit deinem Vater. Ich weiß einfach, dass ich das tun muss. Ich will es tun.“

Sie hat recht; das ist eine Menge zu verarbeiten.

„Aber wie kannst du dir sicher sein, dass es anders ist?“

Ich liebe meine Mutter, aber seit ich die Entscheidung getroffen habe, mit Ben in Twican zu bleiben, fühle ich mich auch wie ein Teil der Clubfamilie. Ich schätze, es wäre seltsam, wenn meine Mutter Karl heiraten würde, um sich dann ein Jahr später oder so scheiden zu lassen. Es würde mir auch das Herz brechen, sie endlich ständig um mich herum zu haben und sie dann wieder wegziehen zu sehen.

„Es ist schwer zu erklären. Es ist ein Gefühl. Ich spüre es einfach. Vielleicht liegt es daran, dass es das erste Mal ist, dass ich bei einem Mann, den ich treffe, nicht nach deinem Vater suche. Wenn ich Karl ansehe, dann sehe ich Karl. Ich sehe seine Qualitäten und seine Schwächen, aber ich vergleiche sie nicht mit denen deines Vaters. Ich wünsche mir nicht, er wäre er. Ich mag ihn so, wie er ist. Ich schätze ihn für das, was er ist, und ich möchte jedes Detail über seine Kindheit und seine Vergangenheit erfahren, und ich möchte wissen, was er sich von der Zukunft erhofft. Ich möchte alles über ihn herausfinden. Weißt du …“ Sie macht eine Pause, aber nur kurz. „Jedes Mal, wenn ich eine neue Beziehung angefangen habe, und jedes Mal, wenn ich geheiratet habe, habe ich wirklich geglaubt, dass es funktionieren könnte. Es ist vielleicht schwer zu glauben, aber ich habe es wirklich versucht. Aber jetzt weiß ich, dass keine dieser Beziehungen hätte funktionieren können, weil ich nach etwas gesucht habe, das es nicht gab. Ich war auf der Suche nach jemandem, der deinen Vater ersetzen konnte, selbst nach all den Jahren. Ich hatte Angst, für den Rest meines Lebens allein zu sein, aber mein Fehler war es, weiter nach dem zu suchen, was ich verloren hatte, als ich jung war. Ich erkannte nicht, dass ich nicht weniger allein war, wenn ich mit der falschen Person zusammen war. Weniger einsam. Ich hatte nur den Eindruck, dass ich es nicht war. Und mit Karl …“ Sie schweift ab, und ich muss zugeben, dass ich das Lächeln, das ihr ganzes Gesicht erhellt, nur ein einziges Mal gesehen habe, nämlich auf dem Foto von ihr und meinem Vater, als sie mit mir schwanger war. „Ich bin einfach nur glücklich und dankbar, dass ich einen Mann getroffen habe, der so nett zu mir war. Seit deinem Vater hat mir keiner der Männer, mit denen ich zusammen war, jemals dieses Gefühl gegeben. Als ob ich wichtig wäre, verstehst du? Und dass ich immer noch eine Frau bin. Es ist lange her, dass ich mich so glücklich und gelassen gefühlt habe, und ich will nicht, dass diese Gefühle verschwinden. Aber bevor ich gehe, muss ich wissen, dass du das verstehst und dass es für dich in Ordnung ist."

So ehrlich hat sie noch nie mit mir über ihre Beziehungen gesprochen und darüber, warum sie so gelebt hat, wie sie es all die Jahre getan hat. Und ich würde lügen, wenn ich sagen würde, dass ich es nicht verstehe. Ich glaube schon, denn genau wie sie bin ich nicht gern allein. Ich nehme an, dass der Versuch, die Liebe zu finden und sich hundertprozentig auf jede Beziehung einzulassen, ihre Art war, weiterhin zu glauben, dass sie die wahre Liebe wieder erleben kann.

„Ich verstehe das, und es ist okay für mich. Wirklich", verspreche ich ihr. „Aber ich kann nicht glauben, dass du mit ihm auf Tour gehst. Ist das nicht eine Clubangelegenheit?"

Sie gluckst. „Er hat mir alles über diese Club-Sache erzählt, auch dass das, was wir transportieren werden, nicht ganz legal ist. Aber er hat auch gesagt, dass in den letzten fünfundzwanzig Jahren nichts passiert ist, also gibt es keinen Grund, dass in der nächsten Woche etwas schief gehen könnte." Sie beugt sich ein wenig vor und grinst. „Er hat wohl noch nicht von meinem Pech in letzter Zeit gehört."

„Das ist nicht lustig!", zische ich. „Warte … Ich dachte, du wärst zwei Wochen weg." Ich übergehe schnell ihren merkwürdigen Sinn für Humor.

„Sind wir auch, aber in einer Woche bin ich mit den Lieferungen fertig", mischt sich Karl in unser Gespräch ein, und ich sehe, wie er auf uns herunterlächelt, während er mit den Fingerspitzen im Haar meiner Mutter spielt. „Dann wird die Lieferung aus dem LKW geholt, und wir werden von San Francisco aus den langen Weg nach Hause fahren, um das Land zu erkunden. Bist du damit einverstanden?", fragt er mich, und ich weiß nicht warum, aber ich bin froh, dass er so klingt, als ob ihm meine Meinung dazu wichtig wäre.

Ich schnappe mir meinen Burger vom Schoß und stehe auf. „Wenn du es schaffst, sie dazu zu bringen, sich für immer in Texas niederzulassen, bin ich damit einverstanden." Ich lächle.

Er beugt sich vor und flüstert etwas, das nur ich hören kann. „Es könnte eine Weile dauern, bis sie es einsieht, aber sie gehört zu mir."

Als er sich wieder aufrichtet, grinsen wir beide gleichermaßen.

Meine Mutter stand schon immer auf Männer wie Terence. Und damit meine ich nicht Männer, die Frauen entführen und ohne die geringste Reue verkaufen, sondern Männer, die nach außen hin sicher und verantwortungsvoll wirken. Ich habe schon immer an ihren Entscheidungen gezweifelt, und jetzt kann ich mich des Eindrucks nicht erwehren, dass die Begegnung mit Karl von Anfang an vorherbestimmt war. Vielleicht war es für uns beide vom Schicksal gewollt, hier zu landen.

„Jetzt lasst uns essen, bevor es kalt wird", sagt er und hilft meiner Mutter mit einer ausgestreckten Hand beim Aufstehen.

Wir setzen uns an den Tisch, um den sich inzwischen alle versammelt haben, und ich nehme meinen Platz neben Ben ein, während sich meine Mutter und Karl uns gegenübersetzen.

„Ihr müsst allerdings vorsichtig sein, wenn ihr unterwegs seid", sage ich zu den beiden. „CJ und Kevin sind immer noch da draußen. Sie könnten irgendetwas versuchen", mache ich mir Sorgen.

„Ich werde noch vorsichtiger sein als sonst", versichert mir Karl. „Aber wenn sie mit mir unterwegs ist, ist deine Mutter wahrscheinlich am sichersten. Die Spiders wissen nichts von unserem Geschäft. Sie wissen nicht, dass es sich um Lieferungen handelt, vor allem nicht am helllichten Tag. Sie können uns nicht finden, wenn sie nicht wissen, dass sie nach uns suchen müssen."

Das leuchtet ein. „Okay." Ich nicke, aber gleichzeitig bezweifle ich, dass auch nur ein einziges Wort beruhigend genug sein könnte, um meine Sorgen völlig zu vertreiben.

Ich denke immer noch daran, was hätte passieren können, wenn meine Mutter allein in den Supermarkt gegangen wäre. Terence hat sie angesprochen, als sie ihn dabei erwischt hat, wie er sie und Karl aus der Ferne beobachtet hat. Zuerst fand ich es seltsam, dass er nicht weggelaufen ist, aber dann hat Ben mir erzählt, dass Terence nicht wusste, dass meine Mutter das Gespräch zwischen ihm und seinem Sohn mitgehört hat. Wahrscheinlich dachte er, es wäre klug, den reumütigen Freund zu spielen, um zu versuchen, sie allein zu erwischen. Als das nicht geklappt hat, weil Karl sich geweigert hat, auch nur um einen Meter von meiner Mutter abzurücken, dachte der Idiot, es wäre eine clevere Idee, ihnen zu folgen. Und wieso? Ich weiß es nicht. Aber jetzt, wo er weg ist, spielt das wohl keine Rolle mehr.

„Was hast du auf dem Herzen, Engel?", fragt mich Ben, nachdem er mich auf die Wange geküsst hat, und ich merke, dass ich abwesend war.

Ich will den Abend nicht verderben, indem ich irgendeinen der kranken Männer erwähne, die immer noch wie ein Damoklesschwert über unseren Köpfen schweben, also sage ich: „Ich werde meine Mutter vermissen, das ist alles."

Ich habe mich daran gewöhnt, sie jeden Tag um mich zu haben.

„Es sind doch nur ein paar Wochen." Sie lächelt. „Oh, das hätte ich fast vergessen. Ich weiß, du stehst nicht auf soziale Medien, aber Chloe hat ein Facebook-Konto für mich eingerichtet. Ich werde es nicht benutzen, es sei denn, es liegt ein Notfall vor und es ist die einzige Möglichkeit, dich zu erreichen, aber bitte mach du das auch. Ich werde mich besser fühlen, wenn ich weiß, dass ich mehr als eine Möglichkeit habe, dich zu kontaktieren. Das wird mich beruhigen. Einverstanden?"

Sie hat recht. Ich war noch nie ein großer Fan dieser Social-Media-Sache. Eine ziemliche Zeitverschwendung, wenn man mich fragt. Und ich sage ihr auch nicht, dass, wenn sie mich nicht per Telefon erreichen kann, die Wahrscheinlichkeit gering ist, dass sie es über die sozialen Medien schafft. Stattdessen verspreche ich ihr, es zu tun, sobald ich mit dem Essen fertig bin.

„Nächsten Samstag habe ich ein Date“, sagt Chloe ein paar Plätze weiter rechts von Ben und mir.

Man kann nicht sagen, an wen sie sich wendet, da sie auf der gleichen Seite des Tisches wie ich sitzt und ich sie nicht sehen kann, aber der Hof verstummt sofort. Zumindest, nachdem Brent sein Bier so heftig auf den Tisch knallt, dass sicherlich ein paar Tropfen der dunklen Flüssigkeit die weiße Papiertischdecke durchtränken. Die Schüssel mit dem grünen Salat versperrt mir die Sicht. Was ich jedoch sehen kann, ist Brents Blick, der geradeaus auf seine Tochter gerichtet ist.

„Was hast du gesagt?“, knurrt er.

„Du hast es gehört“, erwidert sie mit einem Hauch von Provokation in der Stimme, offenbar völlig unbeeindruckt von dem Blick ihres Vaters. „Ich gehe ins Kino. Ins Autokino“, präzisiert sie.

„Süße“, mischt sich Fiona ein, ihre Stimme ist viel sanfter als die ihres Mannes. „Wir haben gesagt, du sollst ihn fragen, nicht es ihm sagen.“

Brents Blick wandert zu seiner Frau, die direkt neben ihm sitzt. Aber dann starrt er wieder auf seine Tochter, die ihre Mutter daran erinnert: „Und ich habe dir gesagt, dass er Nein sagen würde, wenn ich ihn frage.“

„Ich würde Nein sagen, ob du es nun fragst oder sagst. Ich sage Nein“, bemerkt er deutlich ruhiger.

„Das ist nicht fair“, protestiert sie. „Ich bin siebzehn, Papa. Alle meine Freunde haben Dates. Bitte!“

„Es ist mir scheißegal, was die Eltern deiner Freunde erlauben“, erklärt er ihr. „Außerdem bist du gerade siebzehn geworden. Und das ist es eben. Du bist siebzehn. Nicht siebzig.“

Ich kann mein Lachen nur unterdrücken, indem ich es in Bens Hemd ersticke.

„Ernsthaft, Papa?“ Chloe schnaubt, und als ich zu Brent zurückblicke, sehe ich, wie er mit den Schultern zuckt, während Fiona neben ihm mit den Augen rollt. „Ich will aber hin. Ich schwöre, er ist nett.“

„Ich bin auch nett. Ich gehe mit dir ins Kino“, schlägt Brent vor, und ich fürchte, er meint es tatsächlich ernst.

Das wird langsam urkomisch.

Als Ben sich nicht die Mühe macht, sein Kichern zu verbergen, wie der Rest von uns, bestrafe ich ihn mit einem sanften Stoß in die Rippen. Aber es ist zu spät, um ihn vor Brents mörderischem Blick zu retten, der ihn allerdings nur stolz grinsen lässt.

„Was glaubst du, wie alt ich bin? Fünf?“, murmelt Chloe.

Brent zuckt wieder nur mit den Schultern. Das arme Mädchen wird mit ihrem überfürsorglichen Biker-Vater als fünfundzwanzigjährige Jungfrau enden.

„Sei vernünftig, Brent.“ Fiona seufzt. „Du kannst sie fahren, wenn …“

„Nein, Mama! Du weißt, dass er Sebastian absichtlich vergraulen wird.“

Brents Grinsen sagt alles.

„Mein Gott“, haucht Fi geschlagen aus. „Ich fahre dich.“

„Sebastian kann mich abholen.“

„Kommt nicht in Frage“, knurrt Brent. „Du fährst mit niemandem, bevor ich ihn nicht kennengelernt habe. Haben wir uns verstanden?“

„Ich fahre sie“, wiederholt Fi, während Chloe verärgert ausatmet.

„Ich habe nicht gesagt, dass sie gehen kann“, erinnert Brent sie.

„Oh, Mann. Sei vernünftig“, wiederholt Fiona, diesmal mit mehr Nachdruck. „Sie werden nicht die ganze Nacht in einen Club gehen. Sie gehen nur ins Autokino, um Himmels willen. Voller Menschen, ein sicheres Autokino.“

Er verschränkt die Arme vor der Brust und versucht, sie einzuschüchtern. „Du hast dein Handy immer eingeschaltet, und du gehst nirgendwo anders mit ihm hin, sonst hast du Hausarrest bis zu deinem Abschluss. Vom College“, präzisiert er. „Verstanden?“

Chloes Lächeln ist durch ihre Antwort hindurch zu hören. „Ja, Sir. Danke, Papa.“

Er schnaubt. „Jetzt bin ich wieder Papa? Wunderbar“, murmelt er.

Als der Streit mit Brents Zugeständnis zu Ende ist und alle wieder anfangen zu reden, wendet sich Ben an mich. „Jetzt bin ich hin- und hergerissen zwischen dem Wunsch nach einem kleinen Mädchen, das genauso aussieht wie du, und dem Wunsch, das hier zu vermeiden.“ Er zeigt mit dem Finger blindlings hinter sich, bevor er einen großen Bissen von seinem Burger nimmt.

Mein Magen macht eine überraschend angenehme Drehung, als er das Thema Kinder anschneidet. Es ist eine große Sache, so früh in unserer Beziehung darüber zu sprechen, aber seltsamerweise macht es mir keine Angst.

Ich brauche mich nur umzuschauen, um zu wissen, dass ich hier sein will, und dass Ben derjenige ist, mit dem ich zusammen sein möchte. Die Wahrheit ist, seit ich mir das eingestanden habe, macht mir nichts mehr Angst an meiner Beziehung zu Ben.

Kapitel 22

Während ich mein Bier trinke und auf einem Hocker an der Bar sitze, sehe ich, wie die Tür zum Lagerhaus aufgestoßen wird und mein Mädchen wieder nach oben kommt, nachdem sie vor fünf Minuten ihrer Mutter, Karl, Cody und Melvin nach unten gefolgt ist.

Cody und Melvin werden Laura und Karl ein paar Städte weiter bei der Transportfirma absetzen, die wir auf unserer Lohnliste haben. Karls Wagen bleibt dort, solange er zu Hause ist, und der Manager holt ihn dort ab, wann immer er ihn braucht. Auch wenn es an einem Samstagabend ist. Aber wir zahlen ihm mehr als genug für die Mühe.

„Komm her", sage ich zu meinem Mädchen, nachdem sie die Tür geschlossen hat, und sie geht um die Bar herum, um auf die andere Seite zu gelangen. Sobald sie in meiner Reichweite ist, ziehe ich sie so nah wie möglich an mich heran und küsse sie sanft. „Alles klar?"

Sie lächelt mich an, offensichtlich um meine Sorge zu lindern, aber es wirkt trotzdem ein wenig traurig. „Ich schätze, ich habe mich einfach daran gewöhnt, sie hier zu haben. Es ist lächerlich, denn sie wird nur zwei Wochen weg sein, und dann wird sie sich hier niederlassen."

„Es ist nicht lächerlich." Ich koste ihre Lippen erneut mit einem weiteren zärtlichen Kuss. „Und ich bin froh, dass sie sich entschieden hat, hierzubleiben. Sie und Karl scheinen sich sehr nahe zu sein."

Ihr Lächeln hellt sich sofort auf. „Ich habe bemerkt, dass sie oft Zeit miteinander verbringen, seit sie hier ist, aber bis heute Abend habe ich nicht viel darauf geachtet. Und die Wahrheit ist, dass ich sie so noch nie mit jemandem gesehen habe. Sie ist glücklich, und sie wirkt so …“

Sie schweift ab und summt leise vor sich hin, während sie nach dem richtigen Wort sucht, aber Cam hilft ihr schnell auf die Sprünge. „Behaglich.“

Colleen wirbelt herum, als ihre beste Freundin auf den Hocker neben mir klettert. „Genau“, stimmt sie zu, und ich lege einen Arm um ihre Taille. Sie lehnt sich an mich, und ich lege meine Hand auf ihren Bauch, über der königsblauen Bluse, die sie heute über ihren Jeansshorts trägt. „Ich hoffe nur, dass alles in Ordnung ist, während sie unterwegs sind.“

Das ist das Einzige, was mich heute gestört hat. Ich hasse es, wenn sie sich so viele Sorgen macht. Aber abgesehen davon war heute ein wirklich guter Tag. Es hat mich an die Zeit erinnert, bevor Isaac, Connor und Billy getötet wurden. Es ist zwar schon zwei Jahre her, aber wenn wir mal von der Hochzeit von Alex und Jayce absehen – wo alle drei auf schmerzliche Weise vermisst wurden – hatten wir in den letzten Jahren nicht viele Tage wie heute.

Wir alle brauchten Zeit, um mit dieser Art von Verlust fertig zu werden. Jayce hat natürlich am meisten gelitten, aber er hat sich vor ein paar Monaten endlich wieder aufgerappelt. Jeder von uns hat auf seine Weise getrauert. Manchmal habe ich immer noch das Gefühl, dass ich die Trauer nie ganz überwinden werde. Es gibt immer noch Zeiten, in denen ich Billys Abwesenheit mit voller Wucht spüre, wenn ich durch die Eingangstür des Clubs gehe. Alle meine Brüder haben mir viel darüber beigebracht, wie es ist, Teil des Clubs zu sein, und ich liebe sie alle, aber Billy und ich waren uns sehr ähnlich. Der Kerl hat sich selbst nie ernst genommen. Er war zuverlässig und konzentriert, wenn es darauf ankam, aber ansonsten war er so entspannt, wie man nur sein kann. Und er hatte immer einen Scherz auf Lager. Zugegeben, seine Versuche, Witze zu machen, gingen meistens schief, aber trotzdem.

Das Schlimmste daran, sie auf diese Weise zu verlieren, war, dass wir alle keine Gelegenheit mehr hatten, uns zu verabschieden. Das war für mich der schwerste Teil. Ich hatte damit zu kämpfen, weil es mich daran erinnerte, wie ich mich nicht von meiner Mutter verabschieden konnte, als ich noch ein Kind war.

Wie auch immer, so schwer und ungerecht es auch ist, ich denke, dass es jetzt an der Zeit ist, all das in der Vergangenheit ruhen zu lassen, und so sehr ich meine Brüder immer noch vermisse und sicherlich immer vermissen werde, war heute ein guter Tag.

„Ich sage doch, Engel. Das wird schon", versichere ich ihr noch einmal und drücke ihr einen beruhigenden Kuss auf den Hals. „Aber wenn du dir immer noch Sorgen machst, kann ich versuchen, dich abzulenken", biete ich mit einem rauen Flüstern an.

„Da bin ich mir nicht so sicher. Das letzte Mal, als du das getan hast, hat Karl dich angerufen und gesagt, dass sie von einem Zuhälter verfolgt werden, oder wie auch immer man diese verrückten Perversen nennt." Sie spricht von dem Tag, an dem wir Terence hierhergebracht haben, aber sie neigt auch ihren Kopf zur Seite, um mir trotz ihrer Worte noch leichteren Zugang zu ihrem Hals zu gewähren.

„Na, wie sieht's aus? Wer will einen Drink?", fragt uns Alex, die jetzt hinter der Bar steht und Gläser holt. „Ich nehme eine langweilige Limonade, weil ich morgen arbeiten muss, aber ihr könnt ja mehr Spaß haben."

„Ich nehme auch eine Limonade", sagt Camryn. „Schnaps hilft nicht gegen meine Kopfschmerzen."

„Du hast Kopfschmerzen?", Jayce runzelt die Stirn, als er auf Alex zugeht und direkt hinter ihr stehen bleibt.

Der Kerl ist fast genauso beschützend gegenüber seiner neu entdeckten kleinen Schwester wie gegenüber Alex.

„Ich werde es überleben", verspricht sie. „Es wird bloß leichter, wenn ich keinen Kater habe."

„Willst du etwas, wenn ich schon dabei bin, Jayce?", fragt Alex ihn.

„Nein, ich brauche nichts. Danke, Babe."

„Wir brauchen dringend einen neuen Prospect", informiere ich alle Anwesenden. „Melvin mehr als ein Jahr lang bei uns zu haben, war einfach traumhaft."

„Ihr müsst einfach dringend weniger faul sein", entgegnet mein Mädchen.

Ich drücke sie fester mit meinem Arm, der lässig um ihre Taille geschlungen ist, und zwinge sie, sich mit dem Rücken noch weiter an mich zu lehnen, während ich ihren Hals in Reichweite meines Mundes habe.

Da sie ihr Haar in einem unordentlichen Dutt trägt, finden meine Lippen leicht die Stelle unterhalb ihres Ohrs. „Aber ich bin nicht faul, wenn es darauf ankommt."

Die heisere Stimme, mit der ich das sage, bringt mir ein wissendes Lächeln ein, als sie mir erneut ihren

Hals anbietet, als bräuchte sie meine Lippen unbedingt auf ihrer Haut. Aber sie entwindet sich meinen Armen, bevor ich mich an ihr satt gekostet habe, und ihr Lächeln wird frech.

„Ich glaube nur, was ich sehe“, fordert sie.

Mit großem Vergnügen nehme ich den Köder auf und schwinge meinen Hintern vom Hocker, während sie gerade genug zurücktritt, um mir etwas Platz zu machen.

Nachdem wir uns entschuldigt haben, nehme ich mein Mädchen in die Arme und verspreche ihr mit ein paar heiseren Worten, die ich ihr ins Ohr flüstere: „Dann werde ich es dir wohl zeigen.“

Kapitel 23

Colleen

„Dir ist doch klar, dass ich heute Abend nur deshalb Bridge spiele, weil du mir viel bedeutest, oder?", fragt mich Ben etwas zu dramatisch, als wir die Treppe zum Haus seiner Oma hinaufgehen. „Ich meine, komm schon, Bridge!", betont er, obwohl das gar nicht nötig gewesen wäre.

Seit Carla mich heute Morgen angerufen hat, hat Ben mehrmals deutlich gemacht, dass es sein schlimmster Albtraum ist, mit seiner Oma und ihren Freundinnen ein paar Stunden Bridge zu spielen – und das ausgerechnet an einem Samstagabend. Ein Albtraum, der meinetwegen wahr wird.

Wie ich schon sagte, ist er seit dem Anruf ein wenig dramatisch drauf.

„Ich glaube, es wird lustig", wiederhole ich, was ich ihm schon den ganzen Tag erzähle. „Und ich habe dir doch schon gesagt, dass deine Oma Hackbraten zum Abendessen kocht. Sieh das Glas nicht als halb leer an und hör auf zu jammern. Du wirst diesen Abend gut überstehen."

Hackbraten ist Bens Lieblingsessen, solange er von Carla gekocht wird.

„Ich glaube, sie weiß, dass ich nicht Nein zu dir sagen kann", erwidert er und ignoriert meinen Versuch, ihn dazu zu bringen, das Ganze positiv zu betrachten, indem er sich auf das Essen freut, das extra für ihn ausgewählt wurde. „Deshalb hat sie dich angerufen, nicht mich. Sie weiß, dass ich Bridge hasse. Bridge macht keinen Spaß, Engel. Es ist langweilig. Wenn Tod durch Langeweile ein Thema wäre, dann wäre

Bridge die tödlichste aller Waffen. Und weißt du was? Vielleicht gibt es den Tod durch Langeweile doch. Stell dir vor … Dein Hintern hat noch nicht mal den Stuhl berührt, und schon bist du tot. So will ich nicht sterben. So kann es mit mir nicht enden."

Sein Blick wandert zu mir, als ich meinem Lachen freien Lauf lasse, aber ich kann nicht anders. Mein Ausbruch wird jedoch unterbrochen, als die Haustür aufgerissen wird.

„Was ist so lustig? Ich will auch lachen", fragt mich eine Frau mit kurzen blonden Haaren, bevor sich ein Lächeln auf ihre rot geschminkten Lippen schleicht.

Ich zeige mit dem Daumen auf Ben und sage: „Er denkt, dass er vor Langeweile stirbt, sobald er sich an den Bridge-Tisch setzt."

Sie zuckt abwehrend mit den schmalen Schultern. „Von mir aus kann er stehen."

Als sich wieder ein Grinsen auf ihren Lippen ausbreitet, stöhnt Ben auf. „Immer so mitfühlend, Linda", begrüßt er sie sarkastisch.

Sie tritt zur Seite, damit wir eintreten können, und erwidert: „Immer so übertrieben melodramatisch, Schatz. Niemand wird heute Nacht ins Gras beißen, es sei denn, er verhungert. Um das zu verhindern, schlage ich vor, du hörst auf, ein großes Baby zu sein, und kommst mit, um das Essen zu servieren, damit wir uns die Bäuche vollschlagen und zum Wesentlichen übergehen können."

Obwohl er ein wenig schlurft, folgt Ben mir ins Wohnzimmer, als ich seine Hand nehme und ihn dorthin begleite.

Carla serviert bereits den letzten Teller, als wir dort ankommen.

„Es riecht wirklich gut, Carla", sage ich ihr.

„Danke, meine Liebe." Sie lächelt und imitiert einen Kuss, weil sie alle Hände voll zu tun hat. „Linda hast du ja schon kennengelernt, und hier sind Simone und Jaclyn." Sie deutet mit dem Kinn auf eine weitere blonde Frau und dann auf eine braunhaarige, die beide sichtlich in der gleichen fröhlichen Stimmung sind wie Carla und Linda. „Mädels, das ist Colleen."

„Es ist wirklich schön, dich kennenzulernen", sagt Simone, die ihre Hände in die Hüften stemmt, während sie weiterspricht. „Und es ist wirklich schön zu sehen, dass es endlich jemand geschafft hat, diesen hier zu zähmen und zu ertragen. Erst als du aufgetaucht bist, haben wir ihn zum Bridgespielen bekommen." Sie grinst und bedeutet uns, dass wir uns setzen sollen.

„Ich bin nur wegen des Hackbratens gekommen", mault Ben weiter.

Offenbar ist er mit seiner Heulsusen-Nummer noch nicht fertig. Allerdings legt er sie in dem Moment auf Eis, in dem er den ersten Bissen zum Mund führt.

Von einer wilden Biker-Party ist das hier vielleicht noch weit entfernt – nicht, dass sie eine geschmissen hätten, seit ich vor etwas mehr als einem Monat nach Twican gekommen bin – aber für mich ist es perfekt. Obwohl mir schon vor einer Weile klar geworden ist, dass, solange ich mit Ben zusammen bin, sowieso alles perfekt ist.

✳✳✳

„Acht Uhr, Kinder!", verkündet Jaclyn, nachdem wir alle mit angepackt haben, um den Tisch abzuräumen.

„Zeit, sich zu amüsieren!" Simone und Carla strahlen mit ansteckender Begeisterung um die Wette.

Ben murmelt etwas davon, dass er immer noch Angst hat, zu sterben – und auf ewig als der erste Mann bekannt werden würde, der an Langeweile gestorben ist –, als der Klingelton seines Telefons alle Damen im Raum dazu bringt, ihre Augen zu verengen.

„Es tut mir sehr leid, meine Damen." Er schmunzelt über seine Entschuldigung, die überhaupt nicht entschuldigend klingt, und dann verzieht sich sein Gesichtsausdruck in wenig überzeugender Panik. „Glaubt ihr, der Todesengel würde eine SMS schicken, bevor er mich holt? Vielleicht sollte ich mich wirklich nicht an diesen Tisch setzen."

„Witzig", entgegne ich trocken, aber als sein schelmischer Blick von seinem Gesicht gewischt wird, sobald er die erhaltene SMS liest, sinkt meine gute Laune schlagartig. „Was ist los?"

Das Bild meiner Mutter taucht sofort vor meinen Augen auf. Sie und Karl sind seit einer Woche weg, und ich habe ständig das Gefühl, dass irgendwann etwas passieren wird.

„Ist alles in Ordnung, Ben?", fragt Carla ihn.

Seine Augen wandern ein paar Mal zwischen mir und Carla hin und her.

„Es tut mir leid, Oma. Ich kann nicht bleiben", sagt er schließlich.

Er geht nicht näher darauf ein, gibt ihr keine Erklärung, und sie fragt auch nicht danach.

„Pass auf dich auf", bittet sie stattdessen sanft, aber bestimmt, weil sie deutlich spürt, dass etwas vor sich geht, aber weiß, dass er es ihr nicht sagen würde.

„Versprochen", antwortet er und schenkt ihr ein Lächeln, als sie ein paar Schritte auf ihn zugeht, um ihn auf die Wange zu küssen. „Auf Wiedersehen, meine Damen." Dann zwinkert er ihnen zu, aber ich kann sehen, dass sein Verhalten ein wenig von seiner Verspieltheit verloren hat.

Mit einer Hand umfasst er sanft meinen Arm und zieht uns beide vom Tisch weg und aus dem Wohnzimmer, bis wir im Eingangsbereich stehen, direkt neben der Haustür.

„Die Spiders haben sich gerade gemeldet. Sie wollen uns um halb sieben treffen. Die Jungs sind auf dem Weg hierher, um mich abzuholen."

Er hält inne, und mein Gehirn beginnt zu verarbeiten, was er gesagt hat. Er lässt mir Zeit, es zu verdauen, aber mustert mich aufmerksam, als würde er versuchen, meine Gedanken durch meinen Ausdruck und meine Augen zu lesen.

„Okay. Das ist in kaum mehr als zwanzig Minuten, und sie rufen erst jetzt an? Das ist … Ich meine, könnte es nicht eine Falle sein? Das ist doch möglich." Ich mache meine Meinung zu diesem Thema deutlich.

Die Wahrscheinlichkeit, dass dieses improvisierte Treffen eine Falle ist, ist sehr hoch. Wenn es etwas gibt, das ich gelernt habe, ohne auch nur einen dieser Männer getroffen zu haben – mit Ausnahme von CJ natürlich –, dann ist es, dass sie bösartige Kriminelle sind, deren Hauptziel im Leben darin besteht, durch Frauenhandel einen Haufen Geld zu verdienen. Das ist alles, was ich wissen muss.

„Es könnte sein", gibt Ben zu, und so entsetzlich es auch ist, das zu hören, ich wusste, dass er mich nicht anlügen würde.

Das ist etwas, das ich an ihm liebe. Er ist immer ehrlich.

„Warum gehst du dann, wenn du das weißt?“

Ich bin etwas verblüfft.

„Ich weiß nicht, welchen Plan die Jungs haben, aber ich weiß, dass sie einen haben. Sonst würden wir ja nicht hingehen.“

„Wo wollt ihr hin?“

„Erinnerst du dich an die Einkaufsstraße, an der wir angehalten haben, um ein Eis zu essen, nachdem wir hier das erste Mal zusammen waren? Neben dem Autokino und dem Schwimmbad?“, fragt er mich, und ich nicke. „Wir treffen uns dort mit ihnen. Dort gibt es mehrere Bars und Restaurants. Es ist nicht abgelegen, was bedeutet, dass sie nichts anstellen können. Vielleicht planen sie etwas Zwielichtiges, aber wir werden vorsichtig sein, Engel. Das verspreche ich dir, okay?“

Mit einem weiteren Nicken bestätige ich sein Versprechen, obwohl ich genau weiß, dass ihre Vorsicht keine Garantie dafür ist, dass sie unversehrt zurückkommen. Oder überhaupt zurückkommen. Aber das sage ich ihm nicht. Das hat keinen Sinn.

Ich lasse zu, dass er mich an sich zieht und mich für ein paar Sekunden festhält. „Geh und genieße das Spiel.“ Er lächelt schwach, als er sich in dem Moment zurückzieht, in dem ein Hupen durch die geschlossene Tür ertönt. Es scheint vom Ende der Straße zu kommen, denn es ertönt ein paar Mal, bevor es abbricht.

„Es wird schon alles gut gehen, und ich werde so schnell wie möglich wieder hier sein. Es wäre mir lieber, wenn du nicht gehst, bevor ich zurück bin, in Ordnung?“

Ich nicke ihm noch einmal stumm zu, aber diesmal mit einer kleinen Erleichterung, weil ich weiß, dass er vorhat, nach diesem spontanen Treffen wieder hierherzukommen. Das bedeutet, dass er damit rechnet, viel früher als mitten in der Nacht oder sogar später fertig zu sein. Vielleicht muss ich nur ein paar Stunden vor Nervosität an meinen Nägeln kauen, bis er wieder bei mir ist. Das hört sich nach etwas an, das ich bewältigen kann. Hoffentlich.

„Sei vorsichtig", sage ich zu ihm, als er seine Finger in mein blass-oranges Oberteil krallt und mich an sich zieht. Einen lang anhaltenden, innigen Kuss später ist er zur Tür hinaus, und ich bleibe allein zurück, mit einem Knoten von Vorahnung und Angst im Bauch als einzigem Begleiter.

Nun, außer den vier Frauen im Nebenzimmer.

„Liebes."

Ich spüre, wie Carla tröstend meine Schulter drückt, als ich ihre Stimme höre. Ich drehe mich um und sehe, dass sie mich anlächelt. Es ist allerdings nicht das fröhliche Lächeln, das sie sonst zeigt. Es ist ein schwaches Lächeln, in dem eine Spur von Verständnis liegt.

„Ich werde dir keine dummen Ratschläge geben, wie du dir keine Sorgen machen sollst, denn wenn das jemand mit mir machen würde, würde es mir schwerfallen, ihn nicht zu erwürgen." Sie gluckst leise. „Aber ich schlage vor, dass wir jetzt einfach eine Minute nach der anderen auf uns zukommen lassen und ein paar Dollar verdienen, bis unser Junge wieder gesund und munter hier ist."

Damit entlockt sie mir ein Lachen, das, auch wenn es leise ist, meine Brust erwärmt. Mein Verstand ist immer noch Gefangener einer Angst, die nicht abklingen will, bevor ich wieder in Bens Armen liege, aber zu wissen, dass ich nicht allein warte, ist irgendwie beruhigend.

Ich atme tief durch, folge Carla ins Wohnzimmer und setze mich auf einen der Stühle am Tisch. Ich werde tun, worum Ben und Carla mich gebeten haben, und versuchen, mich auf das Spiel zu konzentrieren, aber nicht ohne mein Handy in der Nähe zu haben. Wenn Ben aus irgendeinem Grund versucht, mich zu erreichen, möchte ich seinen Anruf nicht verpassen.

Obwohl ich sie nicht sehe, spüre ich die mitfühlenden Blicke meiner Mitspielerinnen, als ich mein Handy vorsichtig neben mir auf den Tisch lege. Offenbar wissen Carlas Freunde zumindest in groben Zügen, wie die Situation ist. Doch bevor die Welle des Mitleids, die durch den Raum schwappt, richtig peinlich werden kann, summt mein Telefon einmal, und plötzlich kann ich mich nur noch darauf konzentrieren.

Aber es war keine SMS, die vibriert hat. Ich habe gerade eine Benachrichtigung bekommen.

„Ich habe vergessen, die Benachrichtigungen auszuschalten", sage ich ihnen. „Meine Mutter hat mich in die Welt der sozialen Medien eingeführt, und obwohl meine Freundesliste ziemlich armselig ist, hat mein Telefon noch nie so oft gebrummt wie in dieser Woche."

„Oh, ich weiß, wovon du sprichst." Jaclyn wedelt mit einer Hand durch die Luft.

„Du bist in den sozialen Medien?", frage ich sie erstaunt.

„Klar doch. Aber nur, weil ich neugierig bin und gerne weiß, was die Leute so treiben", gesteht sie mit einem belustigten Blick, und ich schüttle den Kopf, während ich wie automatisch nachsehe, worum es in der Meldung geht.

Vielleicht werde ich auch schon neugierig.

Aber diese Kleinigkeit ist vergessen, sobald mein Blick auf dem Bild landet, das Chloe gerade gepostet hat. Panik und Übelkeit überfallen mich, und ich brauche nicht in den Spiegel zu schauen, um zu wissen, dass mein Gesicht gerade jede Farbe verloren hat. Mein Herz schlägt schneller und meine Hand krampft sich um mein Handy, als ich die vier kurzen Worte lese, die Chloe dem Foto beigefügt hat.

Ich bin unterwegs!! #date

„Colleen, bist du okay? Ist es Ben?", platzt Carla neben mir heraus.

Verwirrt und entsetzt blicke ich sie an, doch der Schock lässt schnell nach, sodass ich sie beschwichtigen kann, obwohl ich schon eilig von meinem Stuhl aufstehe, während ich Ben anrufe. „Nein, nein. Nein, er ist es nicht. Aber jemand anderes ist …" Ich bin mir nicht sicher, ob ich etwas sagen soll, also antworte ich einfach: „Es tut mir leid, ich kann auch nicht bleiben."

Der Anruf geht auf die Mailbox, und instinktiv eile ich zu der Couch, auf der Ben vorhin meine Handtasche abgelegt hat. Ich schnappe sie mir, drehe mich um und laufe eilig auf die Tür zu.

„Liebes, bist du sicher, dass du ohne ihn gehen solltest?" Carla ist besorgt und steht auf.

Sicher? Nein, verdammt. Aber ich habe ja auch keine andere Wahl.

„Ich rufe ihn immer wieder vom Auto aus an, aber es geht um Chloe, und …" Ich breche ab und zögere wieder einmal, ob ich etwas sagen soll oder nicht. Um ehrlich zu sein, habe ich nicht genug Zeit, mir das zu überlegen. „Ich muss gehen. Es tut mir so leid, dass ich einfach so abhaue." Ich hasse das, aber ich eile trotzdem zur Tür und zu meinem Auto.

Das Erste, was ich tue, nachdem ich wie eine gesengte Sau losgerast bin, ist Fiona anzurufen. Auch hier geht die Mailbox ran. Ich versuche es ein zweites Mal. Wieder nur die Mailbox. Verdammt! Und ich habe die Nummer von Chloe nicht. Es wäre so einfach, wenn ich Chloes Nummer hätte. Teenager haben ihr Handy immer griffbereit.

Um keine Zeit mit einem dritten Versuch zu verschwenden, versuche ich erneut, Ben zu erreichen. Aber wieder ist das nervige Klingeln alles, was ich höre, und das Grauen liegt mir so schwer im Magen, dass ich mich darauf konzentrieren muss, ruhig zu atmen, um mich nicht zu übergeben.

Warum geht er nicht ran?

Während ich ihm eine verzweifelte Nachricht hinterlasse, beschließe ich zu glauben, dass es nicht daran liegt, dass er verletzt ist.

Oder schlimmer.

Kapitel 24

Kaum habe ich die Tür zugeknallt, gibt Blane Gas. Er sitzt hinter dem Lenkrad, so wie er es gewöhnlich in Situationen tut, die geschickte Fahrkünste erfordern könnten. Jayce sitzt neben ihm, seine steife Körperhaltung verrät seine Wachsamkeit, und Melvin sitzt mit mir auf dem Rücksitz. Hinter uns folgt ein weiterer Geländewagen mit dem Rest meiner Brüder.

Wir fahren in Richtung Westen, auf die Stadtgrenze zu. Die Einkaufsstraße liegt etwa zehn Minuten von meiner Oma entfernt. Sie erstreckt sich über weit mehr als dreihundert Meter, und das ganze Gebiet wird von dem Autokino überragt, das dort schon so lange steht, dass sich niemand in der Stadt mehr genau entsinnen kann seit wann. Bison hat vorgeschlagen, dass wir sie dort treffen. In einer der vielen Bars, die das ganze Jahr über jeden Abend geöffnet haben. Das ist alles, was ich darüber weiß. Er hat sich aus heiterem Himmel an uns gewandt und um ein Treffen in letzter Minute gebeten. Er will sich in unserem Revier treffen. Und allein diese Tatsache passt mir nicht. Der Kerl hat echt Nerven.

„Wir sind uns doch einig, dass wir direkt in eine Falle fahren, oder?", frage ich meine Brüder, allerdings nur wie zur Bestätigung, denn mein Bauchgefühl sagt mir, dass wir das tatsächlich tun. Colleens Vermutung war goldrichtig und ihre Sorge berechtigt, auch wenn ich ihr das auf keinen Fall so direkt sagen konnte. „Sie müssen inzwischen wissen, dass

Delacey vermisst wird, und sie werden nervös. Ich verwette mein rechtes Ei, dass das eine Falle ist.“

„Definitiv eine Falle“, sagt Melvin, der meine Meinung teilt, während er seine beiden Waffen überprüft.

„Was hat Bison gesagt?“, erkundige ich mich nach Details. „Was hat er behauptet, warum er uns treffen will?“

„Er sagte, er wolle über einen Waffenstillstand sprechen und schwor, dass er und seine Männer nicht mit CJ zusammenarbeiten“, antwortet Jayce. „Wir wissen, dass das Blödsinn ist, aber was er sagt, spielt sowieso keine Rolle. Und was sie über Delacey wissen oder nicht wissen, ist auch egal. Wir fahren nicht dorthin, um über einen beschissenen Waffenstillstand zu reden. Die haben einen scheiß Plan ausgeheckt, um sich unsere Old Ladies zu schnappen und sie verdammt noch mal zu verkaufen“, knurrt er. „Kein Waffenstillstand möglich.“

Bevor ich ihn fragen kann, wie der Plan aussieht, meldet sich Blane zu Wort und informiert mich über ihre Entscheidung, als hätte er meine Gedanken gelesen. „Die Geschäfte sind um diese Zeit geschlossen, und es gibt drei Bars und sechs Restaurants, die noch geöffnet sind. Außerdem gibt es ein leerstehendes Gebäude, das alte Ärztehaus, mit dessen Renovierung noch nicht begonnen wurde. Dort werden wir warten, bis die Spiders eintreffen. Lana hat gesagt, dass sie noch im Stripclub waren, als sie ihn zur gleichen Zeit wie wir verlassen hat. Sie wird uns zur Hand gehen. Sie muss bereits in der Gegend sein, um die Umgebung zu überprüfen, falls irgendwelche Spiders oder Verstärkung, die sie gerufen haben könnten, hier verstreut sind.“

Er wird durch das Klingeln seines Telefons unterbrochen und schaut darauf, als wir uns der Einkaufsstraße nähern. Doch statt hineinzufahren, biegt er rechts ab und nimmt die leicht gewundene Straße, die hinunter zum Schwimmbad und wieder hinauf zum anderen Ende der Hauptstraße führt.

„Das ist Lanas Auto. Ein grauer Jaguar", sagt er und deutet mit dem Kinn auf den Bürgersteig zu unserer Linken. „Sie sagt, die Luft ist rein, soweit sie das beurteilen kann. Sie ist bereits im Gebäude. Wir lassen unsere Autos auf dem Parkplatz gegenüber stehen. Dort gibt es noch genug andere Fahrzeuge, damit unsere nicht auffallen."

„Schicke Karre", bemerke ich. „Aber warum ist sie eigentlich hier?", frage ich.

„Sie ist eine Scharfschützin", sagt Blane.

„Scheiße. Willst du sie am helllichten Tag und vor lauter Zivilisten ausschalten?"

Es mag viertel nach acht sein, aber die Dunkelheit hat noch nicht eingesetzt.

„Lana ist nur als Verstärkung hier", sagt Blane, als er auf den Parkplatz fährt. „Sie wird mit ihrem Gewehr im Gebäude bleiben und uns den Rücken freihalten, wenn wir mit dem Treffen fertig sind."

Ich brumme und nehme das alles auf. „Meinst du, wir müssen damit rechnen, dass sie uns verfolgen, wenn wir wegfahren?"

„Cody hat in der Bar angerufen, und es scheint nichts los zu sein. Eine Kellnerin hat geantwortet, sie klang normal", erklärt Jayce.

„Dann sind sie die Gäste nicht losgeworden", schließe ich daraus, während Blane in der Mitte des Parkplatzes parkt.

„Hört sich nicht so an“, bestätigt Jayce, und wir überprüfen alle unsere Waffen, nachdem Blane den Motor abgestellt hat. „Das bedeutet, dass während des Treffens nichts passieren wird. Aber sie hätten nicht den Mumm gehabt, in letzter Minute um ein Treffen zu bitten, wenn sie nicht in irgendeiner Weise davon profitieren würden. Ganz zu schweigen davon, dass Bison am Telefon seltsam erleichtert klang, als ich seine Bitte akzeptiert habe. Sie sind an etwas dran, und alles, was mir einfällt, ist, dass sie etwas planen, wenn wir die Bar verlassen oder aus der Stadt fahren. Vielleicht haben sie Leute, die sich irgendwo auf der Straße im Schatten verstecken. Wir können nicht sicher sein.“

„Wenn das der Fall ist, werden sie wahrscheinlich so tun, als wollten sie in der Bar bleiben, wenn wir mit dem Gespräch fertig sind“, fügt Blane hinzu. „Wenn das der Fall ist, werden wir jeden Scheiß mitspielen, den sie uns auftischen wollen, und wir werden den Ort verlassen. Vom Gebäude aus wird Lana die Bar und unsere Autos im Blick haben. Wenn jemand versucht, uns zu verarschen, wird sie es merken.“

„Und wenn das Treffen anders verläuft, müssen wir unsere Improvisationskünste unter Beweis stellen“, sagt Jayce.

„Aufregend“, sage ich tonlos, während wir alle aus dem Auto aussteigen.

„Außerdem“, fährt Jayce fort, als er und Blane mich und Melvin hinten am Auto treffen. „Wenn wir die Gelegenheit haben, sie auszuschalten, zögern wir nicht. Aber wie du schon sagtest, es sind noch Leute da, und es ist noch hell. Wir müssen einen kühlen Kopf bewahren, egal was passiert. Wenn wir wieder nach Hause gehen und genau da stehen, wo wir waren, bevor wir die Bar betreten haben, dann ist das eben so. Aber wenn sie uns angreifen, schlagen wir zurück, auch mitten auf der Straße. Blane wird sich um die Kameras kümmern, wenn die Situation es erfordert."

Ich werfe einen Blick auf unsere Umgebung und sehe, dass unsere Brüder am Eingang des Parkplatzes geparkt haben.

„Gehen wir direkt in die Bar?", frage ich.

Blane läuft auf unsere wartenden Brüder zu, als er antwortet: „Wir treffen uns zuerst mit Lana. Wir werden erfahren, wie viele Spiders bei dem Treffen sein werden, wenn wir sie ankommen sehen."

Als wir die Straße überqueren, spaziert niemand die Bürgersteige hinauf oder hinunter, und das ist auch gut so. Da das Schwimmbad um diese Zeit geschlossen ist, befinden sich die meisten Leute entweder in den Restaurants oder Bars oder tummeln sich in der großen Grünanlage, die nur fünf Gehminuten von hier entfernt ist.

„Ich hoffe verdammt noch mal, dass wir heute Nacht die Chance bekommen, diese Bastarde loszuwerden", brummt Cody, als wir durch den Hintereingang des alten Ärztehauses gehen.

Genauso wie ich nicht vergessen kann, wie Colleen in New York beinahe von CJ entführt worden wäre, wird Cody immer noch davon verfolgt, wie Lilly an jenem Tag auf der Straße hätte gekidnappt werden können. Der einzige Grund, warum die beiden heute noch unter uns weilen – und das gilt auch für Erin – ist die Pechsträhne der Spiders. Sonst wären sie alle drei und Colleens Mutter schon längst weg.

Das Gebäude ist völlig leer. Als das Schwimmbad noch im Bau war, hat man alle Büros etwas näher an das Stadtzentrum verlegt, und so ist es nicht verwunderlich, dass sich überall eine dicke Staubschicht abgesetzt hat. Aber die paar Staubkörnchen sind nichts gegen den ekelhaften Geruch, der die Luft verpestet, als wir die Treppe zum letzten Stockwerk hochlaufen.

„Hier riecht es wie ein riesiges, überbeanspruchtes Pissoir." Ich rümpfe die Nase, als Blane uns zu einer offenen, großen Doppeltür führt.

„Hier haben sich monatelang Junkies eingenistet, bis die Bullen sie rausgeworfen haben. Aber einige sind immer noch dumm genug, ihr Glück ab und zu zu versuchen."

Die weibliche Stimme hallt leicht durch den leeren Raum, als wir hineingehen, und wir schauen alle zu einer großen brünetten Frau hinüber, die sich lässig an eine Marmorsäule lehnt. Dieser Raum muss früher einmal ein Empfangsbereich gewesen sein, denn in der rechten Ecke steht noch immer ein langer, geschwungener Tresen.

„Ich bin mir nicht sicher, warum ich jemanden in einem dieser schwarzen Lederanzüge erwartet habe, als Blane sagte, dass du eine Scharfschützin bist", erwidere ich, wobei ich das gar nicht laut sagen wollte.

Zum Glück nimmt sie meine Bemerkung gut auf. Sie lacht sogar leise. „Du musst Ben sein. Und du hast zu viele Superheldenfilme gesehen. So einen Anzug zu tragen, wäre, als würde man ein blinkendes Neonlicht in der Hand halten. Mit meinen Jeans, dem Pullover und den Turnschuhen, den Haaren im Pferdeschwanz und ohne Make-up sehe ich aus wie eine durchschnittliche Studentin." Und das stimmt. Sie sieht ziemlich jung aus. Zu jung, um in das verwickelt zu sein, was auch immer sie im Stripclub der Spiders macht. Aber Blane ist nicht leichtgläubig, also mache ich mir keine Sorgen um sie. „Okay“, fährt sie fort. „Es tut mir leid, aber wir müssen die Nettigkeiten erst einmal weglassen. Eure Freunde werden bald ankommen.“

„Liam, Melvin, Brent.“ Jayce sieht sie der Reihe nach an und kommt zur Sache. „Ihr bleibt draußen vor der Tür. Wenn jemand auftaucht, werdet ihr ihn hören.“

„Verstanden“, antwortet Liam und schreitet davon, Melvin und Brent folgen ihm.

Lana geht zur linken Seite des Raums, wo ein schwarzer Koffer an einem bodentiefen Fenster lehnt. Während sie damit beschäftigt ist, ihr Gewehr herauszuholen, hilft Blane ihr, sich vorzubereiten, indem er ein kreisrundes Loch in das Fenster schneidet. Innerhalb von nur einer Minute liegt Lana auf dem Bauch, das rechte Auge auf das Zielfernrohr ihrer tödlichen Waffe geheftet.

Als sie sich wieder aufrappelt, richtet sie ihre grünen Augen auf Blane. „Ich werde nicht schießen, es sei denn, es ist eine absolute Notwendigkeit. Ehrlich gesagt, glaube ich nicht, dass sie dich in der Öffentlichkeit angreifen werden. Sie sind nicht die Hellsten, aber selbst sie sind klug genug, um eine Abrechnung am helllichten Tag und mit zu vielen Zeugen, die sie nicht loswerden können, zu vermeiden. Wenn ihr recht habt und es sich um eine Falle handelt, werden sie eher etwas versuchen, sobald ihr das Gebiet verlassen habt. Vielleicht überfallen sie euch auf der Straße oder so“, vermutet sie und teilt Jayces Verdacht.

„Wir werden einfach mitmachen, was auch immer auf uns zukommt", erwidert Blane auf ihre Worte. Dann mahnt er: „Du bleibst hier. Verlass das Gebäude nicht, bis ich zurück bin."

Sie schüttelt den Kopf über seinen befehlenden Ton, aber sie sagt nichts. Das mag aber nur daran liegen, dass Nate das Wort ergreift.

„Da wären wir, Leute."

Er geht zwei Schritte auf das Fenster zu, doch dann hält er abrupt inne, wahrscheinlich weil er sich daran erinnert, dass er sichergehen muss, von niemandem auf der Straße gesehen zu werden. Doch seine akute Unruhe lässt uns alle zugleich plötzlich aufhorchen. Wir schließen uns ihm an, als Lana sich wieder auf den Boden fallen lässt und kurz darauf durch das Zielfernrohr auf die Hauptstraße blickt.

„Sobald wir wissen, wie viele es sind, rücken wir aus", verkündet Jayce.

Zwei schwarze Geländewagen, die sich nicht allzu sehr von den unseren unterscheiden, fahren in gemächlichem Tempo die Straße hinunter und parken nach wenigen Sekunden direkt vor der Bar. Nacheinander verlassen die Spiders die Fahrzeuge, und ein paar von ihnen holen sich eine Zigarette heraus und zünden sie sofort an. Offensichtlich hat es keiner von ihnen eilig, nachzusehen, ob wir nicht schon drinnen warten.

„Oh, das ist nicht gut", murmelt Lana, und es besteht kein Zweifel, dass sie dasselbe gesehen hat wie wir.

Drei weiße Geländewagen fahren die Straße hinunter, ein bisschen schneller als die Spiders vor ihnen, aber nicht schnell und laut genug, um sie wissen zu lassen, dass sie Gesellschaft haben. Denn es besteht kein Zweifel, dass diese Typen wegen Bison hier sind.

„Wie wäre es, wenn wir wetten, ob dieses Treffen stattfindet oder nicht?", frage ich meine Brüder in einem lockeren Ton. Aber verdammt, das Herannahen der Fahrzeuge, von denen wir alle wissen, dass es sich um die Wagen des Kartells handelt, das sich schon seit einiger Zeit in der Nähe der unaufmerksamen Spiders herumtreibt, löst in mir eine kleine Welle der Beklemmung aus.

Ein verdammtes Kartell.

„Ich glaube nicht, dass wir genug Zeit haben, um zu wetten, aber ich will unbedingt wissen, wie es weitergeht", gibt Nate neben mir zu.

Erst als die Autos hinter ihren zum Stehen kommen, bemerken die Spiders die Anwesenheit der Männer des Kartells. Und Lana hatte recht damit, als sie Blane sagte, dass die blöden Wichser keine Ahnung hatten, welche besonders berühmte Crew sich in letzter Zeit in ihrem Laden herumgetrieben hat. Denn selbst als acht Männer in Anzügen, die sogar von hier oben wie protzige Aufschneider aussehen, lässig aus den ersten beiden Fahrzeugen klettern, starren Bison und seine Volltrottel sie nur stumm an. Vielleicht erkennen sie sie von ihrem Laden wieder. Vielleicht denken sie, dass das die Art von Kerlen sind, die diese Art von Bar einfach gerne besuchen, wenn sie die Gelegenheit dazu haben. Vielleicht glauben sie, dass sie einfach an ihnen vorbeigehen und ein paar Burger und gebratene Zwiebeln bestellen, während sie sich ein Footballspiel ansehen und dabei mit den Studenten, die dort drinnen sein müssen, mitgrölen.

Ich glaube, wir sind die einzigen hier, die wissen, dass das nicht passieren wird. Obwohl ich von allen möglichen Szenarien, die sich hätten entfalten können, nie auf eines gewettet hätte, in dem die Dinge so ausarten würden. Und so schnell.

Von hier oben hören wir kaum ein Geräusch, vor allem nicht über die noch laufenden Motoren der Kartellfahrzeuge, aber in den folgenden dreißig Sekunden sehen wir jedes Detail des Geschehens. Jedes verdammte Detail, beginnend mit dem Moment, in dem jeder mexikanische Muskelprotz nach seiner Waffe in der tadellosen Anzugjacke greift, sie auf den Spider seiner Wahl richtet und einen lautlosen Schuss direkt in die Brust des Ziels abgibt, bevor die Spiders überhaupt realisieren können, was passiert. Die Leichen haben kaum genug Zeit, den Bürgersteig zu berühren, bevor sie aufgesammelt und in dem Kofferraum des ersten Geländewagens gestapelt werden. Ich glaube, ihr Blut war noch nicht einmal so weit aus ihren Wunden gesickert, dass es den Asphalt gefärbt hätte, um Himmels willen. So schnell geht es, bis der Kofferraum zugeknallt wird, ein Mann hinter das Steuer des Wagens klettert und sich die sieben verbliebenen Männer auf die beiden Autos dahinter verteilen.

„Scheiße", murmelt Jayce.

„Mitten auf der verdammten Straße?", füge ich verblüfft hinzu, und selbst ich höre den Hauch von Ehrfurcht in meiner Stimme, als mein Blick den Autos folgt, die umdrehen und das Gelände auf demselben Weg verlassen, auf dem sie gekommen sind. „Diese Typen machen keine Witze, das ist verdammt klar. Erinnere mich daran, niemals ein Kartell zu verärgern. Davon abgesehen, haben sie gerade einen Teil unseres Problems gelöst. Wenn wir Glück haben, haben sie auch CJ ausgeschaltet, wo immer er auch sein mag."

Am Fenster packt Lana ihre Sachen zusammen, während Nate sagt: „Wir müssen in den nächsten Tagen die Ohren offen halten, vor allem, wenn die Spiders nach dem, was gerade passiert ist, uns ins Visier nehmen. Im Moment ist es sicher, dass unser Treffen abgesagt wurde."

„Es ist besser, wenn wir uns nicht zu lange hier aufhalten", mahnt Jayce.

„Alles klar, Lana?", fragt Blane sie.

„Ich bin startklar", antwortet sie ein paar Sekunden später, als sie ihr Gewehr wieder in die Tasche gepackt hat. „Ich wollte eigentlich zurück in den Stripclub gehen. Ich melde mich, wenn dort etwas vorfällt."

„Bist du sicher, dass es eine gute Idee ist, dorthin zurückzugehen?", fragt Blane, während wir alle zur Tür gehen und Brent, Liam und Melvin die unvorhergesehene Wendung der Ereignisse schildern.

„Es ist genauso sicher, wie es vorher war", versichert sie ihm. „Das hier hat nichts mit mir zu tun", erinnert sie ihn.

Während wir die Treppe hinuntergehen und ich hinter ihnen herschlendere, krame ich mein Handy aus der Tasche, um meiner Freundin eine SMS zu schicken, und ich runzle die Stirn, als ich sehe, dass ich sechs verpasste Anrufe habe. Zwei davon sind von meiner Oma, und die anderen vier sind von Colleen. Außerdem habe ich eine Sprachnachricht, und ich mache mir Sorgen, weil ich mich frage, ob meiner Oma oder einer ihrer Freundinnen etwas passiert ist. Auch wenn sie sich gerne als junge Frauen in den

Körpern älterer Damen sehen, sind sie immer noch betagte Frauen, die sich eine Hüfte brechen können, wenn sie zu schnell aufstehen.

Aber die Sorge um gebrochene Hüften wird zunichte gemacht, als ich die Sprachnachricht abhöre, die Colleen vor wenigen Augenblicken hinterlassen hat. Angst und Übelkeit graben sich so plötzlich in meinen Magen, dass ich kaum genug Kraft aufbringe, um zu rufen: „Autokino, sofort!"

Aber da meine Brüder nur eine kurze Sekunde vor Überraschung erstarren, bevor sie ihr Tempo wieder aufnehmen und ohne Fragen zu stellen die Treppe hinunter sprinten, muss ich wohl laut genug geschrien haben, als ich selbst loslief. Und das Letzte, was ich sehe, bevor wir alle in den SUVs sitzen und wieder auf der Straße sind, ist der erschrockene Gesichtsausdruck von Brent, als meine Worte zu ihm durchsickern.

Kapitel 25

Colleen

„Es ist keine Falle! Dein Treffen ist keine Falle! Ich glaube, es ist ein Alibi! Sie werden Chloe im Autokino entführen, während alle Spiders bei dir sind! Chloes Date ist der Sohn von Terence!"

Es muss ein Ablenkungsmanöver sein. Das ergibt zumindest einen Sinn. Ich weiß noch, wie ich letzten Sommer das erste Mal in den Club kam. Nate erklärte mir, dass die Party, die sie geschmissen hatten, ein Alibi für etwas war, das in dieser Nacht passierte. Die Leute sahen sie im Club, und die Nachricht, dass sie alle dort waren, würde sich schnell in der Stadt verbreiten. Vielleicht ist das das Ziel der Spiders. Sich selbst ein Alibi zu verschaffen, indem sie um ein Treffen bitten. Was wäre ein besseres Alibi, als zur selben Zeit bei den Chasers zu sein, als Kevin Chloe entführt?

Sobald ich die Worte so schnell aufgeschrieben habe, dass ich befürchte, dass Ben sie nicht einmal entziffern kann, findet mein zitternder Daumen schnell Nates Namen in meinen Kontakten. Ich nähere mich bald dem Autokino – zumindest, wenn ich es schaffe, so lange am Leben zu bleiben, denn seien wir ehrlich, die zehnminütige Fahrt, die es eigentlich hätte sein sollen, habe ich um die Hälfte verkürzt – und ich muss mit jemandem reden. Ich muss Bens Stimme hören, aber im Moment würde mir jede Stimme genügen. Ich brauche nur einen von ihnen, der mir sagt, was ich tun soll.

Aber Nate geht auch nicht ran, und alles, was ich tun kann, während ich ihm eine Nachricht schreibe, ist zu versuchen, durch den Klumpen der Panik zu atmen, der in meinem Hals so angeschwollen ist, dass ich mich sicherlich jeden Moment übergeben muss.

„Oh mein Gott, ihr müsst alle an eure Telefone gehen! Ich bin fast am Autokino, aber ich weiß nicht, was ich tun soll!"

Ich weiß es nicht. Buchstäblich. Mein Kopf ist leer. Vollkommen leer, mit Ausnahme der nagenden Angst. In diesem Moment fahre ich die Straße hinauf, die zum Eingang des Autokinos führt, aber alles, was dahinter liegt, ist nichts weiter als ein schwarzes Loch des Unbekannten.

Aus Frustration werfe ich mein Handy auf den Beifahrersitz und bereue meine Geste, als es durch die Wucht des Aufpralls vom Sitz rutscht und gegen die Innenseite der Tür stößt, bevor es mit einem dumpfen Schlag auf den Teppichboden fällt. Der wütende Fluch, den ich ausstoße, verpufft im Nichts. Ich schaue ein paar Mal auf den Boden, nur um zu sehen, dass es keine Spur von meinem Telefon gibt.

Das kann nicht gut enden. Der einzige Grund, warum ich die unterdrückten Schluchzer, die in meiner Brust brodeln, nicht herausgelassen habe, ist der winzige Hoffnungsschimmer, der sich jedes Mal in mir festsetzt, wenn ich mich daran erinnere, dass die Jungs hier sind. Sie sind hier in der Nähe, irgendwo in meiner Nähe, und sie werden meine Nachrichten erhalten. Außerdem ist es Samstagabend, also werden sich Menschen um das Autokino herum und im Inneren aufhalten und den Ort wahrscheinlich bevölkern. Es wird schon gut gehen. Mir wird es gut gehen, und Chloe wird es gut gehen. Das muss jetzt mein

Mantra sein. Denn Hoffnung ist alles, was ich jetzt noch habe, und ich werde mich daran festklammern, bis Ben mich findet.

Doch eine gewaltige Panikwelle schlägt mir direkt in den Magen, während ich mit dem Fuß auf die Bremse trete. Mein Herz schlägt ungewöhnlich schnell, ich sauge das ganze Bild vor mir in mich auf, und ich kann nicht einmal sagen, was die Haare auf meinen Armen am stärksten aufstellt und die aufmunternden Worte, mit denen ich mich zu beruhigen versucht habe, jäh verstummen lässt.

Irgendetwas stimmt hier nicht, und zwar aus zwei Gründen. Erstens versperrt Fionas Auto den Weg, denn es steht völlig willkürlich auf der anderen Straßenseite, und zwar so, dass ich nur die rechte Seite des Autos sehen kann. Es scheint niemand drinnen zu sein, und ich bin mir nicht sicher, ob das ein gutes Zeichen ist. Vor allem wegen der anderen Tatsache, die mir die Luft aus den Lungen presst, obwohl ich nicht gerannt bin. Warum ist es hier so still?

Wo zum Teufel sind alle?

Die Stille, die mich umgibt, ist zu unheimlich, als dass ich auch nur versuchen könnte, das Grauen zu unterdrücken, das sich bis in meine Knochen gräbt. Heute Abend läuft hier bestimmt kein Film.

Ich weiß nicht, welche göttlichen Kräfte mir helfen, meinen Körper zu beherrschen, aber es müssen gerade unsichtbare Engel in der Nähe sein, die mir helfen, den Motor abzustellen und aus dem Auto zu springen.

Ich stolpere fast über meine eigenen Füße, als ich um Fionas Auto herumlaufe, und ein unkontrollierbares, ersticktes Keuchen bleibt mir in der Kehle stecken, als mein Blick auf den Boden fällt. Die

Fahrertür steht weit offen, und Fiona liegt mit dem Gesicht nach unten auf der Straße, wobei ihr dichtes Haar fast die gesamte Gesichtshälfte verdeckt.

„Fiona?"

Brutale Angst drückt und schnürt mein Herz zusammen, als wäre es in einer unbarmherzigen eisernen Faust gefangen. Wahrscheinlich ist das der Grund, warum meine zitternde Stimme ihren Namen nur flüstert, anstatt ihn zu schreien, als ich mich über die Frau beuge, die seit letztem Sommer eine gute Freundin geworden ist. Aber der unsichtbare Griff um mein Herz wird stärker, und meine Bewegungen werden unterbrochen, als das markerschütternde Geräusch eines Schusses die unheimliche Stille durchbricht, kurz bevor ein durchdringender Schrei durch die Luft hallt.

Chloe.

Es ist seltsam, wie beide Geräusche meinen Körper vor Angst erstarren lassen können, während mein Instinkt – oder vielleicht ist es eher die kräftige Dosis Adrenalin, die durch meine Adern fließt – mir genug Kraft und Mut verleiht, um zu handeln.

Ich fühle mich schrecklich, Fiona hier liegen zu lassen, obwohl sie offensichtlich Hilfe braucht, aber ich weiß, dass sie wollen würde, dass ich ihrer Tochter zuerst helfe. Das ist es, was sie mir sagen würde, wenn sie könnte. Zumindest rede ich mir das ein, als ich die paar Schritte zurück zu meinem Auto sprinte, während ich die Tatsache verdränge, dass sie tot sein könnte. Ich reiße die Beifahrertür auf und schnappe mir die Waffe, die Ben ins Handschuhfach gelegt hat, weil er darauf bestand, dass ich sie immer dort aufbewahre. Währenddessen danke ich Gott, dass wir heute Abend mit meinem Auto zu Carla gefahren sind. Sonst hätte ich nichts gehabt, womit ich mich hätte schützen können.

Ich ignoriere das Zittern meiner Finger und schaffe es, sie so weit unter Kontrolle zu bringen, dass ich den Sicherungshebel löse und sie so fest wie möglich um das kalte Metall legen kann.

Dann beginne ich zu rennen.

Das Autokino wird zu meinem einzigen Ziel, und selbst als die Straße einen steileren Abhang hinaufführt, bleibt mein Tempo gleichmäßig. Aber je näher ich dem großen Stahltor komme, von dem ich jetzt sehe, dass es offen ist, desto stärker wird die Angst, und ich habe Tränen in den Augen, als ich beginne, die Tatsache zu akzeptieren, dass Ben doch nicht kommen wird. Jedenfalls nicht früh genug. Und während ich schwer nach Luft schnappe, durch die Anstrengung meines unbeirrbaren Sprints, wird es immer schwieriger, mich zusammenzureißen.

An dem Tag, an dem ich mich durch das Fenster im vierten Stock aus meiner eigenen Wohnung rettete und vor CJ davonrannte, war mir eines klar. Nie hatte ich mehr Angst als in diesem Moment, als ich mich auf dem Fenstersims entlanghangelte und auf das dünne Geländer der Feuerleiter kletterte. Ich hatte mich geirrt. Was sich mit jedem meiner schnellen Schritte tiefer in mich hineinfrisst, ist mehr als Angst. Es ist etwas, das ich noch nie gefühlt habe. Etwas, das ich nicht einmal richtig beschreiben kann. Mein Herz klopft mit explosiven Schlägen gegen die Wände meiner Brust, und der Eingang zu meinen Lungen verengt sich, während ich immer wieder versuche, lebenswichtige Atemzüge zu nehmen. Die Angst beschreibt nicht ansatzweise, was mein Gehirn zu lähmen scheint und mir dennoch erlaubt, mich weiter zu bewegen, denn diesmal renne ich nicht so weit und so schnell wie möglich vor der Gefahr davon. Diesmal laufe ich direkt auf sie zu.

In dem Moment, in dem ich mich dem weit geöffneten Tor nähere, setzt der Instinkt wieder ein, und ich verlangsame mein Tempo ein wenig. Meine Hand verkrampft sich um meine Waffe, während ich umherschaue, weil ich weiß, dass ich Kevin oder jemandem begegnen könnte, mit dem er vielleicht zusammenarbeitet. Gleichzeitig bin ich aber auch auf der Suche nach Chloe. Hastig scanne ich die Umgebung ab, aber ich kann kaum etwas erkennen. Mein Blick erfasst den großen weißen Bildschirm in der Ferne und das graue Gebäude zu meiner Linken, aber während meine Schritte von der Einfahrt bis zum Rasen vordringen, erkenne ich keine Details von dem, was sich um mich herum befindet. Alles, wonach ich Ausschau halte, ist ein Hauch von blondem Haar, in der Hoffnung, dass mich niemand bemerkt, ehe ich ihn bemerke. Ich lausche aufmerksam auf jedes Geräusch, das mir helfen könnte, sie zu finden.

Aber das nächste, was ich höre, ist keine Stimme. Es ist das Geräusch eines laufenden Motors. Es ist leise, aber es scheint schnell lauter zu werden. Da ich ziemlich ziellos umherlaufe, kann ich nicht sagen, woher das Geräusch kommt. Irgendwo rechts von mir, denke ich, aber ich bin mir nicht sicher. Vielleicht kommt es von vor mir, und als ich zu befürchten beginne, dass es Kevin sein könnte, der mit Chloe in irgendeinem Auto auf mich zufährt, fällt mir eine Bewegung in der Ferne zu meiner Linken auf, sobald das Gebäude nicht mehr die Sicht auf den Rest des Grundstücks versperrt.

„Oh mein Gott, oh mein Gott, oh mein Gott …“

Dieses entsetzte Flüstern bricht mit einem heftigen Schmerz in meinem Magen aus mir heraus, als ich einen Mann beobachte, der eine sehr verkrampfte Chloe in Richtung eines beigen Minivans schleppt, der an einem hohen Zaun geparkt ist. Aber dieser Mann ist nicht Kevin, und auch wenn ich ihn nur von hinten sehen kann, erkenne ich ihn. Sein kastanienbraunes Haar, seine kräftige Statur, sein bedrohlicher Gang, ganz zu schweigen von seiner Kutte … Ich würde ihn leider jederzeit wiedererkennen.

CJ.

Kevin ist nicht bei ihnen. Der vordere Teil des Minivans ist leer, soweit ich das beurteilen kann, aber ich habe sowieso nicht viel Zeit, um über irgendetwas nachzudenken. CJ geht schnell, bewegt sich mit langen Schritten vorwärts, während er eine scheinbar widerstrebende Chloe hinter sich herzieht, seine Hand um ihren Oberarm gelegt. Das Gute daran ist, dass er nicht rennt. Also laufe ich noch schneller.

Ich kann es schaffen.

Ich muss es jedenfalls versuchen.

Zum Glück sorgt das Gras unter meinen Füßen dafür, dass meine Schritte geräuschlos bleiben, bis ich abrupt zum Stehen komme, als CJ Chloe in das offene Fahrzeug stößt und sie mit einer Mischung aus Schmerz und Angst aufschreit.

Was als Nächstes passiert, geschieht seltsamerweise schnell und langsam zur gleichen Zeit. Ich bleibe wie erstarrt stehen und warte nur ein paar Sekunden, bis CJ die Seitentür schließt und sich auf den vorderen Teil des Wagens zubewegt. Und dann höre ich auf zu denken. Ich weiß, dass ich in dem Moment, in dem ich mich bemerkbar mache, keine andere Wahl mehr haben werde. Ich werde handeln müssen. So sehr ich auch weiß, was für ein abscheulicher Mensch er ist, ich will es nicht. Aber ich werde es tun müssen.

Den Arm vor mir erhoben, den Lauf meiner Waffe auf ihn gerichtet, bin ich bereit.

Zumindest so bereit, wie ich es jemals sein werde.

„Hey!“

Von da an scheint alles gleichzeitig zu passieren, aber nicht so, wie ich es mir ausgemalt habe. CJ erschrickt, hebt seine Waffe, und obwohl ich weiß, dass ich nur abdrücken muss, lasse ich eine Sekunde verstreichen, bevor mein Finger den Abzug drückt. Der Schuss schallt durch den sich neigenden Tag, aber fast gleichzeitig detoniert ein weiterer, und das Letzte, was in mein Gehirn eindringt, bevor alles um mich herum verschwindet, ist ein stechender Schmerz. Ich verliere das Gleichgewicht, und dann ist da nur noch der Schmerz.

Kapitel 26

Ben

Sie geht nicht an ihr Telefon. Meins klebt an meinem Ohr, seit wir vom Parkplatz weggefahren sind, aber Colleen ist immer noch nicht rangegangen. Andererseits haben wir nur eine knappe Minute gebraucht, um zum Autokino zu kommen, also hatte ich auf dem Weg dorthin nicht die Gelegenheit, es mehrmals zu versuchen.

Sie hat auch versucht, Nate zu erreichen. Sie hat ihm eine Sprachnachricht hinterlassen, dass sie auf dem Weg zum Autokino ist. Dann nichts mehr. Sie hat nicht mehr versucht, anzurufen.

Ich hätte mein Handy nicht auf lautlos stellen sollen. Verdammte Scheiße. Ich hätte es nicht tun sollen. Ich hätte gehört, dass sie mich anruft, und sie wäre nicht nur bei meiner Oma in Sicherheit, sondern wir hätten Chloe vorher erwischen können. Jetzt könnte es für sie beide zu spät sein. Und das alles nur, weil ich mein verdammtes Handy auf lautlos gestellt habe.

Wir erreichen jetzt das Ende der Straße, die zum Autokino führt, und bislang herrscht im Auto nichts als schreckliche Stille. Meine Augen bleiben auf die kurvenreiche Straße vor uns gerichtet, obwohl ich nicht viel mehr sehe als den Geländewagen, den Nate so waghalsig fährt wie Blane diesen Wagen. Wir sind fast da, und eigentlich würde ich sagen, wir haben Glück, dass wir so nah dran waren, aber ich bin nicht dumm. Glück hat hiermit nichts zu tun. Diese Bastarde – tote Bastarde – hatten das geplant.

Ich lasse meine Brüder Colleens Sprachnachricht abhören, und obwohl ich keine Ahnung habe, wie sie herausgefunden hat, dass Delaceys Sohn mit Chloe verabredet ist – und wie das überhaupt möglich ist –, weiß ich, dass Colleen recht haben könnte, wenn sie glaubt, dass Bison dieses Treffen als Alibi benutzen wollte. Vielleicht hatte er diese Scheiße geplant, lange bevor er zum Telefon griff und Jayce um ein Treffen bat. Und vielleicht hat er deshalb so erleichtert geklungen, als Jayce zugestimmt hat. Aber das heißt nicht, dass es nicht auch eine Falle war. Vielleicht war der Plan auch, uns alle auszuschalten und dann unsere Familien zu holen. Der Gedanke daran lässt mich gleichzeitig vor Wut schäumen und frösteln, aber das spielt wohl keine Rolle mehr. Die Wichser sind wahrscheinlich auf dem Weg, so verdammt tief in der Wüste vergraben zu werden, dass man ihre Überreste nie finden wird.

Vor uns tritt Nate auf die Bremse, was Blane dazu zwingt, dasselbe zu tun, und das plötzliche Anhalten reißt mich aus meinen Gedanken. Ohne auch nur eine Sekunde zu zögern, springe ich aus dem Auto und renne los, denn obwohl der Geländewagen vor uns den größten Teil der Sicht versperrt, kann ich einen Hauch von Rot erkennen, der meine kleine, spärliche Hoffnung, es noch vor Colleen hierherzuschaffen, zunichtemacht.

Nur ein paar Schritte vor mir sprintet Brent los, und ich bin fest entschlossen, ihn einzuholen. Ich laufe an Colleens Auto vorbei und werfe nur einen flüchtigen Blick in diese Richtung, in der lächerlichen Hoffnung, sie hier wohlbehalten vorzufinden. Als das nicht der Fall ist, richte ich meinen Blick wieder nach vorne. Doch keine fünf Sekunden später erstarre ich direkt hinter Brent, nachdem ich um Fionas Auto herum geeilt bin, als von irgendwo aus dem Inneren des Autokinos zwei deutliche, aber fast gleichzeitige Schüsse ertönen.

Übelkeit macht sich in mir breit und droht mich in die Knie zu zwingen, noch bevor ich auf einen regungslosen Körper blicke, der auf dem Boden liegt.

Fiona.

Verdammte Scheiße.

Aber es ist kein Blut in Sicht, und obwohl es sich falsch anfühlt, einfach an ihr vorbeizulaufen, weiß ich, dass jemand zurückbleiben wird, um sich um sie zu kümmern. Also reiße ich mich nach ein paar Sekunden aus meiner kurzen Trance, indem ich die Angst in mir zum Schweigen bringe, und renne weiter die Straße hinauf zu dem großen Tor, von dem ich weiß, dass es nicht weit entfernt ist, während ich meine Pistole aus der Rückseite meiner Jeans ziehe.

„Cody, sieh nach ihr!", bellt Brent.

Seine Stimme zittert, aber genau wie ich scheint er sich wenigstens ein bisschen zusammenzureißen, denn ich kann hören, dass er mir dicht auf den Fersen ist. Genau wie der Rest meiner Brüder, den schnellen, schweren Schritten auf dem Asphalt nach zu urteilen, bis wir das geräumige, menschenleere Autokino erreichen.

„Wir teilen uns auf. Bildet Paare", befiehlt Jayce mit leiser Stimme, während wir weiterlaufen.

Doch bevor wir überhaupt darüber nachdenken können, ertönen verzweifelte Schreie in der Ferne.

„Hilfe! Hilfe, bitte! Helft uns! Bitte, helft uns!"

Chloes Stimme.

Uns.

Das heißt, Colleen ist bei ihr.

Keiner von uns schreit etwas zurück. Wenn sie von diesem Wichser festgehalten werden, könnte er sich erschrecken und aus Panik eine Dummheit begehen. Aber Colleens Name liegt mir auf der Zunge. Ich möchte ihren Namen aus vollem Halse brüllen, bis ich höre, dass sie auch meinen ruft. Denn das ist es, was mir im Moment durch den Kopf geht. Sie ist still. Zu still, verdammt.

Als ich um die Ecke des großen Gebäudes biege, die Waffe im Anschlag, entweicht mir angesichts des Anblicks, der sich mir bietet, ein Keuchen.

„Chloe!", ruft Brent mit seiner tiefen Stimme, die problemlos bis zu ihr vordringt.

„Colleen!"

Mein Brüllen erstickt fast in meiner Brust, mein Atem stockt, als ich sehe, wie sie im Gras liegt und Chloe neben ihr kniet.

Ich beschleunige mein Tempo noch mehr. Ich will Colleen nicht aus den Augen verlieren, bis ich bei ihr bin, aber ein parkendes Fahrzeug erregt meine Aufmerksamkeit, ebenso wie der daneben liegende Körper. Obwohl ich ungefähr siebzig oder achtzig Schritte von ihm entfernt bin, ist die Wunde auf dem Rücken des Wichsers nicht zu übersehen.

„Verdammte Scheiße", stößt Brent mit rauer Stimme aus, als wir beide gleichzeitig zu unseren Mädchen gelangen.

Ich stürze mich an Colleens andere Seite, sehe nur noch sie, und mein Herz zieht sich vor unerbittlichem Schmerz zusammen. Eine verzweifelte Aneinanderreihung von gewimmerten Worten verlässt die weinende Chloe, während ihre Hände zittrig über Colleens regungslosem Körper verweilen.

„Er hat auf sie geschossen! Papa, er hat auf sie geschossen! Ich weiß nicht, wo, ich habe nicht gesehen, wo, ich habe Angst, sie zu bewegen!“

Sie schluchzt und keucht, und ich werfe nur einen kurzen Blick auf sie, der jedoch ausreicht, um den Bluterguss auf ihrer Wange zu erkennen und zu sehen, wie ihr Körper von einem unaufhörlichen Zittern heimgesucht wird.

„Melvin, Blane, Nate, zu mir!“, bellt Jayce.

Alle vier setzen sich sofort in Bewegung, wahrscheinlich, um den Van, den unbeweglichen Spider daneben und den Ort im Allgemeinen zu untersuchen, aber ich mache mir nicht die Mühe, aufzuschauen.

„Komm her, meine Kleine“, sagt Brent beruhigend. Es ist klar, dass er hart darum kämpft, nicht seine Fassung zu verlieren, als er seine Tochter vom Boden aufhebt und ihren zitternden Körper an sich drückt.

Ich? Ich kann nicht sprechen. Ich kann mich nicht bewegen. Ich kann nicht atmen. Ich bin sogar zu betäubt, um die Tränen, die mir in den Augen stehen, laufen zu lassen. Ich sehe nur zu, wie Colleen mit dem Gesicht nach unten vor mir liegt, genauso verängstigt, sich zu bewegen, wie Chloe es war.

Ich bin nicht bereit zu sehen, was mich erwartet, aber ich weiß auch, dass ich mich verdammt noch mal zusammenreißen muss, wenn es noch eine Chance gibt, sie zu retten, bevor es zu spät ist. Aber ich kann es nicht. Ich habe zu viel Angst. Eine solche Angst, wie ich sie noch nie hatte.

Liams Stimme ist das Einzige, was das laute Rauschen durchbricht, mit dem mein Puls durch meine Ohren dröhnt, und das liegt wahrscheinlich nur an dem, was er sagt. „Ihr Pulsschlag ist stark, Ben. Sie ist am Leben.“

Ich habe nicht bemerkt, dass er in der Nähe von Colleens Kopf in die Hocke gegangen ist. Aber jetzt ist er da und zieht die Finger zurück, die er gerade noch gegen ihren Hals gedrückt hat.

Mit einem Mal strömt wieder Luft in meine Lungen und durchbricht die Barriere meiner lähmenden Angst. Sie ist am Leben. Das bedeutet nicht, dass sie nicht verletzt ist, denn das ist sie eindeutig, aber es bedeutet auch, dass ich sie noch retten kann. Das ist das Wissen, das ich brauche, um den Mut zu finden, sie umzudrehen, so vorsichtig und langsam, wie ich es verdammt noch mal kann.

„Colleen, Engel“, flüstere ich zittrig, während mein Blick über ihre Brust und ihren Bauch wandert, um nach einer Wunde zu suchen. „Ihr Arm“, sagt Liam.

„Ihr Arm blutet. Sieht aber wie ein Streifschuss aus.“

Ich schaue auf ihren Arm, aber angesichts des Blutes, das an ihr herunterläuft, würde ich sagen, dass es ein verdammt heftiger Streifschuss ist. Allerdings scheint es nicht genug Blut zu sein, um sie bewusstlos werden zu lassen. Ich untersuche sie also so schnell wie möglich, achte gleichzeitig darauf, dass ich nicht den kleinsten Zentimeter ihres Körpers vernachlässige. Erst als ich vorsichtig ein paar Haarsträhnen zurückschiebe, finde ich die Antwort.

„Sie muss gestürzt sein und sich den Kopf aufgeschlagen haben“, schließe ich aus dem Rinnsal, das langsam aus einer Wunde an der linken Seite ihrer Stirn sickert und in ihren Haaransatz läuft. „Engel, hörst du mich?“, rufe ich sie, meine Stimme so angespannt, dass ich sie kaum wiedererkenne. Aber jetzt, wo mein Puls nicht mehr rast, arbeiten auch die Grundfunktionen meines Gehirns wieder. „Ich weiß, es ist nicht die beste Lösung, aber ich muss sie ins Krankenhaus bringen", sage ich zu Liam.

„Du gehst vor und bringst sie zum Auto. Wir bleiben hier und räumen das Chaos auf."

„CJ ist tot. Seine Leiche liegt neben dem Wagen."

Wir sehen zu Nate auf, der auf uns zukommt, während er mit dem Kinn zu meiner Linken deutet, und ich folge automatisch seinem Blick und registriere, was er gesehen hat.

Colleens Waffe.

„Verdammter Mist", schreie ich.

Das kann doch nicht wahr sein. Sie kann nicht mit dieser Scheiße im Kopf leben müssen. Aber das wird sie. Und alles nur, weil ich nicht da war.

Verdammte Spiders. Ich wünschte, sie wären noch am Leben, damit ich den Job selbst erledigen könnte. Aber ich würde es viel langsamer und schmerzhafter tun, als es das Kartell gemacht hat.

Bevor die Wut mich auf einen Weg bringen kann, der meinen Verstand wieder aus dem Gleichgewicht bringt, reißt ein leises Stöhnen meinen Blick von der Waffe los.

„Engelchen, Baby, hey", rufe ich, begierig darauf, dass sie mir antwortet. „Hörst du mich?"

Ihr Gesicht zuckt noch bevor sie die Augen öffnet. Tiefe Verwirrung umnebelt ihre sonst so hellen und wachen haselnussbraunen Augen, aber die Realität holt sie schnell wieder ein, und sie versucht, sich in einem Anfall von Panik aufzusetzen.

Sie keucht zwischen den Zähnen, als sie ihren verletzten Arm belastet, aber das hält sie nicht davon ab, unvermittelt zu rufen: „Chloe! Ist sie ..."

„Hey, es geht ihr gut. Aufgewühlt, aber körperlich in Ordnung. Beruhige dich. Du hast dir den Kopf gestoßen, mein Engel. Du musst es ruhig angehen lassen“, mahne ich so sanft wie möglich und schiebe einen Arm unter ihre Knie. „Du musst dich mit deinem rechten Arm an mir festhalten. Kannst du das tun?“, frage ich sie und stehe auf, nachdem sie genickt hat.

Sie legt ihren unverletzten Arm um meinen Hals, und ihre Augen tränen, während sie mich mit gebrochener Stimme fragt, die mir das Herz zuschnürt: „Ist er tot? Er ist tot, oder? Ich habe ihn getötet.“

Der letzte Teil ist keine Frage. Es ist eher eine Feststellung, an die sie nicht so recht glauben will. Aber die ersten beiden Fragen geben mir zu verstehen, dass sie nicht viel, wenn überhaupt etwas, gesehen hat, bevor sie fiel und ohnmächtig wurde. Das ist gut, denn ich kann das immer noch in Ordnung bringen. Ich will auf keinen Fall, dass sie damit leben muss. Niemals. Ich hätte derjenige sein sollen, der den Abzug drückt. Nicht sie.

Aber ich komme nicht dazu, meinen Mund aufzumachen und ihr zu sagen, was sie hören muss. Blane kommt mir zuvor. „Nein, ich war es“, erklärt er und klingt dabei ebenso überzeugend wie lässig. „Du hast gut getroffen, aber nicht lebensgefährlich. Ich habe ihn erledigt, als er zu sich kam.“

Meine Überraschung währt nur eine kurze Sekunde, und ich werfe ihm einen dankbaren Blick zu.

Nachdem sie meinen Bruder zweimal angeblinzelt hat, stottert Colleen: „Du hast? Ich habe nicht … Du hast ihn getötet?“

Er nickt einmal. „Ich konnte nicht zulassen, dass er noch einmal einen von uns angreift.“

„Jetzt lasst uns gehen“, sagt Nate. „Wenn irgendjemand die Schüsse gehört hat, werden die Bullen jeden Moment anrollen. Melvin, Jayce und Blane werden hier aufräumen, bevor jemand auftaucht.“

Damit joggt er davon, während Blane auf den Van zusteuert.

Liam und ich folgen Nate in einem viel langsameren Tempo, und Colleen fragt mich nach Fiona.

Ich wäge zunächst meine Optionen ab, aber es hat keinen Sinn zu lügen. „Ich weiß es nicht, Engel. Cody ist mit ihr zurückgeblieben. Brent muss jetzt auch bei ihr sein.“

Mehr sage ich nicht, einfach, weil ich nicht mehr weiß. Es würde nichts bringen, Beruhigungen auszusprechen, die sich nur als falsche Hoffnung entpuppen könnten. Und sie bittet auch nicht um mehr, als sie auf ihren Arm hinunterschaut und zusammenzuckt, als sie das Blut überall sieht.

„Es ist okay, Engel. Die Kugel hat dich nur gestreift. Das wird schon wieder“, verspreche ich ihr, während wir durch das Tor gehen und diesen trostlosen Ort zum Glück hinter uns lassen.

Liams Handy klingelt, und er schaut darauf, bevor er Colleen ein Lächeln zuwirft. „Fi geht's gut. Brent hat sie und Chloe gerade zurück in den Club gebracht.“

„Gott sei Dank“, haucht sie aus, und dann legt sie ihren Kopf an meine Schulter und wird wieder still.

„Geht es dir gut, Engel? Sag mir, wie du dich fühlst“, dränge ich.

„Okay. Ich bin nur plötzlich müde.“

Ich spanne mich an. „Ich bringe dich ins Krankenhaus und lasse dich durchchecken.“

„Ins Krankenhaus? Nein, das ist nicht nötig.“ Sie klingt plötzlich wacher, obwohl sie den Kopf nicht aufrichtet. „Mir geht es gut. Ich will nicht ins Krankenhaus fahren. Wenn sie Fragen stellen, weiß ich nicht, was ich sagen soll, Ben. Bitte, ich will da nicht hin.“

„Ich bin sicher, Brent hat schon den Doc angerufen“, sagt Liam zu mir.

Colleen muss mein Zögern spüren. „Bitte, Ben. Er kann nach mir sehen, und er wird dir sagen, ob ich ins Krankenhaus gehen muss.“

Damit hat sie recht. Der Doc wird ehrlich zu mir sein.

„Okay“, gebe ich nach und beschleunige mein Tempo, damit ich mein Mädchen nach Hause bringen kann.

***

Colleen hat sich auf meinem Schoß zusammengerollt. Wir haben uns nicht mehr von der Couch bewegt, seit der Doc ihr Zimmer verlassen hat, und sie mir gesagt hat, sie wolle nach unten gehen, weil sie wisse, dass Camryn sich Sorgen mache. Ich habe ihr geholfen, schnell zu duschen, damit der Verband an ihrem Arm nicht nass wird, und wir sind dann hierhergekommen, nachdem ich meine Oma angerufen habe, um ihr zu sagen, dass alles in Ordnung ist. Das war vor einer Stunde, und seitdem haben wir uns nicht vom Fleck gerührt. Auch Camryn nicht, die uns gegenüber sitzt, genau wie Alex.

Erstaunlicherweise – oder vielleicht auch nicht, nach dem, was sie heute Nacht durchmachen musste – ist Colleen hellwach, während sie mit ihren Fingern mit dem Saum meines Hemdes spielt und regelmäßig die Haut meines Halses streift. Noch überraschender ist, dass sie mich nicht mit einer weiteren Panikattacke in Angst und Schrecken versetzt hat. Sie hat sich tatsächlich ziemlich schnell entspannt, nachdem der Doc sie untersucht hat, und ihre Hände zittern nicht mehr.

Sie hat sogar versucht, *mich* ein wenig zu beruhigen. Als ich sie um eine detaillierte Zusammenfassung dessen gebeten habe, was der Arzt gesagt hat, sagte sie mir, dass die Wunde an ihrem Arm tatsächlich nur ein Streifschuss sei und dass er keine Anzeichen einer Gehirnerschütterung gesehen habe. Sie wischte meine Besorgnis beiseite und tat so, als seien ihre Verletzungen nichts Besonderes, weil sie nicht an der Stirn genäht werden musste. Das heißt aber nicht, dass es nur ein verdammter Kratzer ist. Außerdem musste sie an ihrem Arm genäht werden. Nur ein paar Stiche, aber schon das sind ein paar zu viel. Es mag nur ein Streifschuss sein, aber der Doc musste sie trotzdem nähen. Und es hätte so viel schlimmer kommen können als das.

„Ich kann nicht glauben, dass diese Idioten erledigt sind, weil Delacey jemanden ein Foto von sich hat schießen lassen." Liam schnauft und lehnt sich mit einem Bier in der Hand an die Wand neben der Couch. „Selbst für die klingt das total bescheuert. Wenn man sich die Geschichte genau anschaut, dann haben die verdammten sozialen Medien den Tag gerettet."

„Ich glaube nicht, dass Kevin von dem Bild wusste", kontert Colleen. „Er hat mit jemandem gesprochen, der ihm den Rücken zugekehrt hat. Wahrscheinlich ein Mitschüler, denn sie saßen auf einer

Tribüne. Jedenfalls hat er nicht in die Kamera geschaut, also glaube ich nicht, dass er wusste, dass Chloe ein Foto gemacht hat."

„Die Frage ist, wie zum Teufel kann jemand so einfach in eine verdammte Highschool kommen?", fragt sich Alex. „Ich meine, er war in einigen von Chloes Kursen, das heißt, er war tatsächlich dort eingeschrieben. Das ist wirklich beängstigend. Wie hat er das überhaupt geschafft?"

„Genauso wie CJ es geschafft hat, als eine völlig andere Person in mein Leben zu treten", spottet Camryn beinahe. Selbst ein Jahr, nachdem sie die Wahrheit über ihren Ex-Verlobten herausgefunden hat, fällt es ihr schwer, ihre Wut zu überwinden. „Es scheint heutzutage sehr einfach zu sein, sich eine neue Identität zu verschaffen."

„Ist es auch", bestätigt Blane. Er kommt von oben, holt sich einen Stuhl vom nächsten Tisch und setzt sich zu uns. Er, Melvin und Jayce haben das Chaos im Autokino in Rekordzeit beseitigt und sind seit einer Viertelstunde zurück, alle drei auf dem Weg zur Dusche. „CJ muss für Delaceys Sohn eine neue Identität erstellt haben, so wie er es für sich selbst getan hat. Reisepass, Sozialversicherungsnummer, Führerschein, medizinische Unterlagen. Ich vermute, dass er das auch für seinen Vater getan haben muss, denn Kevins falsche Identität, Sebastian Smith, war nach dem, was Chloe Brent erzählt hat, minderjährig. Er muss einen Elternteil oder zumindest einen Vormund gebraucht haben, um ihn in der Schule anzumelden."

Ich schüttele den Kopf. „Wir hätten seinen Vater nach ihm fragen sollen. Es ist ausgeschlossen, dass er das nicht wusste", knurre ich.

„Es ist jetzt vorbei“, erinnert mich Colleen sanft daran, dass sie in Sicherheit ist – dass sie alle in Sicherheit sind – und hebt ihre Hand, um meine Wange zu streicheln, als sie spürt, dass ich kurz davor bin, wieder die Beherrschung zu verlieren.

Aber ich bin es, der sie trösten sollte, verdammt noch mal. Nicht andersherum.

„Das geht auf mich“, sagt Liam, und sein Tonfall verrät sein schlechtes Gewissen. „Nachdem er Erin erwähnt hat …“ Er zieht den Kopf zwischen den Schultern ein, als er ihn schüttelt. „Ich habe die Fassung verloren.“

„Und *ich* hätte meine Tochter nach seinem vollen Namen und einem Foto fragen sollen, bevor ich sie zu diesem Date habe gehen lassen“, mischt sich Brent in das Gespräch ein. Der arme Mann sieht müde und niedergeschlagen aus, als er die letzten paar Stufen hinunter schlurft. „Fiona hat das Foto gesehen, das Chloe gemacht hat, aber sie kannte Delacey nicht, also …“, bricht er ab.

„Er war angeblich ein Highschool-Schüler, Brent.“ Alex versucht, die Last seiner Schuldgefühle etwas von seinen Schultern zu nehmen.

„Bei all dem, was passiert ist, hätte ich besser aufpassen sollen“, betont er. „Verdammt, ich hätte vorsichtiger sein müssen, Punkt. Wenn sie … Scheiße“, flucht er und seine Stimme bricht.

„Wie fühlen sich die beiden?“, fragt Camryn ihn und versucht offensichtlich, seine Gedanken von dem Autokino und dem Gefühl des Versagens abzulenken, das an ihm nagt.

„Schuldig. Alle beide. Chloe ist im Moment ein ziemliches Wrack, und Fi will sie nicht allein lassen.“ Sein gequälter Blick trifft als Nächstes auf Colleen.

„Ich weiß gar nicht, wie ich dir danken soll. Chloe wäre tot, wenn du nicht da gewesen wärst. Vielleicht auch Fiona. Wir hätten es nicht mehr rechtzeitig geschafft.“

Hätten wir auch nicht. Aber das hier ist nicht seine Schuld. Es liegt alles an mir. Wir hätten es nicht rechtzeitig geschafft, weil ich nicht früher auf mein Handy geschaut habe.

Ich kann Colleens Gesicht nicht sehen, aber ich kann den Schalk in ihrer Stimme hören, als sie Brent antwortet. „Keine Sorge. Seit der aufregenden Flucht durch mein Zimmerfenster war mein Leben ein bisschen langweilig geworden. Ich dachte, ich brauche mal wieder einen Adrenalinschub.“

Ist mein Mädchen nicht witzig? Die Antwort ist Nein.

Ein Grollen ertönt in meiner Brust, und sie lacht leise und schmiegt sich weiter an mich.

Sie scherzt, aber ich weiß, dass sie immer noch erschüttert ist. Abgesehen davon, dass sie sich von Zeit zu Zeit auf meinem Schoß hin und her bewegt, um die schmerzenden Muskeln zu schonen, hat sie sich in der letzten Stunde nicht gerührt. Sie hat sich an mich gekuschelt und sucht nach dem Gefühl der Geborgenheit, das diese Bastarde ihr wieder geraubt haben.

„Was ist mit heute Abend? Sind die Bullen aufgetaucht?“, frage ich Blane, um meine Gedanken von diesen Mistkerlen abzulenken und von dem, was Colleen hätte passieren können, weil ich wieder einmal nicht da war, um sie zu beschützen.

„Nein. Zumindest nicht, bis wir weggefahren sind. Und wenn jemand die Schüsse gehört und die Polizei gerufen hätte, wären sie aufgetaucht, als wir noch da waren. Wahrscheinlich sogar, bevor ihr losgefahren seid. Ich glaube nicht, dass sie etwas mitbekommen haben", erklärt er und hält nur kurz inne. „Wir haben auch etwas gefunden", fügt er hinzu, doch dann stockt er und mustert die Mädchen aufmerksam, besonders Colleen. Das macht mich nervös, und Blane muss das sofort bemerken, denn er fährt entschlossen fort: „Keine neuen Drohungen."

Ich nicke, doch selbst wenn das, was sie gefunden haben, harmlos ist, bleibt immer noch eine potenzielle Gefahr übrig. „Abgesehen von Delaceys Sohn."

Liam fügt schnell hinzu: „Und wo auch immer er ist, wir müssen ihn aufspüren. Wir haben keine Ahnung, mit wem er noch zusammenarbeiten könnte."

„Das ist das, was wir gefunden haben", sagt Blane. „Seine Leiche."

Colleen drückt sich eng an mich, und ich vermute zunächst, dass sie von dieser Nachricht genauso überrascht ist wie wir alle. Aber dann fragt sie Blane leise. „Wurde er erschossen?"

„Das wurde er."

„Das muss dann der Schuss gewesen sein, den ich gehört habe."

„Welcher Schuss, Engel? Wann?"

„Ich war gerade erst dort angekommen. Fionas Auto stand mitten auf der Straße, also musste ich anhalten", sagt sie, und jetzt wissen wir, dass Fiona versucht hatte, davonzufahren, als sie merkte, dass es dort ungewöhnlich still war. Sie war gerade dabei, zu wenden, als CJ die Straße hinunterlief und Chloe mit vorgehaltener Waffe durch die Windschutzscheibe bedrohte. „Dann sah ich sie, und gerade als ich mich um sie kümmern wollte, fiel ein Schuss. Ich hörte Chloe schreien und dachte … Ich wusste nicht, ob

Chloe verletzt war, und ich dachte, Fiona würde wollen, dass ich Chloe helfe, anstatt sich zu vergewissern, dass es ihr gut geht, also lief ich zurück zu meinem Auto, nahm die Waffe und rannte die Straße zum Autokino hoch. Aber da waren keine Leichen. Ich habe nichts gesehen. Ich dachte eigentlich, dass Kevin derjenige war, der geschossen hat. Ich dachte, er wäre bei Chloe. Und als ich herausfand, dass CJ bei ihr war, ging alles so schnell, dass ich mir nicht viel dabei gedacht habe", erklärt sie. „Du glaubst also, dass CJ Kevin getötet hat?"

„Sieht so aus", antwortet Blane. „Wahrscheinlich, weil er ihn nicht mehr gebraucht hat. Wir haben Blutspuren gefunden, die uns vermuten lassen, dass Kevin nicht sofort tot war und sich hinter einen Baum nicht weit vom Eingang geschleppt hat."

„Das muss die ganze Zeit CJs Plan gewesen sein. Die Delaceys loszuwerden, sobald er mit ihnen fertig war", vermutet Liam.

„Also ist es jetzt vorbei?", fragt Alexia. „Wenn sie alle weg sind, ist es vorbei?"

„Ich denke schon." Mit feuchtem Haar von der Dusche geht Jayce auf uns zu und direkt zu Alex. „Ich glaube, es ist überstanden", seufzt er, mehr vor Erschöpfung als vor Erleichterung, und drückt ihr einen Kuss auf die Schläfe, bevor er sich neben sie setzt. „Wir werden die verbleibenden Spiders im Auge behalten, aber sie sind noch weniger geeignet, die Leitung des Clubs zu übernehmen, als Bison es war. Ich denke, wir müssen uns keine Sorgen machen."

Während Jayce redet, zittert Colleen in meinen Armen. Ich weiß allerdings nicht, ob das von einer neuen Welle des Schreckens kommt oder weil ihr kalt wird.

„Lass uns jetzt nach oben gehen", beschließe ich und gebe ihr keine Chance, sich zu weigern, während ich mich auf der Couch aufrichte, damit sie aufstehen kann.

Es ist sowieso schon spät. Wir sollten diesen Tag hinter uns bringen, und je eher ich sie ins Bett bekomme, desto eher wird der morgige Tag kommen.

„Okay", sagt sie leichthin und verabschiedet sich von allen, bevor ich sie die Treppe hinauf führe, ihre Hand in meiner.

„Wie geht es dir?", frage ich sie, als sie sich auf das Bett setzt.

„Mir geht's gut. Ich bin nur … Ich weiß nicht. Nach dem, was in New York passiert ist, sollte ich mich eigentlich nicht so fühlen, aber der heutige Abend war trotzdem irgendwie surreal, weißt du?"

Ich nicke und ziehe meine Stiefel aus. „Bist du sicher, dass du die Tablette, die Doc dagelassen hat, nicht nehmen willst? Sie könnte dir helfen zu schlafen, wenn du zu aufgewühlt bist."

Ich wusste, dass sie ablehnen würde, noch bevor sie mit Überzeugung den Kopf schüttelt. Sie mag das Zeug nicht, und das hat sie dem Doc auch schon gesagt. Ich erinnere mich nur zu gut daran, wie schwer es ihr fiel, einzuschlafen, als sie vor nicht einmal ein paar Monaten im Club auftauchte. Sie hatte zwar nie Albträume, aber trotzdem.

„Dann legen wir uns mal hin."

Diesmal muss sie nicht überzeugt werden. Während ich mich bis auf die Boxershorts ausziehe, schiebt sie sich die Leggings von den Beinen, zieht die Socken aus und kriecht nur mit meinem Club-Shirt bekleidet unter die Decke.

Kaum liegen wir im Bett, ihr Kopf in meiner Armbeuge als Kopfkissen, ergreift sie das Wort. „Ich wusste nicht, was ich tun sollte.“

Das klingt für meinen Geschmack zu sehr nach einem schuldbeladenen, beschämten Eingeständnis. Und das ist Blödsinn. Sie war heute Abend mutig. So verdammt mutig.

„Du warst so gut heute Abend, Engel. So verdammt gut. Du hast ja keine Ahnung.“ Wenn die Schuld auf den Schultern von einem von uns lastet, dann auf meinen. „Es tut mir so leid, dass ich wieder nicht da war, um dich zu beschützen. Ich hätte da sein müssen.“

„Ich bin diejenige, die dorthin gerannt ist, Ben. Und ich bereue es nicht, denn CJ hätte vielleicht gerade noch genug Zeit gehabt, um mit Chloe zu verschwinden, wenn ich es nicht getan hätte, aber ich war so … Ich weiß nicht, es ist, als hätte ich nicht gewusst, was ich tun sollte.“

„Du irrst dich. Du wusstest es“, sage ich ihr, obwohl sie es anders zu sehen scheint. „Du hast Chloe gerettet, weil du genau wusstest, was zu tun war. Es hat sich vielleicht so angefühlt, als ob du es nicht wüsstest, weil du zu Tode erschrocken warst, aber du hast trotzdem schnell gedacht. Du wusstest, was zu tun war.“

Sie stößt ein trauriges Lachen aus. „Ich habe überhaupt nicht nachgedacht, wirklich. Ich habe sogar versucht, es nicht zu tun, denn jedes Mal, wenn ich es tat, dachte ich an dich und warum du nicht ans Telefon gegangen bist. Ich hatte solche Angst, dass dir etwas zugestoßen ist. Ich wollte nicht wieder allein sein, aber vor allem wollte ich nicht ohne dich sein."

Ich schließe sie fester in meine Arme, auch wenn ich sie nicht noch enger an mich heranziehen kann. „Ich bin hier", flüstere ich. „Aber selbst, wenn mir eines Tages etwas zustoßen sollte, wirst du nicht allein sein, mein Engel. Du hast deine Mutter, du hast Camryn, und vergiss nie, dass du den Club hast. Sie werden immer für dich da sein. Du wirst sie immer haben."

„Ich weiß. Ich weiß, dass sie für mich da sein würden. Aber sie sind nicht du. Ich liebe dich."

Scheiße. Wie können diese Worte so verdammt gut zu hören sein, obwohl die Verletzlichkeit, die ihren Tonfall durchdringt, mein Herz wie ein Messer durchbohrt? Sie liebt mich. Ich schätze, das weiß ich schon seit einer Weile, aber es zu hören … Scheiße.

„Ich liebe dich auch, Engel. So verdammt sehr."

Ihr Ausatmen kitzelt warm auf meiner Haut. Ihre Erleichterung ist fast mit Händen zu greifen, und ich ignoriere die Schuldgefühle, die sich in meiner Brust breit machen. Ich hätte diese Worte schon vor so langer Zeit sagen sollen. Ich hatte solche Angst, sie in die Flucht zu schlagen, dass ich nicht sah, was sie wirklich brauchte. Was sie brauchte, war, diese Worte zu hören.

Ich hätte so viele Dinge anders machen sollen.

„Ich liebe dich so sehr", wiederhole ich, nachdem ich ihr Kinn angehoben habe, um ihr in die Augen schauen zu können.

Ich beuge meinen Kopf und küsse ihre Lippen mit einem Kuss, der ebenso leidenschaftlich wie sanft ist.

Ein Kuss, der genauso ist wie sie.

Kapitel 27

„**D**u hast das ganz falsch verstanden, Alex." Max legt den Kopf schief, als er sich auf seinen Stuhl setzt, mit leicht zusammengekniffenen Augen blickt er auf die beiden Kuchen, die Lilly vorsichtig in die Mitte des Tisches gestellt hat.

Alexia hat sie beide gebacken. Einen für Bens achtundzwanzigsten Geburtstag und den anderen für Melvins zwanzigsten. Da ihre Geburtstage nur ein paar Tage auseinander liegen, haben wir beschlossen, sie am Freitag dazwischen gemeinsam zu feiern. Ben und ich haben am Tag seines Geburtstags bei seiner Oma zu Mittag gegessen. Und jetzt kann er noch mehr Kuchen verdrücken und mit allen feiern, obwohl weder er noch Melvin eine große Sache daraus machen wollten. Nicht nach all dem, was erst letzten Samstag im Autokino passiert ist. Anstatt also eine wilde Party zu planen, haben die Jungs ein paar Steaks gegrillt und wir Mädels haben Salate zubereitet, während Alex sich um die Kuchen gekümmert hat.

„Was meinst du?", fragt sie Max, während sie die Torten unter die Lupe nimmt und sich offensichtlich ernsthaft Sorgen macht, etwas falsch gemacht zu haben.

Wir alle starren auf die Torten, aber keiner von uns scheint eine Ahnung zu haben, was er sieht.

„Melvin ist zwanzig und Ben ist achtundzwanzig", sagt er ihr.

Als ich bemerke, dass die Kerzen auf den Torten vertauscht wurden, muss ich lachen. „Oh mein Gott,

Ben. Du bist so ein Kind." Ich schüttele missbilligend den Kopf, kann mir aber das Lachen nicht verkneifen, als ich Ben ansehe, der zu meiner Linken sitzt.

Sein schockierter Gesichtsausdruck könnte nicht unechter sein. Natürlich hat er das getan.

„Sehr witzig, Bruder." Melvin kichert, während Camryn und Fiona anfangen, die Torten anzuschneiden, und Ben grinst nur, offensichtlich stolz auf sich.

Ich sag's noch mal: Mein Mann ist ein Kind. Trotzdem bin ich froh, dass er seinen Humor wiedergefunden hat. Genau wie damals, als ich in der Stadt ankam, nachdem ich in New York fast entführt worden wäre, hat er die letzte Woche damit verbracht, sich Sorgen um mich zu machen und darüber nachzudenken, was hätte passieren können.

„Ich will nicht alt werden", jammert er theatralisch.

„Warum?", fragt Max ihn.

„Tja, Kumpel … Wer will schon alt sein?", lautet seine Antwort.

Max zuckt nur mit den Schultern, denn sobald er ein Stück Schokoladenkuchen vor sich liegen hat, stopft er ihn sich in den Mund und vergisst alles andere.

„Was willst du, Chloe? Schokolade oder Himbeere?", fragt Fiona ihre Tochter.

„Himbeere, bitte."

Ich muss sagen, dass ich überrascht bin, sie heute Abend hier zu sehen.

Fiona hat mir erzählt, dass sie die ganze Woche über sehr still gewesen ist. Ich nehme an, es ist gut, dass die Schule vorbei ist. Nun, ich bin mir nicht sicher, ob es besser ist, zu Hause in ihrem Zimmer zu hocken, als zur Schule zu gehen, aber wenigstens sind

Fiona und Brent da, um ein Auge auf sie zu werfen. Sie sagen, dass sie sich immer noch schuldig fühlt wegen dem, was passiert ist, aber vor allem fühlt sie sich dumm, weil sie sich von Kevin hat manipulieren lassen. Aber es ist nicht ihre Schuld. Diese Männer haben einen kranken Charakter, der jeden täuschen kann. Meine Mutter ist genauso auf Terence hereingefallen, aber Chloe sieht das nicht. Hoffentlich wird sie das mit der Zeit.

Der Silberstreif am Horizont ist, dass die Spiders weg sind. Alle von ihnen. Nicht nur CJ, Bison und ihr innerer Kreis. Alle Spiders sind aus der Stadt verschwunden. Jeder Einzelne von ihnen.

Am Tag nach dem ganzen Debakel im Autokino rief Blanes Bekannte ihn an. Die Spiders haben den Stripclub in dieser Nacht überstürzt verlassen und sind seitdem nicht mehr in der Stadt gesehen worden. Ben und die Jungs sind zu ihrem Club gefahren, und dort gibt es keine Spur von ihnen. Es ist, als wären sie alle untergetaucht und hätten ihren Club und ihre Geschäfte aufgegeben. Nun, eigentlich Bisons Geschäfte, also denke ich, dass es für den Rest von ihnen einfach war, zu verschwinden. Die Jungs scheinen zu glauben, dass das Kartell ihnen einen Schrecken eingejagt hat, damit sie die Stadt und wahrscheinlich auch den Staat verlassen, nachdem sie Bison und seine engsten Mitarbeiter wegen ihrer Verwicklung in den Frauenhandel getötet haben. Ehrlich gesagt, ist es mir egal, warum sie alle weggelaufen sind. Ich bin nur froh, dass sie fort sind, und ich hoffe, sie bleiben es auch.

„Himbeerkuchen für mein Mädchen." Ben zwinkert mir zu, während er ein viel zu großes Stück meines Lieblingskuchens vor mich hinstellt.

Schnell legt sich ein Lächeln auf mein Gesicht. Er hat Alex gesagt, dass er einen Himbeerkuchen will, weil er weiß, dass das meine Lieblingstorte ist. Mein Mann mag sich manchmal wie ein Kind benehmen, aber diese Art von aufmerksamer Geste macht es jedes Mal wieder wett.

„Danke." Mit meinem Finger signalisiere ich ihm, dass er sich vorbeugen und mir einen Kuss geben soll. Das tut er auch. „Ich liebe dich", sage ich ihm, als sich unsere Lippen trennen.

„Irgendwie liebe ich es, das zu hören", murmelt er zurück. „Vielleicht sollte ich es aufzeichnen, falls ich eines Tages etwas Dummes tue oder sage und du es nicht mehr sagst."

„Ich bin mir nicht sicher, ob du dir darüber Sorgen machen solltest", mischt sich Liam ein und lässt uns wissen, dass Bens Gemurmel nicht so diskret war, wie er dachte. Andererseits sitzt Liam ja auch direkt neben mir. „Ich wette, du hast schon viele dumme Dinge getan und gesagt, seit du sie kennst, und sie hat es trotzdem gesagt."

Ben tut so, als würde er darüber nachdenken und nickt dann. „Du hast recht", sagt er zu Liam und sieht mich wieder an. „Er hat völlig recht. Ich finde, du hast ein Dankeschön verdient."

Bevor ich reagieren kann, hat er meine Hände in seinen, steht auf und zieht mich mit sich hoch. Dann ergreift er meine Hüften, um mich hochzuheben, und lässt mir keine andere Wahl, als meine Beine reflexartig um seine Taille zu schlingen.

„Was machst du da? Ich habe nicht einmal meinen Kuchen gegessen!", fauche ich in einem Lachanfall.

Er greift nach meinem Teller und reicht ihn mir, damit er auch seinen nehmen kann. „Lass uns das nach oben bringen." Sein Grinsen hat etwas Unanständiges, und ich lache, als ich mich von ihm mitnehmen lasse. „Wir kommen später wieder! Oder auch nicht", ruft er über seine Schulter allen zu, und sie erwidern etwas, das ich nicht verstehen kann, weil sie alle gleichzeitig sprechen und weil Bens Lippen bereits auf meinen liegen. Wenn seine Lippen meine berühren, ist das alles, worauf ich mich konzentrieren kann.

Der Kuss ist langsam und innig, während wir uns auf den Weg ins Haus machen und den Hauptraum durchqueren. Ben geht vorsichtig die Treppe hinauf, und ich fahre mit meiner freien Hand in sein Haar, während ich mein Bestes gebe, um mein Stück Kuchen nicht auf den Boden fallen zu lassen. Das wäre eine Verschwendung, denn er duftet fast so gut wie Ben. Fast.

Als er sich von mir löst, streift sein warmer Atem mein Gesicht, während er heiser spricht. „Es gibt etwas, das ich dir schon lange sagen wollte, Engel."

In seinem Tonfall liegt so viel Ernsthaftigkeit, dass ich ihm direkt in die Augen schaue, als er unser Vorankommen am oberen Ende der Treppe stoppt. „Was?"

Eines seiner sexy Grinsen umspielt seine Lippen. „Ich wusste doch, dass du auf meine Haare stehst."

Ich kämpfe verbissen gegen das Lächeln an, das sich auf meine Lippen schleicht, aber es ist viel stärker als ich. Ein leises Lachen entweicht mir sogar, als ich ihn anherrsche: „Halt die Klappe. Halt die Klappe und küss mich."

Sein Übermut schwindet in dem Moment, in dem er nachgibt, und als seine Zunge hungrig auf meine trifft, setzt er seinen Weg fort, bis wir innerhalb weniger Sekunden in unserem Zimmer sind.

Er unterbricht den Kuss, um unsere Teller auf der Kommode abzustellen. „Dazu kommen wir gleich. Zuerst werde ich mit meinem Mädchen Liebe machen“, sagt er, wobei Lust und Liebe gleichermaßen in seiner Stimme liegen. „Schön langsam“, fügt er hinzu, während er sich daran macht, mich zu entkleiden.

Ich bin in Rekordzeit nackt, da ich nur ein langes, weißes Sommerkleid über meiner Unterwäsche trage, und dann legt er mich auf das Bett und zieht sich selbst aus, bis nur noch sein breiter, muskulöser nackter Körper vor meinen Augen liegt. Er ist bereits voll erigiert, als seine Hand nach unten wandert, um seinen Schaft zu streicheln, und sein raubtierhafter Blick beobachtet, wie ich meine Beine in einer Art natürlicher Erwiderung öffne, während er sich zu mir aufs Bett setzt.

Er stützt sich auf seine Unterarme, sein starker Körper liegt über meinem, aber unsere Haut berührt sich kaum, und mit einem weiteren leidenschaftlichen Kuss, der meinen Körper in Flammen aufgehen lässt, schaltet er meinen Verstand komplett aus und lässt mein Verlangen die Überhand gewinnen. Unsere Zungen vollführen einen langsamen, aber leidenschaftlichen Tanz, und aus unseren Kehlen entweicht ein Stöhnen und Seufzen, noch bevor Ben seinen Schwanz ganz langsam in mich schiebt. Zentimeter für Zentimeter dringt er in mich ein, bis er mich ganz ausfüllt und tief in mir ruht, während er meinen Mund weiter verwöhnt.

Als er anfängt, sich zu bewegen, passt der Rhythmus seiner Hüften zu seinem Versprechen. Er nimmt mich schön langsam, zieht sich fast ganz zurück und stößt wieder hinein, ohne sein Tempo zu beschleunigen. Sein Schwanz gleitet mit langsamen, aber entschlossenen Stößen leicht durch meine feuchten Wände. Es ist das erste Mal, dass er auf diese Weise mit mir Liebe macht, und ich kann mich nicht entscheiden, ob es erregend oder frustrierend ist. Ein bisschen von beidem, um ehrlich zu sein.

Als wir durch den Kuss kaum noch atmen können, zieht er sich zurück, und seine Augen sind dunkel vor Verlangen, als er mein Gesicht betrachtet. Wir sprechen nicht miteinander. Schweigend sehen wir uns in die Augen, nähren uns gegenseitig von der Lust des anderen und genießen das langsam ansteigende Verlangen.

Noch vor ein paar Monaten hätte ich mich zu entblößt gefühlt, um seinem Blick so standhalten zu können, aber damals habe ich noch mein Bestes getan, um ihn auf Abstand zu halten. Jetzt, da ich damit abgeschlossen habe, fällt es mir leicht, diese Intimität zu teilen, ohne mich verletzlich zu fühlen. Es ist leicht, sich den Empfindungen hinzugeben, die er in mir auslöst. Sie ganz zu spüren, ohne dass ihnen etwas im Wege steht.

So langsam, wie Ben zustößt, baut sich auch das warme Vergnügen zu einem Orgasmus auf, der, obwohl er zunächst leise durch mich hindurchwogt, schließlich in meinem Inneren explodiert und mit einer Intensität durch meinen Körper schießt, von der ich kurz erwarte, dass ich ohnmächtig werde. Aber ich werde nicht bewusstlos. Meine Augen schließen sich, während ich Bens Namen schreie und möglicherweise fluche, aber mein Verstand ist sich der Empfindungen, die mich durchfluten, vollkommen bewusst, während unzählige Stromstöße zu meinem Kopf und hinunter bis zu meinen Zehen wandern. Und ich kann genau spüren, wie sich Bens Körper anspannt, während in seiner Brust ein Grollen ertönt, bevor es ihn in einem Urlaut der puren Erlösung verlässt.

Danach bin ich nur noch ein Haufen schlaffer Muskeln und ich versuche nicht einmal, mich zu bewegen. Selbst als Bens Mund meinen wieder küsst, ist es eine echte Herausforderung, meine Lippen zum Arbeiten zu bringen. Aber ich schaffe es, seinen Kuss träge zu erwidern, bis er sich aus mir zurückzieht und neben mir zusammensackt.

„Gib mir nur ein paar Sekunden, dann hole ich die Kuchenstücke. Ich glaube, ich werde meins von deinem perfekten Körper essen."

Ein müdes, sehr zufriedenes Lachen bricht aus mir heraus. „Ich werde mehr als nur ein paar Sekunden brauchen, um mich zu erholen", lasse ich ihn wissen.

„Keine Sorge", erwidert er mit einem Hauch von Schelmerei. „Du wirst alle Zeit haben, die du brauchst, um dich zu erholen, während ich jeden Zentimeter deiner Haut ablecke."

Er wirft mir ein Grinsen zu und drückt mir einen Kuss auf die Schulter, bevor er vom Bett steigt und mir einen wunderbaren Blick auf seinen unglaublichen, durchtrainierten Hintern gewährt. Und während ich ihm dabei zusehe, wie er in seiner ganzen Nacktheit zur Kommode schlendert, überkommt mich ein warmes Gefühl des inneren Friedens. Nach einem Tag wie heute und einem Moment, wie wir ihn gerade erlebt haben, weiß ich mehr denn je, dass es die beste Entscheidung meines Lebens war, mich Ben ganz hinzugeben.

Irgendwann erfahren wir alle, wie schwer es sein kann, unsere Ängste zu überwinden und die Mauern einzureißen, die wir zu unserem eigenen Schutz errichtet haben. Die Mühe kann anstrengend und manchmal auch schmerzhaft sein. Aber während ich hier liege und beobachte, wie der Mann, den ich liebe, mit einem sanften, liebevollen Blick auf mich zugeht, gibt es keinen Zweifel daran, dass es das alles letztendlich wert war.

Epilog

Ben

„**B**ist du dir da sicher, Oma? Es ist noch nicht zu spät, deine Meinung zu ändern", sage ich ihr noch einmal, und ich weiß, dass ich schon seit einer Weile wie eine kaputte Schallplatte klinge, aber das ist mir egal.

Sie stößt einen Seufzer der Verzweiflung aus, der durch das kleine Wohnzimmer dringt, während sie die Spieluhr, die mein Großvater ihr vor Jahrzehnten geschenkt hat, auf die Kommode stellt, die ich gerade an der Wand gegenüber dem Sofa aufgebaut habe. Das ist der Platz, den sie schließlich gewählt hat, nachdem ich sie dreimal durch den Raum geschoben habe. Und das Ding war schwer.

„Ich schwöre bei Gott, du bist der sturste Mensch, der mir je begegnet ist, mein Junge." Sie schnaubt wieder, stemmt die Hände in die Hüften und geht zwei Schritte zurück, wobei sie die Spieluhr nicht aus den Augen lässt, um sich zu vergewissern, dass sie mit ihrem Platz nun zufrieden ist.

Von der anderen Seite des Wohnzimmers her kichert Colleen, und ich drehe mich um und sehe, wie sie ein Deckchen auf der Kommode arrangiert. „Dir ist schon klar, dass das Wohnzimmer kleiner ist als bei ihr zu Hause, Engelchen?", frage ich sie. „Ich kann dich hören. Und ich bin nicht diejenige, die stur ist."

Ich weiß genau, warum sie gekichert hat.

„Bist du doch", kontert sie.

„Bin ich nicht."

„Warum sagst du dann immer wieder, dass du nicht stur bist?", lächelt die kleine Schlaufüchsin süffisant.

Da mir kein Spruch für einen Gegenangriff einfällt, werfe ich ihr nur einen Blick zu, der ihr zeigt, wie sehr ich sie am liebsten übers Knie legen und ihr den sexy Hintern versohlen würde.

„Außerdem ist es nicht mehr mein Haus", erinnert mich Oma und bringt mich damit auf andere Gedanken.

Ja, so ist das. Ihr Haus gehört jetzt technisch gesehen mir. Ich habe es gekauft. Und es ist auch Colleens Haus. Nicht, dass das sture Mädchen sich nicht dagegen gewehrt hätte, aber sie hat verloren.

Oma kam vor ein paar Wochen zu uns und ließ die Bombe ihres Entschlusses, in eine kleinere Wohnung zu ziehen, platzen, als würde sie uns lediglich von einer alltäglichen Sache erzählen. Sie hatte die Wohnung, in der wir uns gerade befinden, bereits gemietet und sagte, sie wolle, dass ich ihr Haus kaufe. Natürlich hat sie mich nicht dazu gezwungen, aber sie sagte, wenn ich es nicht kaufe, würde sie es trotzdem verkaufen, obwohl es ihr lieber wäre, wenn es an mich und Colleen ginge als an irgendwelche Fremden. In gewisser Weise hat sie mich also doch gezwungen, das muss man schon sagen. Sie wusste, dass ich nicht zulassen würde, dass sie das Haus meines Großvaters an irgendwelche Leute verkauft, und sie hat mich in die Enge getrieben, indem sie die Wohnung gemietet hat, ohne vorher mit mir darüber zu sprechen.

Ich habe trotzdem eine Stunde damit verbracht, sie davon zu überzeugen, das nicht zu tun. Sie liebt ihr Haus. Mein Großvater hat es für sie gebaut, verdammt noch mal. Aber ich habe sie noch nie so ernst erlebt, als sie mir erklärte, dass es ihr trotz ihres Alters noch gut gehe und dass man nicht wisse, wie lange das noch so bleiben werde. Ich hörte das nicht gerne, aber tief im Inneren wusste ich, dass sie recht hatte. Sie bat mich um Verständnis dafür, dass sie die nächsten Jahre lieber damit verbringen möchte, ein wenig zu reisen und ihr Leben mit ihren Freundinnen und mir – und den Urenkeln, die sie sich bald wünscht – zu genießen, anstatt sich um ein Haus zu kümmern, das seit dem Tag, an dem ich ausgezogen bin, zu groß für sie geworden ist. Sie sagte immer wieder, dass es viel besser wäre, Colleen und mich ein Leben aufbauen und eine Familie gründen zu sehen, wo sie meine Mutter großgezogen hat, als das Haus meines Großvaters weiterhin meist leer stehen zu haben.

So, da wären wir also. Gestern haben wir die schweren Möbel mit den Jungs hergebracht, und heute haben wir drei das Haus eingerichtet und dekoriert. Na ja, Oma und Colleen haben das Haus eingerichtet und dekoriert, während ich entweder ferngesehen oder die Möbel von einer Seite des Zimmers zur anderen geschoben habe, bis sie entschieden haben, dass der erste Platz, den sie gewählt hatten, der richtige war.

Zum Glück sind wir jetzt fertig.

„Aber …", beginne ich, werde jedoch unterbrochen.

„Nein, ich werde nicht mit euch beiden zusammenwohnen, Ben", sagt sie in ihrem besten mütterlichen Tonfall, den sie offensichtlich immer noch beherrscht.

Ich habe diesen Vorschlag in den letzten zwei Wochen bestimmt schon ein paar Mal gemacht.

„Ich werde uns etwas zu trinken holen“, sagt Colleen, bevor sie in Richtung Küche geht.

Oma lächelt ihr auf dem Weg aus dem Wohnzimmer zu, und sobald mein Mädchen weg ist, richtet sie ihren Blick wieder auf mich. „Hör mal …“ Sie seufzt. „Das ist perfekt. Ich bin ganz in der Nähe des Stadtzentrums, und du wirst nur ein paar Straßen weiter wohnen, sobald du eingezogen bist. So muss es sein. Ich werde nicht ewig leben, ob es dir gefällt oder nicht. Du wirst in ein paar Jahren dreißig und besitzt immer noch ein Haus, in dem du kaum gewohnt hast, seit du es gekauft hast. Das ist dumm, seien wir mal ehrlich.“ Ich schmolle, als ob ich verletzt wäre, aber sie hat nicht Unrecht. „Jetzt ist es an dir und Colleen, schöne Erinnerungen in unserem Haus zu schaffen. Und jetzt sind wir fertig mit dieser Unterhaltung. Lass uns stattdessen über wichtige Dinge reden.“ Sie grinst, und ihre Stimme sinkt zu einem dezenten Flüstern, als sie fortfährt. „Wirst du ihr heute noch die Überraschung zeigen?“

Ich antworte so leise, wie es mir möglich ist, und sage: „Ja. Vielleicht ziehe ich dann allein in unser Haus.“ Ich kichere.

Sie schnaubt. „Das wird nicht passieren. Das Mädchen kann genauso wenig Nein zu dir sagen wie du Nein zu ihr.“ Sie grinst. „Oh, und wenn du mit dieser Überraschung fertig bist, vergiss nicht, die nächste zu planen. Einen Ring. Ich denke, wir haben festgestellt, dass ich nicht jünger werde, und ich will eine Hochzeit und ein Baby, solange ich mich noch ohne Gehhilfe bewegen kann.“

Bevor ich ihr sagen kann, dass Colleen auf jeden Fall einen Ring am Finger haben wird, bevor das Jahr zu Ende geht, ist mein Mädchen wieder da und hält zwei Limonaden in einer Hand und eine dritte in der anderen.

„Hier." Sie gibt eine an meine Oma und dann eine an mich. „Spielst du heute Abend Bridge?", fragt sie meine Oma.

„Ja, natürlich. Es ist Simones Abend. Ich gehe hin, sobald ich geduscht habe. Du kannst gerne später vorbeikommen, wenn du willst."

Das ist mein Stichwort, mich einzumischen. „Wir haben uns auf einen Abend geeinigt, Oma. Einen Samstag im Monat, das ist alles."

Und damit habe ich immer noch das Gefühl ein Opfer zu bringen. Colleen hat sich geweigert, sich auszuziehen, bis ich diesem einen Abend zugestimmt habe. Hatte ich denn eine Wahl? Überhaupt keine.

„Komm schon. Die letzte Woche hat Spaß gemacht, leugne es nicht", fordert Oma.

„Ich habe alle vier Spiele, die wir gespielt haben, verloren. Kann ein Spiel Spaß machen, wenn man es viermal hintereinander verliert?", schreie ich fast. „Aber darum geht es doch gar nicht. Wir haben uns auf einmal im Monat geeinigt."

Ich bleibe bei dieser Abmachung. Einmal im Monat den Tod durch Langeweile zu riskieren, reicht völlig aus, danke.

„Siehst du? Sturkopf." Colleen zuckt mit den Schultern.

Bevor ich mich zurückhalten kann, bekommt mein Mädchen einen Klaps auf ihren perfekten Hintern.

„Hey!", quiekt sie und springt leicht auf.

Ihre Augen weiten sich schockiert, bevor sie mich warnend anblinzelt. Umso mehr, als ich ihr einen Kuss zuwerfe. Am liebsten würde ich ihr einen richtigen geben, um ihre zu einer dünnen Linie verzogenen Lippen zu entspannen, aber ich bin mir nicht sicher, ob sie mich jetzt nicht beißen würde, also halte ich mich zurück. Und dann erinnere ich mich daran, dass ich sie für meine Überraschung gnädig stimmen muss. Also benehme ich mich, bis wir unsere Gläser geleert haben, sage meiner Oma, dass wir sie morgen zum Mittagessen sehen, und steige auf mein Motorrad.

***

„Was machst du da? Warum hältst du an?", fragt mich Colleen, als ich mitten im Stadtzentrum auf dem Bürgersteig das Bike abbremse.

Ich steige ab, aber obwohl sie ihren Helm abnimmt, steht sie nicht auf.

„Das ist eine Überraschung", antworte ich und biete ihr meine Hand an, um sie zum Aufstehen zu bewegen.

Zum Glück legt sie ihre Finger in meine Hand, aber ihr Blick ist misstrauisch geworden.

Trotz ihrer Verwirrung bleibt sie ruhig und lässt sich von mir zu einem neueren Gebäude führen, das in der Mitte der Hauptstraße liegt und von einem Café und einem Kinderbekleidungsgeschäft gesäumt wird.

Ich hole einen Schlüsselbund aus meiner Jeanstasche und suche nach dem Schlüssel, der die Eingangstür öffnet.

„Wo sind wir hier? Was ist das für ein Ort?", fragt sie dann.

Während ich die Tür aufschließe und sie über einen kurzen Flur zum Aufzug führe, werde ich nervös und suche nach den richtigen Worten.

„Ben …“, drängt sie auf eine Antwort, nachdem ich den Knopf gedrückt habe, um uns in den zweiten Stock zu bringen.

Dann brechen die Worte plötzlich ganz schnell aus mir heraus. „Hier sind deine neuen Büroräume.“

Hoffentlich. Denn ihr Körper spannt sich an, als wären wir in einem einsturzgefährdeten Gebäude gefangen, was nichts Gutes verheißt.

„Was meinst du mit meinem neuen Büro?“

Sie spricht mit mir, ohne mich finster anzustarren; das ist schon mal ein gutes Zeichen. Aber auch das könnte sich ändern. Sobald die Verblüffung nachlässt.

„Ich habe einen Zweijahresmietvertrag für diese Räume unterschrieben. Er läuft auf deinen Namen. Wir haben einen Anwalt, den wir nicht oft brauchen, aber er hat Kontakte und … Jedenfalls konnte er den Mietvertrag auf deinen Namen ausstellen lassen, ohne dass du dabei warst. Die Tatsache, dass ich die Miete für die gesamte Dauer des Mietvertrags im Voraus bezahlt habe, hat allerdings sehr geholfen“, erzähle ich ihr, während ich den Schlüssel suche, der die Eingangstür ihres brandneuen Büros öffnet.

Es ist nicht riesig, aber es gibt einen kleinen Raum, in dem sie eine Rezeption einrichten kann, falls sie das möchte, und es gibt zwei Zimmer, ein großes und ein kleineres.

Da sie wieder still geworden ist, beschließe ich, ihr alles zu erzählen. „Außerdem steht dir ein Kapital zur Verfügung, mit dem du alles in Gang bringen kannst, ohne einen Kredit aufnehmen zu müssen. I…“

„Ben …“

„Bitte, lass mich ausreden“, flehe ich sie fast an, als sie mich unterbricht und mir in ihr hoffentlich baldiges Büro folgt. Sie keucht ein wenig, als sie hinter mir eintritt, und ich werte das als ein weiteres gutes Zeichen. Vielleicht kann sie sich, genau wie ich, schon vorstellen, dass hier ein großer Schreibtisch voller Papierkram steht. „Ich weiß, wie du dich fühlst, weil du es mit meinem Geld beginnst. Aber, Engel … Es ist an der Zeit, dass du verstehst, dass mein Geld dein Geld ist. Und dass das nur ein Mittel ist, um dir den Start zu ermöglichen. Es wäre dumm, sich zu verschulden, wenn wir dieses Geld haben. Denk einfach darüber nach, okay? Ich will nur, dass du etwas machst, das du liebst, mein Engel. Das ist alles, was ich will.“

Mir fällt nichts mehr ein, was ich sagen könnte, um sie zu überzeugen, also halte ich einfach den Mund. Aber sie verfällt wieder in ein tiefes Schweigen, als sie meine Hand loslässt, um sich umzusehen, und was dieses Schweigen zu bedeuten hat, ist schwer zu ergründen. Ich schätze, ich kann nur hoffen, dass es bedeutet, dass sie nachgeben wird, so wie sie beim Haus nachgegeben hat.

Eine Minute lang, die mir endlos vorkommt, wandert ihr Blick durch den Raum. Sie nimmt den Hartholzboden, die grauen Wände und die drei großen Fenster, die das Zimmer mit Tageslicht durchfluten, in Augenschein.

Gerade als ich noch nervöser werde und versuche, ein anderes Argument zu finden, fragt sie: „Aber was ist, wenn es nicht funktioniert?“

„Warum sollte es nicht funktionieren? Du hast die Fähigkeiten, es zu schaffen. Du hast Verlagswesen studiert, und das hast du zwei Jahre lang bei deiner Ex-Chefin gelernt. Ich weiß, dass du es schaffen kannst. Und wenn es nicht klappt, dann eben nicht.

Aber das wird nicht passieren. Ich weiß, dass du es draufhast, Engel."

Wieder herrscht Schweigen im Raum, und ich beschließe, ihr noch eine Minute Zeit zum Nachdenken zu geben. Dann werde ich so hartnäckig darauf bestehen, bis sie Ja sagt. Und ich werde sie dazu bringen, Ja zu sagen. Ich bin ein ziemlich überzeugender Typ. Kein Sturkopf. Überredungskünstler. Das ist nicht das Gleiche.

Als die Minute zu Ende ist, breche ich das Schweigen. „Sprich mit mir, Engel. Was denkst du?"

Da sie zum Fenster gegangen ist, um die Aussicht zu betrachten, kann ich ihr Gesicht nicht mehr sehen.

„Ich glaube, mein Gehirn hat schon angefangen, alles aufzulisten, was ich tun muss, um loszulegen", sagt sie, als sie sich umdreht und mich ansieht.

Auf ihren Lippen liegt ein Lächeln, in ihren Augen glänzen Tränen, und eine läuft ihr über die Wange. Meine schließen sich kurz, als ich auf sie zugehe und sie an mich ziehe.

„Danke", flüstert sie durch ihre Rührung hindurch, ihren Kopf in meiner Halsbeuge vergraben. „Dieser Ort ist perfekt. Es ist wunderschön."

„Für dich tue ich alles", sage ich ihr ehrlich. „Ich möchte nur, dass du hier vollkommen glücklich bist."

„Das bin ich. Ich war noch nie so glücklich, das verspreche ich. Und das liegt nicht an diesem Büro. Ich liebe dich. Deshalb bin ich glücklich."

Sie löst sich von mir und küsst mich. Ihre Arme liegen fest um meine Taille und sie hält mich so nah wie möglich an sich gedrückt, während ich eine lange Minute lang ihre weichen Lippen schmecken kann, bevor sie die Verbindung unterbricht.

Sie holt tief Luft, und ich streiche ihr sanft mit dem Daumen über die Wange, um eine neue stille Träne wegzuwischen. „Ich bin wirklich froh, dass ich dich nicht quer durch Alaska jagen muss", sage ich tonlos.

Sie lacht, lehnt ihren Kopf an meine Brust und seufzt friedlich. „Aber du wirst mich wohl hier jagen müssen, sonst schlafe ich wahrscheinlich mindestens ein Jahr lang in meinem Schreibtischstuhl. So viel Arbeit wartet nämlich auf mich." Sie gluckst.

„Das wird nicht passieren. Du gehörst nachts in mein Bett. Schreib dir das ganz oben auf deine Liste, damit du es nicht vergisst."

„Zur Kenntnis genommen", sagt sie, und ich kann ihr Lächeln durch ihr Versprechen hindurch hören.

„Jetzt lass uns zurück in den Club gehen, bevor deine Mutter kommt."

Laura ist vor zehn Tagen mit Karl zu einer weiteren Lieferung nach Utah aufgebrochen, und sie kommen heute Abend zurück. Sie werden ein paar Wochen in der Gegend bleiben, bevor sie wieder auf Tour gehen. In der Zwischenzeit werden sie nach einem Haus suchen.

„Ich kann es kaum erwarten, es ihr zu erzählen." Sie strahlt aufgeregt, als wir ihr Büro verlassen.

Sie sieht mir zu, wie ich die Tür abschließe und küsst mich, als wir wieder im Aufzug sind.

„Wir könnten auch direkt zu unserem Haus fahren und das Familientreffen auslassen", stöhne ich in ihren Mund, und ich bin mir ziemlich sicher, dass sie spürt, wie sehr ich sie allein haben möchte, weil mein Schritt gegen ihren Unterleib drückt.

Sie verweigert mir ihren Mund. „Ich will meine Mutter sehen. Außerdem haben wir noch kein Bett in unserem Haus", erinnert sie mich, als sie aus dem Aufzug und aus dem Gebäude geht.

Stimmt.

„Das müssen wir sehr bald ändern", sage ich. „Ich kann es kaum erwarten, dich in unserem gemeinsamen Haus für mich allein zu haben, wo ich dich ausziehen kann, wo ich will."

„Klingt gut." Sie lächelt aufreizend und gibt mir einen kurzen Kuss, bevor sie hinten auf mein Motorrad klettert.

Es wird nie langweilig, sie auf meinem Mädchen sitzen zu sehen. Sie sieht von Mal zu Mal sexier aus.

„Sobald du wieder bei Sinnen bist, kann es losgehen, Bikerboy." Sie wirft mir ein wissendes Grinsen zu.

Aber ihr Lächeln verschwindet und ein lüsternes Leuchten flackert in ihren Augen auf, sobald ich auf sie zukomme. Sanft und doch zielstrebig umfasse ich ihren Hinterkopf und presse meine Lippen auf ihren frechen Mund, genieße es, wie sie sich mit einer gewissen Leichtigkeit an mich lehnt und meinen Kuss mit dieser Leidenschaft, diesem Feuer, das immer in ihr brennt, erwidert.

Als ich sie kennenlernte, schlummerte dieses Feuer noch. Gut versteckt hinter einer erdrückenden Einsamkeit. Wenn ich jetzt in ihre Augen schaue, sehe ich nur diese lodernde Flamme, und ich möchte nicht, dass sie erlischt. Dieses Feuer am Leben zu erhalten und dafür zu sorgen, dass mein Mädchen sich nie wieder allein fühlt, ist das, wofür ich von nun an leben werde.

Ende

Autorin

Die Autorin C.M. Marin schreibt romantische Motorcycle Club-Liebesromane mit Krimi-Faktor sowie zeitgenössische Liebesromane. Sie ist durch und durch ein Kleinstadtmädchen. Ruhe und Natur sind alles, was sie wirklich braucht ... solange dort auch eine Kiste voller Bücher sowie eine große Auswahl an Teesorten in Reichweite sind!

Sie hat ihr eigenes Glück noch nicht gefunden, aber sie liebt es, über das Verlieben und die dauerhafte Liebe zu schreiben. Mit einem Hauch Spannung, genau der richtigen Portion Sexappeal und ganz viel Liebe, schreibt sie ihre Romane für jeden Fan von Liebesgeschichten auf der ganzen Welt.

Website: www.cmmarin.com

Facebook: www.facebook.com/AuthorC.M.Marin

Weitere Teile der Chaos Chasers MC-Reihe:

Teil 1: Nate (Camryn & Nate)
Teil 2 Jayce (Alexia & Jayce)
Teil 4: Liam (Erin & Liam) *erscheint Juli 2023*
Teil 5: Blane (Lana & Blane) *erscheint Herbst 2023*
Teil 6: Melvin (Chloe & Melvin) *erscheint Herbst 2023*